Tratamiento letal

Robin Cook

Tratamiento letal

Traducción de
Jesús Aguirre

CÍRCULO DE LECTORES

Dedico esta novela al espíritu que anima la reforma sanitaria, así como a la inviolabilidad de las relaciones entre médicos y pacientes. Es mi más ferviente esperanza que nunca surjan conflictos entre ambos.

PRÓLOGO

El 17 de febrero fue un día fatídico para Sam Flemming.

Sam se consideraba una persona muy afortunada. Había trabajado como *broker* para una de las firmas más importantes de Wall Street, y a los cuarenta y seis años ya era rico. Más tarde, como el jugador que sabe retirarse a tiempo, Sam cogió su dinero y huyó de los desfiladeros de cemento de Nueva York hacia el idílico Bartlet, en el estado de Vermont. Una vez allí, se dedicó a hacer lo que más le gustaba: pintar.

Sam siempre había disfrutado de buena salud. Y ello formaba parte de su caudal de suerte. Sin embargo, el 17 de febrero, a las cuatro y media de la tarde, empezó a ocurrirle algo muy extraño. Un alto número de moléculas de agua del conjunto de sus células se dividió en dos fragmentos: un átomo de hidrógeno, hasta cierto punto inofensivo, y un radical puro de hidroxilo, muy activo y virulentamente destructivo.

A raíz de esos fenómenos moleculares, las defensas celulares de Sam se dispararon. Pero las defensas contra aquellos radicales puros se agotaron ese mismo día. Ni siquiera las vitaminas antioxidantes E y C, ni el beta-caroteno, sustancias que consumía a diario, pudieron contener el repentino y arrollador curso de los acontecimientos. Los radicales puros de hidroxilo empezaron a socavar químicamente el propio núcleo del organismo de Sam Flemming. Muy pronto, las membranas de las células afectadas filtraron fluidos y electrolitos. Y al mismo tiempo, algunas de las enzimas proteicas de las células se abrieron y se volvieron inactivas. Incluso algunas moléculas de ADN sufrieron el ataque y ciertos genes resultaron dañados.

En su lecho del Bartlet Community Hospital, Sam permanecía ajeno a la fenomenal batalla molecular que se desarrollaba en el interior de sus células, aunque sí era consciente de algunas de sus secuelas: subida de temperatura, trastornos digestivos y un principio de congestión pulmonar.

A última hora de la tarde, cuando el doctor Portland –su cirujano– entró a verle, comprobó con alarma y contrariedad que le había subido la fiebre. Tras auscultarle el pecho, intentó explicarle que, al parecer, había surgido una pequeña complicación. Portland explicó que un principio de neumonía estaba interfiriendo en la normal recuperación de su operación de cadera. Pero a aquellas alturas, Sam se sentía apático y ligeramente desorientado, y no entendió las explicaciones de Portland. La prescripción facultativa de antibióticos y la promesa de una rápida recuperación no llegaron a registrarse en su mente.

Pero lo peor fue que el diagnóstico del médico resultó equivocado. Los antibióticos prescritos fracasaron a la hora de detener la infección. Sam ya no pudo recuperarse y apreciar la ironía que suponía haber sobrevivido a dos atracos en Nueva York, a un accidente de aviación en el condado de Westchester y a un peligroso accidente de cuatro coches en la autopista de Nueva Jersey, para acabar muriendo por las complicaciones de un resbalón en el hielo frente a la ferretería del señor Staley, en la Main Street de Bartlet, Vermont.

JUEVES 18 DE MARZO

Delante de los altos cargos del Bartlet Community Hospital, Harold Traynor hizo una pausa lo bastante larga como para saborear el momento. Él había convocado la reunión. Los asistentes, todos jefes de departamento, permanecían en sumiso silencio. Todos los ojos estaban clavados en él. Para Traynor, la dedicación a su cargo como presidente del consejo del hospital era un motivo de orgullo. Disfrutaba de momentos como aquél, pues sabía que su sola presencia bastaba para despertar el temor entre sus subalternos.

–Muchas gracias por haber acudido a esta reunión, a pesar

de la nieve. Les he convocado para asegurarles que el consejo del hospital está investigando a fondo la desafortunada agresión que sufrió la enfermera Prudence Huntington la semana pasada, en el aparcamiento subterráneo. El hecho de que la violación se viera frustrada por la aparición providencial de un miembro del servicio de seguridad del hospital no disminuye la gravedad de la agresión.

Traynor hizo una pausa y dirigió una significativa mirada a Patrick Swegler. El jefe de seguridad del hospital apartó la vista para evitar la expresión acusadora de Traynor. La agresión contra la señora Huntington era la tercera de aquella naturaleza en lo que iba de año, y Swegler se sentía responsable.

—¡Hay que acabar con estas agresiones! —Traynor miró a Nancy Widner, la supervisora de enfermeras.

Las tres víctimas estaban a su cargo.

—La seguridad de nuestros empleados es una preocupación prioritaria —afirmó Traynor, mientras sus ojos saltaban de Geraldine Polcari, encargada de dietética, a Gloria Suárez, responsable de la limpieza—. Por tanto, el consejo ejecutivo ha propuesto la edificación de un edificio de aparcamientos que se construirá en la zona del aparcamiento subterráneo. Estará comunicado con el edificio principal del hospital y contará con un sistema de iluminación adecuado y cámaras de vigilancia.

Traynor hizo un gesto de asentimiento en dirección a Helen Beaton, la directora del hospital. Siguiendo su indicación, Beaton levantó la tela que cubría la mesa de reuniones y dejó al descubierto una detallada maqueta del hospital tal como era en la actualidad, junto con la ampliación propuesta: una enorme estructura de tres plantas que sobresalía por la parte trasera del edificio principal.

En medio de una exclamación de aprobación, Traynor avanzó unos pasos hasta situarse junto a la maqueta. La mesa de reuniones solía convertirse en expositor de cualquier parafernalia médica susceptible de ser adquirida por el hospital. Traynor se acercó un poco más y retiró una estructura con tubos de ensayo que impedía la visión completa de la maqueta. Luego examinó a su público. Todas las miradas estaban clavadas en la maqueta. Todas, excepto la de Werner van Slyke, que se había puesto de pie.

El aparcamiento siempre había sido un problema para el Bartlet Community Hospital, sobre todo cuando hacía mal tiempo. Así pues, Traynor sabía que su propuesta de ampliación habría sido bien acogida aunque no se hubieran producido las recientes agresiones en el mismo. Le alegró comprobar que la propuesta obtenía tanto éxito como había imaginado. La sala estaba radiante de entusiasmo. Sólo el malhumorado Van Slyke, jefe de material y mantenimiento, permanecía impasible.

—¿Qué pasa? —dijo Traynor—. ¿No aprueba la propuesta?

Van Slyke miró a Traynor con expresión ausente.

—¿Y bien? —Traynor se notaba tenso. Van Slyke le sacaba de quicio. Nunca le había gustado su carácter frío y lacónico.

—Está muy bien —contestó Van Slyke con tono aburrido.

Antes de que Traynor pudiera replicar, la puerta de la sala de reuniones se abrió bruscamente y chocó con el tope del suelo. Todos, excepto Werner van Slyke se habían puesto de pie.

En el umbral de la puerta estaba Dennis Hodges, un setentón de aspecto fuerte aunque ligeramente rechoncho, de rasgos toscos y piel curtida. Tenía una nariz rojiza y bulbosa, y ojos pequeños y fríos. Llevaba un grueso abrigo de lana verde oscura y pantalones de pana. En la cabeza, una gorra de cazador a cuadros moteada de nieve. En la mano izquierda sostenía un fajo de papeles.

No cabía duda de que Hodges estaba enfadado. También apestaba a alcohol. Sus ojos, oscuros como el cañón de una escopeta, taladraron a los reunidos y después apuntaron hacia Traynor.

—Tengo que hablarle de unos antiguos pacientes, Traynor. Y a usted también, Beaton —añadió, dirigiéndole una mirada fugaz e irritada—. ¡No sé qué clase de hospital se creen que están dirigiendo, pero no me gusta ni pizca!

—Oh, no —murmuró Traynor cuando se repuso de la repentina irrupción. El susto dejó paso a la irritación. Una rápida mirada alrededor le confirmó que el resto de los presentes estaban tan contentos como él de ver a Hodges—. Doctor Hodges —empezó Traynor, intentando guardar las formas—. Parece evidente que aquí se está celebrando una reunión, si nos perdona...

—Me importa un pimiento lo que estén haciendo —espetó Hodges—. Sea lo que sea, no es nada comparado con lo que usted y su consejo han hecho con mis pacientes. —Se acercó con altanería a Traynor, que instintivamente retrocedió. El tufo a whisky era muy intenso.

—Doctor Hodges —dijo Traynor, enfadado—, Éste no es momento para una de sus interrupciones. Estaré encantado de reunirme mañana con usted y escuchar sus quejas. Y ahora, si es tan amable de dejarnos con nuestros asuntos...

—¡Quiero hablar ahora! —exclamó Hodges—. ¡No me gusta lo que están haciendo usted y su consejo!

—Escúcheme, viejo chalado —le espetó Traynor—. ¡No me levante la voz! No tengo ni puñetera idea de qué se trae entre manos. Pero déjeme decirle lo que hacemos mi consejo y yo: pasamos el día estrujándonos el seso para que este hospital siga abierto, lo que no es tarea fácil en los tiempos que corren. Y consideraré una ofensa cualquier alusión en sentido contrario. Y ahora, sea razonable y déjenos seguir trabajando.

—No puedo esperar —insistió Hodges—. Me dirijo a usted y a Beaton. El descontrol de enfermería, dietética y mantenimiento pueden esperar. Esto es más importante.

—¡Ja! —terció Nancy Widner—. Muy propio de usted, doctor Hodges, irrumpir atropelladamente para decirnos que las preocupaciones de las enfermeras no son importantes. Me gustaría decirle...

—¡Basta! —dijo Traynor, extendiendo las manos con gesto conciliador—. No nos soliviantemos. El caso es, doctor Hodges, que estamos tratando del intento de violación ocurrido la semana pasada. No creo que lo que está usted sugiriendo sea que una violación consumada y dos intentos de violación llevados a cabo por un hombre que se cubría el rostro con un pasamontañas no son importantes.

—Me parece algo muy grave —corroboró Hodges—, pero

no más grave de lo que yo tengo en mente. Además, el problema de la violación es un asunto interno.

—Un momento —replicó Traynor—. ¿Quiere decir que sabe quién es el violador?

—Digamos que más o menos —respondió Hodges—. Tengo unos cuantos sospechosos. Pero ahora no quiero hablar de eso, sino de mis pacientes. —Y para enfatizar golpeó con fuerza los papeles que había dejado en la mesa.

—¿Cómo se atreve a entrar aquí y decirnos lo que es importante y lo que no lo es? Usted no es más que un administrador emérito y no le corresponde esta cuestión —dijo Helen Beaton con una mueca.

—Gracias por darme un consejo que no le he pedido —repuso Hodges.

—Está bien, está bien —suspiró Traynor, desanimado. La reunión se había convertido en una batalla verbal. Cogió los papeles de Hodges, se los entregó y le acompañó fuera de la sala. Hodges se resistió al principio, pero luego cedió.

—Tenemos que hablar, Harold —le dijo Hodges una vez estuvieron fuera de la sala—. Es algo muy serio.

—Seguro que sí —dijo Traynor, intentando parecer sincero. Traynor sabía que en algún momento tendría que escuchar las quejas de su colega. Hodges era el administrador del hospital cuando Traynor todavía iba a la escuela. Había asumido un cargo que ninguno de sus colegas quería. En los treinta años que permaneció al pie del cañón, Hodges había conseguido que el Bartlet Community Hospital dejara de ser un pequeño hospital rural para convertirse en el principal centro asistencial del condado. Y esa institución en expansión era la que le había entregado a Traynor tres años atrás, cuando fue relevado del cargo.

—Escuche —le dijo Traynor—, sea lo que sea lo que ocurre, puede esperar hasta mañana. Hablaremos a la hora del almuerzo. Además, haré que Barton Sherwood y el doctor Delbert Cantor asistan a la reunión. Si lo que usted quiere tratar afecta la política de esta institución, que es lo que me temo, será mejor que estén presentes el vicepresidente y el director de personal. ¿De acuerdo?

—Supongo que sí —admitió Hodges, reticente.
—Muy bien —dijo Traynor aliviado y a la vez ansioso por volver a la reunión y tratar de salvarla, ahora que Hodges parecía aplacado—. Esta noche hablaré con ellos.
—Aunque ya no sea administrador —añadió Hodges—, todavía me siento responsable. Después de todo, de no haber sido por mí, no te habrían elegido miembro del consejo, y mucho menos presidente.
—Estoy de acuerdo —dijo Traynor. Y luego bromeó—: Pero no sé si debo darle las gracias o recriminarle por tan dudoso honor.
—Me preocupa que el poder se te haya subido a la cabeza.
—¡Por Dios! ¿Qué quiere decir con la palabra «poder»? Este trabajo no da más que quebraderos de cabeza.
—Diriges una entidad con un presupuesto de cien millones de dólares. Además, eres el mayor patrono de esta parte del estado. Eso es poder.
—Pero siguen siendo quebraderos de cabeza. —Traynor sonrió, nervioso—. Y tenemos la suerte de seguir en funcionamiento. Supongo que no hace falta recordarle lo ocurrido a nuestros competidores. El Valley Hospital ha cerrado y el Mary Sackler se ha privatizado.
—Seguiremos funcionando, pero me parece que vosotros, los que manejáis el dinero, estáis olvidando cuál es la misión del hospital.
—¡Y una mierda! —espetó Traynor—. Ustedes, los médicos de la vieja escuela, tendrían que adaptarse a los tiempos actuales. No es fácil llevar un hospital con continuas reducciones de gastos, controles administrativos e intervención gubernamental. Se ha acabado la abundancia de la que ustedes disfrutaban. Los tiempos han cambiado y exigen una readaptación, y estrategias nuevas para sobrevivir. Nos lo imponen desde Washington.
—Seguro que Washington no está ordenando lo que tú y tus colegas estáis haciendo —rió Hodges, irónico.
—Pues claro que sí. Se llama competitividad, Dennis. La supervivencia de los mejor dotados y los más aptos. Se

acabó aquella época de sacar adelante los presupuestos con juegos malabares.

Traynor se detuvo, consciente de que estaba perdiendo los papeles. Se enjugó el sudor de la frente con la palma de la mano y respiró hondo.

—Oiga, Dennis. Tengo que regresar a la sala de reuniones. Vuelva a casa, tranquilícese y duerma un poco. Nos veremos mañana y hablaremos de todo lo que le preocupa, ¿de acuerdo?

—Me siento cansado —reconoció Hodges.

—Se le nota.

—Bien, comeremos juntos mañana. ¿Me lo prometes? Sin excusas.

—Por supuesto —dijo Traynor, y le dio una palmadita de ánimo en el hombro—. A las doce en punto en la cafetería.

Traynor observó aliviado cómo su anciano mentor se dirigía hacia la entrada del hospital. Tenía un andar muy peculiar, avanzaba pesadamente, balanceando el cuerpo como si no pudiera articular las caderas. Traynor regresó a la sala de reuniones, maravillado de la capacidad de Hodges para montar jaleos. Pero, por desgracia, Hodges era algo más que un simple pelmazo: se estaba convirtiendo en un auténtico pájaro de mal agüero.

—Silencio, por favor. —Traynor elevó la voz por encima del barullo reinante—. Disculpen la interrupción. Por desgracia, nuestro amigo el doctor Hodges tiene la facultad de presentarse en los momentos más inoportunos.

—Y no sólo eso —dijo Beaton—. Se pasa el día irrumpiendo en mi despacho para quejarse de que sus antiguos pacientes no reciben un tratamiento de primera. Actúa como si todavía dirigiese este centro.

—Nunca le parece bien la comida —se quejó Geraldine Polcari.

—Ni la limpieza de habitaciones —añadió Gloria Suárez.

—Se presenta en mi despacho todas las semanas —explicó Nancy Widner—. Y siempre con la misma queja: las enfermeras no responden solícitas a las peticiones de sus pacientes.

—Se ha autoproclamado defensor de los pacientes —dijo Beaton.

—Los pacientes son los únicos que le aguantan —dijo Nancy—. En la ciudad se le considera un bobalicón excéntrico.

—¿Creen que de verdad conoce la identidad del violador? —preguntó Patrick Swegler.

—Por Dios, claro que no —dijo Nancy—. Es un farol.

—¿Qué cree usted, señor Traynor? —insistió Patrick Swegler.

—Dudo que lo sepa —se encogió de hombros—, pero se lo preguntaré mañana cuando comamos juntos.

—No le envidio —dijo Beaton.

—No me apetece en absoluto —reconoció Traynor—. Siempre he pensado que se merecía un respeto, pero si he de ser sincero, últimamente ya no lo tengo tan claro. —Y añadió—: Bueno, volvamos a lo nuestro.

Sin embargo, para él, la tarde ya se había estropeado.

Hodges avanzaba pesadamente por el centro de Main Street. En aquel momento no circulaban coches. Estaba nevando y las máquinas quitanieves no habían salido todavía a la calle. Toda la ciudad estaba cubierta de una capa de cuatro centímetros de nieve.

Hodges maldecía entre dientes, intentando dar salida a su enfado. Ahora, camino de casa, se sentía furioso por haberse dejado despachar por Traynor.

Andando junto a la zona arbolada de la ciudad, con su desierto mirador lleno de nieve, mirando en dirección norte, Hodges contempló el paisaje que se extendía más allá de la iglesia metodista. Y allí, a lo lejos, un poco más arriba de Front Street, divisó el edificio principal del hospital. Hodges se detuvo y observó pensativamente la mole del hospital. Tuvo un presentimiento que le provocó un escalofrío. Había dedicado toda su vida al hospital, intentando ofrecer un servicio a los habitantes de la ciudad. Ahora se preguntaba si no estaría abandonando su misión.

Dio la vuelta y desanduvo el camino hasta Main Street. Estrujó las fotocopias que llevaba en el bolsillo del abrigo. Los dedos se le habían quedado entumecidos. Se detuvo al cabo de media manzana. Esta vez observó las ventanas con parteluces de la Iron Horse Inn. Un atractivo resplandor incandescente se derramaba sobre el césped helado y cubierto de nieve.

A Hodges no le costó mucho decidirse a tomar otra copa. A fin de cuentas, su mujer Clara pasaba más tiempo con su familia en Boston que con él en Bartlet. Las cosas habrían sido muy distintas si ella le hubiera estado esperando en casa. Aquella especie de separación tenía algunas ventajas. Hodges sabía que su cuerpo agradecería una dosis extra de reconfortante para aguantar la media hora de caminata que le quedaba hasta su casa. En la entrada, Hodges se sacudió la nieve de las suelas de goma de sus botas, colgó el abrigo de un perchero de madera y dejó la gorra en un anaquel que había encima. Pasó junto al guardarropa, que sólo se utilizaba cuando había fiesta, avanzó por un pasillo corto y llegó a la puerta del bar.

La sala estaba recubierta de pino tosco, sin pulir, que después de casi dos siglos de uso parecía chamuscado. Una enorme chimenea de piedra con un fuego crepitante ocupaba por entero una pared.

Hodges examinó el recinto. A su entender, el reparto de personajes allí reunidos era una pobre reminiscencia del *Cheers* de la NBC. Vio a Barton Sherwood, presidente del Green Mountain National Bank y vicepresidente del consejo de administración del hospital, gracias a la ayuda de Traynor. Sherwood estaba sentado en un reservado con Ned Banks, el odiado propietario de la New England Coat Hanger Company.

En otra mesa, el doctor Delbert Cantor estaba sentado con el doctor Paul Darnell. La mesa estaba atestada de cervezas, patatas fritas y platos de queso. A Hodges le parecieron dos cerdos en su pocilga.

Durante una décima de segundo, pensó en sacar los papeles del abrigo y pedirles a Sherwood y a Cantor que le escucharan. Pero abandonó la idea porque no se veía con fuerzas, y además, a Cantor y Darnell les sacaba de quicio la osadía de Hodges. Cantor era radiólogo y Sherwood patólogo, y los dos habían sufrido las consecuencias de que Hodges se hiciera cargo de los dos departamentos cinco años atrás. No parecían el público más adecuado para escuchar sus quejas.

En la barra estaba John MacKenzie, otro vecino al que también le hubiera gustado evitar. Tenía un disputa pendiente con él desde hacía mucho tiempo. John era propietario de la gasolinera Mobile, situada cerca de la autopista, y a la que Hodges había llevado durante mucho tiempo los vehículos del hospital. Pero la última vez que había reparado el coche de Hodges, John no encontró la avería. Hodges tuvo que acudir al concesionario de Rutland. En consecuencia, no había pagado la factura a John.

Un par de taburetes más allá de John MacKenzie, Hodges vio a Pete Bergan y gruñó para sus adentros. Pete había sido cianótico en su niñez, y no había podido acabar la secundaria. A los dieciocho años había abandonado los estudios, intentando ganarse la vida a base de trabajos esporádicos. Hodges le consiguió un trabajo de jardinero en el hospital, pero no tuvo más remedio que despedirle por su falta de formalidad. Desde entonces, Pete se la tenía jurada.

Al otro lado de Pete se extendía una hilera de taburetes vacíos. Un poco más allá de la barra y bajando un par de escalones, había dos mesas de billar. La música tronaba en un viejo *jukebox* situado en la pared del fondo. Alrededor de las mesas de billar se había reunido un grupo de estudiantes del Bartlet College, una pequeña y liberal institución de humanidades que recientemente se había convertido en mixta.

Por un instante, Hodge titubeó en la entrada, intentando decidir si merecía la pena encontrarse con aquella gente para tomar una copa. El recuerdo del frío y la expectativa de un escocés le empujaron finalmente hacia el interior del bar.

Ignorando a todos, Hodges se dirigió al extremo más alejado de la barra y se sentó en un taburete. El radiante calor del fuego le calentaba la espalda. Carleton Harris, un camarero bastante gordo, puso un vaso frente a él y lo llenó de Dewar's sin hielo. Carleton y Hodges se conocían desde hacía años.

—Me parece que tendrá que cambiar de sitio —le advirtió Carleton.

—¿Por qué? —preguntó Hodges. Estaba contento de que nadie se hubiera fijado en él.

Carleton señaló una copa medio vacía dos taburetes más allá.

—Me temo que nuestro intrépido jefe de policía, Wayne Robertson, ha venido a repostar. Está en los servicios.

—¡Mierda! —dijo Hodges.

—No diga que no le he avisado —añadió Carleton mientras se dirigía a los estudiantes, que se habían acercado a la barra.

—Joder, seis contra uno. Media docena contra mí —murmuró Hodges para sí. Si se cambiaba a la otra esquina tendría que enfrentarse a John MacKenzie. Decidió quedarse allí. Se llevó el vaso a los labios.

Antes de que pudiera beber un sorbo, alguien le dio una palmada en la espalda. Tuvo que hacer un gran esfuerzo para que la bebida no se derramara.

—¡Pero si es nuestro amigo el matasanos!

Hodges se volvió y miró con ira a la cara del ebrio Wayne Robertson. Robertson tenía cuarenta y dos años y era bastante corpulento. Tiempo atrás había sido todo músculo. Ahora era mitad músculo y mitad barriga. El aspecto más prominente de su perfil era el abdomen, que casi le tapaba la hebilla del cinturón oficial. Robertson iba de uniforme, con pistola y todo.

—Wayne, está borracho —dijo Hodges—. ¿Por qué no se va a casa a dormir? —Hodges se volvió hacia la barra.

—Gracias a usted, no tengo nada que hacer en casa.

Hodges se dio la vuelta muy despacio y miró a Robertson, que tenía los ojos enrojecidos, casi tan rojos como sus gruesas mejillas. Tenía el pelo rubio y lo llevaba cortado a cepillo, estilo años cincuenta.

—Wayne —empezó Hodges—, no empecemos otra vez con lo mismo. Su mujer, que en paz descanse, no era mi paciente. Está borracho. Váyase a casa.

—Usted era el responsable de esa mierda de hospital.

—Eso no quiere decir que yo fuera el responsable de todo lo que pasara allí dentro, idiota —dijo Hodges—. Y además eso pasó hace diez años. —Intentó darse otra vez la vuelta.

—¡Hijoputa! —gruñó Robertson al tiempo que cogía a Hodges por el cuello de la camisa, intentado levantarle de la banqueta.

Carleton Harris salió de la barra con una rapidez asombrosa para su gordura, y se colocó entre los dos hombres. Liberó a Hodges de la presa de Robertson.

—Eh, ustedes —dijo—. Cada uno a su rincón. En el Iron Horse están prohibidos los combates de boxeo.

Hodges se arregló la camisa indignado, cogió su copa y se marchó al otro extremo de la barra. Cuando pasaba al lado de John MacKenzie, le oyó murmurar:

—Gorrón.

Hodges no cayó en la provocación.

—Carleton, nadie le ha pedido ayuda —le gritó el doctor Cantor al camarero—. Si Robertson le hubiera partido la cara a Hodges, media ciudad se habría alegrado.

Los doctores Cantor y Darnell se echaron a reír ruidosamente. Se jaleaban el uno al otro y acabaron atragantándose con las cervezas y palmeándose las rodillas. Carleton los ignoró y volvió a situarse detrás de la barra para servirle una copa a Barton Sherwood.

—El doctor Cantor tiene razón —dijo Sherwood en voz alta para que le oyera todo el mundo—. La próxima vez que Hodges y Robertson se peleen, déjeles en paz.

—¿Usted también? —dijo Carleton mientras mezclaba hábilmente la bebida de Sherwood.

—Le diré una cosa del doctor Hodges —dijo Sherwood, todavía en voz alta para que todos le oyeran—. No es un buen vecino. Por un avatar del destino, es propietario de una pequeña franja de tierra que divide mis dos parcelas, ¿y sabe lo que ha hecho? Ha levantado una valla.

—Sí, he vallado mi parcela —exclamó Hodges sin poder contenerse—. Era la única forma de evitar que sus malditos caballos se cagaran por todas partes.

—¿Y por qué no me la vendió? —Sherwood se volvió para encararse con Hodges—. Usted no la quiere para nada.

—No puedo venderla porque está a nombre de mi mujer —contestó Hodges.

—Tonterías —dijo Sherwood—. El hecho de que la casa y las tierras estén a nombre de su esposa no es más que una artimaña legal para proteger sus propiedades contra un posible juicio por negligencia profesional. Usted mismo me lo contó.

—Quizá debería saber la verdad —replicó Hodges—. Sólo intentaba ser diplomático. En realidad, no le vendí las tierras porque le desprecio. ¿Le cabe eso en su cabeza de chorlito?

Sherwood se volvió hacia la sala y se dirigió a todos los presentes.

—Sois testigos. El doctor Hodges reconoce que actúa por desprecio. Desde luego, no me sorprende esta actitud tan poco cristiana.

—¡Cállese! —replicó Hodges—. Parece hipócrita que un banquero hable de ética cristiana teniendo sobre su conciencia todos esos juicios hipotecarios. Usted ha echado a mucha gente de sus casas.

—Eso no tiene nada que ver —respondió Sherwood—. Así es el mundo de los negocios. Tengo que pensar en mis accionistas.

—Paparruchas —dijo Hodges haciendo un gesto obsceno.

Una súbita conmoción en la puerta llamó la atención de Hodges. Se volvió y vio a los asistentes de la reunión del hospital entrar en el bar. Le pareció que a Traynor no le hacía mucha ilusión verle. Hodges se encogió de hombros y volvió a su bebida. Pero no pudo quitarse de la cabeza que estuvieran allí los tres responsables máximos: Traynor, Sherwood y Cantor.

Hodges cogió su whisky, bajó del taburete y siguió a Traynor hasta la mesa de Sherwood y Banks. Le dio una palmadita en el hombro.

—¿Podemos hablar ahora? —sugirió—. Estamos todos aquí.

—Joder, Hodges —soltó Traynor—. ¿Cuántas veces tengo que decírselo? No quiero hablar esta noche. ¡Hablaremos mañana!

—¿De qué quiere hablar? —preguntó Sherwood.

—Algo de unos antiguos pacientes —respondió Traynor—. He quedado con él para comer mañana.

—¿Qué pasa? —preguntó el doctor Cantor uniéndose a la

refriega. Había olisqueado la sangre y se había acercado a la mesa como un tiburón atraído por el cebo.

—El doctor Hodges no está de acuerdo en cómo dirigimos el hospital —dijo Traynor—. Pero ya nos enteraremos mañana.

—Seguro que son la quejas de siempre —intercaló Sherwood—. Sus pacientes nunca reciben un trato de primera.

—¡Cuánta ingratitud! —dijo el doctor Cantor, interrumpiendo a Hodges, que se disponía a responderles—. Nosotros, dedicando nuestro tiempo desinteresadamente para mantener el hospital a flote, ¿y qué recibimos a cambio? Críticas y más críticas.

—Y una mierda, desinteresadamente —dijo Hodges—. A mí no me engañan. Su interés no tiene nada que ver con la caridad. Tú, Traynor, utilizas el cargo para alimentar tu ansia de grandeza. Lo suyo es más sofisticado, Sherwood. Lo suyo son puras finanzas, el hospital es el principal cliente del banco. Lo de Cantor es más sencillo. A éste sólo le interesa el Centro de la Imagen, esa aventura conjunta que yo permití en un momento de locura. De todas las decisiones que tomé cuando era administrador del hospital, ésa es de la que más me arrepiento.

—Entonces le pareció un buen trato —dijo el doctor Cantor.

—Lo hice porque consideré que era la única forma de poner al día la Unidad de Scanner —dijo Hodges—. Pero luego comprendí que la máquina podía amortizarse por sí sola en menos de un año. Eso me hizo comprender que usted y los demás radiólogos privados estaban robándole al hospital.

—No tengo ningún interés en reabrir esa vieja batalla —dijo el doctor Cantor.

—Ni yo —replicó Hodges—. La cuestión es si alguna vez les mueve la caridad en las cosas que hacen. A ustedes les preocupan las finanzas, y no el bienestar de los pacientes o de la comunidad.

—Usted no es el más indicado para hablar —espetó Traynor—. Usted dirigía el hospital como un señor feudal. ¿Podía explicarnos quién ha cuidado de su casa todos estos años?

—¿A que te refieres? —balbuceó Hodges, con los ojos saltando de uno a otro.

—Es muy sencillo —dijo Traynor animado por la ira. Le había marcado con un cuchillo y ahora quería clavárselo hasta la empuñadura.

—No sé qué tiene que ver mi casa con todo esto —dijo Hodges..

Traynor se puso de puntillas para examinar la sala.

—¿Dónde se ha metido Van Slyke? —preguntó—. Estaba por aquí.

—Está junto al fuego —dijo Sherwood, señalando. Tuvo que esforzarse para contener una sonrisa de satisfacción. El asunto de la casa de Hodges le reconcomía desde hacía mucho tiempo. Y si nunca lo había sacado a colación era porque Traynor se lo había prohibido.

Traynor llamó a Van Slyke, que aparentemente no le oyó. Traynor insistió, pero esta vez subió el tono de voz y le oyó todo el mundo. Se interrumpieron todas las conversaciones. La habitación quedó momentáneamente en silencio, a excepción de la música que salía del *jukebox*.

Van Slyke avanzó por la sala, incómodo por la sensación de ser el centro de todas las miradas. Pero enseguida los presentes perdieron interés y reanudaron sus conversaciones.

—Vaya, hombre —le dijo Traynor a Van Slyke—. Parecía que estuviera usted avanzando por un mar de gelatina. A veces, en vez de treinta parece que tenga ochenta años.

—Lo siento —dijo Van Slyke, sin perder su expresión impávida.

—Tengo que hacerle una pregunta —prosiguió Traynor—. ¿Quién ha cuidado la parcela del doctor Hodges?

Van Slyke miró a Hodges. Sus labios esbozaron una sonrisa burlona. Hodges apartó la vista.

—¿Y bien? —preguntó Traynor.

—Nosotros —dijo Van Slyke.

—Sea un poco más concreto —dijo Traynor—. ¿Quiénes son «nosotros»?

—Los jardineros del hospital —dijo Van Slyke. No apartaba la vista de Hodges, ni tampoco abandonaba su sonrisa.

—¿Desde cuándo?
—Desde antes de que yo llegara —respondió Van Slyke.
—Desde hoy, queda prohibido —dijo Traynor—. ¿Entendido?
—Claro —contestó Van Slyke.
—Gracias, Werner —dijo Traynor—. Vaya a la barra y beba una cerveza mientras nosotros hablamos con el doctor Hodges.
Van Slyke volvió a su sitio junto a la chimenea.
—Ya conoce el dicho —dijo Traynor—: los que están en el candelero...
—¡Cállese! —espetó Hodges.
Iba a decir algo, pero se detuvo. En lugar de eso, salió orgullosamente de la sala con rabia contenida, cogió su abrigo y la gorra, y se zambulló en la glacial noche.
—Viejo tonto —murmuró mientras se dirigía hacia el sur de la ciudad.
Estaba furioso consigo mismo por permitir que aquel idiota neutralizase momentáneamente su indignación ante el problema de la atención a los pacientes. Era cierto que el personal de mantenimiento del hospital cuidaba sus propiedades. Todo había empezado hacía años. La cuadrilla del hospital había aparecido un buen día. Hodges nunca había solicitado sus servicios, pero tampoco había hecho nada para evitarlos.
La larga caminata a casa en aquella noche helada sirvió para aliviar la culpabilidad de Hodges respecto a lo del jardín. Después de todo, aquello no tenía nada que ver con la atención al paciente. Cuando entraba por el camino nevado de su casa, tomó la decisión de pagar un cifra razonable por los servicios que había recibido. No pensaba permitir que aquel asunto sofocase sus protestas por cuestiones más serias.
Cuando Hodges llegó a la mitad del largo camino de entrada, vio la explanada inferior. Entre la nieve y el viento distinguió la valla que había levantado para evitar que los caballos de Sherwood entraran en su propiedad. Nunca le vendería un trozo de tierra a un bastardo como aquél. Sherwood se había quedado con el segundo terreno gracias a un juicio hipotecario contra la familia de un antiguo paciente de Hodges. De

hecho, su ficha de ingreso en el hospital era uno de los documentos que Hodges llevaba en el bolsillo.

Hodges dejó el camino y cogió un atajo que bordeaba el estanque de las ranas. Se dio cuenta de que algunos niños del barrio habían patinado allí, porque habían retirado la nieve que cubría el hielo y habían colocado unas porterías improvisadas de hockey. Más allá del estanque, la casa vacía de Hodges se recortaba en la noche nevada y oscura.

Rodeando la casa, Hodges se acercó a una puerta lateral del añadido que unía la casa principal con el granero. Se sacudió la nieve de las botas, entró en aquella habitación embarrada, se quitó el abrigo y lo colgó. Después de hurgar torpemente en el bolsillo del abrigo, sacó los papeles que había llevado a lo largo del día y los llevó a la cocina.

Dejó los papeles en la mesa de la cocina y se dirigió a la biblioteca para servirse una copa, en honor de la que no había podido tomar en el bar. Unos golpes insistentes en la puerta le detuvieron en medio del comedor.

Hodges miró su reloj, confundido. ¿Quién podría ser, tan tarde y en una noche como aquélla? Dio media vuelta, atravesó la cocina y se encaminó a la habitación embarrada. Ayudándose con una manga de la camisa, borró el vaho del panel de la puerta acristalada. Fuera había alguien.

—¿Qué pasa? —murmuró Hodges retirando el cerrojo de la puerta. Abrió y dijo—: Me parece raro que vengas a verme a estas horas. —Hodges se quedó mirando a su visitante, que no abrió la boca. La nieve se arremolinaba entre su piernas—. Mierda —dijo, encogiéndose de hombros—. En fin, pasa. —Se dirigió a la cocina—. Pero no esperes que te haga el numerito del anfitrión simpático. ¡Y haz el favor de cerrar la puerta!

Cuando Hodges iba a subir el solitario escalón que llevaba al nivel de la cocina, se dio la vuelta para comprobar si la puerta había sido cerrada. Por el rabillo del ojo distinguió algo que se dirigía a su cabeza a gran velocidad. Se agachó instintivamente.

Aquel brusco movimiento le salvó la vida. Una varilla metálica y plana le golpeó un lado de la cabeza. La fuerza del golpe impelió la barra hacia su hombro, fracturándole la clavícula, y el impacto derribó al atónito Hodges.

Hodges chocó contra la mesa de la cocina. Se agarró a los bordes y logró ponerse en pie. La sangre le manaba en pequeños hilos desde la herida de la cabeza y goteaba sobre los papeles. Hodges se dio la vuelta y vio que su agresor se abalanzaba con el brazo levantado. La mano enguantada sujetaba una varilla de hierro que tenía el aspecto de una palanca corta y plana.

Cuando el arma descendió para asestar un segundo golpe, Hodges alargó la mano y le sujetó el antebrazo a su agresor, impidiendo así el impacto. No obstante, la barra le alcanzó en el cuero cabelludo. Más sangre empezó a brotar de las dañadas arterias.

Desesperado, Hodges clavó las uñas en el antebrazo de su asaltante. Sabía que no podía soltarle, tenía que evitar a toda costa un nuevo golpe.

Las dos figuras siguieron forcejeando durante unos instantes. En una danza mortal, ejecutaron piruetas por la cocina, chocando contra las paredes, derribando sillas y rompiendo platos. La sangre se esparcía por todas partes.

Cuando finalmente pudo liberar su brazo de la presa de Hodges, el agresor gritó de dolor. Una vez más, la varilla se levantó hasta su terrible cenit antes de golpear el antebrazo de Hodges. Los huesos crujieron como frágiles ramas ante el impacto.

La varilla de metal volvió a levantarse por encima del desventurado Hodges, y de nuevo cayó con fuerza. Esta vez, el arma no encontró obstáculos e impactó directamente en la desprotegida cabeza de Hodges, produciéndole una incisión en el cráneo y clavándosele en el cerebro.

Hodges cayó al suelo, misericordiosamente inerte.

golpeándole la barra de ese hombre, [illegible] la clavícula, y al impacto [illegible] Hodges.

[illegible] contra la [illegible] Se agarró a los bordes y logró [illegible] la cabeza [illegible] de la cadena y goteaba sobre sus [illegible] Hodges, [illegible] con el brazo levantado. La mano empuñaba una varilla [illegible] el aspecto de un pequeño [illegible] plata.

Cuando el arma descendió para asestar un segundo golpe, [illegible] el antebrazo [illegible] con [illegible] entre [illegible] de las [illegible] tas [illegible].

[illegible] las [illegible] en el antebrazo [illegible] a gritar a [illegible].

Las dos [illegible] un [illegible] por la [illegible] en [illegible] y [illegible] Los [illegible] se [illegible] por todas partes.

Cuando finalmente [illegible] la [illegible] de [illegible] de dolor. [illegible] vez [illegible] la [illegible] antebrazo de [illegible] más [illegible]

[illegible] de metal [illegible] del desventurado [illegible] de nuevo [illegible] vez [illegible] en [illegible] de la [illegible] en [illegible] y [illegible]

Hodges [illegible]

CAPÍTULO 1

SÁBADO 24 DE ABRIL

—Un poco más y llegaremos a un río —le dijo David Wilson a su hija Nikki, que iba a su lado en la parte delantera del coche—. ¿Sabes cómo se llama?

Nikki volvió sus ojos color azabache hacia su padre y se apartó un mechón de pelo que le caía sobre la frente. David miró fugazmente a su hija y distinguió las sutiles irisaciones amarillas que irradiaban de sus pupilas. Hacían juego con las hebras color miel de su cabello.

—Los únicos ríos que conozco —dijo Nikki— son el Misisipí, el Nilo y el Amazonas. Y como ninguno de ellos es de aquí, de Nueva Inglaterra, pues tengo que contestar que no lo sé.

Ni David ni Angela pudieron contener la risa.

—¿Qué os parece tan divertido? —preguntó Nikki, indignada.

David miró por el espejo retrovisor e intercambió una mirada de complicidad con Angela. Los dos estaban pensando en algo que ya habían hablado otras veces: Nikki parecía mayor de lo que correspondía a sus ocho años. Ese aspecto les gustaba, les parecía indicativo de su inteligencia. Al mismo tiempo, también eran conscientes de que se había desarrollado más rápidamente debido a sus problemas de salud.

—¿De qué os reís? —insistió Nikki.

—Pregúntale a tu madre.

—No, no. Que te lo explique tu padre.

—Venga, tíos —protestó Nikki—. No tiene gracia. Pero me da igual que os riáis porque soy capaz de buscar un nombre en un mapa. —Cogió un mapa de la guantera.

—Estamos en la autopista 89 —dijo David.

—¡Ya lo sabía! —dijo Nikki, molesta—. No necesito ayuda.

—Le ruego que me perdone, señorita —dijo David con una sonrisa.

—¡Ya está! —dijo Nikki triunfante. Volvió el mapa para leer el nombre—. Es el río Connecticut. Se llama igual que el estado.

—Tienes razón —le respondió David—. ¿Y es también la frontera entre qué y qué?

—Separa Vermont de New Hampshire —dijo Nikki después de mirar el mapa.

—Muy bien —contestó David. Luego señaló hacia delante y dijo—: Ahí está.

Permanecieron en silencio mientras la furgoneta Volvo azul, que ya tenía once años, recorría el último tramo. Por debajo, las aguas turbulentas del río se dirigían hacia el sur.

—Supongo que ya ha empezado a fundirse la nieve de las montañas —comentó David.

—¿Veremos las montañas? —preguntó Nikki.

—Claro que sí —contestó David—. Las montañas Verdes.

Llegaron al otro lado del puente, donde la autopista se desviaba y giraba gradualmente hacia el noroeste.

—¿Ya estamos en Vermont? —preguntó Angela.

—¡Sí, mami! —contestó Nikki.

—¿A cuánto estamos de Bartlet? —preguntó Angela.

—No estoy muy seguro —respondió David—. A una hora, más o menos.

Una hora y quince minutos después, el Volvo de los Wilson pasaba junto a una señal que decía: «Bienvenidos a Bartlet, ciudad del Bartlet College».

David quitó el pie del acelerador y el coche disminuyó la marcha. Enfilaron la amplia Main Street, bordeada por grandes robles. Detrás de los árboles se vislumbraban casas blancas de madera. La arquitectura del lugar era una mezcla de estilo victoriano y colonial.

—Parece de cuento de hadas.

—Algunas ciudades de Nueva Inglaterra parecen sacadas de Disneylandia —dijo David.

—A veces tengo la sensación de que te gustan más las imitaciones que los originales —sonrió Angela.

Al cabo de un rato, la zona residencial dejó paso a la comercial y a los edificios oficiales, en su mayoría de ladrillo rojo con ornamentos victorianos. En el centro, los edificios tenían tres o cuatro plantas y también eran de ladrillo rojo. Unas placas de mármol informaban de la fecha en que habían sido construidos, casi todos a finales del siglo XIX y principios del XX.

—¡Mirad! —dijo Nikki—. Un cine.

Señaló una vieja marquesina donde un gran rótulo anunciaba una película de reestreno. Junto al cine había una oficina de correos con una andrajosa bandera americana agitándose al viento.

—Hemos tenido suerte con el tiempo —señaló Angela.

El cielo estaba azul pálido, moteado de pequeñas y abultadas nubes blancas. La temperatura superaba los quince grados.

—¿Qué es eso? —preguntó Nikki—. Parece un tranvía sin ruedas.

—Es un puesto ambulante de comida —le explicó David riéndose—. Fueron muy populares en los años cincuenta.

Nikki se acercó al parabrisas todo cuando le permitió el cinturón de seguridad.

Mientras se aproximaban al centro de la ciudad descubrieron un buen número de edificios de granito gris, bastante más imponentes que los anteriores de ladrillo rojo. Tal era el caso del Green Mountain National Bank con su almenada torre del reloj.

—Este edificio parece sacado de Disneylandia —dijo Nikki.

—De tal palo tal astilla —dijo Angela.

Llegaron a un parque, donde el césped había alcanzado un color exuberante, casi de verano. El parque estaba moteado de azafranes, jacintos y narcisos, sobre todo en la zona del cursi mirador central. David se acercó a la acera y detuvo el coche.

—Comparado con la parte de Boston que rodea el Boston City Hospital, esto parece el paraíso —dijo David.

En el extremo septentrional del parque había una gran iglesia blanca cuyo exterior era muy sencillo, a excepción de su enorme chapitel, de estilo neogótico y repleto de tracerías y espirales. El campanario estaba enmarcado por columnas que sostenían arcos de medio punto.

—Nos sobra bastante tiempo antes de las entrevistas. ¿Qué proponéis? —preguntó David.

—Dar una vuelta en coche y luego comer —dijo Angela.

—Me parece muy bien —dijo David poniendo el motor en marcha dirigiéndose a Main Street. En el lado occidental del parque se levantaba la biblioteca municipal que, al igual que el banco, era de granito gris. Aunque esta última parecía más una villa italiana que un castillo.

Un poco más allá de la biblioteca se encontraba la escuela elemental. David se detuvo junto a la acera para que Nikki la contemplase. Era un bonito edificio de principios de siglo, de tres pisos, que estaba comunicado con otro de estilo más reciente.

—¿Qué te parece? —le preguntó David a Nikki.

—¿Si nos venimos a vivir aquí, iré a este colegio? —preguntó Nikki.

—Es muy probable —contestó David—. No creo que en esta ciudad haya más de un colegio.

—Es bonito —dijo Nikki diplomáticamente.

Un poco más adelante pasaron junto a la zona comercial y después llegaron al campus de la Universidad de Bartlet. Los edificios eran del mismo granito gris y con los mismos adornos blancos que los del resto de la ciudad. Una gran parte de ellos estaban recubiertos de hiedra.

—Es muy distinta de la Brown University —dijo Angela—. Pero tiene su encanto.

—A veces me pregunto qué me hubiera pasado si hubiese estudiado en una de estas pequeñas universidades —dijo David.

—Pues que no habrías conocido a mamá —contestó Nikki—. Y yo no estaría aquí.

—Tienes razón, me alegro de haber estudiado en Brown —dijo David riéndose.

Rodearon la universidad y se dirigieron al centro. Cruzaron el río Roaring y descubrieron dos viejos molinos. David le explicó a Nikki que antiguamente se utilizaba la fuerza del agua para hacer muchas cosas. Ahora, aunque la rueda seguía girando lentamente, uno de los molinos era la sede de una empresa de soporte informático. Un cartel anunciaba que el otro molino albergaba a la New England Coat Hanger Company.

Cuando llegaron al centro, David aparcó junto al parque. Esta vez bajaron del coche y pasearon por Main Street.

—Es curioso, no hay basuras, ni pintadas, ni mendigos —dijo Angela—. Parece otro país.

—¿Y qué te parece la gente? —preguntó David.

Desde que habían bajado del coche no hacían más que cruzarse con gente.

—Parecen muy reservados —contestó Angela—, aunque no hostiles.

—Entraré y preguntaré dónde podemos comer algo —dijo David señalando la ferretería Staley.

Angela asintió. Ella y Nikki se quedaron mirando el escaparate de una zapatería.

David volvió al cabo de un momento.

—Dicen que el puesto ambulante está bien para algo rápido, pero que si queremos comer bien vayamos al Iron Horse. Yo voto por lo rápido.

—Yo también —dijo Nikki.

—Pues no se hable más —añadió Angela.

Los tres pidieron las típicas hamburguesas; pan tostado, cebolla cruda y bastante ketchup. Cuando terminaron, Angela le pidió que la esperaran un momento.

—No puedo ir a ninguna entrevista si antes no me lavo los dientes —dijo.

Después de pagar la cuenta, David cogió unos cuantos caramelos de menta. Cuando volvían al coche se cruzaron con una mujer que llevaba de una correa a un cachorro de perdiguero.

—¡Qué mono! —exclamó Nikki.

Amablemente, la señora se detuvo para que Nikki acariciase al cachorrillo.

—¿Qué edad tiene? —preguntó Nikki.

—Tres meses —respondió la mujer.

—¿Nos podría indicar cómo se va al Bartlet Community Hospital?

—Claro —contestó la mujer—. Suban por el parque. La calle de la derecha es Front Street, lleva directo hasta la puerta del hospital.

Le dieron las gracias y se pusieron en marcha. Nikki andaba de lado para no perder de vista al cachorro.

—Es una monada —dijo Nikki—. ¿Si venimos a vivir aquí podré tener perro?

David y Angela se miraron, enternecidos. Después de todos los problemas médicos por los que había tenido que pasar, la modesta petición de Nikki conmovió sus corazones.

—Claro que podrás tener un perro —respondió Angela.

—Y lo elegirás tú —añadió David.

—Bueno, pues entonces quiero vivir aquí —afirmó Nikki—. ¿Vendremos?

Angela miró a David con la esperanza de que contestara él, pero David le indicó que lo hiciera ella. Angela se esforzó por encontrar una respuesta. No sabía qué contestar.

—No es tan fácil decidir si nos quedaremos a vivir aquí —dijo por fin—. Hay que tener en cuenta muchas cosas.

—¿Qué cosas? —preguntó Nikki.

—Pues, por ejemplo, si nos dan trabajo a tu padre y a mí —dijo Angela aliviada de haber encontrado una respuesta tan sencilla.

Los tres se dirigieron hacia el coche.

A pesar de que ya sabían que proporcionaba asistencia sanitaria a más de medio estado, el Bartlet Community Hospital les pareció más grande y más impresionante de lo que habían imaginado. Aunque una señal indicaba que había un aparcamiento en la parte trasera, David aparcó junto a la puerta principal y dejó el motor encendido.

—Es muy bonito —dijo David—. Nunca hubiera pensado que un hospital pudiera ser bonito.

—¡Y qué vistas! —dijo Angela.

El hospital estaba situado en una colina de la parte septentrional de la ciudad. Se orientaba al sur y la fachada principal quedaba bañada por el sol. Por debajo de ellos, en la base de la colina, se extendía la ciudad, de la que destacaba el chapitel de la iglesia metodista. A lo lejos, las montañas Verdes dibujaban un borde festoneado en el horizonte.

—Será mejor que entremos —dijo Angela dándole unos golpecitos en el brazo—. Tengo la entrevista dentro de diez minutos.

David arrancó y se dirigió al aparcamiento. Había dos terrazas que hacían las veces de aparcamientos y estaban separadas por una hilera de árboles. Encontraron una entrada para visitantes en el propio aparcamiento.

Unas señales estratégicamente colocadas les condujeron a las oficinas de administración. Una solícita secretaria les indicó dónde podían encontrar el despacho del director del hospital, Michael Caldwell.

Angela llamó a la puerta, que estaba abierta. Michael Caldwell levantó la vista del escritorio y se puso de pie para saludarla. De tez olivácea y complexión atlética, a Angela le recordó a David. Además, iba muy bien vestido. También debía de tener unos treinta y tantos años, y más de uno ochenta de estatura. Y como David, también llevaba la raya en medio por una tendencia natural del cabello. Pero ahí se acababan los parecidos. Las facciones de Caldwell eran más duras que las de David, y tenía una nariz estrecha y aguileña.

—¡Pasen! —dijo Caldwell con entusiasmo—. ¡Entren los tres! —acercó unas sillas.

David miró a Angela. Angela se encogió de hombros. Si Caldwell quería entrevistar a toda la familia, a ella le parecía bien.

Después de las presentaciones, Caldwell volvió a sentarse detrás del escritorio con la carpeta de Angela delante.

—He leído su expediente y estoy realmente impresionado —comentó Caldwell.

—Gracias —respondió Angela.

—Para ser sincero, no esperaba encontrarme una mujer patólogo —dijo Caldwell—. Pero con el tiempo he aprendido que es una especialidad muy atractiva para muchas mujeres.

—Permite un horario de trabajo más estable —dijo Angela—. Y puede compatibilizarse la profesión de médico con la de tener una familia. —Estudió a Caldwell. Su comentario le había hecho sentirse incómoda, pero tampoco quería empezar con prejuicios.

—Por las cartas de recomendación de la Universidad de Columbia que ha presentado, deduzco que para el departamento de patología del Boston Hospital es usted una de sus residentes más brillantes.

—He intentado hacer bien mi trabajo —comentó Angela sonriendo.

—Y no es menos impresionante su expediente de la Columbia Medical School —añadió Caldwell—. Nos encantaría que se quedase con nosotros. Así de claro. ¿Alguna pregunta?

—David también tiene una entrevista de trabajo en Bartlet —dijo Angela—, en una de las más importantes organizaciones de asistencia sanitaria del estado: la Asistencia Médica Global.

—Nosotros la llamamos la AMG —dijo Caldwell—. Es la única organización de asistencia sanitaria de la zona.

—En mi carta ya indicaba que mi trabajo estaba condicionado al de mi marido —dijo Angela—, y lo mismo a la inversa.

—Lo sé —dijo Caldwell—. De hecho, me he tomado la libertad de contactar con la AMG y he hablado de la solicitud de David con el jefe regional, Charles Kelly. Las oficinas de la AMG están en este mismo edificio. No puedo hablar en nombre de ellos, por supuesto, pero me parece que no habrá problemas.

—En cuanto acabemos aquí tengo que reunirme con el señor Kelley —dijo David.

—Perfecto —repuso Caldwell—. Pues bien, doctora Wilson, el hospital estaría encantado de ofrecerle el puesto de patóloga asociada. Tendría que trabajar con otros dos médicos, y durante el primer año su sueldo será de ochenta y dos mil dólares.

Cuando Caldwell apartó la vista para mirar el expediente, Angela miró a David. Ochenta y dos mil dólares al año parecían una fortuna después de tantos años de deudas opresivas e ingresos exiguos. David la miró con aire de complicidad, como demostración de que estaban pensando lo mismo.

—También tengo una información que concierne a ciertos interrogantes de su carta —dijo Caldwell. Dudó un momento y luego añadió—: Quizá tendríamos que hablarlo en privado.

—No es necesario —respondió Angela—. Supongo que se refiere a la fibrosis cística de Nikki. Ella participa activamente en su curación y, por lo tanto, no hay secretos.

—Muy bien —contestó Caldwell. Le sonrió bondadosamente a Nikki antes de continuar—. Me he enterado de que en el hospital tenemos un paciente con la misma enfermedad. Se llama Caroline Helmsford. Tiene nueve años. Les he conseguido una cita con su médico, el doctor Bertrand Pilsner. Es un pediatra de la AMG.

—Le agradezco su interés —dijo Angela.

—No hay de qué —añadió Caldwell—. Nos gustaría mucho que se quedaran a vivir en nuestra encantadora ciudad. Pero debo confesar que cuando hice las primeras gestiones aún no había leído la carta en profundidad. Quizá debería saber más cosas para así poderles ser más útil.

—¿Por qué no le explicas al señor Caldwell lo que es la fibrosis cística? —dijo Angela mirando a Nikki.

—La fibrosis cística es un problema hereditario —explicó con tono seguro y serio—. Cuando ambos padres son portadores, existe el veinticinco por ciento de probabilidades de que sus hijos lo hereden. La enfermedad se da en uno de cada dos mil recién nacidos. —Caldwell intentó mantener la sonrisa. Era desconcertante oír una disertación así de labios de una niña de ocho años—. El problema principal se produce en el sistema respiratorio —prosiguió Nikki—. La mucosa de los pulmones de los enfermos es mucho más densa que la de la gente sana. Los pulmones encuentran dificultades a la hora de eliminar estas mucosas, y ello produce congestiones e infecciones. La bronquitis crónica y la neumonía son sus peores consecuencias. Los síntomas son muy variados. Algunas personas sufren graves secuelas; otras, como es mi caso, sólo tienen que tener cuidado de no constiparse y deben practicar una terapia respiratoria.

—Muy interesante —dijo el doctor Caldwell—. Pareces una experta. Quizá de mayor te gustará estudiar medicina.

—Sí —dijo Nikki—. Pienso especializarme en enfermedades respiratorias.

—¿Qué les parece a los doctores y a la futura doctora una visita al edificio donde se encuentran los despachos médicos? De paso les presentaré al doctor Pilsner.

Había muy poca distancia desde el viejo edificio central de administración hasta el de los consultorios médicos, de más reciente construcción. Tras un corto paseo atravesaron una puerta antiincendios. El suelo del pasillo, antes de linóleo, estaba ahora cubierto por una lujosa moqueta.

El doctor Pilsner tenía una jornada de tarde bastante apretada, pero amablemente hizo un hueco para recibirles. Su espesa barba blanca le hacía parecer una especie de Santa Claus. Se inclinó para darle la mano a Nikki. Enseguida se quedó cautivado con la niña y la trató como a un adulto.

—Tenemos unos magníficos terapeutas para todo tipo de enfermedades respiratorias —explicó el doctor Pilsner a los Wilson—. Y el hospital cuenta con las más modernas instalaciones. Yo mismo he hecho un máster en enfermedades respiratorias en el Hospital Infantil de Boston. Creo que podemos atender a Nikki perfectamente.

—¡Fantástico! —dijo Angela, impresionada y aliviada—. Resulta reconfortante. Desde la enfermedad de Nikki todas nuestras decisiones están en función de sus necesidades.

—Pues lo han hecho muy bien —dijo el doctor Pilsner—. Bartlet es una buena elección: baja contaminación y aire puro. Si no tiene alergia al polen, creo que éste es el lugar apropiado para su hija.

Caldwell acompañó a los Wilson a las oficinas regionales de la AMG. Antes de marcharse, les pidió que pasaran por su despacho después de la entrevista de David.

La recepcionista de la AMG les indicó una pequeña sala de espera. Casi enseguida, Charles Kelley salió de su despacho.

Kelley era muy alto y superaba a David en más de veinte centímetros. Su rostro estaba tostado por el sol y tenía cabello color arena con algunos mechones muy rubios. Iba vestido pulcramente con un traje a medida. Era muy sociable y entusiasta, parecía más un todopoderoso vendedor que el administrador de una sociedad médica.

Al igual que Caldwell, Kelley hizo pasar la familia Wilson a su despacho. Y también se mostró igualmente cortés.

—Si he de ser sincero, le necesitamos, David —dijo Kelley dando unos golpecitos en la mesa con el puño cerrado—. Queremos que forme parte de nuestro equipo. Nos ha impresionado muy positivamente su trabajo de médico interno residente en una institución como el Boston Hospital. Cada vez se viene más gente de la ciudad a vivir al campo, y nosotros necesitamos expertos como usted. Nos será de gran utilidad en nuestro equipo de atención primaria.

—Me alegro de que esté tan convencido —dijo David un poco abochornado.

—La AMG se está expandiendo rápidamente en la zona de Vermont, y sobre todo en el propio Bartlet —se vanaglorió Kelley—. Tenemos contratos con la fábrica de perchas, la universidad, la empresa de material informático y con todos los trabajadores de las empresas estatales y municipales.

—Suena a monopolio —bromeó David.

—Nosotros pensamos que es debido a nuestro esfuerzo por lograr una mayor calidad de la medicina y un mejor control de los costes.

—Por supuesto —corroboró David.

—Su sueldo será de cuarenta y un mil dólares el primer año —añadió Kelley.

David asintió. Sabía que tendría que aguantar algunas bromas de Angela, ya que su sueldo sería mucho mayor. Y aunque eso era algo con lo que ya contaban, nunca hubieran imaginado que fuera el doble.

—¿Quiere que le enseñe su futuro despacho? —dijo Kelley, impaciente—. Así verá un poco lo que hacemos y podrá hacerse una idea del ambiente de trabajo.

David miró a Angela. El estilo de Kelley era más agresivo que el de Caldwell.

A David, el despacho le pareció un sueño. La vista orientada al sur, hacia las montañas Verdes, era casi perfecta. Parecía un cuadro.

David vio a cuatro pacientes que leían revistas en la sala de espera. Miró a Kelley en busca de una explicación.

—Compartirá este despacho con el doctor Randall Portland —explicó Kelley—. Es traumatólogo, además de un buen tipo. Hemos pensado que compartir recepcionistas y enfermeras permite optimizar los recursos. Espere un momento, voy a mirar si puede salir a saludarle.

Kelley dio unos golpecitos a algo que en apariencia era un espejo. Se abrió. Detrás había una recepcionista. Kelley habló con ella un momento antes de volver a cerrar la partición disimulada como espejo.

—Saldrá enseguida —dijo Kelley, uniéndose a los Wilson.

Luego les explicó cómo estaba distribuido el centro. Abrió la puerta del lado oeste de la sala de espera y pasaron a una zona recién decorada que albergaba unas salas de reconocimiento vacías. Les acompañó al que sería el despacho privado de David. Tenía la misma vista fabulosa que la sala de espera.

—Hola a todos —exclamó alguien.

Los Wilson, que estaban mirando por la ventana, se volvieron y vieron entrar en la habitación a un hombre joven y de aspecto tenso. Era el doctor Randall Portland. Kelley se lo presentó a los tres. Nikki, como había hecho con el doctor Pilsner, también le dio la mano.

—Llámame Randy —dijo el doctor Portland al estrechar la mano de David.

David tuvo la sensación de que Portland le estaba examinando de arriba abajo.

—¿Juegas a baloncesto? —le preguntó Randy.

—De vez en cuando —contestó David—. Últimamente no he tenido mucho tiempo.

—Espero que os quedéis en Bartlet —dijo Randy—. Necesitamos más jugadores de baloncesto. O por lo menos alguien que me sustituya.

David sonrió.

—Me alegro de haberos conocido, amigos. Lo siento, pero tengo trabajo.

—Es una persona muy ocupada —le explicó Kelley después de que Portland saliera—. Sólo tenemos dos traumatólogos, y necesitaríamos tres.

David se volvió hacia el hipnotizante paisaje que se veía por la ventana.

—¿Bueno, qué le parece? —preguntó Kelley.

—Estoy impresionado —respondió David, mirando a Angela.

—Tendremos que sopesarlo todo seriamente —añadió Angela.

Después de dejar a Kelley, los Wilson se dirigieron al despacho del doctor Caldwell. El doctor insistió en enseñar el hospital a Angela y a David. Nikki se quedó en la guardería al cuidado de unos voluntarios ataviados de rosa.

La primera parada del itinerario fue el laboratorio. A Angela no le sorprendió encontrarse con una verdadera maravilla. Después de mostrarle la sección de patología, la especialidad que más había trabajado Angela, Caldwell le presentó al jefe del departamento, el doctor Benjamin Wadley.

El doctor Wadley tenía aspecto distinguido, era un caballero de unos cincuenta años y de cabello plateado. A Angela le chocó lo mucho que le recordaba a su padre.

Después de las presentaciones, el doctor Wadley les preguntó por su hija. Antes de que pudieran contestar, se deshizo en elogios sobre el sistema educacional del colegio de Bartlet.

—A mis hijos les fue muy bien. Uno está estudiando en la Universidad de Weslayan, Connecticut, y la otra ya casi ha conseguido que la admitan en la Universidad de Smith.

Poco después de despedirse de Wadley y mientras seguían a Caldwell, Angela hizo un aparte con David y le susurró:

—¿Has advertido que el doctor Wadley se parece muchísimo a mi padre?

—Pues ahora que lo dices, es verdad —dijo David—. Tiene el mismo tipo de seguridad y aplomo.

—Me ha parecido algo verdaderamente curioso —dijo Angela.

—Bueno, pero no nos dejemos llevar por imaginaciones producto de los nervios —bromeó David.

La siguiente parada del recorrido fue la sala de urgencias, y a continuación el Centro de Exploración por la Imagen. David se quedó muy impresionado por el recién adquirido aparato de resonancia magnética.

—Es mejor que el del Boston Hospital —señaló David—. ¿De dónde han sacado el dinero?

—El Centro de Exploración por la Imagen es el resultado de una experiencia conjunta entre el hospital y el doctor Cantor, uno de los médicos de plantilla —le explicó Caldwell—. Renuevan el material continuamente.

Después del Centro de Exploración por la Imagen, David y Angela recorrieron el nuevo edificio de radioterapia, que contaba con un modernísimo acelerador lineal. De allí volvieron al edificio principal y a la unidad de cuidados intensivos para neonatos.

—No sé qué decir —reconoció David después del recorrido.

—Nos habían dicho que el hospital estaba muy bien equipado —dijo Angela—, pero es mucho mejor de lo que habíamos imaginado.

—Nos sentimos razonablemente orgullosos —explicó Caldwell mientras les acompañaba a su despacho—. Hicimos grandes mejoras para conseguir el acuerdo con la AMG. Tuvimos que competir con el Valley Hospital y con el Mary Sackler. Por suerte, nosotros nos quedamos con el contrato.

—Pero todos estos equipos y todas estas mejoras han debido costar una fortuna —dijo David.

—Eso sería subestimar la realidad —convino Caldwell—. No es fácil sacar adelante un hospital en los tiempos que corren, sobre todo en una época de gran competencia impuesta por las autoridades sanitarias. Los ingresos bajan y los costes suben. Es muy difícil mantenerse en el mercado. —Caldwell le pasó a David un sobre color manila—. Ahí encontrará bastante información sobre el hospital. Quizá les sirva para trasladarse aquí y aceptar nuestras ofertas de trabajo.

—¿Y el alojamiento? —preguntó Angela tras una pequeña duda.

—Me alegro de que lo pregunte —dijo Caldwell—. Había

olvidado comentarles que se pasaran por el Green Mountain National Bank y hablasen con Barton Sherwood. El señor Sherwood es el vicepresidente del consejo de administración del hospital. Cuando le vean se darán cuenta del gran apoyo con que cuenta el hospital en nuestra comunidad.

Después de rescatar a una reticente Nikki de la guardería, donde se lo había pasado en grande, los Wilson se dirigieron en coche al parque para, desde allí, ir andando al banco. Barton Sherwood los reconoció a la primera, algo que ya empezaba a resultarles familiar en Bartlet.

—Sus solicitudes han sido consideradas favorablemente en la última reunión del consejo ejecutivo —explicó Barton Sherwood reclinándose en el respaldo de su sillón, e introduciendo los pulgares en los bolsillos del chaleco. Era un hombre delgado, de unos sesenta años, de cabello lacio y bigote fino—. Esperamos de todo corazón que se unan a la familia del Bartlet Community Hospital. Y para animarles a que se decidan por Bartlet, el Green Mountain National Bank está dispuesto a concederles dos tipos de hipoteca para que puedan comprarse una casa.

David y Angela estaban tan sorprendidos que se quedaron boquiabiertos. Ni por asomo hubieran imaginado que podrían comprarse una casa durante el primer año de trabajo. Casi no tenían dinero en el banco y sí un montón de deudas de sus carreras universitarias; debían unos ciento cincuenta mil dólares. Sherwood siguió explicándoles los pormenores del crédito, pero Angela y David no podían concentrarse en los detalles. No se atrevieron a hablar hasta que no estuvieron otra vez dentro del coche.

—Es increíble —dijo David.

—Es demasiado bonito para ser verdad —añadió Angela.

—¿Nos quedaremos en Bartlet? —preguntó Nikki.

—Ya veremos —contestó Angela.

Como David había conducido en el viaje de ida, Angela se ofreció a llevar el coche de vuelta a Boston. Mientras ella conducía, David estudió cuidadosamente los papeles que les había entregado Caldwell.

—Esto es muy interesante —comentó David—. Hay un recorte de un periódico local sobre la firma del contrato entre el Bartlet Community Hospital y la AMG. Explica que el acuerdo se consumó cuando el consejo de administración del hospital, liderado por Harold Traynor, aceptó la principal exigencia de la AMG: hospitalización del enfermo a cambio de una cuota mensual por determinar. Es un sistema de control de costes aconsejado por el gobierno y apoyado por todas las sociedades médicas.

—Es un buen ejemplo de cómo los hospitales y los médicos se ven obligados a hacer concesiones —comentó Angela.

—Tienes razón —confirmó David—. Para conseguir la capitación, el hospital actúa como una entidad aseguradora. Y así, asume los riesgos sanitarios de los asegurados de las sociedades médicas.

—¿Qué es la capitación? —preguntó Nikki.

—La capitación —contestó David dándose la vuelta—, es cuando una organización recibe una cierta cantidad de dinero por persona. En los planes de salud, esta cantidad se suele abonar mensualmente.

Nikki seguía un tanto confundida.

—Veámoslo con un ejemplo —David volvió a intentarlo—. Supongamos que la AMG paga cien mil dólares al mes al Bartlet Community Hospital según el plan de salud contratado. Si durante ese mes alguno de los socios de la AMG tiene que ser hospitalizado, la AMG no tiene que pagar nada. Pero si durante ese mes nadie se pone enfermo, el hospital se queda con la mejor parte. ¿Pero qué pasaría si todo el mundo se pone enfermo a la vez y tiene que ir al hospital? ¿Qué crees que pasaría?

—La mareas con tantas cosas —dijo Angela.

—Lo comprendo —dijo Nikki—. Si todo el mundo se pone enfermo a la vez, el hospital se arruinaría.

—¿Has oído eso? —David sonrió con satisfacción y le dio un pellizco en la mejilla a Nikki—. Ésta es mi niña —añadió triunfante.

Unas horas después estaban de vuelta en casa. Su apartamento estaba en Southend y Angela tuvo la suerte de encontrar un sitio para aparcar a media manzana de casa. David despertó suavemente a Nikki, que estaba dormida. Anduvieron juntos hasta llegar al portal y subieron andando por las escaleras hasta el cuarto piso.

—¡Oh, no! —exclamó Angela.

Ella había sido la primera en llegar al apartamento.

—¿Qué pasa? —preguntó David, mirando por encima de Angela.

Angela señaló hacia la puerta. El marco estaba arrancado en el lugar donde habían metido la palanca. David se acercó y empujó la puerta, que se abrió. Las tres cerraduras estaban rotas.

David entró y encendió la luz. El apartamento había sido saqueado: los muebles estaban patas arriba y el contenido de armarios y cajones, desparramado por el suelo.

—¡Oh, no! —chilló Angela con lágrimas en los ojos.

—¡Tranquilidad! —dijo David—. Lo hecho hecho está. No nos pongamos histéricos.

—¿Qué quieres decir con «no nos pongamos histéricos»? —replicó Angela—. Han destrozado la casa, el televisor ha desaparecido...

—Podemos comprarnos otro televisor —dijo David tranquilamente.

Nikki volvió de su habitación y les comunicó que no habían tocado nada.

—Algo es algo —dijo David.

Angela desapareció en su habitación mientras David inspeccionaba la cocina. Todo estaba en orden, a excepción de un poco de helado derramado sobre el mostrador.

David cogió el teléfono y marcó el número de la policía; mientras esperaba a que cogieran apareció Angela con lágrimas en las mejillas y llevando un pequeño joyero vacío.

Después de dar los detalles a la telefonista de la policía, David se volvió hacia su mujer. Angela intentaba controlarse.

—No me des una de tus respuestas tan racionales —consiguió balbucear Angela—. No me digas que podemos comprar otras joyas.

—Está bien, está bien —dijo David, conciliador.

—Volver aquí para contemplar nuestro hogar desvalijado

hace bastante más agradable la perspectiva de Bartlet —dijo Angela enjugándose las lágrimas con la manga de la camisa—. Si las cosas han de ser así, estoy decidida a olvidarme para siempre de estas pesadillas urbanas.

—No tengo nada personal contra él —le estaba explicando el doctor Randall a su mujer Arlene tras haber cenado.

La mujer indicó a sus hijos Mark y Allen que recogieran la mesa.

—No quiero compartir mi despacho con un internista.

—¿Y por qué no? —preguntó Arlene, cogiendo los platos que le pasaban sus hijos y echando los restos de comida a la trituradora de basuras.

—Pues porque no quiero que mis pacientes de posoperatorio tengan que compartir la sala de espera con una pandilla de enfermos contagiosos —espetó Randy.

Volvió a poner el corcho en la botella de vino y la guardó en la nevera.

—De acuerdo —dijo Arlene—. Eso me parece razonable. Pensaba que era la típica trifulca juvenil de cirujano contra internista.

—No seas ridícula —respondió Randy.

—¿No te acuerdas de las bromas que hacías sobre los internistas cuando eras médico residente? —le recordó Arlene.

—Eso sólo eran sanas disputas verbales —dijo Randy—. Pero esto es distinto. No quiero que nadie contagie a mis pacientes. Llámalo superstición si quieres. Pero últimamente llevo una racha muy mala con mis enfermos y eso me deprime.

—¿Podemos ver la tele? —preguntó Mark.

A su lado estaba Allen, que tenía unos ojos grandes y angelicales. Tenían siete y seis años respectivamente.

—Ya hemos hablado de eso otras... —empezó Arlene, pero se detuvo. No podía resistirse a la mirada suplicante de sus hijos. Además quería hablar a solas con Randy—. De acuerdo, sólo media hora.

—¡Guay! —exclamó Mark. Allen le imitó, y los dos fueron a ver la televisión.

Arlene cogió a Andy del brazo y le condujo a la sala. Le obligó a sentarse en el sofá y ella se sentó en una silla enfrente.

—No me gusta que hables así —dijo ella—. ¿Sigues obsesionado por lo de Sam Flemming?

—Claro que estoy obsesionado con lo de Sam Flemming —dijo Randy, irritado—. Nunca se me había muerto un paciente cuando era residente y ahora se me han muerto tres.

—Hay ciertas cosas que no puedes controlar —dijo Arlene.

—No tendría que habérseme muerto ninguno —dijo Randy—. Y menos en una especialidad como la mía. Yo soy un médico de huesos que se ocupa de arreglar extremidades.

—Creí que ya habías superado la depresión.

—Vuelvo a tener problemas de insomnio —reconoció Randy.

—Quizá deberías llamar al doctor Fletcher —sugirió Arlene.

Antes de que Randy pudiera contestar, sonó el teléfono. Arlene se sobresaltó. Odiaba ese sonido, sobre todo cuando Randy tenía algún paciente recuperándose en el hospital. Contestó al segundo timbrazo deseando que fuera una llamada sin importancia. Por desgracia no lo era. Era un recepcionista del Bartlet Community Hospital que quería hablar con el doctor Portland.

Arlene le pasó el auricular a su marido. Randy lo cogió de mala gana. Palideció al cabo de un momento. Colgó el receptor en su sitio y miró a Arlene.

—William Saphiro está muy mal. Le he operado de la rodilla esta mañana. Es increíble. Igual que el otro. Tiene fiebre y está desorientado. Casi seguro que es neumonía.

—Lo siento —dijo ella, acercándose a su marido y abrazándole. No sabía qué decirle.

Randy guardó silencio. Estuvo un buen rato sin moverse. Cuando lo hizo, se libró de los brazos de Arlene y salió por la puerta de atrás sin pronunciar palabra. Arlene observó desde la ventana de la cocina cómo sacaba el coche del garaje y llegaba a la calle. Se enderezó y sacudió la cabeza. Estaba preocupada por su marido, pero no sabía qué podía hacer.

CAPÍTULO 2

LUNES 3 DE MAYO

Harold Traynor jugueteaba con el mazo de caoba con incrustaciones de oro que había comprado en Shreve Crump & Low, en Boston. Presidía la mesa de reuniones del Bartlet Community Hospital. Frente a él se encontraba el atril que había hecho construir especialmente para la sala de conferencias. Encima del atril estaban sus notas, que su secretaria había mecanografiado a primera hora de la mañana. En el centro de la mesa se extendían distintos tipos de instrumentales y parafernalia médica que esperaban la evaluación del consejo. Por encima de aquella confusión destacaba la maqueta del nuevo edificio de aparcamientos.

Traynor miró su reloj: eran las seis de la tarde. Cogió el mazo con la mano derecha y dio unos golpes. El cuidado de los detalles y la puntualidad eran dos virtudes que Traynor valoraba especialmente.

—Se inicia la sesión del Comité Ejecutivo del Bartlet Comunity Hospital —anunció con toda la pompa del mundo. Llevaba su mejor traje de rayas y calzaba unos zapatos impecablemente bruñidos. Medía poco más de uno sesenta y se sentía muy acomplejado. Se peinaba la oscura y escasa cabellera de forma que le ocultara la calva de la coronilla.

Traynor dedicaba mucho tiempo a preparar las reuniones del consejo, tanto en la forma como en el fondo. El día de la reunión, al volver de Montpelier, adonde había ido por la mañana, fue directo a su casa a ducharse y a cambiarse de ropa. No disponía de tiempo y no pasó por su despacho. Harold Traynor era abogado especializado en planificación urbana y fiscalidad. Además, se dedicaba a los negocios y tenía acciones en algunas empresas de la ciudad.

Sentados frente a él estaban Barton Sherwood, vicepresidente del consejo; Helen Beaton, directora del hospital; Michael Caldwell, vicepresidente y director médico del hospital; Richard Arnsworth, tesorero; Clyde Robertson, secretaria; y el doctor Delbert Cantor, actual jefe de personal.

Siguiendo el rígido protocolo parlamentario recomendado en el *Libro Robert del Protocolo*, que Traynor había comprado al acceder a la presidencia del consejo, le pidió a Clyde Robertson que leyera el acta de la última sesión.

Una vez leída y aprobada el acta, Traynor carraspeó antes de iniciar el informe mensual de la presidencia. Miró a todos los miembros del comité ejecutivo, asegurándose de que estaban atentos. Sólo hubo la habitual excepción: el doctor Cantor, que como siempre parecía aburrido y se entretenía en limpiarse las uñas.

—Nos enfrentamos a retos muy importantes —empezó Traynor—. Como centro asistencial de la región hemos salvado alguno de los problemas financieros de los pequeños hospitales rurales, aunque no todos. En una situación tan difícil como la actual, tendremos que trabajar aún más que en el pasado para lograr que el hospital salga adelante. Aun así, de vez en cuando una pequeña luz ilumina nuestro duro camino. Supongo que ya se habrán enterado de la muerte de William Saphiro. El señor Saphiro, un apreciado amigo y cliente, murió la semana pasada a causa de una neumonía sobrevenida tras una operación de rodilla. Y aun sintiendo mucho su inesperada desaparición, me complace anunciarles que el señor Saphiro había dejado al hospital como único beneficiario de un seguro de vida por valor de tres millones de dólares.

Entre los presentes se extendió un murmullo de aprobación. Traynor levantó la mano pidiendo silencio.

—Este gesto tan sumamente caritativo no podía haber llegado en mejor momento. Aunque sea momentáneamente, cubriremos los números rojos. La mala noticia del mes es que nuestro fondo de amortización para la emisión de bonos ha quedado muy lejos de los objetivos fijados inicialmente. —Traynor miró a Sherwood, que movía el bigote con una especie de tic nervioso—. Tendremos que mantener a flote los bonos y para ello habrá que invertir una buena parte de los tres millones de dólares de la donación.

—No todo ha sido culpa mía —soltó abruptamente Sherwood—. Se me apremió para que maximizase los réditos de los bonos, y eso implicaba riesgos.

—La presidencia no está de acuerdo con Barton Sherwood —espetó Traynor.

Por un instante pareció que Sherwood iba a replicar, pero guardó silencio.

Traynor estudió sus notas, en un esfuerzo para recuperarse del ataque de Sherwood. Traynor odiaba los altercados.

—Gracias a la donación del señor Saphiro —continuó—, la debacle de los fondos de amortización no resultará catastrófica para nuestro hospital. El problema será tratar de evitar que los inspectores detecten nuestro déficit. No podemos permitirnos trastocar el valor de cambio de nuestros bonos. En consecuencia, nos veremos obligados a posponer el lanzamiento de una nueva emisión de bonos para el aparcamiento hasta que se repongan los fondos de amortización. Como medida provisional, y para prevenir nuevas agresiones a nuestras enfermeras, he dado instrucciones a nuestra directora Helen Beaton para poner iluminación en el aparcamiento.

Traynor miró a su alrededor. Según el *Libro del Protocolo*, ese asunto tendría que haber sido presentado como una moción: debatido y votado. Pero nadie presentó la moción.

—El último punto concierne al doctor Dennis Hodges —dijo Traynor—. Como saben, el doctor Hodges desapareció el pasado mes de marzo. La semana anterior me reuní con nuestro jefe de policía, Wayne Robertson, para tratar el caso. No hay ninguna pista de su paradero. Tampoco hay indicios de que esté envuelto en algo turbio. Pero el comisario Robertson me ha comentado que cuanto más tiempo esté desaparecido, más probabilidades hay de que esté muerto.

—Probablemente anda por ahí —dijo el doctor Cantor—. Conociendo a ese cabrón yo diría que debe estar en Florida, riéndose de toda esta mierda de problemas burocráticos.

—¡Por favor! —exclamó Traynor, al tiempo que utilizaba la maza—. Guardemos la compostura.

Cantor cambió su expresión de aburrimiento por otra de desdén, pero siguió callado. Traynor lo miró antes de volver a tomar la palabra:

—Cualesquiera sean nuestros sentimientos personales hacia el doctor Hodges, está claro que ha jugado un papel muy importante en la historia de este hospital. De no haber sido por él esta institución sólo sería uno más de tantos centros sanitarios rurales. Se merece que nos preocupemos por su situación. Quiero que el comité ejecutivo sepa que la mujer del doctor Hodges, que está separada de él, ha decidido vender la casa. Desde hace años está instalada en Boston, su ciudad de origen. Durante un tiempo mantuvo la esperanza de que su marido apareciese, pero después de una conversación con el jefe Robertson decidió romper sus lazos con Bartlet. Menciono este asunto por si en un futuro próximo el consejo considerase la posibilidad de levantar un monumento en reconocimiento a la contribución del doctor Hodges al Bartlet Community Hospital.

Al terminar, recogió sus notas y le pasó formalmente las riendas de la reunión a Helen Beaton para que leyera el informe mensual de la presidencia. Beaton apartó la silla y se levantó. Tenía unos treinta y cinco años. Era una mujer de cara redondeada, no muy distinta de la de Traynor, y pelo corto castaño rojizo. Llevaba un traje de chaqueta azul marino acompañado con un pañuelo de seda.

—Este mes he hablado con varios grupos cívicos —explicó Helen—. Y con todos he empleado el mismo argumento: las dificultades financieras del hospital. Me ha resultado muy interesante comprobar que la mayoría de la gente desconocía nuestras dificultades a pesar de que hemos salido continuamente en los periódicos. En mis conversaciones intenté poner de relieve la importancia económica del hospital para la ciudad y la región. Les hice ver que si el hospital cerrase todo el mundo saldría perjudicado. Después de todo, el hospital es el mayor empresario de esta región. También les recordé que no hay una base tributaria para el hospital, y que la emisión de bonos ha sido y será la única forma de que sigamos funcionando. —Beaton hizo una pausa mientras revisaba sus notas—. Y por lo que respecta a las malas noticias —enseñó varios gráficos que ilustraban la información que iba a facilitar—, las admisiones de pacientes en abril han sido un doce por ciento superiores a las previstas. El censo diario ha sido un ocho por ciento más elevado que el de marzo, y la media de estancias se ha fijado por encima del seis por ciento. Como más tarde explicará nuestro tesorero Richard Arnsworth, son cifras un tanto preocupantes. —Beaton cogió el último gráfico—. Finalmente, he de informar de un descenso en la utilización de las urgencias que, como saben, no entra dentro del acuerdo con la AMG. Y lo que aún es peor, la AMG se ha negado a pagar algunas de nuestras reclamaciones de urgencias alegando que los interesados incumplían sus normas.

—¡El hospital no tiene la culpa! —exclamó el doctor Cantor.

—A la AMG le traen sin cuidado nuestros tecnicismos —dijo Beaton—. Por tanto, nos hemos visto obligados a cobrar directamente a los pacientes. Como es normal, ha habido protestas. Algunos se han negado a pagar y nos han dicho que se lo reclamemos a la AMG.

—La asistencia sanitaria se está convirtiendo en una auténtica pesadilla —observó Sherwood.

—Explíqueselo a su representante en Washington —repuso Beaton.

—No nos vayamos por las ramas —dijo Traynor.

Beaton volvió a mirar sus notas y continuó:

—Los indicadores cualitativos de abril se han mantenido dentro de las expectativas. El número de incidencias ha sido inferior al de marzo y no se han producido nuevas demandas por negligencias médicas.

—Las maravillas no se acaban nunca —comentó el doctor Cantor.

—Otras noticias desagradables del mes de abril han sido los disturbios sindicales —continuó Beaton—. En los departamentos de dietética y de mantenimiento. No hace falta mencionar que la sindicalización añadiría nuevos problemas a nuestra situación financiera.

—Es un problema tras otro —dijo el doctor Sherwood.

—Tenemos dos unidades con índices de utilización muy bajos: cuidados intensivos para neonatos y el acelerador lineal. En abril analicé la situación con la AMG, ya que los costes de mantenimiento de estas unidades son muy elevados. Tuve que recordarles que habían sido ellos los que solicitaron esos servicios. Los de la AMG, prometieron traspasarnos pacientes de hospitales que no posean estas instalaciones, y remunerarnos por ello.

—Eso me recuerda algo —dijo Traynor, que como era el presidente consideraba que tenía derecho a interrumpir cuando quisiera—. ¿En qué estado está la vieja máquina de cobalto-60 que sustituimos por el acelerador lineal? ¿Han dicho algo los de la división estatal de permisos o los de la comisión de energía nuclear?

—Nada de nada —respondió Beaton—. Les hemos informado que hemos vendido la máquina a un hospital de Paraguay y que estamos esperando recibir el dinero.

—No quiero meterme en ningún berenjenal burocrático por culpa de esa máquina —advirtió Traynor.

—Y finalmente —dijo Beaton volviendo a la última página de su memoria—, me temo que tengo otra mala noticia. Anoche, a eso de las doce, se produjo otro asalto en el aparcamiento.

—¿Qué? —chilló Traynor—. ¿Por qué no he sido informado?

—Yo no me enteré hasta esta mañana —explicó Beaton—. Intenté hablar con usted pero no pude localizarle. Le he dejado un mensaje.

—He pasado todo el día en Montpelier —explicó Traynor moviendo la cabeza en señal de desánimo—. ¡Mierda, hay que acabar con esto de una vez! Es un desastre para nuestra imagen, no quiero ni pensar lo que dirán los de la AMG.

—Necesitamos ese nuevo aparcamiento —dijo Beaton.

—El aparcamiento tendrá que esperar hasta que lancemos una nueva emisión de bonos —dijo Traynor—. Quiero que se ocupe inmediatamente de lo de la iluminación, ¿entendido?

—He hablado con Werner van Slyke —dijo Beaton—. Ya

se ha puesto en contacto con el contratista. Seguiré de cerca el tema para que se haga lo antes posible.

—Es increíble la cantidad de quebraderos de cabeza que produce dirigir un hospital en estos tiempos —dijo Traynor dejándose caer pesadamente en su silla y frunciendo los labios—. ¿Por qué me habré metido en esto? —Luego cogió el orden del día y llamó a Richard Arnsworth, el tesorero, para que leyera su informe.

Arnsworth se puso de pie. Era el típico contable de gafas, meticuloso y con una voz tan débil que todos tenían que esforzarse en entenderle. Empezó remitiéndoles a la hoja del balance que cada uno tenía en la carpeta que les habían entregado al principio de la reunión.

—A primera vista destaca —empezó Arnsworth— el que los gastos mensuales son todavía significativamente más elevados que los pagos de capitación del AMG. De hecho, la diferencia tiene que ver con el incremento de los ingresos de pacientes y el tiempo de estancia. También estamos perdiendo dinero con los pacientes acogidos al seguro para la tercera edad y que no pertenecen al AMG, así como con aquellos indigentes que no tienen seguro. El porcentaje de pacientes de pago o con seguro de indemnización es tan pequeño, que tendríamos que cambiar muchísimo los costes para cubrir las pérdidas. Como resultado de esas pérdidas, la liquidez del hospital es irrisoria. Así pues, he recomendado cambiar los plazos de las inversiones y pasarlas de ciento ochenta días a treinta.

—Ya hemos empezado a hacerlo —anunció Sherwood.

Cuando Arnsworth se sentó, Traynor solicitó una votación para aprobar el informe del tesorero. La idea fue secundada sin ninguna oposición. A continuación, Traynor dio la palabra al doctor Cantor para que leyera el informe de la plantilla médica.

Cantor se puso de pie lentamente y apoyó los puños en la mesa. Era una persona alta y gruesa, de tez pálida. A diferencia de sus compañeros, no llevaba ningún tipo de notas.

—Este mes sólo hay un par de cosas —dijo informalmente. Traynor miró a Beaton para atraer su atención, y luego movió la cabeza con disgusto. A Traynor no le gustaba la actitud displicente que mostraba el doctor Cantor en las reuniones—. Los anestesistas están en pie de guerra, lo que es bastante normal dado que se les ha comunicado que el hospital absorbe su departamento, y en consecuencia tendrán un sueldo fijo. Puedo imaginarme cómo se sienten, pues tuve que vivir una situación parecida bajo la administración de Hodges.

—¿Cree que emprenderán algún tipo de acción legal? —preguntó Beaton.

—Estoy convencido —dijo el doctor Cantor.

—Que hagan lo que quieran —dijo Traynor—. Con los patólogos y los radiólogos ya se ha establecido un precedente. No entiendo cómo pueden pensar en seguir cobrando las facturas como privados si estamos en régimen de capitación. Es un disparate.

—Hemos nombrado un nuevo director de recursos —dijo el doctor Cantor cambiando de tema—. Se llama doctor Chou.

—¿Podría crearnos algún problema? —preguntó Traynor.

—No lo creo —dijo el doctor Cantor—. La verdad, el puesto no le hacía mucha ilusión.

—Me reuniré con él —dijo Beaton.

Traynor asintió.

—Y la última cuestión de mi departamento —dijo el doctor Cantor—. El médico número noventa y uno. Me han dicho que durante el último mes no ha bebido ni una gota.

—Que siga a prueba otro mes —dijo Traynor—. No corramos riesgos innecesarios, ya ha tenido otras recaídas.

El doctor Canton se sentó.

Traynor preguntó si había más cuestiones y, como nadie se movió, solicitó un aplazamiento. El doctor Cantor se mostró encantado. Después de un sonoro asentimiento, Traynor dio por terminada la reunión golpeando la mesa con el mazo.

Traynor y Beaton recogieron presurosamente sus papeles. Todo el mundo salió en desbandada y se dirigió al Iron Horse. Una vez a solas, las miradas de Traynor y Beaton se encontraron. Traynor dejó la cartera, rodeó la mesa y la abrazó apasionadamente.

Salieron de la sala de reuniones cogidos de la mano para ir

a instalarse en un sofá del despacho de Beaton. Hicieron el amor ardientemente, en la penumbra, como llevaban haciendo durante el último año después de las reuniones del comité ejecutivo. No se molestaban en quitarse la ropa, la cosa no duraba mucho.

—Me parece que ha sido una buena reunión —dijo Traynor mientras se acicalaban un poco.

—Estoy de acuerdo —dijo Beaton. Encendió la luz y se acercó a un espejo que había en la pared—. Has llevado muy bien lo de la iluminación del aparcamiento. No has dado lugar a que se produjera un debate.

—Gracias —dijo Traynor, orgulloso.

—Estoy preocupada por la situación financiera —admitió Beaton mientras se arreglaba el maquillaje—. Al final el hospital tendrá que cerrar.

—Tienes razón —reconoció Traynor con un suspiro—. Yo también estoy preocupado. Me gustaría retorcerle el cuello a los de la AMG. Es irónico que esta «lucha por el control» nos lleve a la bancarrota. Este año de negociaciones con la AMG se ha convertido en cosa de vida o muerte. Si no hubiéramos aceptado lo de la capitación, no hubiéramos firmado el contrato y tendríamos que haber cerrado como el Valley Hospital. Y encima que hemos aceptado la capitación, igualmente tendremos que cerrar.

—Todos los hospitales tienen problemas —dijo Beaton—. Deberíamos tenerlo presente aunque sea un consuelo muy tonto.

—¿Crees que podríamos renegociar el contrato con la AMG? —preguntó Traynor.

—En absoluto —dijo Beaton riendo sarcásticamente.

—No sé qué más podemos hacer —dijo Traynor—. A pesar del CEN que ha puesto en marcha el doctor Cantor, estamos perdiendo dinero.

—Tenemos que modificar ese acrónimo. Es un tanto ridículo. ¿Y si cambiamos lo de Control Estricto de Necesidades por Control Estricto de Recursos? CER suena menos místico que CEN.

—Yo sigo prefiriendo CEN —dijo Traynor—. Por cierto,

me parece una tontería haber fijado una capitación tan baja.

—A Caldwell y a mí se nos ha ocurrido una idea que podría ser útil —dijo Beaton. Cogió una silla y se sentó frente a Traynor.

—¿No tendríamos que irnos ya al Iron Horse? —dijo Traynor—. No quiero que nadie sospeche nada, ésta es una ciudad muy pequeña.

—Sólo será un momento —prometió Beaton—. Caldwell y yo hemos estado dándole vueltas al motivo por el que la cifra que nos han dado los consultores se ha quedado tan corta. Y es que han tomado como punto de partida las estadísticas de hospitalización que nos había facilitado la AMG. Lo que nadie ha considerado es que esas estadísticas se basan en la experiencia de la AMG en su hospital de Rutland.

—¿Crees que la AMG nos ha facilitado cifras falsas? —preguntó Traynor.

—No —contestó Beaton—. Pero al igual que el resto de las sociedades médicas, cuando negocian con su propio hospital, la AMG incentiva a sus médicos por limitar la hospitalización, cosa que la gente no sabe.

—¿Te refieres a comisiones a los médicos? —preguntó Traynor.

—Exactamente —respondió Beaton—. Es una especie de soborno. Cuanto menor es la tasa de hospitalización de enfermos, mayor es la bonificación para los médicos. Es muy eficaz. Caldwell y yo creemos que es posible fijar algún incentivo de ese tipo en el Bartlet Community Hospital. El único problema es que para ponerlo en marcha necesitamos un pequeño capital inicial. Una vez empiece a ser operativo, se autofinanciará a medida que se vaya reduciendo la hospitalización.

—Parece una buena idea —afirmó Traynor, entusiasmado—. Quizá sumada al DUM, nos permita salir de los números rojos.

—Me reuniré con Charles Kelley para discutirlo —dijo Beaton, poniéndose el abrigo—. Espero que mientras estemos con lo del aprovechamiento de recursos, no nos den el certificado de Urgencia para la cirugía a corazón abierto. Es muy importante que *no* nos lo concedan. Los de la AMG tendrán que seguir mandando a Boston a los pacientes que necesiten un *bypass*.

—Estoy totalmente de acuerdo —dijo Traynor sujetando la puerta para que pasase Beaton.

Salieron del hospital y entraron en el aparcamiento.

—Ése ha sido uno de los motivos de mi viaje a Montpelier, he estado conspirando.

—Si nos dan el Certificado de Urgencia agravaremos los números rojos —advirtió Beaton.

Llegaron hasta sus respectivos coches, que estaban aparcados uno al lado del otro. Antes de sentarse al volante, Traynor echó un vistazo al aparcamiento, que estaba en la más absoluta penumbra. Especialmente en la zona en que los árboles separaban los dos aparcamientos.

—Está más oscuro que nunca —le gritó a Beaton—. Necesitamos esa iluminación.

—Me ocuparé de ello —prometió ella.

—¡Maldita sea! —dijo Traynor—. Con todos los problemas que tenemos, aparece un maldito violador. ¿Qué se sabe de lo de anoche?

—Fue a eso de las doce —explicó Beaton—. Y esta vez no fue una enfermera, sino una de las voluntarias, Marjorie Kleber.

—¿La profesora? —preguntó Traynor.

—Sí. Aunque estaba enferma ha seguido trabajando los fines de semana.

—¿Y del violador? —preguntó Traynor.

—La misma descripción de siempre: uno ochenta de estatura, pasamontañas, etc... La señora Kebler explicó que el violador llevaba unas esposas.

—Un toque encantador —dijo Traynor—. ¿Cómo pudo escaparse?

—Tuvo mucha suerte —contestó Beaton—. El vigilante nocturno pasaba en ese momento de ronda.

—Quizá tendríamos que incrementar el equipo de seguridad —sugirió Traynor.

—Estamos sin dinero —le recordó Beaton.

—Tal vez tendría que hablar con Wayne Robertson y pedirle que la policía nos echase una mano —dijo Traynor.

—Ya he hablado con él. Pero Robertson no dispone de hombres como para ponernos uno fijo todas las noches.

—Me pregunto si Hodges conocía de verdad la identidad del violador.

—¿Crees que su desaparición tiene algo que ver con sus sospechas? —preguntó Beaton.

—No lo había pensado —contestó Traynor encogiéndose de hombros—. Supongo que es posible. Era incapaz de guardar un secreto.

—Da miedo pensar en ello —comentó Beaton.

—Sí —respondió Traynor—. A pesar de todo, quiero estar informado de cualquier otra agresión que se produzca. Todo esto puede tener consecuencias desastrosas para el hospital. Y, sobre todo, no quiero más sorpresas de este tipo en las reuniones del comité ejecutivo. Me dejan en muy mala posición.

—Lo siento —dijo Beaton—, pero intenté hablar contigo. A partir de ahora me aseguraré de que estés informado.

—Quedamos en el Iron Horse —dijo Traynor, subiendo al coche y encendiendo el motor.

CAPÍTULO 3

JUEVES 20 DE MAYO

—Tengo que ir a recoger a mi hija al colegio, tiene unas actividades extraescolares —explicó Angela a uno de sus compañeros residentes, el doctor Mark Danforth.

—¿Qué piensas hacer con estas muestras? —preguntó Mark.

—¿Qué quieres que haga? —replicó Angela—. Tengo que recoger a mi hija.

—Ya lo sé —contestó Mark—. No te enfades. Sólo te estaba haciendo una pregunta, lo digo por si puedo ayudarte.

—Lo siento —se disculpó Angela—. Estoy demasiado susceptible. Si pudieras estudiar estas cinco te estaría eternamente agradecida —dijo, cogiendo los portaobjetos.

—De acuerdo —dijo Mark. Colocó los portaobjetos de Angela en su propio soporte.

Angela tapó el microscopio, cogió sus cosas y se marchó.

Nada más salir del aparcamiento, quedó atascada en el típico embotellamiento de las horas punta. En Boston era así todos los días.

Cuando por fin pudo llegar al colegio, Nikki la esperaba en las escaleras de entrada. No era un barrio muy bonito. Las paredes del colegio estaban llenas de grafitis y rodeadas de cemento. A excepción de un grupo de seis o siete alumnos mayores que estaban jugando a baloncesto al otro lado de la alta valla metálica, no había más niños a la vista. Un grupo de apáticos adolescentes, vestidos con ropas ridículamente holgadas, holgazaneaban junto al edificio del colegio. Al otro lado de la calle se veía el refugio de cartón de un indigente.

—Perdóname por haber llegado tarde —le dijo Angela a

Nikki cuando subió al coche y se puso el cinturón de seguridad.

—No importa —respondió Nikki—, aunque la verdad es que estaba un poco asustada. Hoy ha pasado una cosa terrible en el colegio. Había policías por todas partes.

—¿Qué ha pasado?

—Un alumno mayor sacó una pistola en el patio —dijo Nikki—, y disparó. La policía le ha detenido.

—¿Hirió a alguien?

—No —dijo Nikki.

—¿Por qué tenía una pistola?

—Porque es traficante de drogas.

—Comprendo —dijo, intentando mantener la misma serenidad que mostraba su hija—. ¿Cómo te has enterado de todo esto? ¿Te lo ha contado algún amigo?

—No, yo estaba delante —dijo Nikki en medio de un bostezo.

Angela notó que sujetaba el volante con fuerza. Lo del colegio público había sido idea de David. Habían pasado mucho tiempo eligiendo un colegio para Nikki. Hasta ese episodio, Angela se había mostrado razonablemente satisfecha con el colegio. Pero ahora estaba consternada, sobre todo por la tranquilidad con que la niña había explicado el incidente. Era espantoso que Nikki viviera cosas así como si fuesen lo más normal del mundo.

—Hoy hemos tenido otra vez una sustituta. Y no ha querido que hiciera mis ejercicios de drenaje después de comer.

—Lo siento, cariño —dijo Angela—. ¿Estabas congestionada?

—Un poco —contestó Nikki—. Tenía un poco de asma después de salir al patio pero luego se me pasó.

—Haremos los ejercicios al llegar a casa —dijo Angela—. Y también volveré a llamar al colegio. No entiendo qué problema hay con tus ejercicios.

Angela sabía cuál era el problema: muchos alumnos y poco personal, y por si fuera poco siempre cambiaba. Hacía poco tiempo, Angela había llamado para explicarles lo de la terapia respiratoria de Nikki.

Angela aparcó en doble fila y, mientras Nikki esperaba en el coche, entró en una tienda para comprar la cena. Cuando regresó, se encontró con una multa en el limpiaparabrisas.

—Le dije a la agente que saldrías enseguida —explicó Nikki—, pero ella ha dicho «qué cara» y ha puesto la multa.

Angela maldijo entre dientes.

Pasaron la siguiente media hora buscando un sitio donde aparcar en su barrio. Cuando Angela ya estaba dispuesta a desistir, encontraron un hueco.

Después de guardar las cosas en la nevera, Angela y Nikki se dedicaron a la terapia respiratoria de la niña. Normalmente la hacían una vez al día, por la mañana, aunque a veces tenían que repetirla varias veces, sobre todo los días de mucha contaminación.

La rutina era igual cada día: Angela la auscultaba con un estetoscopio para comprobar que la niña no necesitara un broncodilatador; después cogían una especie de puf que habían comprado en un mercadillo, y Nikki se colocaba en nueve posiciones diferentes que ayudaban, mediante la gravedad, a drenar zonas concretas de sus pulmones. Cada vez que Nikki se colocaba en una postura, Angela le golpeaba en una zona del pulmón con la mano ahuecada. En cada posición se entretenían dos o tres minutos. En veinte minutos habían acabado con los ejercicios.

Luego, Nikki se ocupó de hacer los deberes y Angela de preparar la cena en la pequeña cocina. David llegó media hora más tarde. Estaba agotado, se había pasado la noche anterior en vela por culpa de un buen número de pacientes.

—¡Menuda nochecita! —exclamó.

Fue a darle un beso a Nikki, pero ésta le apartó porque estaba concentrada en sus deberes, en la mesa del comedor. La habitación de Nikki era muy pequeña y no cabía una mesa de trabajo.

David se dirigió a la cocina, donde también fue mal recibido por Angela, ocupada con la cena. Rechazado por dos veces, David se volvió hacia la nevera. Consiguió sacar una cerveza pese a las dificultades para abrir la nevera con dos personas en la cocina.

—En urgencias hemos tenido dos pacientes con sida que tenían todas las enfermedades habidas y por haber —explicó—. Y además, dos enfermos con paro cardíaco. No he podido pisar la sala de guardia en toda la noche, y mucho menos echar una cabezadita.

—Si buscas consuelo te has equivocado de persona —dijo Angela, poniendo la pasta a hervir—. Y además, estás molestando.

—Estás de muy buen humor —dijo David.

Salió de la pequeña cocina y se sentó en una de las banquetas del mostrador que separaba la cocina de la sala de estar.

—Yo también he tenido un día agotador —dijo ella—. He dejado el trabajo a medias para ir a recoger a Nikki al colegio. No es muy divertido hacer esto todos los días.

—¿Y por eso estás desquiciada? —dijo David—. ¿Porque has tenido que ir a recoger a Nikki? Creía que eso ya estaba hablado y bien hablado. Demonios, tú te ofreciste a hacerlo porque tenías un horario fijo.

—¿Podéis hablar más bajo? —dijo Nikki—. Estoy intentado estudiar.

—¡No estoy desquiciada! —murmuró Angela—. Estoy agotada. No me gusta depender de los demás para hacer mi trabajo. Y además, Nikki me ha contado unas cosas que me preocupan.

—¿Por ejemplo? —preguntó David.

—Pregúntaselo a ella —contestó Angela.

David bajó de la banqueta y se sentó en una de las sillas del comedor. Nikki le contó lo que había pasado. Angela dispuso los platos entre los libros de Nikki.

—¿Cuando oyes hablar de pistolas y drogas, sigues pensando que hay que apoyar la escuela pública? —preguntó Angela.

—Hay que defender la escuela pública —respondió David—. Yo he ido a la escuela pública.

—Eran otros tiempos —afirmó Angela.

—Si la gente como nosotros no cree en la escuela pública —continuó David—, se irá al garete.

—Me importa un pimiento el idealismo cuando se trata de la seguridad de mi hija —contestó Angela.

Cenaron espaguetis con salsa de tomate y ensalada, y durante la cena nadie habló. Nikki siguió estudiando sin hacer caso de sus padres. Angela suspiró varias veces y se mesó el cabello. Estaba a punto de echarse a llorar. David estaba muy enfadado. Después de treinta y seis horas de trabajo agotador no entendía lo que pasaba en su casa.

De repente, Angela apartó la silla, cogió su plato y lo arrojó a la pila de la cocina. Se rompió. Nikki y David se sobresaltaron.

—Angela —dijo David intentando no gritar—. Te lo tomas todo demasiado a pecho. Si quieres, hablaremos de lo de ir a recoger a Nikki. Tiene que haber alguna solución.

Angela se enjugó unas lágrimas díscolas. Tenía ganas de contestarle a David que la idea que tenía de sí mismo como marido racional y comprensivo, no tenía nada que ver con la realidad.

—¿Sabes una cosa? —dijo volviéndose desde el fregadero—. El único problema es que no queremos tomar una decisión sobre lo que vamos a hacer el uno de julio.

—Me parece que éste no es momento para discutir lo que vamos a hacer el resto de nuestras vidas —dijo David—. Estamos agotados.

—Tonterías —dijo Angela. Volvió a la mesa y se sentó—. Nunca encuentras el momento oportuno. El tiempo se nos echa encima, y el no tomar una decisión se está convirtiendo en una forma de decisión. Sólo queda mes y medio para el uno de julio.

—Está bien —dijo David con resignación—. Iré a buscar mis notas. —Empezó a levantarse pero Angela lo retuvo.

—No necesitamos tus notas —dijo Angela—. Tenemos tres posibilidades. Hemos estado esperando lo de Nueva York y hace tres días que nos han contestado. Nuestras posibilidades se resumen en muy pocas palabras: o nos vamos a Nueva York y yo cojo la beca de forense y tú la de medicina respiratoria, o nos quedamos en Boston y yo hago lo de forense y tú vas a la Escuela Pública de Medicina de Harvard, o nos vamos a Bartlet y empezamos a trabajar.

David paseó la lengua por el interior de los carrillos. Quería pensar. Estaba atontado de puro cansancio. Quería sus notas, pero Angela le sujetaba el brazo.

—Da un poco de aprensión dejar la universidad —dijo al fin David.

—Sí —dijo Angela—. Llevamos tanto tiempo siendo estudiantes que nos resulta difícil pensar en otra cosa.

—También es verdad que en estos cuatro años hemos tenido muy poco tiempo para nosotros —comentó David.

—La calidad de vida es importante —añadió Angela—. La realidad es que si nos quedamos en Boston tendremos que seguir viviendo en este apartamento. Y además, tenemos muchas deudas.

—Nos pasaría lo mismo si fuéramos a Nueva York —dijo David.

—A no ser que aceptáramos que mis padres nos ayudasen —añadió Angela.

—Hasta ahora hemos conseguido evitarlo. Dejar que nos ayuden significa tener muchas ataduras.

—Estoy de acuerdo. También tenemos que considerar el estado de Nikki.

—Yo quiero un perro —dijo Nikki.

—Nikki está muy bien —recalcó David.

—Pero en Nueva York y aquí hay mucha contaminación —dijo Angela—. Todo tiene su precio. Estoy cansada de tanta inseguridad.

—¿Estás diciendo que quieres que vayamos a Bartlet? —preguntó David.

—No —respondió Angela—. Pero intento poner todas las cartas sobre la mesa. Desde luego, cuando Nikki me ha contado lo de la pistola y las drogas, Bartlet me ha parecido la octava maravilla.

—Me pregunto si será tan celestial como lo recuerdas —se cuestionó David—. Me parece que lo hemos idealizado demasiado.

—Sólo hay una manera de averiguarlo.

—¡Vayamos de excursión! —exclamó Nikki.

—De acuerdo —dijo David—. Hoy es jueves. ¿Qué os parece si vamos el sábado?

—Fantástico —respondió Angela.

—¡Yupiii! —exclamó Nikki.

CAPÍTULO 4

VIERNES 21 DE MAYO

Traynor firmó todas las cartas que había dictado esa mañana y las colocó en un ordenado montón en la esquina del escritorio. Se levantó y se puso el abrigo. Se disponía a salir de la oficina para marcharse al Iron Horse, cuando su secretaria Colette le avisó que tenía una llamada de Tom Baringer.

Traynor volvió mascullando a su escritorio. Tom era un cliente demasiado importante como para no ponerse al teléfono.

—¿A que no te imaginas dónde estoy? —dijo Tom—. En urgencias, esperando a que venga a arreglarme el doctor Portland.

—Dios mío, ¿qué te ha pasado? —preguntó Traynor.

—Ha sido una estupidez —reconoció Tom—. Estaba limpiando los desagües del tejado y me he caído de la escalera. Me he roto la cadera. Por lo menos eso me han dicho en urgencias.

—Lo siento —dijo Traynor.

—Bueno, podría haber sido peor —dijo Tom—. Desde luego, no podré acudir a la reunión que teníamos programada para esta tarde.

—Claro que no —dijo Traynor—. ¿Querías comentarme algo importante?

—Puedo esperar —contestó Tom—. Oye, ya que te tengo al teléfono, ¿por qué no llamas a quien tengas que llamar para que me traten a cuerpo de rey?

—Lo haré —dijo Traynor—. Me ocuparé personalmente. Me has pillado cuando salía para un almuerzo con el comité ejecutivo del hospital.

—Te deseo suerte —dijo Tom—. Acuérdate de mí.

Después de colgar, Traynor le dijo a su secretaria que anulara la cita con Tom y que dejara la hora libre. Aprovecharía ese rato para dictar algunas cartas.

Traynor fue el primero en llegar a la comida. Después de pedir un martini seco, observó con atención el comedor, cuyo techo estaba recubierto de vigas. Desde hacía un tiempo siempre le daban la mejor mesa: un reservado con vistas al río Roaring que pasaba por la parte de atrás del restaurante. El placer de Traynor se intensificó al descubrir que Jeb Wiggins, hijo de una de las pocas familias adineradas de Bartlet y antiguo rival suyo, estaba sentado en una mesa bastante mal situada. Jeb siempre trataba a Traynor con cierta condescendencia. El padre de Traynor había trabajado en la fábrica de percheros, que a su vez pertenecía a la familia Wiggins. Traynor saboreó el cambio de papeles: él dirigía ahora la mayor empresa del condado.

Helen Beaton y Barton Sherwood llegaron juntos.

—Siento el retraso —dijo Sherwood, apartando la silla de Beaton.

Beaton y Sherwood pidieron un aperitivo y luego ordenaron el menú. En cuanto el camarero se fue, Beaton dijo:

—Tengo buenas noticias. Esta mañana he tenido una reunión con Charles Kelley y me ha dicho que no hay problema en que establezcamos el sistema de primas compensatorias para los médicos de la AMG. Lo único que le preocupaba era si eso le iba a costar dinero a la AMG, y le he dicho que no. Me ha prometido que lo consultará esta tarde con sus jefes, pero creo que no pondrán ninguna pega.

—Fantástico —dijo Traynor.

—El lunes tenemos que volver a reunirnos —añadió Beaton—. Me gustaría que asistieras, si tienes tiempo —dijo Beaton.

—Lo intentaré —respondió Traynor.

—Lo que necesitamos ahora es un capital inicial —añadió Beaton—. Me reuniré con Barton, creo que podremos solucionarlo. —Beaton le dio un apretón en el brazo a Sherwood.

—¿Recuerdas aquel pequeño fondo que reunimos con las comisiones del edificio de radioterapia? —susurró Sherwood inclinándose hacia Traynor—. Lo tengo colocado en las Bahamas. Pienso ir retirándolo poco a poco según nuestras necesidades. También podemos utilizar algo de dinero para regalar unas vacaciones en las Bahamas. Es lo más sencillo, pagaremos los billetes de avión en las Bahamas.

Trajeron la comida, y ninguno de los tres habló hasta que el camarero se fue.

—Hemos pensado que unas vacaciones en las Bahamas pueden ser un buen premio —explicó Beaton—. Ésa sería la recompensa para el médico con la media de hospitalizaciones más baja a lo largo del año.

—Me parece perfecto —dijo Traynor—. Vuestro plan cada vez me agrada más.

—Tendríamos que ponernos en marcha inmediatamente —comentó Beaton—, las cifras de mayo son aún peores que las de abril. Los ingresos de pacientes han subido y por tanto las pérdidas económicas son mayores.

—Yo tengo una buena noticia —comentó Sherwood—. Gracias a la inyección de liquidez que ha supuesto la donación, los fondos de amortización se están situando al nivel previsto inicialmente. Lo hemos hecho de tal forma que los de la comisión de investigación no se enterarán de nada.

—Una crisis tras otra —se quejó Traynor. No estaba dispuesto a dar carta blanca a Sherwood porque era el principal culpable de la actual situación.

—¿Quieres que siga adelante con la emisión de bonos para la construcción del aparcamiento? —preguntó Sherwood.

—No —contestó Traynor—, desgraciadamente no podemos hacerlo todavía. Tendríamos que conseguir la aprobación del Consejo Municipal, de momento sólo lo han hecho de forma condicional. —Señaló hacia una mesa próxima con expresión despectiva—. El presidente del Consejo Municipal, Jeb Wiggins, cree que las obras podrían perjudicar la temporada turística de verano.

—Menuda suerte —dijo Sherwood.

—Yo también tengo una buena noticia —añadió Traynor—. Esta mañana nos han comunicado la denegación del permiso para operaciones a corazón abierto. ¿Es terrible, verdad?

—Es una tragedia —dijo Beaton riéndose—. ¡A Dios gracias!

Después del café, Traynor recordó la llamada de Tom Baringer. Le pasó la información a Beaton.

—Ya estoy enterada del ingreso de Baringer —dijo Beaton—. Tengo un programa que me avisa cuando se produce un ingreso de esa clase. Ya he hablado con Caldwell para que se asegure de que el señor Baringer recibe un tratamiento de primera. ¿De qué capital dispone?

—Un millón —respondió Traynor—. No es mucho, pero tampoco es como para despreciarlo.

Al terminar la comida salieron al luminoso día de finales de primavera.

—¿Cómo va lo del aparcamiento? —preguntó Traynor.

—Ya está terminado —contestó Beaton—. Hemos decidido limitar la iluminación a la parte de abajo. La de arriba sólo se utiliza de día, y así nos ahorraremos un montón de dinero.

—Me parece muy razonable —comentó Traynor.

Cuando estaban cerca del Green Mountain National Bank se encontraron con Wayne Robertson. Llevaba una gorra de visera alargada, tipo militar, bajada hasta las cejas y unas gafas de espejo para protegerse del sol.

—Buenas tardes —dijo Traynor amistosamente.

Robertson se tocó la visera a modo de saludo.

—¿Algo destacable en la investigación del caso Hodges? —preguntó Traynor.

—Casi nada —contestó Robertson—. Estamos a punto de dar el caso por cerrado.

—Yo no me precipitaría —comentó Traynor—. Recuerde que ese viejo chiflado tiene la virtud de aparecer en el momento más inesperado.

—Y en el más inoportuno —añadió Beaton.

—El doctor Cantor cree que está en Florida —dijo Robertson—. Yo también empiezo a creérmelo. Me parece que ha dejado Bartlet avergonzado por el escándalo de que el hospital corría con los gastos de mantenimiento de su casa.

—Yo pensaba que Hodges estaba hecho a prueba de bombas —dijo Traynor—. Pero tampoco soy infalible.

Después de despedirse y desearse un buen fin de semana, los cuatro regresaron a sus respectivos trabajos.

Mientras subía en coche por la colina, Beaton pensó en su relación con Traynor. No estaba muy contenta y quería algo más. Uno o dos encuentros amorosos al mes era muy poco para lo que ella esperaba de esa relación.

Beaton había conocido a Traynor en Boston varios años antes, donde éste seguía un curso de hacienda pública. Ella trabajaba en un hospital de Harvard como adjunta de administración. El flechazo fue mutuo e instantáneo. Pasaron una apasionada semana juntos y luego se fueron viendo intermitentemente hasta que Traynor la fichó para que se hiciera cargo del Bartlet Community Hospital. Beaton había llegado a creer que vivirían juntos, pero no ocurrió así. A pesar de sus promesas, Traynor no se había divorciado. Beaton pensaba que tenía que hacer algo para cambiar la situación, pero no sabía qué.

De vuelta al hospital, fue directamente a la habitación 204 donde esperaba encontrarse con Tom Baringer. Quería asegurarse de que estuviera cómodo. Pero no estaba allí. Beaton se encontró otro paciente: una mujer llamada Alice Nottingham. Beaton se quedó boquiabierta, bajó a la primera planta y se dirigió a la oficina de Caldwell.

—¿Dónde está Baringer? —preguntó.

—Habitación 204 —respondió Caldwell.

—A menos que el señor Baringer se haya sometido a una operación de cambio de sexo y ahora se llame Alice, no está en la 204.

—Pues habrá ocurrido algo —dijo Caldwell poniéndose de pie. Pasó junto a Beaton y se dirigió a ingresos. Una vez allí, buscó a Janice Sperling y le preguntó por Tom Baringer.

—Le he puesto en la 209 —dijo Janice.

—Te dije que lo pusieras en la 204 —repuso Caldwell.

—Ya lo sé —reconoció Janice—. Pero después de hablar con usted, la 209 quedó libre. Es una habitación más grande, y como el señor Baringer es un paciente especial he pensado que le gustaría más.

—La 204 tiene mejor vista y una cama ortopédica nueva

—dijo Caldwell—. El señor Baringer se ha roto la cadera. O le cambia de habitación o le cambia de cama.

—De acuerdo —dijo Janice volviendo la vista. Algunas personas nunca parecían contentas.

Caldwell se dirigió a la oficina de Beaton y se asomó por la puerta.

—Siento no haber seguido de cerca lo de Baringer —dijo—. Pero todo estará arreglado dentro de una hora. Te lo prometo.

Beaton asintió y siguió con su trabajo.

CAPÍTULO 5

SÁBADO 22 DE MAYO

David había puesto el despertador a las cinco y cuarenta y cinco, como si fuera un día normal de trabajo. A las seis y cuarto estaba de camino al hospital. La temperatura rondaba los veinte grados y el cielo estaba bastante claro. A las nueve había terminado con todas sus visitas y ya estaba de vuelta a casa.

—Venga, tías —dijo al entrar en el apartamento—. No quiero pasarme todo el día esperando. Sigamos la fiesta en la carretera.

—No tiene gracia, papá —dijo Nikki saliendo de su habitación—. Llevamos un buen rato esperándote.

—Era una broma —dijo David y le hizo cosquillas.

Enseguida estuvieron listos. Dejaron atrás el paisaje urbano, pasaron por las afueras y se adentraron en un paisaje boscoso. Cuanto más al norte se dirigían, más hermoso era el paisaje, sobre todo ahora que los árboles reverdecían.

Al llegar a Bartlet, David aminoró la marcha a paso de tortuga. Parecían turistas ansiosos de embeberse del paisaje.

—Es mucho más pintoresco de lo que recordaba —dijo Angela.

—¡Pero si es el cachorro de la otra vez! —exclamó Nikki. Señaló al otro lado de la calle—. ¿Podemos parar?

—Es verdad —dijo David y detuvo el coche—. Me acuerdo de la señora.

—Y yo del perro —dijo Nikki. Abrió la portezuela y se apeó.

—Un momento —dijo Angela. Salió del coche, cogió a Nikki de la mano y cruzó con ella. David las siguió.

—Hola otra vez —dijo la señora cuando vio acercarse a

Nikki. El cachorro vio a Nikki y tiró de la correa. Nikki se acuclilló y el cachorro le lamió la cara. Nikki rió, sorprendida.

—No sé si les interesará, pero la perdiguera del señor Staley ha tenido cachorros hace poco más de un mes —dijo la mujer—. Están en la ferretería al otro lado de la calle.

—¿Podemos ir a verlos? —suplicó Nikki.

—Claro que sí —dijo David. Dio las gracias a la señora.

Volvieron a cruzar la calle y entraron en la ferretería. La perra del señor Staley, *Molly*, estaba en un corral cerca del mostrador, amamantando a cinco cachorros.

—Son un encanto —exclamó Nikki—. ¿Puedo acariciarlos?

—No lo sé —contestó David. Se volvió para ver si veía a algún dependiente, y se encontró con Staley que estaba justamente detrás suyo.

—Claro que puede acariciarlos —dijo Staley después de presentarse—. De hecho están en venta. Yo no necesito seis perdigueros.

Nikki se hincó de rodillas, metió los brazos en el corral y acarició delicadamente a un cachorro. El animalito se agarró al dedo de Nikki como si fuera una teta. Nikki chilló encantada.

—Cógelo si quieres —dijo Staley—. Es el más bruto de la camada.

Nikki lo cogió entre sus brazos. El perrillo se arrimó a la cara de Nikki y le lamió la nariz.

—Me encanta —dijo Nikki—. Me gustaría que nos lo quedáramos. ¿Puedo, papá? Yo lo cuidaré.

David se sorprendió al notar que las lágrimas le afloraban, pero las contuvo. Apartó la mirada de Nikki y la dirigió a su mujer. Angela se estaba enjugando la comisura de los ojos con un pañuelo de papel y miraba a su marido. Sus miradas compartieron un sentimiento de complicidad. La petición de Nikki les había afectado más que la primera vez.

—¿Estás pensando lo mismo que yo? —preguntó David.

—Creo que sí —dijo Angela. Las lágrimas dieron paso a una sonrisa—. Pero tendríamos que comprarnos una casa.

—Adiós a los crímenes y a la contaminación —dijo David mirando a Nikki—. De acuerdo. Puedes quedarte con el perro. ¡Nos mudamos a Bartlet!

La cara de Nikki se iluminó. Apretó el cachorro contra su pecho y éste le lamió la cara.

David se dirigió a Staley y se pusieron de acuerdo en el precio.

—Creo que dentro de un mes o así podremos separarlos de la madre —dijo Staley.

—Perfecto —respondió David—. Volveremos para instalarnos a finales de mes.

Nikki se separó del cachorrito con reticencia y los Wilson salieron de la tienda.

—¿Qué hacemos? —preguntó Angela, excitada.

—Vamos a celebrarlo —propuso David—. Comeremos en el restaurante.

Pocos minutos después estaban sentados a una mesa con vistas al río. David y Angela pidieron vino blanco; Nikki, un zumo de arándanos. Brindaron.

—Propongo brindar por nuestra llegada al jardín del paraíso —dijo David.

—Y yo porque acabemos de pagar nuestras deudas —brindó Angela.

—¡Bravo! ¡Bravo! —dijo David.

—Parece mentira —comentó Angela—. Nuestros ingresos sumarán unos ciento veinte mil dólares al año.

David entonó la canción *Somos millonarios*.

—Creo que mi perro se llamará *Rusty* —dijo Nikki.

—Es un nombre bonito —comentó David.

—¿Qué te parece que yo gane el doble que tú? —bromeó Angela.

—Sí, pero lo ganarás en un laboratorio triste y lóbrego —dijo David devolviéndole la broma. David ya estaba preparado para que Angela le tomara el pelo con lo del sueldo—. Yo por lo menos veré gente de verdad y simpática.

—Supongo que esto no herirá tu susceptibilidad masculina —siguió Angela.

—Ni lo más mínimo. Y si nos divorciamos tendrás que pasarme una pensión.

Angela se abalanzó sobre la mesa tratando de golpear a David en las costillas. David esquivó el golpe.

—Además —dijo—, esa diferencia no será por mucho tiempo. Son reminiscencias del pasado. Esa tradición de que patólogos, cirujanos y otros especialistas estén tan bien pagados, se acabará muy pronto.

—¿Quién lo dice? —preguntó Angela.

—Lo digo yo —respondió David.

Después de comer decidieron ir directamente al hospital para comunicarle su decisión a Caldwell. La secretaria les hizo pasar en cuanto se presentaron.

—¡Es fantástico! —dijo Caldwell—. ¿Lo saben en la AMG? —preguntó.

—Todavía no —respondió David.

—Pues vamos —dijo Caldwell—, vamos a darles la buena noticia.

Charles Kelly se sintió igualmente complacido con la noticia. Después de estrecharle la mano, le preguntó a David cuándo podía empezar a visitar a sus pacientes.

—Pues enseguida —dijo David sin vacilar—. El uno de julio.

—Pero su trabajo en Boston no acaba hasta el día treinta, ¿no? —dijo Kelley—. ¿No necesitarán un poco de tiempo para instalarse?

—Con las deudas que tenemos —añadió David—, será mejor que empiece a trabajar cuanto antes.

—¿Y usted igual? —preguntó a Angela.

—Por supuesto.

David preguntó si podía volver a ver el despacho que le habían asignado. Kelley se mostró encantado de complacerle. David se detuvo en el exterior de la sala de espera, fantaseando sobre cómo luciría su nombre en la casilla que había bajo el nombre del doctor Randall Portland. Había sido un camino largo y difícil que había empezado en el bachillerato, cuando decidió que quería ser médico. Y al final lo había conseguido.

David abrió la puerta y cruzó el umbral. El ensueño quedó roto por la aparición de un cirujano que se levantó bruscamente del sillón de la sala de espera.

—¿Qué significa esto? —preguntó el hombre.

David tardó un poco en reconocer al doctor Randall Portland. En parte se debió a lo inesperado del encuentro, y en parte porque Randall había cambiado mucho desde que se conocieran hacía poco más de un mes. Había adelgazado bastante, tenía los ojos hundidos y el rostro demacrado.

Kelley se adelantó y volvió a presentar a Randall y a David. Le explicó a Randall el motivo de la visita. La ira de éste se fue aplacando progresivamente y acabó dejándose caer en el sillón como exhausto. David se fijó en que además de delgado, Randall estaba muy pálido.

—Siento haberte molestado —dijo David.

—Estaba echando una cabezadita —explicó Randall. Su voz sonaba muy apagada, acorde con su aspecto—. He tenido una operación esta mañana y estoy muy cansado.

—¿Tom Baringer? —preguntó Caldwell.

Randall asintió.

—Supongo que todo habrá ido bien —dijo Caldwell.

—La operación ha sido un éxito. Cruzaremos los dedos para que el posoperatorio vaya bien.

David volvió a disculparse y salió con los demás del despacho.

—Siento lo que ha pasado —dijo Kelley.

—Pero ¿qué le ocurre? —preguntó David.

—Que yo sepa, nada —repuso Kelley.

—No tiene muy buena cara —añadió David.

—Parecía deprimido —comentó Angela.

—Está un poco estresado —dijo Kelley—. Tiene demasiado trabajo. —El grupo se detuvo frente a la oficina de Kelley—. Ahora que sabemos que se van a quedar, ¿puedo hacer algo por ustedes?

—Tendremos que buscar una casa —dijo Angela—. ¿A quién podemos consultar?

—A Dorothy Weymouth —contestó Caldwell.

—Sí, estoy de acuerdo —apostilló Kelley.

—Es la mejor agente inmobiliaria de la ciudad —añadió Caldwell—. Vengan a mi despacho, llamaremos desde allí.

Media hora después los Wilson se encontraban en la oficina de Dorothy Weymouth, situada en el segundo piso del edificio que había frente al puesto de hamburguesas. Era una mujer grandullona y simpática, e iba ataviada con una enorme túnica informe.

—He de admitir que estoy impresionada —dijo Dorothy. Tenía una voz increíblemente aguda para una mujer tan corpulenta—. Mientras venían hacia aquí, me ha llamado Barton Sherwood. El banco estará encantado de poder ayudarles. No es muy normal que el presidente de un banco me llame antes incluso de que yo conozca a los clientes.

»Me gustaría conocer sus preferencias —dijo Dorothy poniendo sobre el escritorio unas cuantas fotos de casas en venta—. Necesitaré su ayuda. ¿Qué prefieren, una casa blanca de madera en el centro de Bartlet, o una casa aislada y de piedra en las afueras? ¿Qué me dicen del tamaño, es importante? ¿Piensan tener más hijos?

Angela y David se sintieron un poco tensos ante la pregunta de si iban a tener más hijos. Cuando nació Nikki descubrieron que los dos eran portadores del gen de la fibrosis quística. Era una realidad que no podían ignorar.

Sin saber que había tocado un tema espinoso, Dorothy siguió con su monólogo, al tiempo que les enseñaba más fotos de casas.

—Acaba de ponerse a la venta una casa que me parece especialmente atractiva. Es una preciosidad.

Angela se quedó sin aliento. Cogió la foto y miró a David de reojo.

—A mí me gusta ésta —dijo Angela.

Le pasó la foto a David. Era una casa de ladrillo de finales del estilo georgiano y principios del federal: ventanas con mirador a ambos lados de una puerta principal acristalada, blancas columnas estriadas sostenían un pórtico de frontón por encima de la puerta; y, coronándolo todo, una gran ventana paladina.

—Es una de las casas de ladrillo más antiguas de la zona —dijo Dorothy—. Fue construida en 1820.

—¿Qué es esto que hay en la parte de atrás? —dijo David señalando la foto.

—Un viejo silo —respondió Dorothy—. Está detrás de la casa y comunica con el granero. En esta foto no se ve el granero porque está tomada justo enfrente de la casa, desde abajo de la colina. En realidad era una granja y, por lo que tengo entendido, bastante productiva.

—Es alucinante —dijo Angela con anhelo—. Pero nunca podremos comprarla.

—Por lo que me ha dicho Barton, creo que sí podrán —dijo Dorothy—. Y además, la dueña, Clara Hodges, tiene mucha prisa por vender. Estoy segura de que podríamos acordar un precio interesante. No se pierde nada yendo a verla. Elijamos cuatro o cinco más y vayamos a visitarlas.

Dorothy ordenó las visitas apropiadamente y dejó la de Hodges para el final. Estaba situada a unos cinco kilómetros del centro y se levantaba en lo alto de una pequeña colina. La casa más próxima quedaba a unos doscientos metros por la carretera. Cuando subían por el camino, Nikki se fijó en el estanque de las ranas y se quedó fascinada.

—El estanque, además de exótico —dijo Dorothy—, sirve para patinar sobre hielo en invierno.

Dorothy detuvo el coche entre el estanque y la casa. Desde allí podía verse la estructura con el añadido del granero. Ni Angela ni David pronunciaron palabra. Los dos estaban abrumados por la solidez y majestuosidad de la casa, que tenía tres pisos, no dos. A ambos lados del tejado de pizarra alquitranada se veían cuatro ventanas de otras tantas buhardillas.

—¿Está segura de que el señor Sherwood ha dicho que podemos comprar esta casa? —preguntó David.

—Claro que sí —contestó Dorothy—. Vamos a verla por dentro.

David y Angela siguieron a Dorothy por el interior de la casa en un estado cercano a la hipnosis. Dorothy siguió con su cháchara de agente inmobiliaria, y de vez en cuando decía cosas como «esta habitación tiene muchas posibilidades» o «con un poco de trabajo y un poco de imaginación esta habitación quedaría muy acogedora». Minimizaba cualquier problema, como un empapelado en mal estado o un marco de ventana deteriorado. Alababa los aspectos positivos de la decoración, el tamaño de las muchas chimeneas y las bellas molduras.

David quería verlo todo. Incluso bajaron al sótano, que parecía especialmente húmedo y mohoso, por la escalera de granito gris.

—Aquí huele mal —dijo David—. ¿No estará inundado?

—No lo sé —respondió Dorothy—. Pero es un sótano muy grande. Si usted es un poco manitas, aquí podría montar hasta una tienda.

Angela contuvo una carcajada y se abstuvo de hacer comentarios sarcásticos: David ni siquiera sabía cambiar una bombilla.

—El suelo es de tierra —dijo David. Se agachó y cogió con el dedo un trozo de tierra.

—Tierra prensada —explicó Dorothy—. Es bastante frecuente en las casas de esa época. Este sótano tiene otras características típicas de las casas del diecinueve. —Abrió una gruesa puerta de madera—. Ésta es la antigua bodega.

Había estantes para conservas y arcones para patatas y manzanas. El recinto estaba débilmente iluminado por una bombilla desnuda.

—Da un poco de miedo —comentó Nikki—. Parece una mazmorra.

—Esto nos vendrá muy bien si tus padres vienen a vernos —dijo David—. Podrían instalarse aquí.

Angela puso cara de susto.

Después de enseñarles la bodega, Dorothy les acompañó a la esquina opuesta del sótano y señaló con orgullo un enorme congelador.

—La casa dispone de sistemas antiguos y modernos de conservación de los alimentos —dijo Dorothy. Antes de salir del sótano, abrió una segunda puerta. Tras ella había una segunda escalera de granito que conducía a unas trampillas—. Esta escalera da al jardín de atrás. Por eso se guarda aquí la leña. —Señaló un montón de leña apilada contra la pared.

La última nota destacable del sótano era una enorme caldera. Parecía casi una vieja locomotora a vapor.

—Funcionaba con carbón —comentó Dorothy—, pero la han reconvertido a petróleo. —Señaló un tanque de petróleo que descansaba sobre unos ladrillos en el extremo opuesto al congelador.

David asintió; no tenía idea de cómo funcionaba ninguna clase de estufa.

Cuando subían por las escaleras hacia la cocina, David reconoció otra vez el olor dulce a moho, y preguntó si la fosa séptica funcionaba bien.

—Funciona perfectamente —dijo Dorothy—, la hemos revisado hace poco. Está al oeste de la casa. Puedo indicarle el lugar exacto.

—Si la han revisado, seguro que estará bien —dijo David, que tampoco tenía idea de cómo funcionaba una fosa séptica.

David y Angela permitieron que Dorothy les acompañase al Green Mountain National Bank. Estaban emocionados y nerviosos a la vez. Barton Sherwood les atendió enseguida.

—Hemos visto una casa que nos gusta —comentó David.

—Eso no me sorprende —contestó Sherwood—. En Bartlet hay muchas casas bonitas.

—La dueña de la casa es una tal Clara Hodges —siguió David. Le pasó a Sherwood la documentación de la inmobiliaria—. Piden doscientos cincuenta mil dólares. ¿Qué le parece a su banco la relación calidad precio?

—Es una buena propiedad —dijo Sherwood—. La conozco muy bien. —Empezó a revisar la documentación—. Y está muy bien situada. El precio me parece una ganga.

—¿Quiere decir que el banco nos concedería una hipoteca por ese precio? —preguntó Angela. Quería estar segura, era demasiado bueno para ser verdad.

—Por supuesto ustedes ofrecerán algo menos —dijo Sherwood—. Sugiero una oferta inicial de ciento noventa mil dólares. Pero de todas formas, el banco estaría encantado de prestarles la cantidad que piden.

Quince minutos después, Nikki, Angela y David salieron a la cálida luz solar de Vermont. Nunca habían tenido una casa propia. Era una decisión muy importante. Pero como ya habían decidido trasladarse a Bartlet, estaban dispuestos a comprar la casa.

—¿Y bien? —preguntó David.

—No puedo imaginarme una casa mejor —respondió Angela.

—Podré tener una mesa de trabajo en mi habitación —terció Nikki.

—En una casa con tantas habitaciones, podrás tener tu cuarto de trabajo propio —dijo David despeinando a Nikki cariñosamente.

—Comprémosla —dijo Angela.

De vuelta a la oficina de Dorothy le comunicaron su decisión, lo que alegró a la agente inmobiliaria. Unos minutos después, Dorothy telefoneaba a Clara Hodges y llegaban a un acuerdo verbal por doscientos diez mil dólares.

Mientras Dorothy preparaba los documentos, Angela y David se miraron el uno al otro. Estaban atónitos de haber comprado una casa con la que jamás habrían podido soñar. Sin embargo, también estaban un poco agobiados: habían duplicado sus deudas y ahora sumaban más de trescientos cincuenta mil dólares.

A última hora del día, después de unos cuantos viajes de la oficina de Dorothy al banco, todos los documentos necesarios estuvieron preparados y se fijó una fecha para cerrar el trato.

—Tengo algunos nombres para ustedes —dijo Dorothy mientras cumplimentaban el papeleo—. Uno es Peter Bergan, hace chapuzas para todo Bartlet. No es el tipo más listo del mundo, pero trabaja muy bien. Y como pintor yo suelo contratar a John Murray.

David anotó los nombres y también sus números de teléfono.

—Y si necesitan a alguien para cuidar a Nikki, mi hermana mayor, Alice Doherty, estaría encantada de ayudarles. Se quedó viuda hace unos años. Y además, vive cerca de vuestra casa.

—Ésa sí que es una buena noticia —dijo Angela—. Los dos estaremos todo el día fuera de casa y necesitaremos a alguien.

David y Angela quedaron esa misma tarde con Pete y el pintor en la nueva casa. Acordaron hacer lo indispensable: una limpieza general, la pintura imprescindible y los arreglos necesarios para sellar la casa.

Tras una nueva visita a la ferretería para que Nikki viese a

Rusty, los Wilson cogieron la carretera para regresar a Boston. Condujo Angela. Estaban demasiado excitados con lo que habían conseguido, y llenos de sueños sobre lo que les depararía la nueva vida que iban a empezar.

—¿Qué te parece Randall Portland? —preguntó David después de una pausa.

—¿A qué te refieres? —dijo Angela.

—Se mostró un poco antipático —añadió David.

—Sí, pero es que le despertamos —dijo Angela.

—Pero no era para ponerse así. Y además, tenía un aspecto fatal. Ha cambiado totalmente en sólo un mes.

—Creo que estaba deprimido —comentó Angela.

—Ahora que lo pienso, la primera vez tampoco estuvo muy simpático. Lo único que me preguntó fue si jugaba a baloncesto. Hay algo en él que me inquieta. Espero que compartir el despacho no acabe convirtiéndose en una tortura.

Ya era de noche cuando llegaron a Boston; habían parado a comer durante el viaje. Una vez en el apartamento, lo contemplaron con extrañeza. Les parecía curioso haber podido vivir durante cuatro años en un espacio tan pequeño y claustrofóbico.

—Todo el apartamento cabe en la biblioteca de la casa nueva —comentó Angela.

David y Angela decidieron llamar a sus padres para compartir con ellos su emoción. Los de David se mostraron encantados y les hizo mucha ilusión. Se habían retirado a vivir a Amherst, New Hampshire, y ahora estarían mucho más cerca.

—Nos veremos mucho más, chicos —comentaron sus padres.

Los padres de Angela tuvieron una reacción muy distinta.

—Es muy fácil alejarse de los círculos académicos —comentó el doctor Walter Christopher—, pero es mucho más difícil volver a ellos. Creo que tendríais que haber pedido mi opinión antes de tomar una decisión tan alocada.

Luego, la madre de Angela se puso al teléfono y mostró su disgusto porque Angela y David no se hubieran trasladado a Nueva York.

—Tu padre ha invertido mucho tiempo hablando con gente importante para que cuando os trasladarais aquí tuvierais una buena posición. Creo que es una desconsideración por vuestra parte el tirarlo todo por la borda.

—Nunca han sido especialmente solidarios —comentó Angela después de colgar—. Ahora no iba a ser diferente.

CAPÍTULO 6

LUNES 24 DE MAYO

Traynor llegó al hospital con tiempo de sobra para la reunión de la tarde. En lugar de ir directamente a la oficina de Helen Beaton, se dirigió al ala de pacientes en la segunda planta para visitar la 209. Después de aspirar hondo para darse ánimos, abrió la puerta de la habitación. El hecho de presidir el consejo de administración de un hospital no había cambiado la aversión que sentía por las cuestiones médicas, sobre todo por las graves.

Oyendo un tipo de respiración jadeante que anunciaba una enfermedad grave, Traynor avanzó por la habitación en penumbra y se acercó a la cama ortopédica. Procurando no tocar nada, Traynor se inclinó para escrutar a su cliente. Tom Baringer no tenía buen aspecto y Traynor no quería acercarse demasiado por temor a pillar alguna enfermedad terrorífica. La cara de Tom tenía el color de la ceniza y respiraba con dificultad. Un tubo de plástico le proporcionaba oxígeno por la nariz. Tenía los ojos vendados y de los párpados rezumaba una pomada.

—Tom —llamó Traynor suavemente. Como no hubo respuesta, insistió un poco más fuerte: Tom no se movió.

—No puede responder.

Traynor dio un respingo y se quedó lívido. Creía estar a solas con Tom.

—La neumonía no responde al tratamiento —dijo el desconocido, enfadado. Estaba sentado en un rincón de la habitación, sumido en la oscuridad. Traynor no podía distinguir su rostro—. Se está muriendo de lo mismo que los otros.

—¿Quién es usted? —preguntó Traynor secándose el sudor de la frente.

El hombre se puso de pie. Traynor vio que iba vestido de cirujano y que llevaba una bata blanca.

—Soy el médico del señor Baringer, Randall Portland —se acercó a la cama y observó a su paciente—. La operación ha sido un éxito pero el enfermo está a punto de morir. Supongo que habrá oído esto alguna vez.

—Creo que sí —dijo Traynor, nervioso. El susto que le había dado Portland con su presencia se estaba trocando en preocupación. Había algo muy raro en la actitud de aquel hombre. Traynor no sabía qué hacer o decir.

—Le he operado de la cadera —dijo el doctor Portland. Levantó el borde de la sábana para que Traynor viese la herida suturada—. No ha habido ningún problema, pero el tratamiento ha resultado letal. El señor Baringer ya no saldrá de aquí. —Portland dejó caer la sábana y miró desafiante a Traynor—. En este hospital está pasando algo raro. Y yo no pienso asumir toda la responsabilidad.

—Doctor Portland —dijo Traynor, dubitativo—, no tiene usted muy buena cara, tendría que verle un médico.

Portland echó la cabeza hacia atrás y soltó una risa sorda y melancólica, que se apagó con la misma rapidez con que había empezado.

—A lo mejor tiene razón —dijo—. Quizá vaya a ver un médico. —Se dio la vuelta y abandonó la habitación.

Traynor estaba aturdido. Miró a Tom como si éste se fuera a despertar para explicarle la conducta del doctor Portland. Traynor entendía que los médicos se sintieran implicados emocionalmente con sus pacientes, pero Portland parecía totalmente trastornado.

Traynor intentó comunicarse con Tom, pero comprobó la futilidad de su esfuerzo y salió de la habitación. Observó con cautela y como no había ni rastro de Portland, se dirigió a la oficina de Beaton. Caldwell y Kelley ya estaban allí.

—¿Conocen ustedes al doctor Portland? —preguntó Traynor cogiendo una silla.

Todo el mundo asintió.

—Trabaja para nosotros, es traumatólogo —dijo Kelley.

—He tenido un encuentro con él un tanto desconcertante

—explicó Traynor—. Cuando venía hacia aquí, pasé a ver a mi cliente, Tom Baringer, que está muy grave. El doctor Portland estaba sentado a oscuras en un rincón de la habitación. Al entrar no reparé en él. Luego me habló de una manera extraña y un tanto agresiva. Supongo que está destrozado por la situación de Tom. Comentó algo de que en el hospital estaba pasando algo raro y que él no pensaba cargar con las culpas.

—Yo creo que está fatigado por exceso de trabajo —dijo Kelley—. Necesitaríamos por lo menos otro cirujano de su especialidad. Pero por desgracia, nuestros esfuerzos por contratar a alguien han sido nulos hasta el momento.

—Me dio la sensación de que estaba enfermo —añadió Traynor—. Le dije que fuera a ver a un médico, pero él se rió.

—Hablaré con él —prometió Kelley—. Quizá necesite un descanso. A lo mejor podríamos encontrarle un sustituto durante un par de meses.

—Bueno, basta de este tema —dijo Traynor intentando recuperar su actitud de presidente del consejo—. Tenemos una reunión.

—Antes de empezar con eso —dijo Kelley esbozando una de sus cautivadoras sonrisas—, tengo algo que decir. Mis jefes están muy disgustados por la no concesión de la licencia para las operaciones a corazón abierto.

—Nosotros también lo estamos —dijo Traynor, nervioso. No le gustaba empezar la reunión con una nota negativa—. Pero por desgracia es algo que no está en nuestras manos. Pese a que pensábamos contar con un buen expediente, los de Montpelier nos lo han denegado.

—En la AGM esperábamos ponernos enseguida con el plan de operaciones a corazón abierto —dijo Kelley—. Es una de las condiciones del contrato.

—Es parte del contrato, siempre que obtuviéramos la licencia —le corrigió Traynor—. Pero no la han concedido. Pasemos ahora a lo que sí hemos conseguido: hemos arreglado lo de los médicos residentes, hemos creado una unidad de cuidados intensivos para neonatos, y hemos sustituido la vieja máquina de cobalto-60 por un acelerador lineal de última generación. Creo que hemos demostrado nuestra buena voluntad, aunque para ello hayamos tenido que perder dinero.

—Si el hospital pierde o gana dinero no es cosa de la AGM —dijo Kelley—. Seguramente tendrá la culpa una mala gestión por parte de la dirección.

—Me parece que se equivoca —replicó Traynor, intentando ahogar la rabia que le producía la actitud insultante de Kelley—. Yo creo que a la AGM tendría que preocuparle el que el hospital pierda dinero. Si las cosas se ponen peor nos veremos obligados a cerrar. Tenemos que trabajar juntos, no nos queda otra elección.

—Si el Bartlet Community Hospital cierra —dijo Kelley—, la AGM seguirá funcionando.

—No es tan sencillo —replicó Traynor—. Los otros dos hospitales de la zona tienen instalaciones más anticuadas que las nuestras.

—Eso no será problema —dejó caer Kelley—, trasladaremos nuestros pacientes al hospital de la AGM en Rutland.

El corazón de Traynor empezó a latir con fuerza. No se le había ocurrido que la AGM trasladara sus pacientes. Él había pensado que la carencia de hospitales en la zona les serviría de protección. Pero aparentemente no era así.

—Eso no significa que yo no quiera colaborar con su gente —añadió Kelley—. La nuestra ha de ser una relación dinámica. Después de todo, los dos tenemos el mismo objetivo: la salud de la comunidad. —Volvió a sonreír y mostró una dentadura blanca y perfecta.

—El problema está en que la cuota de capitación es demasiado baja —dijo Traynor bruscamente—. Las hospitalizaciones de la AGM están un diez por ciento por encima de las previsiones iniciales. No podremos soportar durante mucho tiempo este exceso de pacientes. Tendremos que volver a negociar la cuota de capitación. Así de sencillo.

—La cuota de capitación no puede renegociarse hasta que expire el contrato —respondió Kelley amistosamente—. ¿Por quién nos toma? Ustedes hicieron su oferta en competencia con otras instituciones y firmaron un contrato. Eso es lo que vale. Lo que sí podemos renegociar es la cuota de capitación para urgencias, puesto que quedó fuera de nuestro acuerdo inicial.

—Lo de urgencias no es algo que se pueda hacer de la noche a la mañana —dijo Traynor sintiendo que el sudor le bajaba por las axilas—. Primero tenemos que contener los números rojos.

—Que es el motivo de la reunión de esta tarde —añadió Beaton, que hablaba por vez primera. Luego explicó la propuesta del programa de incentivos para los médicos de la AGM—. A cada médico de la AGM se le asignará un bono que se hará efectivo si mantiene el índice de hospitalizaciones en el nivel que se le asigne. Si el nivel baja las primas suben, y viceversa.

—Eso me suena a soborno de guante blanco —dijo Kelley, sonriendo—. Con lo sensibles que son los médicos a los incentivos económicos, eso hará que se reduzca el número de hospitalizaciones y de operaciones.

—Es prácticamente el mismo plan que el CMV lleva a cabo en su hospital de Rutland —dijo Beaton.

—Si funciona allí también funcionará aquí —dijo Kelley—. No veo inconveniente en que se ponga en marcha, siempre y cuando no nos cueste dinero.

—Será totalmente financiado por el hospital —dijo Beaton.

—Lo consultaré con mis superiores —añadió Kelley—. ¿Algo más que comentar?

—No, nada más —dijo Beaton.

Kelley se levantó.

—Le agradeceríamos que nos diera su respuesta lo más rápidamente posible —dijo Traynor—. Tenemos la contabilidad del hospital llena de números rojos.

—Hoy mismo pasaré la propuesta a mis jefes —prometió Kelley—. Intentaré tener la respuesta definitiva para mañana. —Dio la mano a todos y abandonó el despacho.

—Creo que ha ido todo lo bien que podíamos esperar —comentó Beaton cuando se marchó Kelley.

—Yo estoy más animado —dijo Caldwell.

—No me ha gustado esa alusión a la mala gestión —dijo Traynor—. No me agrada su aire de gallito. Es una verdadera desgracia que tengamos que tratar con él.

—A mí lo que no me ha gustado ha sido la amenaza de trasladar sus pacientes a Rutland —dijo Beaton—. Me preocupa, nuestra posición es más débil de lo que yo pensaba.

—Tienes razón —dijo Traynor—. Es increíble que en una reunión al más alto nivel, y en la que se está decidiendo la suerte del hospital, no haya ningún médico presente.

—Es el signo de los tiempos —dijo Beaton—. Los gestores de los hospitales son los que tienen que soportar la pesada carga de la crisis sanitaria.

—Yo creo que la expresión «la guerra es demasiado importante como para dejarla en manos de los generales», podría aplicarse también en el caso de los médicos —dijo Traynor.

Los tres se echaron a reír. Fue una forma de romper la tensión de la reunión.

—¿Que hacemos con Portland? —preguntó Caldwell—. ¿Queréis que haga algo?

—Creo que es mejor no hacer nada —respondió Beaton—. Sólo he oído elogios de su capacidad como cirujano. En realidad no ha contravenido ninguna norma, yo esperaría a ver qué hace la AGM.

—Pero no tiene muy buen aspecto —reiteró Traynor—. No soy psiquiatra y no sé la pinta que tiene la gente cuando está al borde de un colapso nervioso, pero apuesto a que están igual que Portland.

El sonido del teléfono sorprendió a todos, y sobre todo a Beaton, que había dado órdenes de que no se les molestara.

—Malas noticias —dijo tras colgar—. Tom Baringer ha muerto.

Los tres se quedaron en silencio. Traynor fue el primero en hablar:

—No hay nada como una muerte para recordarnos que un hospital es un negocio diferente y que los números rojos y los azules están en segundo plano.

—Es verdad —dijo Beaton—. Lo más duro de este trabajo

es que la región es como una gran familia, y en una familia tan numerosa siempre hay gente que tiene que morir.

—¿Cuál es nuestra tasa de mortalidad? —preguntó Traynor—. Es algo en lo que nunca se me ha ocurrido pensar.

—Estamos en la media —dijo Beaton—. Punto arriba o punto abajo. De hecho nuestra tasa es mejor que la de los hospitales de las grandes urbes.

—Afortunadamente —comentó Traynor—. Ya pensaba que tenía un nuevo motivo de preocupación.

—Ya basta de esta conversación tan truculenta —dijo Caldwell—. Tengo buenas noticias. La parejita que queríamos fichar junto con la AGM ha decidido trasladarse a Bartlet: acabamos de contratar a una magnífica patóloga.

—Me alegra saberlo —dijo Traynor—. Eso pondrá en marcha el departamento de patología.

—Han comprado la casa del amigo Hodges —añadió Caldwell.

—¿Bromeas? —dijo Traynor—. Me gusta, hay algo irónico en todo esto.

Charles Kelley subió a su Ferrari coupé, puso el motor en marcha y pisó el acelerador. El motor respondió como la maravilla de ingeniería que era. Cuando salía del aparcamiento la aceleración le pegó contra el asiento. Le encantaba conducir, y sobre todo por la montaña. Era una delicia cómo el Ferrari se agarraba a la carretera en las curvas.

Después de la reunión con la gente del Bartlet Community Hospital, Kelley había telefoneado directamente a Duncan Mitchell. Le parecía una buena ocasión de darse a conocer ante el hombre que ocupaba el puesto más alto en la cúpula del poder. Duncan Mitchell no sólo era el consejero delegado de la AGM, sino también de otras tantas sociedades médicas y de varios hospitales del sur. La sede de todas sus empresas estaban en Vermont, donde Mitchell tenía una granja.

Kelley estaba algo nervioso, pero el consejero delegado se había mostrado bastante simpático. Aunque Kelley le telefoneó justo antes de su vuelo a Washington, el consejero accedió amablemente a que se encontraran en uno de los hangares del aeropuerto de Burlington.

Mientras que el Learjet privado de la AGM terminaba de repostar, Mitchell invitó a Kelley a subir a la parte trasera de su limusina. Le ofreció una copa del bar del coche. Kelley rehusó dándole las gracias.

Duncan Mitchell era un hombre que impresionaba y, aunque no era tan alto como Kelley, rezumaba poder. Iba vestido de manera impecable: traje cruzado, corbata de seda, gemelos de oro y mocasines de cocodrilo.

Kelley se presentó e hizo un breve resumen de su cometido en la AGM. Comentó, por si Mitchell no lo sabía, que era el director regional del área de influencia del Bartlet Community Hospital. Pero Mitchell parecía estar al corriente de todo.

—Estamos pensando en quedarnos con el hospital —dijo Mitchell.

—Me lo imaginaba —respondió Kelley—, y por eso quería hablar con usted personalmente.

Mitchell sacó una pitillera de oro del bolsillo del chaleco y cogió un cigarrillo. Golpeó con aire pensativo el cigarrillo contra la pitillera.

—Se pueden sacar muchos beneficios de esos hospitales rurales —dijo—. Pero hay que administrarlos con mucho cuidado.

—Estoy absolutamente de acuerdo —dijo Kelley.

—¿De qué quería hablarme? —preguntó Mitchell.

—De dos cosas. La primera tiene que ver con un programa de incentivos a los médicos similar al que tenemos en nuestros hospitales. Quieren frenar el número de hospitalizaciones.

—¿Y la otra? —preguntó Mitchell, exhalando el humo del cigarrillo hacia el techo del coche.

—Uno de nuestros médicos se está comportando de una forma bastante extravagante. El caso es que se ha visto implicado en varias complicaciones postoperatorias —dijo Kelley—. Va por ahí diciendo que no es culpa suya y que en el hospital pasan cosas raras.

—¿Tiene antecedentes de problemas psíquicos? —preguntó Mitchell.

—Creo que no.

—Respecto a la primera cuestión, les dejaremos desarrollar su programa de incentivos. A estas alturas no cambiará demasiado su cuenta de resultados.

—¿Y el médico?

—Tendremos que hacer algo, evidentemente —dijo Mitchell—. No podemos admitir ese tipo de comportamientos.

—¿Se le ocurre alguna cosa?

—Haga todo lo que sea necesario. Los detalles se los dejo a usted. La habilidad para dirigir una organización como la nuestra consiste en saber delegar responsabilidades. Y ésta es una de esas ocasiones.

—Gracias, señor Mitchell. —Estaba encantado, sabía que eso era un voto de confianza.

Kelley bajó orgulloso de la limusina y se dirigió al Ferrari. Cuando salía del aeropuerto vio de reojo a Mitchell bajar de la limusina y encaminarse al jet de la AGM.

—Algún día —se prometió Kelley— seré yo quien coja ese avión.

CAPÍTULO 7

MIÉRCOLES 30 DE JUNIO

Tanto el departamento de medicina interna como el de patología celebraban una pequeña fiesta de fin de curso para los graduados de aquel año, acto que marcaba el final de sus residencias. Después de recoger sus respectivos diplomas, Angela y David decidieron no asistir a las fiestas programadas para la tarde y se apresuraron a volver a casa. Era el día en que se marchaban de Boston para iniciar una nueva vida en Bartlet, estado de Vermont.

—¿Estás nerviosa? —preguntó David a Nikki.

—Estoy deseando ver a *Rusty*.

Habían alquilado una camioneta para hacer la mudanza. Tardaron bastante tiempo, escaleras arriba y abajo, para colocar las cosas en los dos vehículos. Cuando terminaron, Angela subió al Volvo y David a la camioneta. Durante la primera parte del viaje Nikki fue en la camioneta con su padre.

David se pasó todo el rato preguntándole cosas a Nikki: cómo sería el colegio nuevo o si echaría de menos a sus amigas.

—A algunas sí —dijo Nikki—, pero a otras no. Pero creo que lo superaré.

David rió y se prometió recordar la precoz respuesta de Nikki para repetírsela a Angela.

Se detuvieron a comer al sur de la frontera con New Hampshire. Como estaban ansiosos por llegar a su nueva casa, comieron deprisa.

—Estoy encantada de haberme marchado de una ciudad tan loca y peligrosa —dijo Angela cuando salían del restaurante y se acercaban a los coches—. No pienso volver nunca más.

—Pues yo echaré de menos las sirenas, los tiros, el ruido de cristales rotos y los gritos de la gente —bromeó David—. La vida en el campo ha de ser muy aburrida.

Nikki y Angela empezaron a perseguirle con expresión de enfado.

Nikki hizo el resto del viaje con Angela.

Conforme se iban acercando al norte, el tiempo mejoraba. En Boston hacía un tiempo bochornoso y húmedo. Aunque seguía haciendo calor, en cuanto entraron en Vermont dejaron de notar la humedad. El cielo era mucho más límpido. Bartlet parecía muy tranquilo con el calor de principios del verano. Los alféizares de las ventanas estaban adornados con flores. Disminuyendo la marcha, los vehículos de los Wilson entraron en la perezosa ciudad. Había poca gente en la calle, como si todo el mundo estuviera durmiendo la siesta.

—¿Podemos recoger a *Rusty*? —preguntó Nikki cuando pasaron junto a la ferretería de Staley.

—Primero tenemos que instalarnos —dijo Angela—. Y también habrá que construir una caseta para el perro hasta que esté educado.

Angela y David subieron por el camino de entrada y aparcaron los dos coches. Estaban un poco asustados ahora que la casa era oficialmente suya.

—Este sitio es encantador. —David había bajado de la camioneta y miraba fijamente la casa—. Pero necesita más arreglos de lo que yo pensaba.

Angela se acercó a David y buscó lo que estaba mirando su marido. De la cornisa se habían desprendido algunos elementos decorativos.

—Eso no me preocupa, ¿o acaso no estoy casada con un manitas?

—No será fácil hacerte cambiar de opinión —dijo David, riendo.

—Nunca es tarde —bromeó Angela.

Abrieron la casa con la llave que les habían remitido por correo y entraron. Sin los muebles tenía un aspecto muy diferente. La otra vez la habían visto con todas las pertenencias de Hodges.

—Hay eco —dijo Nikki. Dijo «Hola» y se notó el efecto.

—En estas ocasiones es cuando uno se da cuenta de que está en el mejor momento de su vida —dijo David adoptando un acento británico—. Que una casa tenga eco es definitivo.

Los Wilson recorrieron lentamente el vestíbulo. Como no había alfombras, el suelo crujía a su paso. Habían olvidado lo grande que era la nueva casa, sobre todo si la comparaban con la de Boston. A excepción de un taburete y una mesa de cocina, no quedaba nada.

En el vestíbulo, junto a la escalera principal, colgaba una impresionante lámpara de araña. A la izquierda, la biblioteca y el comedor; a la derecha, un amplio salón. De ahí se pasaba a un distribuidor que conducía a la cocina. La cocina ocupaba casi toda la parte trasera. A continuación venía el añadido de madera que unía la casa con el granero; el suelo de este añadido era de tierra. Había varios cuartos de almacenaje y una escalera que llevaba al segundo nivel.

De vuelta a la escalera central, los Wilson subieron a la segunda planta. Allí había dos habitaciones con sus respectivos cuartos de baño y una suite que ocupaba toda la planta de la cocina.

Pasado el distribuidor, junto a la habitación principal había una puerta. Subieron por la estrecha escalera hasta la tercera planta, en la que había cuatro habitaciones sin calefacción.

—Estamos llenos de almacenes —bromeó David.

—¿Cuál es mi habitación? —preguntó Nikki.

—La que tú elijas —respondió Angela.

—Quiero la habitación que da al estanque de las ranas.

Bajaron al segundo piso y entraron en la habitación que quería Nikki. Discutieron sobre dónde pondrían los muebles y el escritorio, que estaba por comprar.

—Venga, chicos —ordenó Angela—, basta ya de perder el tiempo.

David le dedicó un saludo militar.

Volvieron a los coches y empezaron a sacar sus pertenencias para meterlas en la casa. Trasladar el sofá, las cajas de libros y la ropa de cama fue una tarea bastante ardua. Cuando acabaron con el traslado, Angela y David se quedaron en el pasillo que daba a la sala.

—Sería gracioso si no fuera tan patético —dijo Angela—. La alfombra, que en el apartamento de Boston iba de pared a pared, parece un felpudo en medio de la enorme sala. El gastado sofá, los dos sillones y la mesita de café parecen comprados en un mercadillo de baratijas.

—Elegancia mal entendida —dijo David—. Decoración minimalista, si estos muebles salieran en el *Architectural Digest*, todo el mundo intentaría imitarnos.

—¿Qué hacemos con *Rusty*? —preguntó Nikki.

—Vamos a buscarlo —dijo David—. Te lo mereces, has trabajado mucho. ¿Quieres venir, Angela?

—No, gracias. Me quedaré y ordenaré algunas cosas, sobre todo en la cocina.

—Supongo que esta noche cenaremos en el restaurante —dijo David.

—No, prefiero que cenemos en nuestro hogar —respondió Angela.

Cuando Nikki y David se marcharon, Angela desembaló algunas cajas que había en la cocina y se ocupó de colocar botes, sartenes, platos y cubiertos. También comprobó cómo funcionaban la cocina y la nevera.

Llegó Nikki con el adorable cachorrito, que tenía la cara toda arrugada y las orejas colgando. El cachorro había crecido considerablemente desde la última vez que lo habían visto. Sus patas eran del tamaño de los puños de Nikki.

—Va a ser un perro muy grande —dijo David.

Mientras Nikki y David preparaban al perro un corral en la habitación de suelo de tierra, Angela preparó la cena de Nikki. A Nikki no le hacía muy feliz comer antes que sus padres, pero estaba muy cansada para protestar. Después de cenar hizo sus ejercicios de drenaje y se fue a dormir, agotada.

—Y ahora tengo una pequeña sorpresa para ti —dijo Angela mientras bajaba con David de la habitación de Nikki. Le cogió de la mano y le condujo a la cocina. Abrió la nevera y sacó una botella de Chardonnay.

—¡Oh! —exclamó David contemplando la etiqueta—. No es lo que solemos beber.

—Pues no —dijo Angela. Volvió a la nevera y sacó un plato

cubierto con una servilleta de papel. Retiró la servilleta y dejó a la vista dos chuletones de ternera.

—Me parece que celebramos algo —dijo David.

—Pues sí —respondió Angela—. Ensalada, alcachofas, arroz salvaje, chuletones y Chardonnay, el champán más caro que había en la tienda.

David preparó la carne en la barbacoa que había en la terraza de la biblioteca. Cuando volvió, Angela tenía el resto de la comida dispuesta en el comedor.

La noche había ido cayendo lentamente y llenaba la casa de sombras. En la penumbra, la luz de las velas sólo iluminaba una zona bastante pequeña. El desorden del resto de la casa quedaba oculto por la oscuridad.

Se sentaron a los extremos de la mesa y guardaron silencio, mirándose el uno al otro mientras comían. Los dos se dejaron envolver por aquella romántica atmósfera, y comprendieron que el romanticismo se había alejado de sus vidas durante los últimos años. Sus trabajos de médicos residentes y los problemas de salud de Nikki habían absorbido todo su tiempo.

Mucho después de haber terminado de cenar, seguían a la mesa mientras la sinfonía de sonidos de una noche de verano en Vermont se filtraba por las ventanas abiertas. La llama de las velas oscilaba sensualmente con la límpida y fresca brisa que corría por la habitación y acariciaba sus rostros. Era un momento mágico que ambos querían saborear.

El deseo mutuo les condujo del comedor a la oscura sala. Se tendieron en el sofá y unieron sus labios mientras se estrechaban en un cálido abrazo. Se desnudaron ansiosamente. Hicieron el amor en su nuevo hogar con un coro de grillos como telón de fondo.

El nuevo día amaneció en medio de una gran confusión. El cachorro ladraba porque tenía hambre y Nikki lloriqueaba porque no encontraba sus vaqueros favoritos. Angela pensó que se le iba a agotar la paciencia. David no ayudaba en nada, y no encontraba la lista que detallaba el contenido de las docenas de cajas que aún quedaban por desembalar.

—¡Bueno, ya basta! —gritó Angela—. No quiero oír más lloriqueos ni ladridos.

Durante un momento hasta *Rusty* guardó silencio.

—Cálmate, cariño —dijo David—. Enfadándote no conseguirás nada.

—No me digas lo que tengo que hacer, David Wilson —replicó Angela, desquiciada.

—De acuerdo —dijo David serenamente—. Iré a buscar a la niñera de Nikki.

—Yo no soy un bebé —terció Nikki entre sollozos.

—¡Oh, Dios! —dijo Angela elevando su mirada al techo.

Angela se tranquilizó una vez David fue a buscar a Alice Doherty, la hermana mayor de Dorothy Weymouth. Comprendió que había sido un error comprometerse a empezar a trabajar el 1 de julio. Tendrían que haberse tomado unos cuantos días para instalarse.

Alice resultó ser un regalo de los dioses. Su aspecto era protector y maternal: cara simpática, peculiar pestañear de ojos y cabello blanco como la nieve. Poseía modales cautivadores y una energía sorprendente para una mujer de setenta y nueve años. Tenía también la paciencia y la comprensión que necesitaba una niña con una enfermedad crónica y de un carácter tan fuerte como el de Nikki. Y además le encantaba *Rusty*, lo que le hizo granjearse la amistad de Nikki.

Lo primero que hizo Angela fue enseñarle la terapia respiratoria de Nikki. Era importante que Alice lo aprendiera, y demostró ser una alumna aventajada.

—No os preocupéis por nada —les dijo cuando salían por la puerta de atrás.

Nikki tenía a *Rusty* en sus brazos, y le movió una pata en señal de despedida.

—Iré en bicicleta —dijo David cuando salieron de la casa.

—¿Lo dices en serio? —preguntó Angela.

—Por supuesto —respondió David.

—Como quieras —le dijo mientras subía al coche y lo ponía en marcha.

Saludó a David mientras torcía a la derecha para salir a la carretera que llevaba a la ciudad.

Aunque Angela confiaba en sus cualidades, se sentía muy nerviosa porque éste era su primer trabajo de verdad. Haciendo acopio de todo su valor, y repitiéndose que era normal estar nerviosa el primer día, se encaminó al despacho de Michael Caldwell. Éste la acompañó a que conociera a Helen Beaton, la directora del hospital. Beaton estaba reunida con Delbert Cantor, el director de la plantilla profesional, pero interrumpió la reunión para dar la bienvenida a Angela. La invitó a entrar en su despacho y le presentó al doctor Cantor.

Después de estrecharle la mano, Cantor la miró descaradamente de arriba abajo. Angela había escogido para su primer día de trabajo uno de sus mejores vestidos de seda.

—¡Vaya! —dijo Cantor—. Desde luego no se parece en nada a las chicas de mi clase. Eran unos cardos. —Soltó una risotada.

Angela sonrió. Estaba a punto de decir que en su clase pasaba al revés, que todos los chicos eran unos cardos, pero se contuvo. El doctor Cantor le pareció un impertinente. Pertenecía a la vieja escuela, hombres a los que molestaba que una mujer pudiera tener su misma profesión.

—Estamos muy contentos de que se haya unido a la gran familia del Bartlet Community Center —dijo Beaton acompañando a Angela a la puerta—. Espero que la experiencia le resulte interesante y enriquecedora.

Dejaron la zona de administración y Caldwell la acompañó hasta el laboratorio. En cuanto el doctor Wadley la vio entrar, se incorporó de la silla y la abrazó como si fueran viejos amigos.

—Bienvenida al equipo —dijo Wadley con una cálida sonrisa, cogido del brazo de Angela—. Llevaba esperando este día desde hacía semanas.

—Lo siento, pero he de dejarla —dijo Caldwell—. Veo que está en buenas manos.

—Han hecho ustedes una magnífica labor fichando a esta brillante patóloga —dijo Wadley a Caldwell—. Tendrían que darle una medalla.

Caldwell sonrió.

—Es un buen tipo —dijo Wadley cuando salía.

Angela asintió, pero ella estaba pensando en Wadley. Aunque seguía creyendo que aquel hombre era igual que su padre, ahora apreciaba más las diferencias. El fervor entusiasta de Wadley satisfacía más que la parquedad de su padre. Era reconfortante sentirse tan arropada el primer día de trabajo.

—Lo primero es lo primero —dijo Wadley frotándose las manos. Sus ojos verdes brillaron con entusiasmo infantil—. Déjeme que le enseñe la oficina.

Abrió una puerta que comunicaba su despacho con otro que parecía recientemente decorado. La habitación era totalmente blanca: paredes, mesa, todo.

—¿Le gusta? —preguntó Wadley.

—Es fantástico —dijo Angela.

—Siempre está abierta —dijo Wadley señalando la puerta que separaba los dos despachos—. En el sentido real y el figurado.

—Magnífico —dijo Angela.

—Y ahora, veamos el laboratorio —dijo Wadley—. Aunque ya lo ha visto, quiero que conozca a la gente. —De un perchero cogió una bata inmaculadamente blanca y se la puso.

Durante los siguientes quince minutos Angela conoció a más personas de las que podía recordar. Después de recorrer el laboratorio, se detuvieron junto a un despacho sin ventanas contiguo a la sección de microbiología. El despacho pertenecía al doctor Paul Darnell, el colega patólogo de Angela.

En contraste con Wadley, Darnell era bastante bajito. Llevaba un traje arrugado y una bata moteada caprichosamente con la tintura que se empleaba para preparar los portaobjetos. Parecía buena persona, aunque un poco tímido y reservado; era la antítesis del amable y flamante Wadley.

Al acabar la visita, Wadley acompañó a Angela a su despacho y le explicó cuáles eran sus responsabilidades.

—Haré de usted una de las mejores patólogas del país —dijo con entusiasmo de maestro.

David disfrutó mucho de los cinco kilómetros de paseo en bicicleta. El aire era limpio y puro, y había más pájaros de los que hubiera imaginado nunca. Durante el paseo se encontró varios colibríes. Y lo que colmó todas sus expectativas fue ver fugazmente unos ciervos correr por un campo cubierto de rocío al otro lado del Roaring River.

Al llegar al edificio donde trabajaría, David reparó en que llegaba demasiado temprano. Charles Kelley no apareció hasta casi las nueve.

—¡Válgame Dios, es usted extremadamente puntual! —dijo cuando vio a David hojeando unas revistas en la sala de espera de la AGM—. Pase, pase.

David siguió a Kelley a su despacho, donde rellenó varios formularios.

—Entra usted en un equipo de primera línea —dijo Kelley mientras David escribía—. Le gustará mucho trabajar aquí: magníficas instalaciones y unos colegas estupendamente preparados.

—Me siento halagado —reconoció David.

Tras acabar con el papeleo, Kelley le explicó las reglas básicas del centro y luego lo acompañó a su nuevo despacho. A David le sorprendió encontrar la placa con su nombre en la puerta, pero más aún ver el nombre «Doctor Kevin Yansen» encima del suyo.

—¿Es el mismo despacho? —preguntó David en voz baja a Kelley después de ponerse a su altura. Había seis pacientes en la sala de espera.

—El mismo de la otra vez —dijo Kelley. Dio unos golpes al espejo y éste se abrió. Le presentó a la recepcionista que iba a compartir con Yansen.

—Encantada de conocerle —dijo Anne Washington con un fuerte acento de Boston. Hizo un globo con el chicle que masticaba y luego lo explotó. David pegó un respingo.

—Vamos a ver su despacho —dijo Kelley. Por encima del hombro le dijo a Anne que fuera a buscar a Yansen para presentárselo a David.

David estaba un tanto confuso. Siguió a Kelley hasta el que había sido el despacho de Randall Portland. Habían pintado las paredes de color gris claro y habían colocado una moqueta verde.

—¿Qué le parece? —preguntó Kelley radiante.

—Muy bien —respondió David—. ¿Qué ha pasado con el doctor Portland?

Antes de que Kelley pudiera contestar, el doctor Yansen entró en la habitación con la mano tendida. Se presentó a sí mismo, haciendo caso omiso de Kelley, y le dijo a David que le llamara Kevin. Después le dio una palmada en la espalda.

—¡Bienvenido! Me alegro de que te hayas unido a la pandilla —dijo Yansen—. ¿Juegas a tenis o a baloncesto?

—Un poco a todo —dijo David—, pero hace mucho que no practico.

—Nos ocuparemos de que recuperes la forma —dijo Yansen.

—¿Eres traumatólogo? —preguntó David mirando a su nuevo colega.

Era un tipo bastante fuerte, de aspecto agresivo. Tenía una nariz algo ganchuda que sostenía unas gruesas gafas. Era diez centímetros más bajo que David, y comparado con Kelley parecía diminuto.

—¿Traumatólogo? —Kevin rió burlonamente—. ¡Todo lo contrario! Soy oftalmólogo.

—¿Qué ha sido del doctor Portland? —volvió a preguntar David.

—¿Aún no se lo ha contado? —Kevin miró a Kelley.

—No he tenido oportunidad —dijo Kelley extendiendo las manos con las palmas hacia arriba—. Acaba de llegar.

—Me temo que el doctor Portland ya no está con nosotros —dijo Kevin.

—¿Ha dejado el grupo? —preguntó David.

—Podría decirse así —dijo Kevin con una mueca.

—Siento decirle que el doctor Portland se suicidó el mes pasado —especificó Kelley.

—Justo aquí, en esta habitación —dijo Kevin—. Estaba sentado en ese escritorio. —Señaló el escritorio. Luego simuló que sostenía una pistola en la mano y encañonó la frente—. ¡Bang! Se pegó un tiro entre ceja y ceja. Por eso han tenido que pintar las paredes y cambiar la moqueta.

David se quedó helado. Miró la pared blanca que había detrás del escritorio y trató de no pensar en lo que había pasado.

—Es terrible —dijo David—. ¿Estaba casado?

—Por desgracia, sí —dijo el doctor Yansen—. Mujer y dos hijos. Una verdadera tragedia. Yo ya imaginaba que pasaba algo. De pronto dejó de venir a jugar a baloncesto los sábados.

—No tenía muy buena cara la última vez que le vi —dijo David—. ¿Estaba enfermo? Parecía muy delgado.

—Padecía una depresión —dijo Kelley.

—¡Cuando uno menos se lo espera...! —suspiró David.

—Hablemos de cosas más agradables —dijo Kelley carraspeando—. Le he tomado la palabra, doctor Wilson, y esta mañana tiene citados unos cuantos enfermos. ¿Está preparado?

—Por supuesto —dijo David.

Kevin le deseó suerte a David y se encaminó a un consultorio. Kelley le presentó a Susan Beardslee, la enfermera que iba a trabajar con él. Susan era una mujer atractiva, de veintitantos años, la cara enmarcada por una cabellera corta y oscura. Lo que más agradó a David fue su carácter entusiasta y vivaz.

—Su primer paciente está en el consultorio —anunció Susan jovialmente. Le pasó la ficha—. Si me necesita avíseme por el intercomunicador. Tendré preparado el próximo paciente —agregó y se dirigió al segundo consultorio.

—Bueno, he de marcharme —dijo Kelley—. Buena suerte, David. Si tiene algún problema o quiere preguntarme algo, no tiene más que llamarme.

David cogió la ficha y leyó el nombre: Marjorie Kleber, treinta y nueve años. Se quejaba de dolores en el pecho. Estaba a punto de entrar al consultorio cuando leyó el resumen del diagnóstico: cáncer de mama tratado con cirugía, quimioterapia y radioterapia. El cáncer se lo habían detectado cuatro años antes, a los treinta y cinco, y la enfermedad ya se había extendido a los nódulos linfáticos.

David estudió rápidamente el resto del expediente. Estaba ligeramente desconcertado y necesitó un momento para recuperarse. Era duro tener que empezar con una paciente con cáncer de mama y metástasis en otras zonas del cuerpo. Por suerte, Marjorie estaba mejorando.

David llamó a la puerta y entró. Marjorie Kleber estaba en una camilla, con una bata del hospital. Levantó la vista y miró a David con ojos grandes, tristes e inteligentes. Su sonrisa inspiró simpatía a David.

David se presentó y cuando le iba a preguntar por el dolor, ella le cogió la mano y se la llevó al pecho, a la altura del cuello.

—Gracias por haber venido a Bartlet —dijo la mujer—. No puede imaginarse lo que he rezado para que viniera alguien como usted. Estoy muy contenta.

—Yo también lo estoy —balbuceó David.

—Antes de que usted llegara, tenía que esperar un mes para que me visitaran —dijo soltando la mano de David—. Es así desde que la AGM se hizo cargo de toda la cobertura asistencial. Cada vez te toca un médico diferente. Me han dicho que usted va a ser mi médico. Eso me tranquiliza.

—Me siento muy orgulloso de ser su médico —dijo David.

—Es horroroso tener que esperar un mes para ser visitada —prosiguió Marjorie—. El invierno pasado cogí una gripe tan fuerte que pensé que era neumonía. Por suerte, cuando me visitaron lo peor ya había pasado.

—Tendría que haber ido a urgencias —sugirió David.

—Me hubiera gustado —dijo Marjorie—. Pero no me admitieron. Fui una vez el invierno pasado, pero la AGM se negó a pagar porque era gripe. Aunque esté a punto de morirme, estoy obligada a acudir primero a la consulta. No puedo presentarme en urgencias sin la autorización de un médico de la AGM. Y si no es así, no pagan.

—Pero eso es absurdo —dijo David—. ¿Cómo puede usted saber la gravedad de su dolencia?

—Eso mismo pregunté yo, pero no me contestaron —dijo Marjorie encogiéndose de hombros—. Sólo dijeron que había que atenerse a las normas. Bueno, me alegro de que esté aquí. Si tengo algún problema le llamaré a usted.

—Le agradecería que lo hiciera —dijo David—. Y ahora hablemos de su salud. ¿Quién se ocupa del seguimiento de su tumor?

—Usted —respondió Marjorie.

—¿No va usted al oncólogo?

—La AGM no tiene oncólogos —dijo Marjorie—. Primero tengo que verle a usted, y si lo considera necesario luego acudiré al doctor Mieslich. Como el doctor Mieslich no es de la plantilla de la AGM, no puedo ir a verle a menos que usted lo prescriba.

David asintió. Empezaba a tomar conciencia de que había algunas cosas que le costaría trabajo asimilar. Pensó que tendría que dedicarle más tiempo al historial de Marjorie.

Los siguientes quince minutos los pasó buscando el dolor en el pecho de Marjorie. Mientras la auscultaba le preguntó por su trabajo en el colegio.

—Doy clases a los pequeños —dijo Marjorie.

—¿Qué curso? —preguntó David.

Dejó el estetoscopio y empezó con los preparativos para hacerle un electrocardiograma.

—Tercero —dijo con orgullo—. Durante años he sido profesora de segundo curso, pero me gusta más enseñar en tercero.

—El próximo curso mi hija irá a tercero —dijo David.

—Fantástico —dijo Marjorie—. La tendré de alumna.

—¿Tiene usted familia? —preguntó David.

—Desde luego. Mi marido, Lloyd, trabaja en la empresa de informática. Es programador. Tenemos dos hijos: el mayor va a la universidad y la pequeña cursa sexto.

Media hora más tarde, David se sentía lo bastante tranquilo como para asegurarle a Marjorie que el dolor del pecho no era importante, y que no tenía nada que ver con el cáncer ni con el corazón, las dos principales preocupaciones de Marjorie. Antes de marcharse, ella volvió a darle las gracias por haber venido a Bartlet.

David entró en su despacho sintiendo una alegría desbordante. Si todos los pacientes se mostraban tan agradecidos y cordiales como Marjorie, su trabajo en Bartlet sería muy gratificante. Dejó el historial de Marjorie encima de la mesa para estudiarlo con más tranquilidad.

Cogió el historial del nuevo paciente. El resumen del diagnóstico decía: leucemia tratada con quimioterapia masiva. David gimió para sus adentros; otro caso difícil que también implicaría llevarse «deberes» a casa. El nombre del paciente era John Tarlow. Tenía cuarenta y ocho años, y llevaba tres años y medio de tratamiento.

David entró en el consultorio y se presentó. John Tarlow tenía muy buen aspecto, era simpático y sus ojos reflejaban inteligencia y cordialidad, como los de Marjorie. A pesar de su complicado historial, el insomnio que le había llevado a la consulta era mucho más fácil y rápido de tratar que el dolor en el pecho de Marjorie. Después de una breve conversación, a David le quedó claro que el problema, por lo demás comprensible, había sido la reacción psicológica de miedo ante la muerte de un familiar. David le recetó unos somníferos para que recuperara su ritmo habitual.

Después de despedir a John, colocó su historial junto al de Marjorie para estudiarlo más tarde. Luego salió a buscar a Susan. La encontró en un pequeño laboratorio que se utilizaba para análisis sencillos y rutinarios.

—¿Suele haber muchos pacientes de oncología? —le preguntó.

David admiraba a sus colegas especialistas en oncología. Se conocía a sí mismo lo bastante como para saber que eso no era lo suyo, y el que sus dos primeros pacientes en la AGM tuviesen cáncer le había producido cierta ansiedad.

Susan le aseguró que había muy pocos pacientes con ese tipo de enfermedades. David formuló votos para que así fuera. Cuando cogió el historial del próximo paciente se sintió más tranquilo: diabetes.

La mañana transcurrió rápidamente. Los pacientes de David eran todos encantadores. Habían sido muy amables y habían escuchado atentamente todo lo que David les decía, y parecían dispuestos a seguir sus recomendaciones. (Todo lo contrario de los enfermos que había atendido cuando era médico residente en Boston.) Además, se habían mostrado muy contentos por la llegada de David a Bartlet, y él se sentía plenamente satisfecho de la acogida que le habían dispensado.

David había quedado con Angela en la cafetería del hospital, que estaba atendida por voluntarios. Mientras tomaban unos sándwiches comentaron sus respectivas impresiones.

—El doctor Wadley es maravilloso —dijo Angela—. Es muy servicial y le encanta enseñar. Cuanto más le conozco menos me recuerda a mi padre: es mucho más efusivo, entusiasta y afectuoso. Cuando he llegado esta mañana me ha dado un abrazo. Mi padre preferiría morir antes de hacer una cosa así.

David le contó los pacientes que había visitado. A ella le conmovió la reacción de Marjorie Kleber por la llegada de David.

—Es profesora —agregó David—. De hecho da clases a los de tercero, será la profesora de Nikki.

—¡Vaya casualidad! —dijo Angela—. ¿Tiene buen carácter?

—Parece generosa, cariñosa e inteligente. Supongo que será una profesora maravillosa. El problema es que tiene un cáncer de mama con metástasis.

—¡Oh, Dios mío!

—Se está recuperando —dijo David—. No creo que de momento tenga una recaída, pero aún tengo que estudiar detalladamente su historial.

—Es una enfermedad muy grave —dijo Angela, pensando en todas las veces en que ella misma había creído tener la misma enfermedad.

—Lo único malo es que hoy he tenido dos pacientes con cáncer.

—Sé que no es lo tuyo —comentó Angela.

—Mi enfermera dice que es una casualidad que me hayan tocado dos seguidos. Cruzaré los dedos.

—No te irás a deprimir ahora, ¿verdad? Estoy segura de que tu enfermera no miente.

Angela recordaba demasiado bien cómo había reaccionado David, en sus primeros tiempos de residencia, ante la muerte de varios pacientes de oncología.

—Hablando de depresiones —dijo David. Se inclinó hacia adelante y le susurró—: ¿Te has enterado de lo del doctor Portland?

Angela negó con la cabeza.

—Pues se ha suicidado. Se pegó un tiro en el que ahora es mi despacho.

—Es terrible. ¿Y tienes que quedarte ahí? Quizá podrías utilizar otro despacho.

—No seas ridícula —dijo David—. ¿Qué quieres que le diga a Kelley? ¿Que soy supersticioso y no soporto las muertes y los suicidios? No puedo hacer una cosa así. Además, han pintado las paredes y colocado una moqueta nueva. —David se encogió de hombros—. No te preocupes.

—Pero ¿por qué lo hizo? —preguntó Angela.

—Estaba deprimido.

—Eso lo sé. Ya sabía que estaba deprimido. ¿No te acuerdas que te lo comenté?

—Pero yo no dije que no estuviera deprimido —dijo David—. Yo dije que parecía enfermo. Además, se suicidó poco después de que le viéramos nosotros. Charles Kelley me ha contado que lo hizo en mayo.

—Pobre hombre —se compadeció Angela—. ¿Tenía familia?

—Mujer y dos hijos pequeños.

Angela meneó la cabeza. El suicidio de médicos era algo de lo que ella ya tenía experiencia. Uno de sus colegas residentes también se había suicidado.

—Bueno, cambiando de tema —dijo David—, Charles Kelley me ha contado que hay incentivos por baja hospitalización. Cuantos menos pacientes hospitalizas mayor es la prima. Y también regalan un viaje a las Bahamas. ¿Qué te parece?

—Ya me han hablado de ese plan de incentivación. Es un subterfugio del que se valen las sociedades médicas para reducir los costes.

—Tanto el «control asistencial» como el «control de competitividad» me parecen un disparate. Personalmente lo encuentro inmoral.

—Bueno, otra noticia normal: el doctor Wadley nos ha invitado a cenar esta noche en su casa. Le he dicho que lo hablaría contigo. ¿Qué te parece?

—¿Quieres que vayamos? —preguntó David.

—Ya sé que tenemos muchas cosas que hacer en casa, pero creo que debemos ir. Está siendo muy atento y generoso conmigo, no quiero que me considere una desagradecida.

—¿Qué haremos con Nikki?

—También tengo buenas noticias para eso —dijo Angela—. Me he enterado por un técnico del laboratorio que Barton Sherwood tiene una hija en la universidad y que por las noches cuida niños. Además, son nuestros vecinos más próximos. La he llamado y estaría encantada de venir esta noche.

—¿Crees que a Nikki no le importará? —preguntó David.

—En realidad, ya he hablado con Nikki —contestó Angela—. Me ha dicho que no le importaba y que estaba deseando conocer a Karen Sherwood, que además es una de las animadoras del equipo de baloncesto.

—Pues entonces aceptemos la invitación —dijo David.

Poco antes de las siete llegó Karen Sherwood. David la hizo pasar. Nunca hubiese dicho que fuera una animadora del equipo local. Era muy delgada, bastante joven y por desgracia se parecía bastante a su padre. Sin embargo era muy simpática e intuitiva. Cuando le presentaron a Nikki tuvo la habilidad de comentar que le encantaban los perros, y sobre todo los cachorros.

Mientras David conducía, Angela daba los últimos retoques a su maquillaje. David notó que estaba un poco tensa e intentó tranquilizarla diciéndole que estaba radiante. Los dos se quedaron impresionados al llegar a casa de Wadley. La casa no era tan grande como la suya pero se conservaba mucho mejor. El jardín estaba impecable.

—Bienvenidos —dijo Wadley cuando abrió la puerta.

El interior de la casa era aún mucho más impresionante que el exterior. Todo estaba cuidado hasta el último detalle. Magníficos muebles de época sobre gruesas alfombras orientales. De las paredes colgaban cuadros del siglo XIX con motivos bucólicos.

Gertrude Wadley y su educado marido eran dos personas

muy diferentes, y desde luego hacían honor al dicho de que «los opuestos se atraen». Ella era tímida, reservada y poco habladora; parecía como si la personalidad de su marido la hubiera engullido. Tenían una hija adolescente, Cassandra, que al principio se mostró tan reservada como su madre, aunque a medida que avanzaba la noche se fue pareciendo más a su extrovertido padre, que era el que dominaba la reunión y pontificaba sobre todo lo que se hablaba. También era evidente que se sentía fascinado por Angela. En cierto momento, incluso elevó la mirada al techo y dio gracias al cielo por tener un equipo que se había vuelto tan competente con la incorporación de Angela.

—Una cosa es segura —le dijo David a Angela cuando volvían a casa—: el doctor Wadley está encantado contigo, y le comprendo perfectamente.

Angela se acurrucó contra su marido.

Al llegar, acompañó andando a Karen hasta su casa aunque ella insistió en que podía ir sola. Cuando David volvió a la casa, Angela le estaba esperando con una ropa interior que no se ponía desde la luna de miel.

—Me queda mejor ahora que no estoy embarazada —dijo Angela—. ¿Verdad?

—Te quedaba muy bien entonces y te queda muy bien ahora.

Entraron furtivamente en el salón en semipenumbra y se tendieron en el sofá. Lenta y tiernamente volvieron a hacer el amor. Esta vez, sin el frenesí de la noche anterior, fue más gratificante y sincero. Al terminar, permanecieron abrazados escuchando el canto de los grillos y el croar de las ranas.

—Hemos hecho más veces el amor en dos días que en los dos últimos meses en Boston —dijo Angela con un suspiro.

—Hemos estado sometidos a mucha presión —dijo David.

—A veces me planteo lo de tener otro hijo —dijo Angela.

David se volvió para ver el perfil de su mujer en la penumbra.

—¿Lo dices en serio?

—En esta casa cabría una litera —repuso Angela riendo.

—Tendríamos que asegurarnos de que el bebé no tuviera fibrosis quística. Podríamos enterarnos haciendo una amniocentesis.

—Supongo que sí —dijo ella sin entusiasmo—. ¿Qué haríamos si diese positivo?

—No lo sé. Da miedo. Sería una difícil encrucijada.

—Como decía Scarlett O'Hara, ya lo pensaremos mañana.

CAPÍTULO 8

VERANO EN VERMONT

Conforme avanzaba el verano, los días se convertían en semanas y las semanas en meses. El dulce maíz crecía enhiesto más allá de la casa de los Wilson. Desde el porche principal, con la brisa nocturna, se podía oír crujir el maíz. Por debajo de la terraza, los tomates maduraban hasta un rojo intenso. El árbol junto al granero dejaba caer manzanas silvestres del tamaño de pelotas de golf. El zumbido de las cigarras llenaba las calurosas mañanas de agosto.

Según se iban adaptando a sus nuevos trabajos, Angela y David se iban encontrando más a gusto. Cada día tenían experiencias nuevas que compartían entusiasmados en largas y apacibles cenas.

El apetito de *Rusty* seguía siendo muy voraz y el animal crecía rápida y proporcionalmente, acorde con el tamaño de sus zarpas. Pero seguía siendo tan encantador como de cachorro. Todo el que pasaba a su lado le daba una palmadita en la cabeza o le rascaba detrás de la oreja.

Nikki crecía espléndidamente en el nuevo entorno. El estado de su respiración era normal y sus pulmones estaban muy limpios. Tenía muchos amigos nuevos entre los que destacaba Caroline Helmsford. Caroline era un año mayor que Nikki y también tenía fibrosis quística. Pese a que habían tenido pocas experiencias en común, la enfermedad les unía en un vínculo muy fuerte.

Se habían conocido por casualidad. A pesar de que a los Wilson les habían hablado de Caroline en su primera visita a Bartlet, no habían intentado ponerse en contacto con ella. Las dos niñas se conocieron en la tienda de ultramarinos de los padres de Caroline.

Nikki también era amiga de Arni, el hijo de Yansen, que tenía su misma edad. Sus cumpleaños estaban separados por una semana. Arni era como su padre: bajo, fuerte y agresivo. Arni y Nikki hicieron buenas migas y pasaban las horas entrando y saliendo del granero. Siempre tenían cosas que hacer.

Los Wilson disfrutaban con su trabajo, pero adoraban los fines de semana. Los sábados por la mañana, David se levantaba al salir el sol e iba a hacer sus visitas al hospital. Al acabar, iba al gimnasio de la universidad a jugar a baloncesto con un grupo de médicos. La tarde del sábado y la del domingo, Angela y David se dedicaban a los trabajos de la casa. Mientras Angela trabajaba en el interior, haciendo cortinas o restaurando muebles viejos, David se dedicaba a reparar las cañerías o a reforzar el porche. David era aún más manazas de lo que Angela pensaba, y se pasaba el día pidiendo consejos en la ferretería. Por suerte, el señor Staley se había apiadado de él y le había enseñado a arreglar mamparas, grifos que goteaban e interruptores quemados.

El sábado 21 de agosto David se levantó pronto, como era habitual, se preparó un café y se dirigió al hospital. La ronda terminó enseguida porque sólo tenía que visitar a John Taylor, el paciente con leucemia. Como sucedía con otros enfermos de David que tenían cáncer, a John había que hospitalizarlo con cierta frecuencia a causa de multitud de problemas. La última vez había sido por un absceso en el cuello del que, por suerte, se recuperaba satisfactoriamente. David le aseguró que le daría de alta muy pronto.

Al acabar la visita al hospital, fue en bicicleta a la universidad a jugar a baloncesto. Al entrar en el gimnasio vio que había más gente de lo normal esperando para jugar. Cuando empezó el partido, David advirtió que se jugaba con más agresividad de lo normal. La razón era que nadie quería perder, porque los perdedores dejaban de jugar.

David respondió ante aquella agresividad jugando con más fuerza. Mientras luchaba por coger un rebote, le propinó un fuerte codazo en la nariz a Kevin Yansen. David se volvió y vio cómo Kevin se llevaba las manos a la nariz: la sangre se escurría entre sus dedos.

—Kevin —dijo David—. ¿Estás bien?

—¡Mierda! —protestó Kevin—. ¡Eres un gilipollas!

—Lo siento —dijo David. Se sentía avergonzado de su propia agresividad—. Deja que te mire. —Se acercó e intentó apartarle las manos de la cara.

—No me toques —espetó Kevin.

—Venga, señor agresivo —le dijo Trent Yarborough desde el suelo. El cirujano Trent era uno de los mejores jugadores y había jugado a baloncesto en Yale—. Veamos esa narizota. Me alegro de que te hayan dado un poco de jarabe de palo.

—Que te den por culo, Yarborough —escupió Kevin.

Retiró las manos de la cara. Sangraba por la nariz y el tabique nasal se le había desviado.

Trent se acercó para observarlo mejor.

—Me parece que se te ha roto —dijo Trent.

—¡Mierda! —dijo Kevin.

—¿Quieres que te lo coloque en su lugar? —le preguntó Trent—. No te cobraré mucho.

—Espero que tengas al día tu maldita póliza de negligencias profesionales —dijo Kevin. Echó la cabeza hacia atrás y cerró los ojos.

Trent sujetó la nariz de Kevin entre el pulgar y el nudillo de su dedo índice, y volvió a colocar el tabique en su sitio. Todos se sintieron conmocionados, Trent incluido, al oír el ruido que hizo el cartílago.

—Está mejor que antes —dijo Trent dando un paso atrás para admirar su obra.

David le preguntó a Kevin si quería que le acompañase a casa, pero éste gruñó que podía ir solo.

Entró uno de los suplentes para sustituir a Kevin. David se quedó mirando cómo salía Kevin del gimnasio. Se sobresaltó al sentir una palmada en la espalda y se dio la vuelta. Era Trent.

—No te preocupes por Kevin. Él ya ha roto dos narices. No es muy deportivo, pero es un buen tío.

David reanudó el partido de mala gana.

Cuando David volvió a casa, Nikki y Angela le estaban esperando para salir de excursión. Ese sábado no habían hecho planes porque estaban invitados a pasar la noche junto a un lago relativamente cerca de Bartlet. El plan consistía en bañarse en el lago por la tarde y luego una cena al aire libre. Los Yansen, los Yarborough y los Young, los tres de la «Y» —como se llamaban a ellos mismos—, habían alquilado por un mes una casita junto al lago. Steve Young, uno de los habituales del baloncesto, era ginecólogo.

—Venga, papá —dijo Nikki, impaciente—, llegaremos tarde.

David miró la hora: había estado jugando a baloncesto más tiempo que otras veces. Subió corriendo las escaleras y se metió en la ducha. Media hora más tarde estaban de camino.

El lago era de color esmeralda y estaba rodeado de árboles. Se encontraba situado en un frondoso valle entre dos montañas, una de las cuales albergaba una magnífica estación de esquí que era de las más concurridas de la zona.

La casita era una preciosidad, de construcción irregular, y todas las habitaciones estaban dispuestas de forma que daban a una gran chimenea de piedra. Tenía un porche cubierto que ocupaba todo el frontal de la casa y que daba directamente al lago. Del porche salía una plataforma que llevaba a un embarcadero que penetraba unos quince metros en el agua.

Enseguida, Nikki formó equipo con Arni Yansen y ambos fueron corriendo al bosque para que Arni le enseñara la cabaña que había encima de un árbol. Angela se dirigió a la cocina, donde Nancy Yansen, Claire Young y Gayle Yarborough estaban preparando la comida. David se unió al grupo de los hombres, que bebían cerveza y veían un partido de los Red Sox en un televisor portátil.

La tarde transcurrió lánguidamente y sólo se vio alterada por los pequeños dramas de ocho inquietos niños que escalaban rocas, se raspaban las rodillas o se peleaban entre ellos. Los Yansen tenían dos hijos; los Young, uno; y los Yarborough, tres.

El humor de Kevin fue el único lunar de un día magnífico. Tenía los ojos morados a causa del golpe en la nariz. Le regañó varias veces a David por haber sido tan patoso y se pasó el día despotricando contra él. Finalmente, David lo llevó a un aparte, divertido de que se lo hubiera tomado tan a pecho.

—Lo siento —dijo David—. Te vuelvo a pedir disculpas. Lo siento. Ha sido un accidente, no lo he hecho exprofeso.

Kevin le miraba enfadado, y David pensó que no le iba a perdonar.

—De acuerdo —dijo suspirando—. Vamos a bebernos una cerveza.

Después de cenar, los adultos se quedaron sentados a la mesa y los niños fueron a pescar al embarcadero. El cielo todavía estaba rojo hacia el oeste y su luz se reflejaba en el agua. Las ranas de San Antonio, los grillos y algunos insectos habían empezado ya con su sinfonía nocturna. Las luciérnagas moteaban las sombras bajo los árboles.

La primera conversación versó sobre la belleza de los alrededores y las claras ventajas de vivir en Vermont. Ventajas que el resto de la gente sólo podía disfrutar en vacaciones. Al final, y para disgusto de tres de las cuatro esposas, acabaron hablando de medicina.

—Casi prefiero que hablen de béisbol —se quejó Gayle Yarborough. Nancy Yansen y Claire Young estaban totalmente de acuerdo con ella.

—Es muy difícil no hablar de este tema con todas las «reformas» que se nos vienen encima —dijo Trent. Ni él, ni Steve trabajaban para la AGM. Entre los dos habían intentado crear una sociedad médica, fusionando para ello una importante compañía de seguros con la organización benéfica Blue Shield. Pero la experiencia resultó fallida: llegaron demasiado tarde. La mayor parte de los posibles clientes ya habían sido captados por la AGM, que había llevado a cabo una campaña mucho más agresiva.

—Todo esto me tiene un poco deprimido —dijo Steve—. Si encontrara otra forma de ganarme la vida, cambiaría de trabajo sin dudarlo ni un momento.

—Pero eso sería tirar por la borda toda una carrera —comentó Angela.

—Ya lo sé —dijo Steve—. Pero sería mucho mejor que volarme la tapa de los sesos como ya sabes quién.

La referencia al doctor Portland les dejó a todos en silencio durante un momento.

—A nosotros nadie nos ha contado la historia de Portland —dijo Angela por fin—. Tengo cierta curiosidad, lo reconozco. He visto una vez a su pobre mujer, lo está pasando muy mal.

—Ella se considera culpable —dijo Gayle Yarborough.

—Lo único que sé es que estaba deprimido —dijo David—. ¿Estaba deprimido por algo en concreto?

—La última vez que jugó a baloncesto con nosotros estaba muy tenso porque un paciente se le estaba muriendo —explicó Trent—. El paciente era Sam Flemming, el artista. Y me parece que poco después se le murieron otros dos.

Un escalofrío recorrió a David. Le vino a la memoria su propia reacción ante la muerte de algún paciente cuando era médico residente.

—Yo no estoy seguro de que se haya suicidado —dijo Kevin de repente, sorprendiendo a todo el mundo.

Lo único que había hecho en todo el día había sido meterse con David por su torpeza. Nancy, su mujer, le miró como si acabara de decir una blasfemia.

—Será mejor que te expliques —dijo Trent.

—No hay mucho que explicar, pero David no tenía pistola —dijo Kevin—. Es un detalle que nadie se ha molestado en aclarar. ¿De dónde la sacó? Nadie ha dicho que le había prestado su pistola. Tampoco salió de la ciudad. ¿Cómo lo hizo, la encontró en la calle? —Kevin rió gravemente—. Pensad en ello.

—Venga —dijo Steve—, la tenía y ya está.

—Arlene ha dicho que ella no sabía nada de la pistola —insistió Kevin—. Además, el tiro lo tenía en medio de la frente y en trayectoria descendente. Ésa es la razón de que su cerebro estuviera esparcido por las pareces. Nunca he oído que alguien se suicidase así. La gente suele ponerse el cañón en la boca para estar seguros de no fallar. Es difícil pegarse un tiro en la frente, y sobre todo si el arma es una Magnum de cañón largo.

Kevin colocó los dedos en forma de pistola como ya había hecho el día de la llegada de David. Esta vez, cuando se apoyó la supuesta pistola en la frente, hizo que el gesto resultara especialmente difícil.

Gayle estaba a punto de vomitar: aunque estaba casada con un médico, hablar de vísceras y sangre le ponía enferma.

—¿Estás diciendo que le han asesinado? —dijo Steve.

—Lo único que digo es que no estoy seguro de que se suicidara —repitió Kevin—. A partir de ahí, cada uno puede extraer sus propias conclusiones.

El canto de los grillos y de las ranas dominaba la noche. Todos meditaban las palabras de Kevin.

—A mí todo esto me parece un disparate —dijo por fin Gayle Yarborough—. Yo creo que fue un suicidio cobarde. Sólo me preocupan su mujer y sus dos hijos.

—Estoy de acuerdo —dijo Claire Young.

Se produjo otro silencio embarazoso hasta que Steve lo rompió.

—¿Y qué tal vosotros dos? —preguntó a Angela y a David—. ¿Qué os parece Bartlet? ¿Estáis contentos?

David y Angela se miraron.

—Yo estoy disfrutando muchísimo —dijo David—. Me encanta la ciudad, y como pertenezco a la AGM tampoco tengo que preocuparme de la política sanitaria. Estoy adquiriendo una gran experiencia, quizá demasiada. Tengo más pacientes de oncología de los que esperaba y, por supuesto, más de los que me hubiera gustado.

—¿Que quiere decir oncología? —preguntó Nancy Yansen.

Kevin miró a su mujer entre incrédulo e irritado.

—Cáncer —dijo Kevin despectivamente—. Por Dios, Nance, te lo he explicado muchas veces.

—Lo siento —replicó Nancy igualmente irritada.

—¿Cuántos pacientes de oncología tienes? —preguntó Steve.

—A ver —dijo David cerrando los ojos—: John Taylor, leucemia; Mary Ann Schiller, cáncer de ovarios; Jonathan Eakins, cáncer de próstata; y Donald Anderson, al que habían diagnosticado cáncer de páncreas, pero que en realidad es un adenoma benigno.

—Conozco al último —dijo Trent—. Le aplicamos el tratamiento Whipple.

—Gracias por la aclaración —dijo Gayle sarcásticamente.

—Sólo son cuatro pacientes —dijo Steve.

—Hay más —dijo David—. También tengo a Sandra Hascher con melanoma y a Marjorie Kleber con cáncer de mama.

—Estoy impresionada de que los recuerdes a todos —dijo Claire Young.

—Es muy fácil —repuso David—. Los recuerdo porque me he hecho amigo de todos y les veo con bastante regularidad porque tienen muchos problemas, lo que tampoco es muy raro dados los numerosos tratamientos que han tenido que soportar.

—Bueno, ¿y cuál es el problema? —preguntó Claire.

—El problema es que ahora los considero mis amigos, y como soy responsable de su salud, estoy convencido de que me sentiré culpable si mueren.

—Te entiendo perfectamente —dijo Steve—. No sé cómo puede estudiar alguien oncología. Son unos santos. Yo elegí obstetricia porque, en general, es una especialidad bastante agradecida.

—Lo mismo que oftalmología —apostilló Kevin.

—No estoy de acuerdo —dijo Angela—. Yo entiendo muy bien por qué la gente escoge oncología. Seguro que resulta gratificante tratar a enfermos incurables que tienen muchas necesidades. En otras muchas especialidades nunca llegas a saber si ayudas a tus pacientes o no. Pero en oncología nunca se te plantean estas dudas.

—Conozco bastante a Marjorie Kleber —dijo Gayle Yarborough—. Dos de mis hijos la han tenido de profesora. Es una mujer maravillosa. Enseñaba ortografía a los niños con unos avioncitos de plástico que iba moviendo por la pizarra.

—Me gusta verla en mi consulta —dijo David.

—¿Y qué tal tu trabajo? —le preguntó Nancy Yansen a Angela.

—De maravilla. El doctor Wadley, el jefe de mi departamento, es un verdadero tutor. Además, contamos con el material más moderno. La verdad es que tenemos bastante trabajo: cada mes hacemos de quinientas a mil biopsias, lo que es una cifra bastante respetable. Tratamos con muchas patologías porque nuestro departamento trabaja para otros hospitales aparte del Bartlet. Tenemos incluso un laboratorio viral, cosa que yo desconocía. El trabajo es muy estimulante y podemos desarrollarlo sin agobios.

—¿No has tenido todavía ningún encontronazo con Kelley? —le preguntó Kevin a David.

—Pues no —dijo David, sorprendido—. Nos llevamos bastante bien. De hecho, esta misma semana he tenido una reunión con Kelley y con el director de control de calidad de la AGM en Burlington. Los dos estaban muy satisfechos por los resultados de las consultas a mis pacientes sobre la calidad de la asistencia.

—¡Ja! —se burló Kevin—. Pasar el control de calidad está chupado. Espera a que te toque la inspección de hospitalización. Las hacen a los dos o tres meses. Ya me dirás entonces lo que piensas de Charles Kelley.

—Eso no me preocupa —dijo David—. Practico una medicina meticulosa y de calidad. Me importa un bledo el programa de compensaciones por baja hospitalización. Y desde luego no pienso participar en la carrera por el premio a las Bahamas.

—A mí no me parece mal —dijo Kevin—. Creo que es una buena idea. ¿Por qué no pensárselo dos veces antes de hospitalizar a alguien? La gente de por aquí hace bastante caso a sus médicos, y seguro que están mejor en sus casas que en un hospital. Si el hospital quiere regalarnos a Nance y a mí un viaje a las Bahamas, no pienso protestar.

—La situación es muy diferente para un oftalmólogo que para un internista.

—Basta ya de conversaciones sobre medicina —dijo Gayle Yarborough—. Podíamos haber alquilado *The Big Chill.* Es una película fantástica para ver en grupo.

—Por lo menos tendríamos algo de que hablar —dijo Nancy Yansen—. Y por lo menos sería mejor que todas estas tonterías de médicos.

—Yo no necesito una película para saber si dejaría que mi marido se acostara con una de mis amigas, aunque fuera para que pudiera tener otro hijo —dijo Claire Young—. Me negaría en redondo.

—Oh, vamos —dijo Steve incorporándose—. A mí no me importaría, sobre todo si fuera Gayle. —Se inclinó y abrazó a Gayle, que estaba sentada a su lado. Ella rió nerviosa e intentó zafarse en broma.

Trent vertió un poco de cerveza por encima de la cabeza de Steve, que sacó la lengua para bebérsela.

—Tendría que ser en una situación desesperada —dijo Nancy Yansen—. Además, siempre queda el remedio del fontanero.

Durante los minutos siguientes todos rieron, excepto Angela y David. A continuación todos se gastaron bromas subidas de tono y se lanzaron indirectas de tipo sexual. Angela y David permanecieron con una media sonrisa, asintiendo cuando alguien decía algo ingenioso, pero sin participar en las bromas.

—Un momento —dijo Nancy Yansen medio ahogada de risa por un chiste de médicos muy procaz. Contuvo la risa—. Creo que deberíamos mandar a los niños a la cama y así podríamos bañarnos en cueros. ¿Qué os parece?

—Magnífico —dijo Trent haciendo chocar su botella de cerveza con la de Steve.

David y Angela se miraron, preguntándose si aquella sugerencia era otra broma. Los demás se levantaron y llamaron a los niños, que estaban pescando a oscuras en el embarcadero.

Más tarde en su habitación, mientras se lavaba la cara, Angela se quejó de que sus amigos parecían haber sufrido una regresión a la adolescencia. Mientras hablaban les oían, en medio de risas y gritos, chapotear en el agua.

—Parecen alumnos de una cofradía —dijo David—. Pero tampoco es algo terrible. No deberíamos ser tan criticones.

—Yo no estoy tan segura —dijo Angela—. Parecen los típicos personajes de una novela de John Updike. Todas esas bromitas de antes y lo de bañarse desnudos hacen que me sienta a disgusto. Quizá es porque se aburren mucho y Bartlet no es el paraíso que habíamos imaginado.

—¡Por favor! —dijo David—. Creo que eres demasiado crítica y demasiado cínica. A mí me parece que afrontan la vida de una forma plena, hedonista y juvenil. Quizá somos nosotros los que tenemos prejuicios absurdos.

Angela se volvió hacia David y le miró sorprendida, como si fuera un extraño.

—Por mí puedes salir ahí desnudo y unirte a la bacanal, si eso es lo que deseas. ¡Adelante, no me importa!

—No saques las cosas de quicio —dijo David—. No tengo ningunas ganas de participar en la fiesta. Pero tampoco me parece algo para ponerlo en términos maniqueos. A lo mejor es por culpa de tu educación católica.

—No pienso hacer caso de tus provocaciones —contestó Angela dándole la espalda—. Me niego a caer en tus trampas, no quiero enfrascarme en una de esas absurdas discusiones de religión que tanto te gustan.

—Por mí, mejor —dijo David.

Más tarde, cuando estaban en la cama con la luz apagada, el croar de las ranas había sustituido al ruido de júbilo y alegría. Había tanto silencio que se podía oír el agua acariciar la orilla.

—¿Crees que todavía están ahí fuera? —susurró Angela.

—No lo sé —dijo David—. Y no me importa.

—¿Qué te ha parecido lo que dijo Kevin del doctor Portland? —preguntó Angela.

—No sé qué pensar. La verdad, para mí Kevin es un misterio. Es más raro que un perro verde. Nunca había visto a nadie enfadarse tanto por un simple golpe en la nariz.

—Sus comentarios me parecieron fuera de lugar, por decirlo de una forma suave. Pensar en un asesinato en Bartlet, aunque sea sólo por un momento, me pone la carne de gallina. Tengo la desagradable sensación de que va a ocurrir alguna desgracia. A lo mejor es porque somos demasiado felices.

—Eso es culpa de tu histeria —dijo David medio en broma—. Te encanta melodramatizar y eso hace que te vuelvas pesimista. Yo creo que somos felices porque hemos hecho lo que teníamos que hacer.

—Espero que tengas razón —repuso Angela acurrucándose bajo el brazo de David.

CAPÍTULO 9

LUNES 6 DE SEPTIEMBRE

Traynor desvió el Mercedes de la carretera y se dirigió por el terreno pedregoso hacia la fila de coches aparcados frente a una valla de tablones. En los meses de verano, las tierras que había al otro lado de la valla se utilizaban para ferias artesanales. El doctor Traynor y su mujer Jacqueline se dirigían a la octava fiesta anual del trabajador patrocinada por el Bartlet Community Hospital. La fiesta había empezado a las nueve con unas carreras de atletismo para niños.

—Vaya manera de estropear un día de fiesta —dijo Traynor—. Odio estas celebraciones.

—Tonterías —rezongó su mujer—. A mí no me engañas. —Era una mujer pequeña y regordeta, e iba vestida de manera excesivamente convencional: sombrero blanco, guantes también blancos y zapatos de tacón. La verbena incluía una comida al aire libre consistente en panochas de maíz, almejas al vapor y langosta de Maine.

—¿De qué estás hablando? —preguntó Traynor mientras aparcaba.

—Yo sé que te encantan todos estos saraos del hospital, no te hagas el mártir conmigo. Te encanta fingir, te encanta jugar tu papel de presidente del consejo.

Traynor miró indignado a su mujer. Su matrimonio era una continua pelea y los insultos estaban a la orden del día. Traynor se contuvo esta vez: Jacqueline tenía razón en lo de la verbena, aunque le irritaba que después de veintiún años de matrimonio ella hubiera llegado a conocerle tan bien.

—¿Y ahora qué pasa? —preguntó Jacqueline mientras esperaba la respuesta de Traynor—. ¿Vamos o no?

Se apearon y caminaron torpemente junto a la hilera de coches aparcados. Beaton les saludó con la mano y se acercó hacia ellos, acompañada de Wayne Robertson, el jefe de policía. Traynor se dio cuenta de que pasaba algo.

—¡Qué oportuna! —dijo Jacqueline cuando vio acercarse a Beaton—. Aquí llega una de tus mayores aduladoras.

—¡Cállate, Jacqueline! —le espetó Traynor entre dientes.

—Tengo muy malas noticias —dijo Beaton sin ningún preámbulo.

—¿Por qué no vas al bar y pides un refresco? —le dijo Traynor a Jacqueline dándole un leve codazo. Jacqueline obedeció no sin antes dirigirle una mirada despectiva a Beaton.

—No parece muy contenta de estar aquí —comentó Beaton.

Traynor sonrió.

—¿Cuáles son esas malas noticias? —preguntó.

—Me temo que ayer por la noche fue atacada otra enfermera —dijo Beaton—. O quizá esta mañana. La han violado.

—¡Maldita sea! —renegó Traynor—. ¿Ha sido el bastardo de siempre?

—Creemos que sí —contestó Robertson—. Responde a las anteriores descripciones y también usaba pasamontañas. Aunque esta vez en lugar de un cuchillo llevaba pistola y esposas. Se la llevó a los árboles, igual que a las otras.

—Yo pensaba que con la iluminación se acabarían los ataques —dijo Traynor.

—Y tendría que haber sido así —dijo Beaton dubitativa.

—¿Qué quieres decir? —preguntó Traynor.

—El ataque tuvo lugar en el aparcamiento superior, que no está iluminado. Como recordarás sólo pusimos focos en la parte de abajo para ahorrar dinero.

—¿Quién sabe lo de la violación? —preguntó Traynor.

—Muy poca gente —dijo Beaton—. He contactado personalmente con George O'Donald, del *Bartlet Sun*, y está de acuerdo en no publicar la noticia. Hemos conseguido una pequeña tregua, y desde luego la víctima no se lo va a contar a nadie.

—Me gustaría que no se enterasen los de la AGM —dijo Traynor.

—Supongo que esto acentúa aún más la necesidad del nuevo aparcamiento —observó Beaton.

—Lo necesitamos, pero no podemos construirlo —dijo Traynor—. Es mi mala noticia para la reunión del consejo ejecutivo de esta noche. Mi antiguo enemigo, Jeb Wiggins, ha cambiado de opinión. Y lo que es peor, ha convencido a los de la comisión de que el proyecto del aparcamiento es inviable. Dice que estéticamente es una aberración.

—¿Quiere decir que debemos olvidarnos del proyecto? —preguntó Beaton.

—No es que sea el final, pero sí es un toque de atención —reconoció Traynor—. Cuando te tumban un proyecto de este tipo es muy difícil levantarlo, pero yo estoy dispuesto a pedir una nueva votación. Quizá esta violación, pese a que ha sido una desgracia, sea el catalizador que necesitábamos para que nos aprueben el proyecto.

Traynor se volvió hacia Robertson, y vio su propio reflejo en las gafas de espejo de Robertson.

—¿Puede hacer algo la policía? —preguntó Traynor.

—Salvo que deje a uno de mis hombres vigilando toda la noche —dijo Robertson—, no hay mucho más que podamos hacer. De hecho ya patrullan con las luces encendidas cuando están por la zona.

—¿Dónde está el encargado de seguridad del hospital, Patrick Swegler? —preguntó Traynor.

—Lo traeré —dijo Robertson—. Hacía *footing* cerca del estanque.

—¿Estás preparada para lo de esta noche? —preguntó Traynor cuando Robertson se alejó.

—¿Te refieres a la reunión?

—A la reunión y a después de la reunión —dijo Traynor con una sonrisa lasciva.

—De lo de después no estoy tan segura —dijo Beaton—. Tenemos que hablar.

—¿Hablar de qué?

—Éste no es el sitio más apropiado para hablar —dijo Beaton. Vio acercarse a Patrick Swegler y Wayne Robertson.

Traynor se apoyó contra la valla. Se sentía un poco débil.

Lo único que le quedaba era el afecto de Beaton. Se preguntó si Beaton lo estaría engañando con alguien, alguien como el asno de Charles Kelley. Traynor suspiró, siempre había algo que iba mal.

Patrick Swegler miró a Traynor directamente a los ojos. A Traynor le parecía un niño grande. Había jugado a fútbol americano en la Universidad de Bartlet, y durante ese período habían dominado la liga universitaria.

—No hemos podido hacer nada —dijo Swegler, dispuesto a no dejarse intimidar por el incidente—. La enfermera había hecho un turno doble y cuando salió no avisó a los de seguridad. Todas las enfermeras estaban advertidas de que nos avisaran cada vez que tuvieran que salir de noche. Y encima, había dejado el coche en el aparcamiento de arriba, que, como usted sabe, no está iluminado.

—¡Por el amor de Dios! —murmuró Traynor—. Se supone que tendría que estar dedicado en cuerpo y alma a una operación en la que están en juego millones de dólares y tengo que preocuparme por cosas totalmente banales. ¿Por qué no avisó la enfermera a los de seguridad?

—No me lo han dicho, señor —dijo Swegler.

—Si construimos el aparcamiento nuevo se acabaría el problema —dijo Beaton.

—¿Dónde está Werner van Slyke, el de mantenimiento? —preguntó Traynor—. Que venga ahora mismo.

—Ya sabes que Van Slyke es la única persona del hospital que no asiste a actos sociales —explicó Beaton.

—¡Mierda, tienes razón! —dijo Traynor—. Dile que quiero que los dos aparcamientos tengan la misma iluminación. Quiero que los iluminen como si fueran árboles de navidad. —Traynor se volvió hacia Robertson—. ¿Por qué no han podido encontrar a ese maldito violador? Si todas las violaciones han sido cometidas por la misma persona, ya deberían tener algún sospechoso. Y sobre todo en una ciudad tan pequeña como Bartlet.

—Estamos en ello —contestó Robertson.

—¿Te apetece ir al bar? —preguntó Beaton.

—Sí, será lo mejor —contestó Traynor, furioso—. Me gustaría tomar unas almejas. —Traynor cogió a Beaton del brazo y se dirigieron al bar.

Traynor estaba a punto de hablarle de su cita para la noche, pero Caldwell y Cantor les vieron y se acercaron. Caldwell estaba de muy buen humor.

—Supongo que se habrá enterado de que el programa de incentivos empieza a funcionar —le dijo a Traynor—. Las cifras de agosto son muy esperanzadoras.

—No, no sabía nada —dijo Traynor volviéndose hacia Beaton.

—Pues es cierto —dijo Beaton—. Esta noche presentaré las cifras. El número de hospitalizaciones de la AGM ha bajado un cuatro por ciento respecto a agosto del año pasado. No es mucho, pero estamos en el buen camino.

—Resulta alentador oír una buena noticia de vez en cuando —dijo Traynor—. Pero no podemos bajar la guardia. El viernes estuve hablando con Arnswoth, y me dijo que los números rojos volverían a subir coincidiendo con la marcha de la gente que ha venido a pasar el verano. El censo del hospital de enfermos de pago durante julio y agosto ha superado con creces al de asegurados de la AGM. A partir de mañana, todos los veraneantes de Bartlet vuelven a sus lugares de origen.

—Creo que deberíamos reactivar nuestro plan de estricto control de hospitalización —añadió Beaton—. Es la única manera de mantenernos a flote hasta que empiecen a firmarse nuevos contratos de capitación.

—Por supuesto que lo haremos —dijo Traynor—. No nos queda otro remedio. Por cierto, y para que lo sepa todo el mundo, el CEN ahora se llama CER: Control Estricto de Recursos.

Todos se echaron a reír.

—Estoy muy enfadado —dijo Cantor riendo—. Como autor del proyecto, prefiero que se llame CEN. —A pesar del verano estaba tan pálido como siempre. Cantor llevaba unas bermudas con calcetines negros, lo que destacaba aún más la blancura lechosa de sus piernas.

—Tengo una pregunta delicada —dijo Caldwell—. ¿Cómo contempla el CER una enfermedad como la fibrosis quística?

—No me lo pregunte a mí —dijo Traynor—. No soy médico. ¿Qué coño es la fibrosis quística? Sé que existe esa enfermedad, pero no me pregunte qué es.

—Es una enfermedad crónica hereditaria —explicó Cantor—. Produce problemas respiratorios y problemas GI.

—GI quiere decir gastrointestinales —explicó Caldwell—. El aparato digestivo.

—Gracias —dijo Traynor sarcásticamente—. Sé lo que significa GI. ¿Qué pasa con esa enfermedad, es mortal?

—Normalmente, sí —dijo Cantor—. Pero con cuidados respiratorios intensivos, algunos pacientes pueden vivir normalmente hasta los cincuenta años.

—¿Cuál es el coste anual de estos enfermos? —preguntó Traynor.

—Una vez empiezan con problemas respiratorios, unos veinte mil dólares por año —dijo Cantor.

—¡Por Dios! —dijo Traynor—. Un coste así debería incluirse en el apartado del CER. ¿Es una enfermedad común?

—La padece uno de cada dos mil bebés —respondió Cantor.

—¡Ah, bueno! —dijo Traynor moviendo una mano—. Es demasiado rara para que tengamos que preocuparnos.

Después de prometer que asistirían puntualmente a la reunión, Caldwell y Cantor se marcharon en distintas direcciones. Caldwell fue a ver el partido de voleibol que se jugaba en una especie de cala que había junto al lago. Cantor fue directo a la nevera de las cervezas.

—Vamos a comer —dijo Traynor.

Se dirigieron a la tienda que albergaba una hilera de barbacoas de carbón. Traynor saludaba a todo el mundo. Su mujer tenía razón, le encantaban los acontecimientos sociales. Se sentía como un rey. Iba vestido de manera informal aunque sin descuidar ni un detalle: pantalones a medida, mocasines con alzas y sin calcetines, y un polo de manga corta. En esas ocasiones nunca llevaba bermudas, y le sorprendía que Cantor se preocupase tan poco de su aspecto.

Su felicidad se vio interrumpida por la presencia de su mujer.

—¿Te lo estás pasando bien, cariño? —preguntó, sarcástica—. Tienes todo el aspecto de que sí.

—¿Qué se supone que tendría que hacer? —preguntó retóricamente—. ¿Pasearme por ahí con el ceño fruncido?

—Pues no veo por qué no —replicó Jacqueline—. En casa estás todo el día así.

—Bueno, he de marcharme —dijo Beaton.

Traynor la cogió del brazo.

—No, quiero que me expliques los datos de agosto antes de la reunión de esta noche.

—En ese caso, me iré yo —dijo Jacqueline—. Creo que regresaré a casa, querido. Ya he visto a la gente que quería ver. Estoy segura de que alguno de tus numerosos colegas estará encantado de llevarte de vuelta.

Traynor y Beaton observaron cómo Jacqueline se alejaba caminando descalza por la hierba.

—Se me ha quitado el hambre —dijo Traynor cuando Jacqueline desapareció de la vista—. Vamos a dar un paseo.

Se acercaron al lago y estuvieron viendo el partido de voleibol. Después se encaminaron hacia la pequeña cancha de béisbol.

—¿De qué querías hablarme? —preguntó Traynor, haciendo acopio de valor.

—De nosotros, de mí, de nuestra relación —respondió Beaton—. Estoy satisfecha de mi trabajo, disfruto con él y me resulta estimulante. Pero cuando me contrataste, diste a entender que nuestra relación iría a más: me contaste que estabas a punto de divorciarte. Pero no lo has hecho. No quiero pasarme el resto de mi vida escondiéndome. Necesito algo más que encuentros fugaces.

Traynor notó que el sudor le perlaba la frente. Con todo lo que estaba pasando en el hospital, y ahora esto. No quería cortar su relación con Helen pero tampoco se atrevía a enfrentarse con Jacqueline.

—Piénsatelo —dijo Beaton—, pero hasta que no cambien las cosas, olvídate de los encuentros furtivos en mi despacho.

Traynor asintió y pensó que era lo mejor que le podía pasar. Llegaron hasta el campo de béisbol y lo contemplaron con aire ausente. Estaba a punto de empezar un partido.

—Ahí está el doctor Wadley —dijo Beaton. Le saludó y Wadley le devolvió el saludo. A su lado había una mujer en pantalones cortos, joven y atractiva, de cabello castaño oscuro. Llevaba con mucho garbo una gorra de béisbol colocada del revés.

—¿Quién es la mujer que está con él? —preguntó Traynor deseoso de cambiar de tema.

—Es nuestra nueva patóloga —dijo Beaton—. Angela Wilson. ¿Quieres que te la presente?

—De acuerdo, adelante —dijo Traynor.

Se acercaron y Wadley hizo las presentaciones. Ensalzó a Traynor y dijo que era el mejor presidente que había tenido el consejo de administración del hospital. También se prodigó con Angela, a la que presentó como una brillante y prometedora patóloga.

—Encantada de conocerle —dijo Angela.

Los jugadores gritaron a Angela y a Wadley que se colocaran en sus puestos. Iba a empezar el partido. Beaton observó cómo Wadley acompañaba a Angela hasta su posición en la segunda base. Wadley jugaba entre la segunda y la tercera base.

—El viejo Wadley ha cambiado mucho —comentó Beaton—. Angela Wilson ha resucitado el maestro que llevaba dentro. Ella le ha dado un nuevo sentido a su vida. Wadley está como en una nube desde que ella ha llegado.

Traynor observó a Angela practicar recogiendo bolas con el guante y luego lanzándolas hábilmente hacia la primera base. Entendía muy bien el repentino interés de Wadley y, a diferencia de Beaton, no lo atribuía únicamente a un puro interés académico. Angela Wilson no tenía el aspecto de una médica, o por lo menos de las médicas que Traynor había conocido.

CAPÍTULO 10

OTOÑO EN VERMONT

Aunque David y Angela habían vivido cuatro años en Boston para completar sus residencias, nunca habían experimentado plenamente el placer de un otoño de Nueva Inglaterra. Y el de Bartlet era para cortar la respiración. Cada día, el magnífico color de las hojas se volvía más intenso, como si intentara mejorar el de los días precedentes.

Además del solaz visual, el otoño traía otros sutiles placeres asociados al bienestar: el aire se volvía límpido, cristalino y puro. En el ambiente había una sensación de renovación que hacía que el levantarse cada mañana se convirtiera en un verdadero placer. Cada día estaba lleno de energía y excitación. Las noches eran un gozo, al arrullo del fuego crepitante.

A Nikki le encantaba el colegio. Marjorie Kleber era la encargada de su curso y, tal como había imaginado David, era una profesora maravillosa. Nikki siempre había sido muy buena estudiante, pero en Bartlet alcanzó un nivel excelente. Los fines de semana deseaba que llegara el lunes para comenzar una nueva semana escolar. Por la noche siempre contaba miles de historias del colegio.

La amistad entre Nikki y Caroline Helmsford se había consolidado y las dos se habían vuelto inseparables en las actividades extraescolares. También se había consolidado la amistad de Nikki con Arni. Después de mucho discutir los pro y los contra, Nikki obtuvo permiso de ir al colegio en bicicleta, a condición de evitar las calles más transitadas. Todo aquello representaba una libertad desconocida para Nikki, y estaba encantada. De camino al colegio pasaba por delante de la casa de los Yansen. Cada mañana Arni la esperaba en la puerta. Los dos últimos kilómetros los hacían juntos en bicicleta.

La salud de Nikki seguía siendo bastante buena. El aire frío, seco y puro de Bartlet ejercía un efecto beneficioso en su sistema respiratorio. A excepción de la terapia respiratoria matinal, nada indicaba que sufriera una enfermedad crónica. El hecho de que se encontrara tan bien era una fuente de alegría para David y Angela.

Uno de los grandes acontecimientos del otoño fue la llegada de los padres de Angela la última semana de septiembre. Angela había dudado si debía invitarles o no. La opinión de David había inclinado la balanza a favor.

El doctor Christopher, el padre de Angela, se mostró moderadamente elogioso con la nueva casa, pero mantuvo una actitud de suficiencia con lo que él llamaba la «medicina rural». Se negó repetidamente a visitar el laboratorio de Angela con la excusa de que se pasaba media vida en los hospitales.

Bernice Christopher, la madre de Angela, lo encontró todo muy poco digno de elogio. La casa le parecía demasiado grande y demasiado ventilada, factor que consideraba perjudicial para la salud de Nikki. Opinaba que el color de la vegetación de Bartlet era tan bonito como el de Central Park, y que para ver árboles no merecía la pena pasarse seis horas en un coche.

El único episodio verdaderamente desagradable tuvo lugar durante la cena del sábado por la noche. Bernice insistió en beber más vino del que acostumbraba y, como era de esperar, se le subió a la cabeza. En ese estado, acusó a David y a su familia de ser los causantes de la enfermedad de Nikki.

—En nuestra familia nunca hubo fibrosis quística —dijo.

—¡Bernice! —exclamó el doctor Christopher ásperamente—. No necesitamos tus exhibiciones de ignorancia.

Se produjo un silencio embarazoso que continuó hasta que Angela logró contener su ira. Luego, cambiando de tema, contó que estaba buscando muebles de anticuario para la casa.

El domingo al mediodía, fecha de partida de los Christopher, todo el mundo se sintió más aliviado. Nikki, Angela y David salieron a despedirles y esperaron hasta que el coche de los Christopher desapareció carretera abajo.

—La próxima vez que te diga que vienen mis padres me propinas un bofetón —dijo Angela.

David rió y la tranquilizó diciéndole que no había sido tan terrible.

En octubre siguió el buen tiempo. Y aunque en los últimos días de septiembre había hecho un poco de frío, el veranillo de san Martín volvió a traer días cálidos. Una favorable combinación de temperatura y humedad había hecho que el follaje de los árboles se mantuviera más tiempo del habitual en Bartlet.

A mediados de octubre, durante el descanso de uno de los partidos de baloncesto del sábado, Steve, Kevin y Trent le tendieron una encerrona a David.

—¿Te gustaría venir con tu familia a pasar el fin de semana con nosotros? —dijo Trent—. Vamos a ir a Waterville Valley, en New Hampshire. Nos gustaría que vinierais con nosotros.

—Dile por qué queremos que vengan —dijo Kevin.

—¡Cállate! —dijo Trent golpeando a Kevin en broma.

—La verdad es que hemos alquilado una casa de cuatro habitaciones —insistió Kevin esquivando los golpes de Trent—. Y así, en plan tacaño, reducimos costes.

—Eres un idiota —dijo Steve—. Cuanta más gente venga más divertido será.

—¿Y por qué New Hampshire? —preguntó David.

—Será el último fin de semana que podamos disfrutar de la naturaleza —respondió Trent—. New Hampshire es distinto: el paisaje es más verde. A la gente le gusta mucho.

—No puedo imaginarme algo más bonito que Bartlet —dijo David.

—Waterville es muy divertido —dijo Kevin—. Es conocido por sus pistas de esquí, pero también se puede jugar a tenis o a golf, hacer excursiones y hasta jugar a baloncesto. A los niños les encanta.

—Venga, David —dijo Steve—. El invierno ya está encima. Tienes que disfrutar lo que queda del otoño. Fíate de nosotros.

—Por mí, de acuerdo —dijo David—. Lo hablaré esta noche con Angela y os llamaré.

Acabaron de discutir lo del fin de semana y luego se reunieron con los demás para acabar el partido.

Por la noche, Angela no se mostró muy entusiasmada con la invitación. Ambos habían estado bastante apartados de los compromisos sociales, debido en parte a la mala experiencia del fin de semana en el lago, y también a que tenían mucho trabajo atrasado en casa. Angela no quería otro fin de semana plagado de insinuaciones sexuales y bromitas subidas de tono. Contra la opinión de David, pensaba que sus amigos eran muy aburridos, sobre todo las mujeres, y la idea de pasar un fin de semana con ellos le parecía claustrofóbica.

—Venga —dijo David—. Será divertido. Conoceremos nuevos sitios de Nueva Inglaterra. Steve tiene razón, se acerca el invierno y ya tendremos tiempo de estar encerrados en casa.

—Será muy caro —dijo Angela tratando de encontrar una excusa.

—Venga, mami —dijo Nikki—. Arnie me ha dicho que Waterville es muy bonito.

—No será nada caro —dijo David—. Dividiremos el precio de la casa entre cuatro. Además, recuerda lo que ganamos.

—Recuerda lo que debemos —replicó Angela—. Dos hipotecas sobre la casa, una de las cuales hemos tenido que ampliar, y los créditos de nuestras carreras. Y no sé si el coche resistirá hasta el invierno.

—No seas tonta —replicó David—. Tengo controladas nuestras finanzas y te aseguro que vamos muy bien. No te estoy proponiendo un crucero al fin del mundo. Compartir una casa con otras tres familias nos costará lo mismo que ir de excursión al campo.

—¡Venga, mamá! —insistió Nikki.

—De acuerdo —accedió por fin Angela—. Habéis ganado.

Según pasaban los días, crecía la emoción ante la proximidad del fin de semana. David pidió a uno de los médicos de la AGM, el doctor Dudley Markham, que le sustituyera. El jueves por la noche hicieron el equipaje para poder marchar el viernes inmediatamente después de comer.

Inicialmente tenían pensado salir a las tres de la tarde, pero era muy difícil lograr que cinco médicos pudieran dejar a la vez el hospital. No salieron hasta después de las seis.

Fueron en tres coches. Los Yarborough iban en su furgoneta con los tres niños; los Yansen y los Young viajaron en el coche de los primeros; y Nikki, Angela y David fueron en el Volvo. Podían haber ido con los Yarborough, pero Angela se sentía más independiente en su propio coche.

La casa era enorme. Tenía cuatro habitaciones y una amplia buhardilla en la que se instalaron los niños con los sacos de dormir. Todos estaban muy cansados después del viaje y enseguida se fueron a la cama.

A primera hora de la mañana, Gayle Yarborough se ocupó personalmente de despertar a todos. Se paseó por la casa dando golpes en una sartén con una cuchara de madera y anunciando que en media hora estaría preparado el desayuno.

Media hora había sido una estimación muy optimista. Aunque había cuatro dormitorios y una buhardilla, sólo había tres cuartos de baño. Las duchas, los afeitados y los secados de pelo fueron actividades difíciles de coordinar. Además, Nikki tuvo que hacer sus ejercicios de drenaje pulmonar. Transcurrió casi una hora y media antes de que el grupo se pusiera en marcha.

Se distribuyeron en los coches del mismo modo que la noche anterior, abandonaron el valle y su anillo montañoso, y cogieron la interestatal 93. David y Angela se quedaron prendados de la belleza de Franconia Notch: una frondosa vegetación se extendía por las afiladas paredes de granito gris.

—Estoy famélico —dijo David después de media hora de coche.

—Yo también —dijo Angela—. ¿Adónde vamos?

—A un sitio llamado El merendero de Polly —contestó David—. Trent me ha dicho que tiene fama en todo el norte de New Hampshire.

Cuando llegaron al restaurante les comunicaron que tendrían que esperar casi una hora. Por suerte, cuando les sirvieron el desayuno todos pensaron que había merecido la pena. Las tortitas bañadas en jarabe de arce sabían deliciosas. Y también el bacon y las salchichas.

Después del desayuno dieron un paseo por New Hampshire y contemplaron las montañas y los árboles. Discutieron sobre si era más bonito el paisaje de Bartlet o el de New Hampshire, pero no llegaron a una conclusión definitiva. Como dijo Angela, era absurdo comparar dos cosas supremas.

Cuando se dirigían en coche hacia Waterville Valley por un tramo de la carretera especialmente pintoresco, la autopista de Kancamagus, David observó que el cielo se poblaba de cirros rápidamente. Cuando llegaron a Waterville las nubes eran mucho más densas: habían ocultado el sol y la temperatura había bajado varios grados. Una vez en la casa, Kevin se empeñó en jugar a tenis. Nadie parecía muy animado, pero al final logró convencer a David. Después de haber pasado buena parte del día conduciendo, David pensó que un poco de ejercicio le relajaría.

Kevin era un buen tenista y casi siempre le ganaba a David. Pero en esta ocasión no jugó a su nivel habitual y David empezó ganando.

Kevin, que era competitivo por naturaleza, se esforzaba al máximo, pero eso mismo le hacía cometer más errores que otras veces. Primero se enfadó consigo mismo y luego con David. En un momento determinado, David cantó una pelota «fuera» y Kevin arrojó la raqueta al suelo.

—¡No ha sido fuera! —protestó.

—Sí —respondió David, e hizo un círculo con su raqueta en la tierra batida, en el punto exacto donde había botado la bola.

Kevin se acercó a la red para ver mejor el bote.

—Ésa no es la marca —replicó Kevin.

David miró a su compañero. Se le notaba muy enfadado.

—Bien —dijo David para suavizar la tensión—. ¿Por qué no repetimos el punto?

Repitieron el punto y David volvió a ganarlo. Para quitarle hierro al asunto gritó:

—¡Iguales a trampas!

—¡Que te den por culo! —replicó Kevin—. ¡Saca ya!

La actitud pesimista de Kevin le aguó la fiesta a David. Kevin se enfadaba cada vez más, y protestaba todos los puntos perdidos. David sugirió que lo dejaran. Kevin insistió en jugar hasta el final. Lo hicieron, y ganó David.

Cuando volvían andando hacia la casa, David se esforzó en iniciar alguna conversación con Kevin, pero éste no abrió la boca. Empezó a lloviznar y se apresuraron hacia la casa. Al llegar, Kevin se encerró en el cuarto de baño dando un portazo. Todo el mundo miró a David, que se encogió de hombros.

—Le he ganado —dijo, sintiéndose culpable.

A pesar del fuego reparador y de la buena provisión de comida y bebida, la noche resultó ensombrecida por el mal humor de Kevin. Incluso su mujer, Nancy, le dijo que se estaba comportando como un niño. El comentario provocó un fiero intercambio de miradas entre los dos que incomodó a todos.

El desánimo de Kevin se extendió a todo el grupo. Trent y Steve empezaron a quejarse de sus trabajos y comentaron que habían pensado en marcharse de Bartlet. En la AGM ya habían cubierto las vacantes de su especialidad.

—Algunos de mis antiguos pacientes me han dicho que les gustaría volver a mi consulta —explicó Steve—, pero no pueden. Sus empresas han negociado las pólizas asistenciales con la AGM. Si quieren que yo los visite tienen que pagarlo de sus bolsillos. Es un mal asunto.

—Lo mejor que podrías hacer es largarte mientras puedas —dijo Kevin, sin que nadie le hubiera pedido opinión y hablando por primera vez en toda la noche.

—Me parece que ese comentario tan críptico merece una explicación —dijo Trent—. ¿Acaso el doctor Pésimo tiene alguna información privilegiada que desconocemos el resto de los mortales?

—No me creeríais si os lo contara —dijo Kevin atizando el fuego. Las brasas se reflejaban en sus gruesas gafas, produciendo la siniestra apariencia de que no tuviera ojos.

—Inténtalo —la animó Steve.

David miró a Angela para ver cómo lo estaba pasando en

aquella lúgubre velada. Por lo que a él respectaba, la experiencia le parecía más deprimente que la del lago en agosto. Soportaba las alusiones sexuales y las bromas picantes, pero lo pasaba muy mal con la hostilidad y el desánimo.

—Me he enterado de más cosas de Randy Portland —dijo Kevin sin apartar los ojos del fuego—. Pero no las creeríais. Sobre todo después de cómo os pusisteis cuando sugerí que quizá no se había suicidado.

—Venga, Kevin —dijo Trent—. Deja de hacerte el interesante. Cuéntanos lo que sabes.

—Comí con Michael Caldwell —dijo Kevin—. Quiere que trabaje en uno de sus innumerables comités. Me contó que el presidente del consejo del hospital, Harold Traynor, había tenido una conversación muy rara con Portland el día de su muerte. Y Traynor, a su vez, se lo contó a Charles Kelley.

—Al grano, Yansen —dijo Trent.

—Portland le explicó que en el hospital estaban pasando cosas muy raras.

Trent fingió quedarse boquiabierto.

—¿Cosas raras? Estoy muy impresionado, de verdad. —Trent movió la cabeza—. Vaya primicia, tío. Desde luego que en el hospital pasan cosas raras, muchas cosas raras. ¿Y qué más?

—Aún hay más —continuó Kevin—. Portland le dijo a Traynor que él no pensaba cargar con el muerto.

—¿Me he perdido algo de la historia? —dijo Trent mirando a Steve.

—¿Se refería Portland a algún paciente concreto cuando hizo esa denuncia? —preguntó Steve.

—Obviamente, sí —respondió Kevin—. Pero eso es demasiado sutil para un cirujano como Trent. Para mí está claro que Portland creía que estaba pasando algo raro con uno de sus pacientes. Creo que hubiera hecho mejor manteniendo la boca cerrada: todavía estaría vivo.

—Portland estaba paranoico —dijo Trent—. Se sentía muy deprimido. Yo no me trago esa historia. De una nimiedad estás montando toda una conspiración. ¿De qué murió el paciente de Portland?

—Neumonía y *shock* endotóxico —explicó Steve—. Eso es lo que dijeron tras la autopsia.

—¿Lo ves? —dijo Trent—. Que se muera un paciente con la sangre infectada de bacterias gramma-negativas no tiene nada de misterioso. Lo siento, Kevin, pero no me convences.

Kevin se puso de pie.

—Muy bien —dijo levantando las manos—. Tenéis unas orejeras así de grandes. Pero, sabéis una cosa, me importa una mierda.

Kevin pasó por encima de Gayle, que estaba echada junto al fuego, y subió precipitadamente el primer tramo de escaleras que llevaba a la habitación de él y Nancy. Cerró la puerta de un portazo tan fuerte que los objetos que había encima de la chimenea se movieron.

Todos miraban el fuego y nadie osaba abrir la boca. Se oía la lluvia, como si miles de granos de arroz chocaran contra el tejado. Por fin, Nancy se levantó y dijo que se iba a la cama.

—Siento lo de Kevin —dijo Trent—, yo no quería provocarle.

—Tú no tienes la culpa —dijo Nancy—. Últimamente está insoportable. Además, hay algo que no os ha contado. Él también ha perdido un paciente hace poco y eso no es normal para un oftalmólogo.

A la mañana siguiente se levantó un viento huracanado, hacía mucho frío y empezó a llover. Angela se asomó a la ventana y luego llamó a David a viva voz. Temiendo que hubiera sucedido una catástrofe, David se levantó de la cama de un salto. Asustado, se asomó a la ventana y no vio nada excepcional.

—¿Qué ocurre? —preguntó con voz de sueño.

—Los árboles —dijo Angela—. Están desnudos, no tienen hojas. ¡Toda la vegetación ha desaparecido en una noche!

—Debe de haber sido el viento —contestó David—. Las ventanas han vibrado toda la noche. —Se volvió a la cama y se acurrucó bajo el edredón.

Angela se quedó en la ventana, cautivada por el aspecto esquelético de los árboles.

—Parecen muertos —dijo—, la diferencia es increíble. Es difícil no verlos como un mal augurio. Esto reafirma la sensación que tengo de que va a pasar algo malo.

—Sólo es la resaca de la lúgubre conversación de ayer por la noche —repuso David—. No dramatices. Es muy temprano, métete un rato en la cama.

La siguiente sorpresa fue la temperatura. A las nueve de la mañana todavía seguían por debajo de cero grados: se acercaba el invierno.

Aquel tiempo sombrío no contribuyó a mejorar el malhumor generalizado de los adultos, que se habían levantado con el mismo ánimo con que se habían ido a la cama. Los niños despertaron contentos pero, poco a poco, se fueron contagiando de sus padres. Angela y David respiraron aliviados cuando llegó la hora de marcharse. Cuando bajaron por la carretera, David le pidió que le recordara que nunca más volviera a jugar a tenis con Kevin.

—Los hombres sois como niños cuando hacéis deporte —dijo Angela.

—¡Eh! —espetó David—. Ha sido culpa suya. Es muy competitivo y no pienso volver a jugar con él. Eso es todo.

—No te enfades —dijo Angela.

—Es que me da la sensación de que crees que ha sido culpa mía —dijo David.

—Yo no creo nada. Sólo he hecho un comentario sobre los hombres y el deporte.

—Bueno, lo siento. Creo que estoy un poco fuera de mí. Me pone enfermo la gente tan maleducada. No ha sido un fin de semana muy divertido.

—Son un grupo un poco raro —observó Angela—. A primera vista parecen normales, pero si profundizas un poco ya no tanto. Pero por lo menos este fin de semana no se han pasado con las bromitas de sexo, ni con numeritos como el del lago. Además, están preocupados con la tragedia de Portland. Kevin parece realmente obsesionado.

—Kevin es un tío muy raro —dijo David—. Eso es lo que intentaba explicarte. No me gusta que me recuerden lo del suicidio de Portland. Cada vez que me lo cuenta, no puedo evitar imaginarme la pared de detrás de mi mesa salpicada de sangre y restos de cerebro.

—¡Por favor, David! —dijo Angela secamente—. Si yo no te importo, por lo menos ten en cuenta a Nikki.

David observó a Nikki por el espejo retrovisor. Iba inmóvil, mirando fijamente hacia delante.

—¿Te encuentras bien, Nikki? —preguntó David.

—Me duele la garganta. No me encuentro bien.

—¡Oh, no! —dijo Angela dándose la vuelta para ver a su hija. Alargó la mano y tocó la frente de Nikki.

—No sé por qué te has empeñado en que viniéramos a este maldito lugar.

David ya empezaba a defenderse pero se contuvo. No tenía ganas de enzarzarse en otra pelea y, además, ya estaba bastante enfadado.

CAPÍTULO 11

LUNES 18 DE OCTUBRE

Nikki y sus padres pasaron una noche bastante mala. Angela estaba especialmente angustiada. Ya de madrugada, Nikki empezó a congestionarse. Antes de que amaneciera hicieron los ejercicios de drenaje. Angela la auscultó con el estetoscopio y oyó pitidos y estertores, lo que significaba que los conductos respiratorios de Nikki empezaban a llenarse de mucosidades.

Poco antes de las ocho, David y Angela llamaron a sus respectivos trabajos para decir que llegarían tarde. Abrigaron a Nikki y la llevaron a la consulta del doctor Pilsner. Las cosas no empezaron con buen pie: la recepcionista les dijo que el doctor tenía la consulta llena y que tendrían que volver al día siguiente. Angela replicó que ella era la doctora Wilson, de patología, y que quería hablar con el doctor Pilsner. La recepcionista desapareció y entró en el despacho. El doctor Pilsner salió personalmente y se excusó.

—La chica creyó que venían de la AGM —explicó el doctor Pilsner—. ¿Qué ocurre?

Angela le explicó que durante la noche la irritación de garganta de Nikki se había convertido en una congestión, y que no respondía a los ejercicios habituales de drenaje. El doctor Pilsner llevó a Nikki a una de las salas de reconocimiento y la auscultó.

—Está muy congestionada —dijo, quitándose el estetoscopio. Luego pellizcó cariñosamente a Nikki y le preguntó cómo se encontraba.

—Me encuentro mal —dijo Nikki respirando fatigosamente.

—Últimamente estaba muy bien —comentó Angela.

—La pondremos bien en un abrir y cerrar de ojos —dijo el doctor Pilsner acariciándose la barba blanca—. Pero creo que lo mejor será internarla. Quiero inyectarle antibióticos por vía intravenosa y aplicarle una terapia respiratoria intensiva.

—De acuerdo —dijo David acariciando la cabeza de Nikki. Se sentía culpable de haberlas llevado de fin de semana a New Hampshire.

La enfermera que se ocupaba de ingresos, Janice Sperling, les reconoció enseguida. Se mostró muy amable y comprensiva por lo de la niña.

—Te asignaremos una habitación muy bonita —le dijo a Nikki—. Tiene una vista magnífica de las montañas.

Nikki asintió y dejó que Janice le pusiera una pulsera de identificación. David la miró. Le habían asignado la habitación 204.

Gracias a Janice los trámites de admisión se agilizaron extraordinariamente. En sólo unos minutos se dirigieron al piso de arriba. Janice les acompañó a la habitación y abrió la puerta.

—Lo siento —dijo, confundida. La habitación 204 estaba ocupada por una enferma.

—Señorita Kleber —dijo Nikki, sorprendida.

—¡Marjorie! —dijo David—. ¿Qué hace aquí?

—Mala suerte —dijo Marjorie—. Un fin de semana que usted no está y me pongo enferma. El doctor Markham ha sido muy amable.

—Siento haberla molestado —le dijo Janice a Marjorie—. No sé por qué el ordenador me ha dado la 204 si ya estaba ocupada.

—Descuide —dijo Marjorie—. Me encanta la compañía.

David le dijo a Marjorie que pasaría un poco más tarde. Los Wilson siguieron a Janice hasta la sala de enfermeras, desde donde llamó a ingresos.

—Siento el malentendido —dijo Janice—. Asignaremos a Nikki la 212.

Al cabo de un rato de su llegada a la 212, se presentó un equipo de especialistas y enfermeras para ocuparse de

Nikki. Le inyectaron los antibióticos y empezaron con la terapia respiratoria.

Cuando todo estuvo bajo control, David le dijo a su hija que iría a verla periódicamente. También le dijo que obedeciese a los médicos y a las enfermeras. Besó a Angela en la mejilla y a Nikki en la frente y salió de la habitación.

Se dirigió directamente a la habitación de Marjorie. Con el tiempo se había convertido en su paciente favorita. Parecía muy pequeña acostada en aquella enorme cama ortopédica. David pensó que Nikki hubiera parecido un pigmeo.

—¿Y bien? —dijo David haciéndose el enfadado—. ¿Qué pasa aquí?

—Todo empezó el viernes por la tarde —explicó Marjorie—. Los problemas siempre empiezan los viernes, que es el peor día de la semana para llamar al médico. Pero no me sentía nada bien y el sábado por la mañana empezó a dolerme la pierna derecha. Cuando llamé a su consulta me pasaron con el doctor Markham, que me recibió enseguida. Me dijo que tenían que ingresarme para tratarme con antibióticos.

David examinó a Marjorie y confirmó el diagnóstico.

—¿Cree que era necesario que me ingresaran? —preguntó Marjorie.

—Por supuesto —afirmó David—. No se debe jugar con la flebitis. La inflamación de las venas está íntimamente relacionada con la aparición de coágulos. Pero no tiene mal aspecto. Creo que lo peor ya ha pasado.

—Desde luego que ha pasado —confirmó Marjorie—. Me siento veinte veces mejor que cuando llegué aquí.

Aunque llegaba tarde a la oficina, David pasó diez minutos más con Marjorie explicándole lo que era la flebitis. Luego se dirigió a la sala de enfermeras y revisó el historial de Marjorie. Todo estaba en orden.

Lo siguiente que hizo fue llamar a Dudley Markham. Le dio las gracias por haberle sustituido durante el fin de semana y por haber atendido a Marjorie.

—No hay nada que agradecer —dijo Dudley—. Marjorie me cae bien. Estuvimos recordando los viejos tiempos, cuando era profesora de mi hija mayor.

Antes de dejar la sala de enfermeras, David le preguntó a la enfermera jefe por qué Marjorie estaba en la cama ortopédica.

—Por nada especial —respondió Janet—, ha sido una casualidad. De momento no hay nadie que necesite esa cama. Ella está muy bien allí, créame. Las camas normales suelen estropearse, pero ésta tiene unos mandos electrónicos para que suba y baje.

David hizo unas anotaciones en el historial de Marjorie, oficializando así que él era el médico de aquella paciente. Después fue a ver a Nikki, que ya estaba mucho mejor aunque aún no había llegado el especialista de terapia respiratoria. Posiblemente la mejoría se debía a la hidratación producida por el suero intravenoso.

Finalmente, se dirigió al edificio de las consultas, donde estaba su despacho. Llegó una hora tarde.

David encontró a Susan un tanto agobiada. Había tenido que hacer verdaderos juegos malabares con las horas y había cancelado varias citas. Aún así, había bastantes enfermos en la sala de espera. David le dijo a Susan que se calmara y se dirigió a su despacho para ponerse la bata blanca. Susan le siguió como un sabueso, enumerando recados telefónicos y peticiones de hora.

David se detuvo bruscamente con la bata a medio poner. Susan se interrumpió en mitad de una frase. David estaba muy pálido.

—¿Qué pasa? —preguntó Susan.

David continuaba sin moverse y sin decir palabra. Estaba mirando la pared que había detrás de su mesa: ante sus ojos cansados y somnolientos la pared aparecía cubierta de sangre.

—¡Doctor Wilson! —exclamó Susan—. ¿Qué le pasa?

David parpadeó y la inquietante imagen desapareció. Se acercó a la pared y pasó la mano por la lisa superficie para asegurarse de que todo era una alucinación.

David suspiró, sorprendido de lo sugestionable que se sentía. Se volvió y pidió disculpas a Susan.

—Creo que de pequeño vi demasiadas películas de terror —dijo—. Mi imaginación está un poco disparada.

—Me parece que será mejor que empecemos a visitar pacientes —dijo Susan.

—Muy bien.

David compensó el tiempo perdido dedicándose a su trabajo con gran intensidad. A media mañana ya se había puesto al día. Se tomó un momento de descanso para hacer algunas llamadas pendientes. La primera fue a Charles Kelley.

—Me estaba preguntando cuándo me llamaría —dijo Kelley con tono de voz distinto del habitual, un tono muy de negocios—. Hay un inspector en mi despacho. Se llama Neal Harper. Trabaja en el departamento de recursos de Burlington. Me temo que tenemos que hablar con usted de un pequeño asunto.

—¿Ahora, en medio de las visitas? —preguntó David.

—No tardaremos mucho —dijo Kelley—. ¿Podría pasarse por mi despacho ahora mismo? Siento tener que insistir.

David colgó lentamente. No sabía por qué, pero sentía un estado de ansiedad, como si fuera un adolescente al que llaman al despacho del director del colegio.

David le dijo a Susan dónde iba y salió de la consulta. Cuando llegó a las oficinas de la AGM la recepcionista le indicó que pasara.

Kelley se puso de pie, tan alto y bronceado como siempre. Pero sus modales eran distintos de lo habitual. Estaba serio, casi malhumorado, muy lejos de su habitual carácter extrovertido. Le presentó a Neal Harper, que era más bien delgado, de aspecto meticuloso y con acné en el rostro. A David le pareció el prototipo del burócrata, siempre encerrado en su oficina y rellenando formularios.

Se sentaron. Kelley empezó a juguetear con un lápiz.

—Éstas son las estadísticas de su primer trimestre —dijo Kelley con tono sombrío—, y no son muy buenas.

David saltaba con la mirada de uno a otro; la ansiedad se le acrecentaba.

—Su productividad no es la más idónea —continuó Kelley—. Si analizamos el número de pacientes visitados por hora de consulta, usted está en los niveles más bajos de productividad. Y para acabar de empeorar las cosas, está usted en los porcentajes más elevados en cuanto a número de análisis encargados a los laboratorios de la AGM. Y lo mismo en lo que se refiere al número de consultas a médicos ajenos a la AGM.

—Yo no sabía que se hacían estas estadísticas —dijo David tímidamente.

—Y ahí no acaba todo —dijo Kelley—. Muchos pacientes suyos, en lugar de pasar por su consulta son enviados directamente a urgencias del Bartlet Community Hospital.

—Eso tiene una explicación —dijo David—. Durante las dos próximas semanas no tengo ni una hora libre. Cuando me llama alguien con un problema que necesita atención inmediata, le envío directamente a urgencias.

—¡Mal hecho! —espetó Kelley—. No tiene que mandar ningún paciente a urgencias. A menos que estén a punto de palmarla, tiene que visitarlos en su consulta.

—Pero yo no puedo estar todo el rato con interrupciones —dijo David—. Si atiendo las urgencias, no pudo atender las visitas normales y la consulta se convierte en un caos.

—Pues tendrá que hacerlo —dijo Kelley—. Los supuestos pacientes de urgencias pueden esperar hasta que acaben las visitas. Decídalo usted, pero en todo caso haga el favor de no utilizar el servicio de urgencias del hospital.

—¿Para qué sirve entonces urgencias? —preguntó David.

—No se haga el listo conmigo, doctor Wilson —replicó Kelley—. Usted sabe muy bien para qué sirven las urgencias. Son para casos de vida o muerte. Ah, otra cosa, no aconseje a sus pacientes que utilicen el servicio de ambulancias. Para que la AGM se haga cargo del servicio de ambulancia tiene que haber una aprobación previa, y para que se produzca esa aprobación debe tratarse de un caso de vida o muerte.

—Algunos de mis pacientes viven solos —dijo David—. Y si enferman...

—No ponga las cosas más difíciles de lo que son —le interrumpió Kelley—. La AGM no es una organización de transportes. Es bastante sencillo, yo se lo explicaré. Tiene usted que aumentar su productividad y disminuir drásticamente el número de análisis clínicos. También tiene que reducir o, mejor dicho, acabar con la derivación de enfermos a especialistas que no pertenezcan a la AGM, y debe evitar que sus pacientes vayan a urgencias del hospital. Eso es lo que hay. ¿Lo ha entendido?

David salió confundido de las oficinas de la AGM, mudo de la sorpresa. Nunca hubiera pensado que no podía servirse de los recursos que tenía a su alcance. Siempre había supuesto que las necesidades de los enfermos eran lo primordial. La diatriba de Kelley resultaba muy desalentadora.

Al llegar a la consulta, David entró a su despacho. Vio a Kevin desapareciendo con un paciente tras la puerta. Recordó entonces su advertencia sobre la comisión de vigilancia para la utilización de recursos. Kevin había dado en el blanco: la experiencia había sido devastadora. Lo que más le molestaba era que Kelley no hubiera hecho ni una sola referencia sobre la calidad asistencial o sobre las opiniones de sus pacientes.

—Será mejor que se ponga manos a la obra —le dijo Susan—. Otra vez vamos retrasados.

A media mañana, Angela fue a echar un vistazo a Nikki. Se alegró al comprobar que se estaba recuperando rápidamente. El hecho de que no tuviera fiebre era un dato muy esperanzador. Además, se había producido una considerable mejora en la congestión de Nikki tras la visita del especialista en terapia respiratoria. Angela cogió el estetoscopio de la enfermera y auscultó a su hija. Todavía se apreciaba bastante mucosidad, pero desde luego mucho menos que a primera hora de la mañana.

—¿Cuándo podré volver a casa? —preguntó Nikki.

—Pero si acabas de llegar —dijo Angela, despeinándola cariñosamente—. Si sigues mejorando tan deprisa, estoy segura de que el doctor Pilsner te dejará marchar muy pronto.

De vuelta al laboratorio, Angela se dirigió a la sección de microbiología para asegurarse de que el esputo que había recogido de la mucosa de Nikki estuviera listo para ser analizado. Era crucial determinar la proporción bacteriana en el tracto respiratorio de Nikki. Le dijeron que el portaplacas ya estaba preparado.

Al llegar a su despacho, Angela se quitó la bata blanca y se dispuso a estudiar una serie de muestras de hematología. Cuando iba a sentarse vio que la puerta que comunicaba con el despacho de Wadley estaba entreabierta.

Angela se acercó a la puerta y miró a hurtadillas. Wadley estaba mirando por el microscopio de prácticas de doble cabezal. La vio de reojo y le hizo señas de que pasara.

—Aquí hay algo que quiero que vea —dijo Wadley.

Angela se acercó y se sentó frente a su mentor. Sus rodillas casi se tocaban por debajo de la mesa. Miró por el ocular y enseguida reconoció la muestra de tejido mamario.

—Es un caso muy delicado —dijo Wadley—. La paciente sólo tiene veintidós años. Tenemos que hacer un diagnóstico y no podemos equivocarnos. Tómese el tiempo que sea necesario. —Para remarcar su afirmación, dio un apretón al muslo de Angela por debajo de la mesa—. No saque conclusiones precipitadas. Estúdielo cuidadosamente.

Angela analizó la muestra con ojo experto, pero le fallaba la concentración. La mano de Wadley seguía en su muslo. Él seguía hablando, explicándole cuáles eran las claves para un diagnóstico exacto. Angela tenía dificultades para seguirle. El peso de la mano de Wadley le hacía sentirse incómoda.

Wadley ya la había tocado otras veces, y ella también le había tocado a él. Pero siempre había sido dentro de los más razonables usos sociales (un apretón en el brazo, una palmadita en la espalda o un cálido abrazo). El día del partido de béisbol habían chocado las palmas varias veces. Nunca había habido la más mínima intención de complicidad o intimidad, pero lo de ahora era diferente: Wadley tenía la mano en su pierna con el pulgar apuntando al interior del muslo.

Angela hubiera querido apartarle la mano o levantarse, pero no lo hizo. Esperaba que él se diera cuenta de que se encontraba muy incómoda y retirara la mano. Pero no fue así. La mano siguió en su muslo a lo largo de toda la explicación: la biopsia había dado positiva y el diagnóstico era cáncer.

Al final, Angela se levantó. Estaba temblando y decidió volver a su despacho.

—Cuando acabe con las muestras de hematología, pásemelas para que las revise —dijo Wadley cuando ella salía.

Angela cerró la puerta que comunicaba los dos despachos, se acercó a la mesa y se dejó caer sobre su sillón. Muy próxima al llanto, hundió la cara entre sus manos mientras una cascada de pensamientos rondaba su cerebro. Al pasar revista a lo sucedido en los últimos meses, recordó todas las ocasiones en que Wadley se había ofrecido a acompañarla hasta tarde analizando muestras. O que cada vez que ella tenía un momento libre, éste se presentaba en su despacho. Cuando Angela iba a la cafetería, Wadley aparecía allí y se sentaba a su lado. Y ahora que lo pensaba, siempre aprovechaba la mínima ocasión para mantener un contacto físico con ella.

De pronto, todas las atenciones de viejo tutor y sus demostraciones de afecto tomaban un cariz interesado e ingrato. Recordó una reciente conversación en la que Wadley le había comentado que irían juntos a un congreso en Miami, y se sintió incómoda.

Angela apartó las manos de la cara y miró al frente. Se preguntó si no estaría exagerando. Quizá estaba sacando de contexto el incidente y todo eran imaginaciones suyas: David siempre la estaba acusando de ser demasiado melodramática. Quizá Wadley estaba tan sumido en su labor profesional que no se daba cuenta y lo hacía de forma involuntaria.

Enfadada, sacudió la cabeza. En lo más profundo de su ser sabía que no exageraba ni un ápice. Se sentía agradecida por el tiempo y el esfuerzo que Wadley le había dedicado, pero no podía olvidarse de cómo se había sentido al notar su mano en el muslo. Era algo totalmente fuera de lugar. Wadley sabía muy bien lo que hacía, y lo había hecho conscientemente. La cuestión estribaba en lo que podía hacer ella para acabar con esas familiaridades. Después de todo, él era su jefe.

Cuando terminó su jornada laboral en el consultorio, David se dirigió al edificio central del hospital para visitar a Marjorie Kleber y a los otros pacientes. Después de comprobar que todo iba bien, fue a ver a Nikki.

Su hija estaba mucho mejor gracias a una juiciosa combinación de antibióticos, agentes mucolíticos, broncodilatadores, hidratación y terapia física. Estaba reclinada sobre unos cojines con el mando a distancia de la televisión en la mano y veía un concurso, pasatiempo que en casa le estaba prohibido.

—Bien, bien —dijo David—. Esto sí es una mujer desocupada.

—Venga, papá —dijo Nikki—. Veo muy poco la tele. La señorita Kleber ha venido y he hecho algunos deberes con ella.

—¡Qué horror! —dijo David con fingido desmayo—. ¿Qué tal va tu respiración?

Después de tanto deambular por hospitales, Nikki tenía una gran experiencia en diagnosticar su estado. Los pediatras siempre escuchaban sus opiniones.

—Bien —dijo Nikki—. Todavía respiro con ciertas dificultades, pero estoy mucho mejor.

Angela se asomó a la puerta.

—¿Llego a tiempo para la reunión familiar? —Se acercó y abrazó a Nikki y a David.

Estuvieron hablando una media hora con Nikki, cada uno sentado a un lado de la cama.

—Quiero irme a casa —gimoteó Nikki cuando sus padres se disponían a marcharse.

—Saldrás de aquí muy pronto —dijo Angela—. Nosotros también queremos que vengas a casa, pero tenemos que obedecer al doctor Pilsner. Hablaremos con él mañana por la mañana.

Después de decir adiós a sus padres, Nikki se enjugó una lágrima y cogió el mando de la televisión. Estaba acostumbrada a estar en hospitales pero no le gustaba mucho. Lo único bueno es que podía ver la televisión a todas horas, lo que no podía hacer en casa.

David y Angela no hablaron hasta que estuvieron bajo la marquesina de la salida posterior del hospital. Pero la conversación fue mínima. Lo único que dijo David fue que mojarse era una estupidez, y echaron a correr hacia el coche.

Tampoco hablaron en el camino de vuelta a casa. Lo único que se oía era el monótono chirrido de los limpiaparabrisas. Tanto David como Angela pensaban que el silencio era el resultado de una desagradable combinación: la hospitalización de Nikki, el accidentado fin de semana y la incesante lluvia.

Y como para confirmar las sospechas de David, Angela rompió el silencio, mientras subían por el camino de entrada a la casa, para decir que el análisis preliminar del cultivo del esputo de Nikki sugería la presencia de seudomonas aeroginosas.

—No es buena señal —continuó Angela—. Cuando ese tipo de bacteria entra en contacto con otra de fibrosis quística, suele afianzarse.

—No hace falta que me lo expliques —dijo David.

La cena fue bastante agobiante sin la presencia de Nikki. Cenaron en la mesa de la cocina con la lluvia golpeando los cristales de las ventanas. Después de la cena, Angela se sintió con ánimos para explicarle a David el incidente con Wadley.

La boca de David se abrió lentamente mientras la historia se iba desarrollando. Cuando Angela terminó el relato, David estaba totalmente boquiabierto por la sorpresa.

—¡El muy bastardo! —exclamó David. Golpeó la mesa con la palma de la mano y sacudió la cabeza—. En un par de ocasiones se me ha pasado por la cabeza que su actitud parecía la de un enamorado, como el día del picnic del hospital, pero me obligué a pensar que sólo eran celos. Ahora veo que no estaba equivocado.

—No estoy muy segura —dijo Angela—. Por eso no sabía si contártelo. No quiero que saquemos conclusiones precipitadas. Pero todo este asunto es tan incómodo como confuso. Es injusto que las mujeres tengamos que soportar este tipo de problemas.

—Es un problema muy antiguo —dijo David—. Los acosos sexuales están a la orden del día, sobre todo desde que os habéis incorporado al mercado laboral. En la profesión médica ocurre desde hace mucho tiempo, sobre todo en la época en que todos los médicos eran hombres y todas las enfermeras mujeres.

—Y sigue pasando a pesar de que cada vez hay más mujeres médicos —dijo Angela—. Recuerda todo lo que tuve que aguantar de algunos profesores de la facultad de medicina.

—Siento que te haya pasado esto —dijo David—. Sé lo contenta que estabas de trabajar con el doctor Wadley. Si quieres, iré a su casa y le pegaré un puñetazo en las narices.

—Gracias por tu apoyo.

—Creía que estabas tan callada a causa de Nikki. También pensaba que estabas enfadada por lo del fin de semana.

—Lo del fin de semana ya es historia —dijo Angela—. Y Nikki está mucho mejor.

—Yo también he tenido un día muy malo —reconoció David finalmente.

Cogió una cerveza de la nevera y bebió un trago. Le contó a Angela lo de su entrevista con Kelley y el hombre de la AGM en Burlington, a propósito de la utilización de recursos.

—¡Pero eso es una atrocidad! —dijo Angela—. Hay que tener cara para hablarte así. Sobre todo con la respuesta tan positiva que estás teniendo de tus pacientes.

—Al parecer eso no importa —dijo David, desanimado.

—¿Lo dices en serio? Todo el mundo sabe que la relación médico-paciente es la piedra angular de la medicina.

—Quizá es algo que está pasado de moda —dijo David—. La realidad de la medicina viene dictada ahora por gente como Charles Kelley. La injerencia del gobierno ha provocado todo este aluvión de burócratas médicos. La medicina actual se basa normalmente en criterios políticos y económicos. Creo que el principal objetivo es la cuenta de resultados, y no la salud del paciente.

Angela meneó la cabeza.

—El problema es Washington —explicó David—. Cada vez que el gobierno se ocupa seriamente de la medicina asistencial, acaba liándolo todo. Quieren quedar bien con todo el mundo y al final no quedan bien con nadie. Fíjate en los dos programas asistenciales del gobierno, *Medicare* y *Medicaid*. Los dos son bastante confusos y han tenido un efecto desastroso sobre la medicina en general.

—¿Qué piensas hacer? —le preguntó Angela.

—No lo sé. Intentaré hacer algún tipo de concesiones. Supongo que un día de éstos me dedicaré a meditar sobre estas cosas. ¿Y qué piensas hacer tú?

—Tampoco lo sé todavía —dijo Angela—. Espero que todo haya sido fruto de mi imaginación.

—Es posible, pero yo no lo puedo saber —dijo David amablemente—. Después de todo, ésta es la primera vez que te sientes así. Desde el primer día Wadley siempre ha sido bastante sobón. Y como nunca le has dicho nada, tal vez ha pensado que no te importaba.

—¿Qué quieres decir exactamente? —preguntó Angela enfadada.

—Nada, nada, de verdad —dijo David—. Estaba contestando a lo que tú te habías preguntado en voz alta.

—¿Quieres decir que he sido yo la que ha provocado esta situación?

David cogió la mano de Angela por encima de la mesa.

—Ya basta —dijo—. Tranquilízate. Estoy de tu parte. No he pensado ni por un momento que tú tengas la culpa.

A Angela se le pasó el enfado repentinamente. Se dio cuenta de que estaba muy susceptible y que todo eso era reflejo de sus propias dudas. También cabía contemplar que involuntariamente hubiera animado a Wadley a comportarse de aquella manera. Después de todo, ella quería complacerle como una buena alumna. Y además se sentía en deuda con él por todo el tiempo que le dedicaba.

—Lo siento —dijo Angela—. Estoy muy nerviosa.

—Yo también —repuso David—. Vámonos a la cama.

CAPÍTULO 12

MARTES 19 DE OCTUBRE

La mañana siguiente seguía lloviendo, para disgusto de Angela y David. En contraste con aquel tiempo tan sombrío, Nikki estaba muy animada y muchísimo mejor de salud. Había recuperado su buen color habitual. La infección de garganta, que podía presagiar una infección generalizada, había desaparecido con los antibióticos, lo que demostraba que había sido bacteriana y no vírica. Y por suerte seguía sin tener fiebre.

—Quiero irme a casa —repetía Nikki.

—Todavía no hemos hablado con el doctor Pilsner —le recordó David—. Pero lo haremos esta misma mañana. No seas impaciente.

Después de ver a Nikki, Angela se marchó al laboratorio y David se dirigió a la sala de enfermeras para coger el historial de Marjorie. Luego, entró en la habitación con la idea de que la daría de alta muy pronto. La respuesta de Marjorie a su saludo le hizo comprender que algo iba mal.

—¿Qué pasa, Marjorie? —preguntó David, y notó que se le aceleraba el pulso.

Estaba totalmente somnolienta. Le tocó la frente y los brazos. La piel estaba caliente y él supuso que tendría fiebre. Marjorie respondió al insistente interrogatorio de David con un murmullo apenas inteligible. Aunque sin aparente sufrimiento, parecía estar narcotizada. Respiraba fatigosamente y David le auscultó el pecho. Escuchó unos débiles síntomas de congestión. A continuación, examinó la zona de la flebitis y le pareció que ya había superado el problema. Con creciente ansiedad, David acabó de examinar a su paciente. Como no encontró nada, regresó a la sala de enfermeras y ordenó que le hicieran inmediatamente un análisis completo.

El primer resultado que llegó del laboratorio fue el del nivel de glóbulos rojos y blancos, lo que no hizo sino añadir más dudas al atribulado David. El nivel de glóbulos blancos había descendido, como era normal, conforme se curaba la flebitis, pero había bajado hasta situarse en un porcentaje inferior al normal.

David se devanaba los sesos. El nivel de glóbulos blancos parecía contradictorio con su estado clínico, que sugería estar incubando una neumonía. David se levantó de la mesa y se dirigió a la habitación de Marjorie. Volvió a auscultarla: la incipiente congestión ya era un hecho.

David vacilaba. De regreso a la sala de enfermeras, llegaron más resultados del laboratorio y también las radiografías, pero eran bastante normales y por tanto no sirvieron de mucha ayuda. David pensó en llamar a consulta a otros médicos, aunque, después de la entrevista del día anterior, con el inspector, no sabía si hacerlo o no. El problema era que los médicos que quería consultar no eran de la plantilla de la AGM.

En vez de solicitar una consulta, David cogió el Vademécum de la estantería. Como su principal preocupación era que hubiese aparecido una bacteria gramma-negativa, buscó un antibiótico específico para esa eventualidad. Encontró uno y tuvo la certeza de que así solucionaría el problema.

Tras dejar todas las instrucciones por escrito incluida la de ser avisado al menor cambio, volvió otra vez a la consulta.

Para Angela había llegado el momento de analizar las muestras congeladas que llegaban a diario de cirugía. Era un trabajo que le ponía bastante nerviosa, ya que era consciente de que, mientras ella estaba analizándolas, el paciente esperaba anestesiado el resultado de la biopsia. El análisis de las muestras congeladas se hacía en un pequeño laboratorio, junto a la sala de operaciones. La habitación estaba adosada a un extremo del quirófano y era visitada continuamente por el equipo médico que estaba operando.

Angela trabajaba muy concentrada, estudiando con el microscopio la estructura celular de las muestras. No oyó abrirse la puerta silenciosamente detrás de ella. No se dio cuenta de que había alguien en la habitación hasta que le hablaron.

—Hola, cariño. ¿Cómo va todo?

Angela se sobresaltó y levantó bruscamente la cabeza, la adrenalina le recorría todo el cuerpo. Sentía el pulso latirle con fuerza. Se encontró con el rostro sonriente de Wadley. Odiaba que la llamasen «cariño», a menos que fuera David.

—¿Problemas? —preguntó Wadley.

—No —respondió Angela secamente.

—Déjame echar un vistazo —dijo Wadley acercándose al microscopio.

Angela le cedió el sitio y le hizo un resumen sucinto del historial. Wadley estudió la muestra y luego se levantó. Hablaron de la muestra en argot de patólogos. Era evidente que los dos estaban de acuerdo: el tumor era benigno; buenas noticias para el paciente anestesiado.

—Quiero hablar contigo después en mi despacho —dijo Wadley, y le guiñó un ojo.

Angela asintió ignorando el guiño. Cuando se dio la vuelta para volver a sentarse, notó que Wadley le acariciaba las nalgas.

—No trabajes hasta muy tarde, querida —dijo mientras desaparecía tras la puerta.

Todo sucedió tan rápidamente que Angela no fue capaz de reaccionar. Pero ahora estaba segura de que no había sido un gesto inocente y de que tampoco lo habían sido aquellas caricias en el muslo.

Angela estuvo durante unos minutos en aquel pequeño laboratorio temblando de rabia y desesperación. Se preguntaba qué provocaba aquel súbito descaro en el doctor Wadley. Desde luego, ella no había cambiado de conducta durante los últimos días. ¿Qué podía hacer? Si se comportaba como una tonta y dejaba que todo siguiera así, eso le animaría a continuar con su acoso.

Pensó que tenía dos posibilidades: enfrentarse directamente a Wadley o hablar con el director médico, Michael Caldwell. Más tarde pensó en el doctor Cantor, el director de personal. Quizá debería acudir a él. Angela suspiró: ni Caldwell ni Cantor le parecían las personas más adecuadas para mediar en un caso de acoso sexual. Los dos eran un par de machitos, Angela no tenía más que recordar su conversación con ellos en la primera entrevista. Caldwell se mostró sorprendido de que hubiera mujeres patólogas, y Cantor había hecho aquel comentario tan desagradable sobre que las mujeres de su clase eran más feas que hechas de encargo. Pensó en hablarlo con Wadley, pero esta alternativa tampoco le gustaba.

El ronco timbrazo del intercomunicador la devolvió a la realidad. Unas interferencias precedieron la voz de la enfermera.

—Doctora Wilson. En el quirófano número tres están esperando los resultados de la biopsia.

Aquella mañana, a David le resultó muy difícil concentrarse en los pacientes. Todavía estaba trastornado por la entrevista con Kelley y a eso había que añadir el empeoramiento de Marjorie Kleber.

A media mañana David visitó a otro de sus pacientes habituales: John Tarlow, el enfermo de leucemia. John no tenía hora, pero había llamado esa misma mañana con una urgencia y David le había dicho a Susan que le buscara un hueco.

John se encontraba muy mal. Después de una cena a base de mariscos había sentido molestias gastrointestinales que le habían provocado vómitos y diarrea. Estaba deshidratado y sentía dolores abdominales. El día anterior, David le hubiera enviado a urgencias, pero amenazado como estaba tras el sermón de Kelley, se vio obligado a visitarlo personalmente. Tal y como estaba John, y dado su historial médico, David decidió hospitalizarlo de inmediato. Ordenó que le hicieran una serie de pruebas para determinar las causas de su estado. También ordenó que le inyectaran sueros intravenosos para rehidratarle. De momento no le recetó antibióticos, a la espera de tener una idea más clara de su estado. Podía ser una infección bacteriana o simplemente una respuesta a las toxinas: intoxicación alimentaria.

Poco antes de las once de la mañana, la secretaria de Traynor, Colette, le dio la mala noticia. Acababan de informarle telefónicamente que Jebb Wiggins había vuelto a convocar al Consejo Municipal. La votación final sobre la construcción del nuevo aparcamiento del hospital, que Traynor había conseguido que se incluyera en la agenda del día, había desestimado el proyecto. Seguramente la próxima votación sobre el tema no se produciría hasta la primavera siguiente.

—¡Maldita sea! —rugió Traynor. Golpeó la mesa con ambas manos. Colette ni se inmutó. Estaba acostumbrada a los estallidos de malhumor de Traynor—. Me gustaría coger por el cuello a ese gordinflón de Wiggins y retorcérselo hasta que se pusiera morado.

Colette salió discretamente del despacho. Traynor se paseó nerviosamente de un lado a otro. Le molestaba tener que dirigir el hospital sin recibir ayuda de nadie. No entendía la falta de visión de futuro del Consejo Municipal. Al fin y al cabo, el hospital era la empresa más importante de la ciudad, y era evidente que necesitaba un nuevo aparcamiento.

Incapaz de concentrarse en el trabajo, Traynor cogió la gabardina, el sombrero y el paraguas, y salió en tromba de su despacho. Subió al coche y se dirigió al hospital. Si no iba a haber aparcamiento nuevo, quería inspeccionar personalmente la iluminación. No quería arriesgarse a que se produjeran nuevas violaciones.

Traynor encontró a Werner van Slyke en el cuchitril sin ventanas que hacía las veces de oficina de mantenimiento. A Traynor nunca le había gustado Van Slyke. Era demasiado callado y solitario, y un tanto desaliñado. Además, Van Slyke le intimidaba físicamente, pues era bastante más alto y más fuerte que él. Tenía un cuerpo musculoso que sugería una gran afición por el culturismo.

—Quiero ver la iluminación del aparcamiento —dijo Traynor.

—¿Ahora? —repuso Van Slyke con su habitual tono de voz. Siempre tenía el mismo tono y eso irritaba a Traynor.

—Ahora dispongo de un rato libre —respondió Traynor—. Quiero asegurarme de que es suficiente.

Van Slyke se puso un impermeable amarillo y salió de la oficina. Una vez en el aparcamiento inferior, fue señalando uno a uno a todos los focos de luz sin hacer ningún comentario.

Traynor seguía a Van Slyke con el paraguas abierto, asintiendo ante cada nuevo foco. Mientras seguía a Van Slyke junto a la hilera de árboles perennes y subía por los escalones de madera que comunicaban los dos aparcamientos, Traynor se preguntó que hacía Van Slyke cuando no trabajaba. Nunca había visto a Van Slyke paseando por la ciudad o de compras. Y era sabido que jamás asistía a los actos del hospital.

Como se sentía incómodo por el prolongado silencio, Traynor carraspeó y preguntó:

—¿Todo bien?

—Muy bien —dijo Van Slyke.

—¿Y la casa?

—Bien.

Traynor se planteó como un desafío el que Van Slyke le contestara con algo más que simples monosílabos.

—¿Te gusta más la vida civil o la marina?

Van Slyke se encogió de hombros y señaló las luces del aparcamiento superior. Traynor siguió asintiendo ante cada nuevo foco. Al parecer había bastantes. Traynor anotó mentalmente que tenía que volver al aparcamiento de noche, para ver cómo funcionaba la iluminación.

—Parece correcto —dijo Traynor.

Echaron a andar hacia el hospital.

—¿Sigues controlando el dinero de mantenimiento? —preguntó Traynor.

—Sí.

—Creo que haces un buen trabajo aquí en el hospital. Estoy satisfecho.

Van Slyke guardó silencio. Traynor miró el húmedo perfil de Van Slyke y su enorme sombra proyectada por la caída del sol. Se preguntaba cómo Van Slyke podía ser tan frío, y recordó que de joven Van Slyke también era bastante misterioso. A veces a Traynor se le hacía difícil pensar que fueran parientes, pero lo eran. Van Slyke era el único sobrino de Traynor, el hijo de su hermana fallecida.

Cuando llegaron a la hilera de árboles que separaban los dos aparcamientos, Traynor se detuvo. Miró entre las ramas de los árboles.

—¿Por qué no hay luces en este sitio? —preguntó.

—Porque nadie me ha dicho nada —repuso Van Slyke. Era la primera frase completa que pronunciaba. Traynor casi se alegró.

—Creo que no estaría mal poner un par de focos —dijo.

Van Slyke se limitó a asentir con la cabeza.

—Gracias por el paseo —dijo Traynor cuando se iba.

Se sentía aliviado de marcharse. Tenía cierta sensación de culpabilidad por mostrarse tan distante con alguien de su propia sangre, pero para él Van Slyke era un enigma. Traynor reconocía que tampoco su hermana había sido el prototipo de la normalidad. Se llamaba Sunny, pero su carácter nunca había hecho honor a su luminoso nombre. Siempre había sido muy callada y solitaria, y había pasado la mayor parte de su vida deprimida. A Traynor todavía le resultaba más difícil comprender por qué su hermana se había casado con el doctor Werner van Slyke: todo el mundo sabía que era un borracho. El suicidio de Sunny fue el golpe final. Si ella hubiera acudido a él, pensó Traynor, le habría ayudado. En cualquier caso, aunque Werner van Slyke fuera pariente suyo, le resultaba muy difícil entenderle. De todas formas, su estancia en la marina había sido muy útil para el hospital. Traynor se alegró de haber sugerido que le contrataran.

Traynor abandonó sus reflexiones y se dirigió al despacho de Beaton.

—Tengo malas noticias —dijo en cuanto la secretaria de Beaton le anunció. Le contó lo de la decisión del Consejo Municipal sobre el aparcamiento.

—Espero que no tengamos más agresiones —dijo Beaton. Estaba muy disgustada.

—Yo también —coincidió Traynor—. Supongo que las luces tendrán un efecto disuasorio. He dado una vuelta por el aparcamiento para comprobar la iluminación. Parece que hay suficiente. El único punto negro es el sendero de árboles que separa los dos aparcamientos; le he dicho a Van Slyke que coloque un par de focos.

—Me arrepiento de no haber iluminado los dos aparcamientos desde el principio —dijo Beaton.

—¿Cómo van las finanzas este mes? —preguntó Traynor, cambiando de tema.

—Temía que me lo preguntaras —dijo Beaton—. Arnsworth me entregó ayer las cifras de mitad de mes, y la verdad es que no son muy halagüeñas. Si la segunda mitad del mes es como la primera, octubre será bastante peor que septiembre. El programa de comisiones está funcionando, pero los ingresos de la AGM están por encima de nuestras previsiones. Y para empeorar las cosas, al parecer seguimos recibiendo más pacientes.

—Supongo que eso significa que tendremos que aumentar aún más el control de utilización. El DUC tendrá que sacarnos las castañas del fuego. Yo prefiero este plan al de los bonos, porque es idea nuestra. Y tampoco veo más donaciones en forma de seguros de vida en un futuro próximo.

—Hay alguna otra pequeñez que tendrías que saber —dijo Beaton—. El médico 91 ha vuelto a recaer. Robertson le detuvo mientras conducía por la acera.

—Retírale sus privilegios —dijo Traynor sin vacilar—. Los médicos alcohólicos ya me han causado muchos quebraderos de cabeza a lo largo de mi vida. —Se acordó del inútil del marido de su hermana.

—El otro problema —dijo Beaton— es que Sopie Stephangelos, la enfermera jefa del departamento de control, ha descubierto que en los últimos años ha desaparecido una importante cantidad de material quirúrgico. Cree que el ladrón es uno de los cirujanos.

—¿Qué vendrá después? —preguntó Traynor suspirando—. A veces pienso que dirigir un hospital es una tarea imposible.

—La enfermera tiene un plan para coger al culpable. Quiere que le demos el visto bueno.

—Que haga lo que quiera —dijo Traynor—. Y si pescamos al culpable le aplicaremos un castigo ejemplar.

Al salir del consultorio, David se sorprendió de no encontrar ningún historial en el soporte del otro consultorio.

—¿No hay más historiales? —preguntó.

—Hoy va usted muy adelantado —dijo Susan—. Tómese un descanso.

David aprovechó la ocasión para ir al edificio del hospital. La primera parada fue en la habitación de Nikki. Al entrar, le sorprendió encontrar a Caroline y a Arni sentados en el borde de la cama de Nikki. De alguna forma los dos niños habían conseguido colarse en el hospital sin que nadie lo advirtiese. Se suponía que tenían que estar acompañados por un adulto.

—¿No se lo dirá a nadie, doctor Wilson? —le preguntó Caroline. No parecía una niña de nueve años, sino mucho más pequeña. La enfermedad había retrasado su crecimiento, lo que no había ocurrido con Nikki.

—No, no se lo diré a nadie —la tranquilizó David—. ¿Cómo es que habéis salido tan pronto del colegio?

—Ha sido muy fácil —dijo Arni, orgulloso—. La profesora suplente no se entera de nada, es un desastre.

—He hablado con el doctor Pilsner y me ha dicho que puedes irte a casa esta tarde —dijo David a Nikki.

—¡Yuupii! —exclamó—. ¿Puedo ir al colegio mañana?

—No lo sé. Tengo que hablar con tu madre.

Después, David fue a ver a John Tarlow. Ya le habían colocado el suero y habían empezado a hacerle pruebas. John le dijo que seguía sintiéndose muy mal. David le aconsejó que tuviera paciencia y que, en cuanto empezara a hidratarse, se encontraría mejor.

Por último, se encaminó a la habitación de Marjorie. Esperaba que el antibiótico hubiera empezado a surtir efecto, pero no era así. De hecho, David se quedó sorprendido de lo mucho que había empeorado: estaba casi en estado de coma. Aterrorizado, David auscultó el pecho de Marjorie. Estaba más congestionada que la vez anterior pero no tanto como para justificar su estado clínico. Corrió a la sala de enfermeras y preguntó por qué no le habían avisado.

—¿Avisado de qué? —repuso Janet Colburn, la enfermera jefe.

—De lo de Marjorie Kleber —dijo mientras ordenaba nuevos análisis y una radiografía.

Janet consultó con otras enfermeras de la planta y le dijo a David que no habían notado ningún cambio. Le comentó que incluso un médico de guardia había estado en la habitación de Marjorie hacía menos de media hora y no había notado nada preocupante.

—Eso es imposible —espetó David mientras cogía el teléfono y empezaba a hacer llamadas.

Se había mostrado reticente a hacer consultas, pero ahora su único objetivo era que acudiesen otros médicos lo más rápidamente posible. Llamó al oncólogo de Marjorie, el doctor Clark Mieslich, y a un especialista en enfermedades infecciosas, el doctor Martin Hasselbaum. Ninguno de los dos era médico de la AGM. David también llamó al neurólogo Alan Prichard, que sí pertenecía a la plantilla de la AGM.

David pudo localizarlos a los tres. Al oír la urgente solicitud de David y la descripción del caso, los tres accedieron a acudir inmediatamente. David llamó también a Susan para alertarla de lo que estaba pasando. Le pidió que avisara a sus pacientes que tendrían que posponer sus citas.

El oncólogo fue el primero en llegar, seguido poco después por el especialista en enfermedades infecciosas y el neurólogo. Revisaron el historial y discutieron la situación con David, antes de examinar a Marjorie. Después de examinarla minuciosamente se retiraron a conferenciar al cuarto de enfermeras. Apenas habían empezado a discutir el estado de Marjorie cuando sobrevino el desastre.

—¡Ha dejado de respirar! —gritó una enfermera que se

había quedado en la habitación de Marjorie tras la visita de los especialistas.

Mientras David y los especialistas acudían corriendo a la habitación, Jane Colburn llamó al equipo de reanimación. Llegaron rápidamente y entraron en la habitación 204.

Marjorie fue entubada rápidamente y volvió a respirar. Lo hicieron todo con tanta diligencia que no le cambió el ritmo cardíaco. Todos confiaban en que el oxígeno sólo le hubiera faltado durante unos segundos, pero no entendían por qué había dejado de respirar. Mientras discutían las posibles causas, el corazón de Marjorie empezó a latir más lentamente y luego se detuvo. El monitor mostraba una espectral línea recta. El equipo de reanimación le aplicó unas cuantas descargas eléctricas sobre el corazón, pero no hubo respuesta. Lo volvieron a intentar. Luego, desesperados, le hicieron un masaje cardíaco manual.

Siguieron así durante treinta minutos, aplicando todos los recursos que tenían a su alcance, pero nada funcionaba. El corazón ni tan siquiera respondía a los masajes externos. Gradualmente el desánimo se fue apoderando de todos y, al final, Marjorie Kleber fue declarada muerta.

Mientras el equipo de reanimación desconectaba sus aparatos y las enfermeras lo recogían todo, David volvió a la sala de enfermeras con el equipo de médicos consultores. Estaba destrozado. No podía imaginarse una situación peor. Marjorie había ingresado en el hospital con un problema relativamente menor, mientras él se lo pasaba bien por ahí. Y ahora ella estaba muerta.

—Es terrible —dijo el doctor Mieslich—. Era una bellísima persona.

—Estaba bastante bien para su historial —observó el doctor Prichard—. Pero esa enfermedad tenía que acabar con ella.

—Un momento —dijo David—. ¿Creen ustedes que ha muerto a causa del cáncer?

—Por supuesto —dijo el doctor Mieslich—. La primera vez que la examiné tenía una metástasis muy extendida. Y aunque se ha mantenido mejor de lo que yo pensaba, su estado era irreversible.

—Pero no había ninguna evidencia clínica de tumor —dijo David—. Los problemas que la han llevado a este fatal desenlace más bien parecen provenir de un mal funcionamiento del sistema inmunológico. ¿Cómo relacionan eso con el cáncer?

—El sistema inmunológico no controla el corazón ni la respiración —respondió el doctor Prichard.

—Pero su porcentaje de leucocitos estaba cayendo en picado —dijo David.

—Sí, aparentemente el tumor no tiene nada que ver —dijo el doctor Mieslich—. Pero si la abriéramos veríamos que el cáncer se había extendido por todas partes, incluso al cerebro. Recuerde que cuando se le diagnosticó cáncer ya tenía la metástasis muy extendida.

David asintió. Los demás hicieron otro tanto. El doctor Prichard le dio una palmada en la espalda y lo consoló:

—No podemos ganar siempre.

David agradeció su presencia. Ellos le dieron las gracias de que hubiera acudido a ellos y se marcharon por caminos separados. David se sentó detrás de la mesa de la sala de enfermeras. Se sentía débil y desconsolado. Se sentía mucho más triste y culpable por la muerte de Marjorie de lo que hubiera podido imaginar. Había llegado a conocerla muy bien. Y para empeorar las cosas, era la profesora de su hija, y Nikki la adoraba. ¿Cómo se lo iba a explicar a su hija?

—Perdón —dijo Janet Colburn—. Está aquí Lloyd Kleber, el marido de Marjorie. Le gustaría hablar con usted.

David se levantó. Se sentía aturdido. No sabía cuánto tiempo llevaba sentado en la sala de enfermeras. Janet le acompañó a la sala de espera.

Lloyd Kleber estaba mirando llover por la ventana. Tenía unos cuarenta y cinco años, y los ojos enrojecidos de llorar. David comprendía muy bien a aquel hombre. Había perdido a su mujer y ahora tenía la responsabilidad de dos criaturas huérfanas de madre.

—Lo siento —dijo David casi sin fuerzas.

—Gracias —repuso Lloyd conteniendo las lágrimas—. Gracias por haberse portado tan bien con Marjorie. Ella apreciaba mucho sus cuidados.

David asintió. Intentó decir algo que reflejara su solidaridad. En momentos como aquél, siempre pensaba que no estaba a la altura de las circunstancias. Pero de todas formas intentó hacerlo lo mejor posible.

Al final, David se atrevió a pedirle permiso para practicar la autopsia. Sabía que era pedir demasiado, pero estaba desconcertado por el fulminante desenlace de Marjorie. David quería aclararlo a toda costa.

—Si eso puede ayudar a otros pacientes —dijo Kleber—, estoy seguro de que Marjorie estaría de acuerdo.

David siguió hablando con Kleber hasta que fueron llegando otros familiares. Luego les dejó con su duelo y se fue al laboratorio. Encontró a Angela sentada en su despacho. Ella se alegraba de verle, pero enseguida notó la expresión tensa de David.

—¿Qué pasa? —preguntó. Se levantó y le cogió la mano.

David se lo contó todo. Tuvo que interrumpirse varias veces para coger fuerzas.

—Lo siento mucho —balbuceó Angela. Le rodeó con los brazos y le abrazó.

—¡Vaya médico! —se reprendió a sí mismo David, intentando contener las lágrimas—. A estas alturas ya tendría que haberme acostumbrado a estas cosas.

—Tu sensibilidad forma parte de tu encanto. Y eso también hace que seas un buen médico.

—El señor Kleber me ha dado permiso para la autopsia —dijo David—. La haré porque no tengo idea de por qué ha muerto tan repentinamente. Dejó de respirar de golpe y se le paró el corazón. Los médicos con que he consultado creen que ha sido a causa del cáncer. Pero me gustaría que el hospital lo confirmara. ¿Podrías ocuparte tú?

—Claro —respondió Angela—. Pero por favor, no te sientas tan deprimido. Tú no tienes la culpa.

—Veremos qué dice la autopsia —dijo David—. ¿Y qué le digo a Nikki?

—Eso sí es complicado —reconoció Angela.

David volvió a la consulta con la intención de visitar a sus pacientes lo más rápidamente posible. Odiaba hacer las cosas con precipitación, pero no le quedaba otro remedio. Sólo había podido ver a cuatro, cuando Susan le abordó entre dos pacientes.

—Siento molestarle, pero Charles Kelley está en su despacho y quiere verle inmediatamente.

Temiendo que la visita de Kelley tuviera algo que ver con la muerte de Marjorie, David se dirigió a su despacho. Kelley estaba impaciente, paseándose arriba y abajo. Se detuvo cuando entró David.

Kelley tenía aspecto de estar muy enfadado.

—Su comportamiento empieza a resultarme irritante —dijo Kelley desde la majestuosidad que le confería su estatura.

—¿A qué se refiere?

—Ayer mismo estuve hablando con usted de la utilización de recursos. Creí que todo había quedado muy claro. Y hoy ha llamado a consulta a dos médicos que no son de la AGM para que visiten a una enferma terminal. Ese tipo de conducta sugiere que usted ignora el principal problema al que se enfrenta la medicina moderna: el derroche innecesario.

—Un momento. Explíqueme por qué cree que no eran necesarias esas consultas —replicó David con las emociones a flor de piel y tratando de no perder el control.

—¡Por el amor de Dios! —dijo Kelley con un movimiento altanero de cabeza—. Resulta evidente: no ha podido alterarse el curso de la enfermedad del paciente. Se estaba muriendo y ha muerto. Todo el mundo tiene que morirse en un momento u otro. No se puede desperdiciar dinero y recursos por mor de un heroísmo absurdo.

David miró los ojos azules de Kelley. No sabía qué decir. Estaba completamente aturdido.

Esperando evitar a Wadley, Angela fue a buscar al doctor Paul Darnell a su cubículo sin ventanas, al otro extremo del laboratorio. Su mesa estaba atestada de bandejas con cultivos bacterianos. Era un experto en microbiología.

—¿Puedo hablar contigo un momento? —le dijo desde la puerta.

Él le hizo una seña de que entrara y apartó la silla de ruedas de la mesa.

—¿Qué trámites hay que cumplir para realizar una autopsia? —preguntó—. Desde que estoy aquí todavía no he visto practicar ninguna.

—Eso tendrás que hablarlo con Wadley —dijo Paul—. Es una cuestión de política interna. Lo siento.

Angela se encaminó de mala gana al despacho de Wadley.

—¿Qué puedo hacer por usted, querida? —dijo Wadley sonriéndole. Era la misma sonrisa que ella siempre había considerado paternal y no lujuriosa.

Un tanto sobresaltada de que la llamase «querida», Angela se tragó el orgullo y le preguntó por la autopsia.

—Nosotros no hacemos autopsias —dijo Wadley—. Si el caso lo requiere, enviamos el cuerpo a Burlington. Es muy caro hacer una autopsia, y no están incluidas en el contrato con la AGM.

—¿Y si la familia lo pide? —preguntó Angela, aunque sabía que ése no era el caso de los Kleber.

—Si están dispuestos a pagar mil ochocientos noventa dólares, no hay problema —contestó Wadley—. De lo contrario, no la hacemos.

Angela asintió y se marchó. En lugar de volver al laboratorio, se dirigió al despacho de David. Se quedó impresionada del número de pacientes que aguardaban en la sala de espera. Todas las sillas estaban ocupadas y había gente en los pasillos. Vio a David yendo y viniendo de un consultorio a otro. Parecía totalmente agotado.

—No puedo hacer la autopsia de Marjorie —dijo Angela.

—¿Por qué no? —preguntó David.

Ella le contó lo que le había dicho Wadley. David sacudió la cabeza con frustración y resopló con rabia.

—Mi concepto de ese hospital va bajando enteros por momentos —dijo. Luego le contó a Angela lo que le había dicho Kelley de su actuación en el caso Marjorie Kleber.

—Es ridículo —repuso Angela, furiosa—. ¿Quieres decir que las consultas le parecían innecesarias porque la paciente ha muerto? Es una auténtica locura.

—Lo sé —dijo David moviendo la cabeza.

Angela no sabía qué decir. Kelley le parecía cada vez más inculto. A Angela le hubiera gustado quedarse un rato más, pero sabía que David no tenía tiempo. Le hizo un gesto por encima del hombro—. Tienes la consulta llena. ¿Cuándo crees que terminarás?

—No tengo ni la más remota idea.

—¿Qué te parece si me llevo a Nikki a casa y me llamas cuando acabes? Vendré a buscarte.

—De acuerdo —dijo David.

—Bien. Hablaremos luego, cariño.

Angela volvió al laboratorio, recogió sus cosas y se llevó a Nikki a casa. La niña estaba exultante de abandonar el hospital y volver a casa. Ella y *Rusty* tendrían un encuentro emocionante.

David llamó a las siete y cuarto. Nikki se quedó frente al televisor y Angela volvió al hospital. Condujo muy despacio. Llovía con tanta intensidad que los limpiaparabrisas apenas si servían de algo.

—Qué noche —dijo David al subir al coche.

—Qué día —repuso Angela mientras bajaban por la colina hacia la ciudad—. Sobre todo para ti. ¿Cómo va todo?

—De momento me mantengo a flote —dijo David—. La verdad es que estar tan ocupado es un alivio. Pero no tengo más remedio que afrontar los hechos. ¿Qué le puedo decir a Nikki?

—Dile la verdad.

—Es muy fácil decirlo. ¿Y si me pregunta de qué ha muerto?

—He estado meditando sobre lo que te dijo Kelley —dijo Angela—. Me parece que hay un gran malentendido sobre el concepto de necesidades asistenciales básicas.

—Eso está claro —dijo David con una sonrisa sarcástica—. La única pega es que él representa el punto de vista de los supervisores. Con la excusa de la reforma sanitaria, los burócratas como Kelley están entorpeciendo la práctica de la medicina. Por desgracia, los pacientes no saben nada de todo esto.

—Hoy he tenido otro incidente con Wadley —dijo Angela.

—¡Será hijo de puta! —exclamó David—. ¿Qué te ha hecho?

—Me llama «cariño» todo el rato —explicó Angela—. Y me ha sobado el trasero.

—¡Por Dios! ¡Ese tío es un enfermo!

—Tengo que hacer algo, pero no se me ocurre qué.

—Tendrías que hablar con Cantor —dijo David—. He estado pensándolo, y por lo menos Cantor es un médico, no un burócrata.

—Sus comentarios sobre «las chicas» de su clase no me parecen muy alentadores —replicó Angela.

Enfilaron el camino que llevaba a la casa. Angela procuró dejar el coche lo más cerca de la puerta y se prepararon para salir a la carrera.

—¿Cuándo dejará de llover? —se quejó David—. Lleva diluviando tres días seguidos.

Una vez dentro, David se ocupó de encender un fuego para caldear la casa y Angela calentó la comida que había sobrado de su cena con Nikki. David bajó al sótano y se fijó que la humedad se estaba filtrando por el cemento que unía los bloques de granito de los cimientos. Y sintió el mismo olor a moho que ya había notado en otras ocasiones. Mientras cogía la leña, le tranquilizó pensar en el suelo de tierra. Si el sótano se inundaba, la tierra absorbería el agua.

Después de cenar, David se sentó a ver la televisión con Nikki. Cuando estaba enferma sus padres eran bastante permisivos con lo de la televisión. David fingió interés en el concurso que estaban emitiendo, cuando lo que intentaba hacer era reunir valor para explicarle a Nikki lo de Marjorie. Por fin, cuando llegaron los anuncios David le rodeó el hombro con el brazo.

—Tengo que decirte una cosa —le dijo cariñosamente.

—¿El qué? —preguntó Nikki, que estaba acariciando a *Rusty*, acurrucado en un almohadón a su lado.

—Marjorie Kleber, tu profesora, ha muerto hoy —dijo David delicadamente.

Durante un instante Nikki no dijo nada. Miró a *Rusty*,

como si estuviera preocupada por un bultito que tenía detrás de la oreja.

—Yo me he puesto muy triste, porque además era su médico. Imagino que tú también lo estarás.

—No, yo no —dijo Nikki sacudiendo la cabeza.

Se apartó un mechón de pelo de los ojos. Luego miró la televisión como muy interesada en los anuncios.

—Estar triste no es malo —dijo David. Y le explicó lo que significaba echar de menos a la gente.

Nikki se arrojó repentinamente en sus brazos y rompió a llorar. Se abrazó a su padre con una fuerza que sorprendió a David.

Confundido, le daba palmaditas en la espalda intentando tranquilizarla.

Angela apareció en el umbral de la puerta. Al ver que Nikki lloraba en brazos de David, se acercó. Apartó a *Rusty* con suavidad y abrazó a Nikki y David. Los tres permanecieron allí abrazados, meciéndose suavemente mientras la lluvia golpeaba los cristales.

CAPÍTULO 13

VIERNES 20 DE OCTUBRE

A pesar de las reiteradas protestas de Nikki, sus padres insistieron en que debía quedarse en casa un día más. Dado el mal tiempo y que Nikki seguía aún con los antibióticos, era mejor no arriesgarse.

Aunque Nikki no se mostró tan dispuesta como siempre, hicieron la terapia respiratoria con gran diligencia. David y Angela la auscultaron y quedaron satisfechos del resultado.

Cuando subieron al Volvo, David se quejó de que no había podido ir en bicicleta en toda la semana. No llovía como los otros días, pero había nubes bajas y cargadas y del suelo se levantaba una pesada niebla.

Llegaron al hospital a las siete y media. Angela se dirigió al laboratorio y David fue a hacer las visitas del hospital. Cuando entró en la habitación de John Tarlow, se sorprendió de encontrar una escalera y la cama vacía. Siguió hasta la sala de enfermeras y se interesó por su paciente.

—Hemos trasladado al señor Tarlow a la 206 —dijo Janet Colburn.

—¿Por qué? —preguntó David.

—Querían pintar la habitación —dijo Janet—. Los de mantenimiento nos lo han comunicado hoy, y nos han dicho que trasladáramos al paciente a la 206.

—Me parece una falta de consideración hacia el paciente —se quejó David.

—Nosotras no tenemos la culpa —dijo Janet—. Hable con los de mantenimiento.

David estaba enfadado por lo que le habían hecho a su paciente, así que hizo caso de la sugerencia de Janet y se encaminó hacia allí. Llamó a la puerta de la oficina de mantenimiento. Dentro había un hombre de la edad de David, inclinado sobre una mesa. Llevaba una arrugada camisa de trabajo de algodón verde y pantalones a juego. Tenía barba de dos días.

—¿Qué pasa? —preguntó Van Slyke, levantando la vista de su agenda.

Su tono de voz era insulso y su rostro, totalmente inexpresivo.

—A uno de mis enfermos le han cambiado de habitación y quiero saber por qué.

—Si se refiere a la 216, la están pintando —repuso Van Slyke monótonamente.

—Es obvio que la están pintando —respondió David—. Lo que ya no es obvio es por qué la están pintando.

—Estaba previsto para esa fecha.

—Previsto o no, no veo por qué hay que molestar a los pacientes, y menos aún si están enfermos. Y todos los pacientes de un hospital lo están.

—Si tiene algún problema, hable con Beaton —replicó Van Slyke, volviendo a su agenda.

Desconcertado por la insolencia de aquel hombre, David se quedó atónito en la puerta durante unos segundos. Van Slyke le ignoró por completo. David sacudió la cabeza, dio media vuelta y se marchó. Mientras volvía al ala de pacientes, estuvo considerando seguir el consejo de Van Slyke y hablar con la administradora del hospital. Pero eso fue hasta que entró en la nueva habitación de su paciente, pues allí se le presentó un nuevo y acuciante problema: el enfermo había empeorado.

La diarrea y los vómitos de John, que habían estado controlados desde el principio, habían vuelto con mayor intensidad. Y además, John estaba como abotagado: los pocos momentos en que despertaba se mostraba totalmente apático. David no entendía estos nuevos síntomas. Desde el principio le habían puesto suero por vía intravenosa, y el paciente no podía estar deshidratado.

David le examinó minuciosamente, pero no encontró ninguna explicación al cambio de estado clínico, y sobre todo al estado semidepresivo del enfermo. Lo único que se le ocurría es que John fuera hipersensible a los somníferos que le había prescrito.

David se dirigió a la sala de enfermeras y cogió el historial de John. Estudió los resultados del laboratorio, que habían llegado por la noche, para tratar de comprender lo que pasaba y discernir el tratamiento a prescribir. Por culpa del enfrentamiento del día anterior con Kelley, se mostraba reticente a solicitar una consulta. Los dos médicos que necesitaba, un oncólogo y un especialista en enfermedades infecciosas, no pertenecían a la plantilla de la AMG.

David cerró los ojos y se frotó las sienes. Tenía la sensación de que no estaba haciendo muchos progresos. Por desgracia faltaba una pieza clave en la información: los resultados de los cultivos de las heces aún no estaban listos. En consecuencia, David no sabía si se enfrentaba a una bacteria y, caso de confirmarse esta hipótesis a qué tipo de bacteria. Lo único bueno era que John seguía sin tener fiebre.

Volviendo a centrar la atención en el historial de John, vio que ya le habían administrado somníferos. Los suprimió, por considerar que podían ser la causa de su estado letárgico. Ordenó un nuevo cultivo de heces y otro análisis sanguíneo, y que se le tomara la temperatura cada hora, con la orden expresa de que le avisasen en caso de que subiera anormalmente.

Tras terminar con la última biopsia, Angela cerró el pequeño laboratorio anexo a los quirófanos y se dirigió a su despacho. Había tenido una mañana muy productiva y reconfortante; y, además, había logrado esquivar a Wadley. Sabía que por desgracia tendría que volver a verle, y estaba preocupada. Aunque se consideraba una persona bastante optimista, temía que el problema con Wadley no pudiera solucionarse de una forma civilizada.

Al entrar en su despacho, Angela observó que la puerta de comunicación estaba entreabierta. Se acercó todo lo sigilosamente que pudo y comenzó a cerrarla.

—¡Angela! —llamó Wadley, y ella pegó un respingo. Hasta

ese momento no había reparado en lo tensa que estaba—. Ven, quiero enseñarte algo fascinante.

Angela suspiró y abrió la puerta de mala gana. Wadley estaba sentado frente al microscopio de trabajo, no el de prácticas.

—Ven —insistió Wadley. Hizo una señal a Angela y tocó el visor del microscopio—. Echa un vistazo a este portaobjetos.

Angela avanzó cautelosamente y se detuvo a unos pasos de la mesa. Como si se hubiese dado cuenta de su reticencia, Wadley se dio impulso y apartó su silla de la mesa. Angela se acercó al microscopio y se inclinó para ajustar el visor.

Antes de que pudiera mirar, Wadley se inclinó sobre ella y la cogió por la cintura. La sentó en su regazo y la rodeó con los brazos.

—¡Te he cogido! —exclamó Wadley.

Angela se revolvió y luchó para zafarse del abrazo. La inesperada violencia del contacto le cogió por sorpresa. Había esperado que la tocara subrepticiamente, no de forma tan descarada.

—¡Suélteme! —exigió Angela enfadada, intentando apartar las manos de Wadley.

—No te soltaré hasta que oigas una cosa —dijo Wadley riéndose.

Angela dejó de forcejear y cerró los ojos. Se sentía tan furiosa como humillada.

—Así está mejor —dijo Wadley—. Tengo buenas noticias. Ya está arreglado todo lo del viaje. En noviembre iremos al Congreso de Patología en Miami.

Angela abrió los ojos.

—Maravilloso —dijo con todo el sarcasmo de que fue capaz—. ¡Y ahora, deje que me vaya!

Wadley la liberó de su abrazo y Angela se apartó de su regazo. Pero él la sujetó por la muñeca.

—Será fantástico —dijo Wadley—. Es la mejor época del año para ir a Miami. Estaremos al lado de la playa. He reservado habitaciones en el Fontainebleau.

—¡Suélteme! —exclamó Angela apretando los dientes.

—¡Eh! —dijo Wadley. Se inclinó hacia delante y la miró de

cerca—. ¿Estás enfadada? Perdóname si te he asustado. Quería darte una sorpresa. —Le soltó la muñeca.

Angela estaba totalmente fuera de sí. Apretó los dientes para no estallar y se dirigió a su despacho. Cerró de un portazo, sintiéndose mortificada y humillada.

Se frotó las mejillas con fuerza intentando recuperar el control de sí misma. La adrenalina que le recorría el cuerpo le hacía temblar. Tardó varios minutos en dominarse y en recuperar el ritmo respiratorio normal. Luego cogió el abrigo y salió precipitadamente de su despacho. Por lo menos, los estúpidos avances de Wadley la obligaban a actuar.

Evitando la lluvia, cruzó el edificio principal del hospital hasta el Centro de Diagnóstico por la Imagen. Cuando por fin estuvo a resguardo, aminoró el paso. Una vez dentro, fue directamente al despacho de Cantor.

Como no tenía cita previa, tuvo que esperar casi media hora hasta que la recibió el doctor Delbert Cantor. Durante la espera tuvo tiempo de calmarse y de preguntarse hasta qué punto era ella responsable de la conducta de Wadley. Pensaba que igual no tendría que haber sido tan ingenua y haber actuado antes.

—Pase, pase —dijo cordialmente Cantor cuando al fin pudo recibirla.

Se había levantado de detrás del atestado escritorio. Tuvo que retirar de una silla un montón de revistas de radiología, todavía sin abrir, para que Angela se sentara. Ella rehusó educadamente. Cantor se sentó, cruzó las piernas y le preguntó qué podía hacer por ella.

Ahora que se encontraba frente a frente con el jefe de personal, Angela pensó que no iba a tener valor. Por un momento recordó todos los recelos sobre Cantor y sobre su actitud hacia las mujeres. El rostro de Cantor había adoptado una mueca, como si ya hubiera decidido que cualquier cosa que le planteara una mujer era intrascendente.

—Me resulta muy difícil hablar de esto —empezó Angela—. Le pido por favor un poco de paciencia. Me ha sido muy difícil decidirme a venir aquí, pero no sabía qué otra cosa hacer.

Cantor la animó a que continuase.

—Estoy aquí porque el doctor Wadley me acosa sexualmente.

Cantor descruzó las piernas y se inclinó hacia delante. A Angela le animó el hecho de que al menos pareciera interesado, pero observó que seguía con la misma mueca de antes.

—¿Cuándo empezó todo? —preguntó Cantor.

—Probablemente desde mi llegada —respondió Angela, intentando explicarlo un poco más, pero Cantor la interrumpió.

—¿Probablemente? —preguntó enarcando las cejas—. ¿Eso quiere decir que no está segura?

—Al principio, no —explicó Angela—. Al principio pensaba que se comportaba como un maestro entusiasta, que su actitud era casi paternal. —Luego pasó a describir lo que había sucedido. Todo se había convertido en un problema de límites—. Siempre aprovecha la menor oportunidad para quedarse a solas conmigo o para tocarme de manera aparentemente inocente —continuó Angela—. También me ha contado ciertas intimidades familiares, lo que me parece totalmente fuera de lugar.

—Todo esto que me cuenta es perfectamente normal dentro de una relación de amistad o de tutor afectuoso.

—Estoy de acuerdo —dijo Angela—. Por eso al principio no hice mucho caso. El problema es que el asunto ha ido a más.

—¿Se refiere usted a que algo ha cambiado? —preguntó Cantor.

—Pues sí. Ha sido muy recientemente. —Y explicó el incidente de la mano en el muslo, sintiéndose extrañamente avergonzada mientras lo hacía. Mencionó también la caricia en el trasero y el repetido uso que Wadley hacía del «cariño» con ella.

—Personalmente no veo nada de malo en la palabra «cariño» —dijo Cantor—. Yo mismo la utilizo con mis chicas del Centro de Diagnóstico por la Imagen.

Angela no pudo sino mirar fijamente a Cantor, mientras se preguntaba qué pensarían de su comportamiento las mujeres que trabajaban en el Centro. Evidentemente, se había equivocado de lugar. No podía esperar imparcialidad y comprensión de un médico cuya opinión acerca de las mujeres era probablemente más retrógrada que la de Wadley. Pero, aún así, pensó que tenía que acabar lo que había empezado, y pasó a describir el último incidente: el doctor Wadley sentándola en su regazo y contándole lo del viaje a Miami.

—No sé qué decirle —dijo Cantor—. ¿Le ha dicho el doctor Wadley alguna vez que su trabajo dependa de sus favores sexuales?

Angela protestó para sus adentros, dándose cuenta de que la idea que tenía el doctor Cantor de los acosos sexuales era mucho menos sutil de lo que cabía esperar.

—No —dijo Angela—, el doctor Wadley nunca ha sugerido algo así. Pero sus familiaridades me resultan muy incómodas, van más allá de los lazos de amistad o de una relación laboral. Más allá incluso del respeto mutuo. Me resulta muy difícil trabajar en estas circunstancias.

—Quizá está exagerando. Wadley es una persona muy efusiva. Usted misma reconoce que él es una persona muy entusiasta. —Cantor vio la expresión de la cara de Angela, y añadió—. Bueno, es sólo una posibilidad.

Angela se puso de pie. Hizo un esfuerzo, y le dio las gracias a Cantor.

—No hay de qué —respondió él poniéndose de pie—. Manténgame informado de todo, señorita. Le prometo que hablaré con el doctor Wadley en la primera oportunidad que tenga.

Angela asintió ante la última propuesta y salió del despacho. Cuando volvía al laboratorio tuvo la sensación de que su conversación con Cantor no iba a ayudar a que mejorasen las cosas. Si acaso, las empeoraría.

David había pasado toda la tarde yendo y viniendo de la habitación de John a la consulta. Por desgracia éste no mejoraba, pero tampoco había empeorado, porque David se había ocupado de que le inyectaran suero para contrarrestar la deshidratación provocada por los vómitos y la diarrea. A última hora de la tarde, cuando David entró en la habitación de John para la última visita del día, lo hizo con la esperanza de que el estado mental de su paciente hubiera mejorado. Pero no fue así: John estaba tan apático o más que por la mañana. Si se le presionaba, recordaba su nombre y también que estaba en el hospital, pero no podía recordar el mes o el año en curso.

En la sala de enfermeras, David revisó las última pruebas que habían llegado del laboratorio. Casi todos los indicadores eran bastante normales. El análisis de esa mañana reflejaba un descenso en el nivel de leucocitos, pero, dado el historial leucémico de John, David no supo cómo interpretarlo. El primer cultivo de heces había dado negativo en cuanto a la presencia de bacterias patológicas.

—Avísenme si le sube la fiebre o si aumentan sus problemas intestinales —dijo a las enfermeras antes de marcharse.

David y Angela se reunieron en la entrada del hospital y fueron corriendo hacia el coche. El tiempo había empeorado considerablemente. Seguía lloviendo y la temperatura había bajado varios grados.

De vuelta a casa, Angela contó a David el último incidente con Wadley y la reacción de Cantor ante sus quejas.

—A Wadley lo mejor es darlo por irrecuperable —dijo David moviendo la cabeza—. Es un cabrón. Pero esperaba algo más de Cantor, sobre todo teniendo en cuenta que es el director de la plantilla profesional. Y aunque sea una persona totalmente insensible, debería conocer las leyes y las responsabilidades del hospital en estos casos. ¿Crees que no conoce la última legislación sobre acoso sexual?

—No quiero pensar más en todo esto —dijo Angela encogiéndose de hombros—. ¿Qué tal te ha ido? ¿Todavía estás preocupado por lo de Marjorie?

—No he tenido mucho tiempo para pensar en eso. Tengo a John Tarlow en el hospital y me tiene muy preocupado.

—¿Qué le pasa?

—Pues eso es lo que me preocupa, que no lo sé —dijo David—. Está medio atontado, lo mismo que le ocurrió a Marjorie. Tiene muchas molestias intestinales. Por eso tuve que internarle, pero ha empeorado. No sé lo que está pasando pero mi sexto sentido ya ha encendido la alerta roja. El problema es que no sé qué hacer. Ahora me limito a tratar los síntomas.

—Ésta es una de las razones por la que estoy contenta de dedicarme a la patología —dijo Angela.

David le contó su visita a Werner van Slyke.

—Ese tío es un maleducado. No me ha hecho ni caso. Desde luego, eso te da una idea del papel que juegan los médicos en la nueva organización hospitalaria. Ahora los médicos son unos empleados cualquiera, con la única diferencia de que trabajan en otros departamentos.

—Es difícil no perder los nervios cuando hasta los de mantenimiento se te suben a las barbas —dijo Angela.

—Tienes razón.

Nikki se alegró mucho cuando sus padres llegaron a casa. Se había pasado el día muy aburrida hasta la llegada de Arni, que había ido a contarle cómo era el nuevo profesor.

—Es un hombre —le dijo Arni a David—. Y muy exigente.

—Espero que sea un buen profesor —dijo David. Volvió a sentir otro aguijonazo de culpabilidad por la muerte de Marjorie.

Mientras Angela hacía la cena, David acompañó a Arni a su casa en coche. Cuando volvió encontró a Nikki en la puerta.

—Hace frío en la sala de estar —se quejó la niña.

David entró en la habitación y tocó el radiador: ardía. Se acercó a las puertaventanas que daban a la terraza y comprobó que estaban bien cerradas.

—¿Dónde notas el frío? —le preguntó David.

—Cuando estoy sentada en el sofá —respondió Nikki.

David siguió a su hija y se sentó a su lado. Enseguida notó una corriente fría en la nuca.

—Tienes razón. —David comprobó las ventanas que había detrás del sofá—. Creo que ya tengo el diagnóstico. Hay que colocar contraventanas.

—¿Qué son contraventanas? —preguntó Nikki.

David se embarcó en una complicada explicación sobre pérdidas de calor, transmisión de corrientes, aislamientos y ventanas termoaislantes.

—La estás liando —dijo Angela desde la cocina. Había oído una parte de la conversación—. Ella sólo te ha preguntado qué es una contraventana. ¿Por qué no le enseñas una?

—Buena idea —dijo David—. Vamos. Y de paso cogeremos leña.

—No me gusta bajar al sótano —dijo Nikki mientras bajaban las escaleras.

—¿Y por qué no?

—Me da miedo.

—Venga, no seas como tu madre. —David rió—. Ya tenemos bastante con una mujer miedica en casa.

Apoyadas contra una pared de granito había un montón de contraventanas. David cogió una y se la enseñó.

—Parece una ventana —dijo Nikki.

—Pero no puede abrirse —dijo David—. La contraventana y la ventana mantienen una cámara de aire que hace de aislante.

Mientras Nikki miraba la contraventana, David se fijó por primera vez en una cosa.

—¿Qué pasa, papá? —dijo Nikki al ver que su padre estaba distraído.

—Nada, algo en lo que no me había fijado antes. —Se acercó a la pila de contraventanas y pasó la mano sobre la pared que formaba la parte posterior de las escaleras—. Son ladrillos de ceniza.

—¿Qué son ladrillos de ceniza? —preguntó Nikki.

Preocupado por su descubrimiento, David ignoró la pregunta de Nikki.

—Ayúdame a apartar las contraventanas —dijo David. Cogió la que tenía en las manos y la acercó a la pared maestra. Nikki colocó la otra encima—. Esta pared es distinta de las otras —dijo cuando retiraron la última contraventana—. Y parece más nueva. Me pregunto por qué la hicieron.

—¿Qué quieres decir?

David le mostró que la escalera estaba hecha de granito. Luego la llevó hasta el hueco de la escalera y le enseñó los ladrillos de ceniza. Le explicó que debían cubrir una especie de espacio triangular.

—¿Y qué habrá dentro? —preguntó Nikki.

—No lo sé —dijo David encogiéndose de hombros. Y añadió—: ¿Por qué no echamos un vistazo? A lo mejor hay un tesoro.

—¿De verdad?

David cogió la almádena que utilizaba, junto con la cuña, para atizar el fuego, y las dejó junto a la base de la escalera.

Cuando David se disponía a levantar la almádena, Angela preguntó desde las escaleras qué demonios estaban haciendo. David bajó la almádena y se llevó el índice a los labios. Luego le dijo a Angela que enseguida subían con la leña.

—Voy arriba a ducharme —dijo Angela—. Cenaremos cuando acabe.

—De acuerdo —contestó David. Y le dijo a Nikki—: Igual no le hace mucha ilusión que hagamos de cacos en nuestra propia casa.

Nikki rió.

David esperó a que Angela subiese al segundo piso, antes de volver a coger la almádena. Después de decirle a Nikki que cerrara los ojos, David golpeó la parte superior de la pared de ladrillos de ceniza y practicó un pequeño agujero.

—Sube arriba y coge una linterna —dijo David.

Del agujero salía un intenso olor a moho.

Mientras Nikki estaba arriba, David utilizó el atizador para agrandar el agujero. De un golpe logró mover un bloque entero y retirarlo de la pared. Nikki volvió con la linterna. David la cogió y miró dentro.

El corazón le dio un vuelco. Retiró la cabeza con tanta rapidez que se arañó la nuca con los bordes rugosos del agujero.

—¿Qué has visto? —preguntó Nikki. No le gustó la expresión que ponía su padre.

—No es un tesoro —dijo David—. Creo que será mejor que llames a tu madre.

Mientras Nikki iba a buscar a Angela, David agrandó un poco más el boquete. Cuando Angela bajó en bata, él ya había logrado retirar otro bloque bastante grande.

—¿Qué pasa? —Nikki está muy nerviosa.

—Echa un vistazo —dijo David.

Le pasó la linterna y le dijo que se acercara.

—Espero que no sea una broma —dijo Angela.

—No es ninguna broma —le aseguró David.

—¡Dios mío! —exclamó Angela. Su voz resonó en la pequeña cavidad.

—¿Qué es? —dijo Nikki—. Quiero verlo.

—Es un cadáver —dijo Angela retirando la cabeza y mirando a David—. Y por lo que parece, lleva ahí bastante tiempo.

—¿Una persona? —preguntó Nikki, incrédula—. ¿Puedo mirar?

—¡No! —exclamaron ambos al unísono.

Nikki empezó a protestar, pero su voz no revelaba una gran convicción.

—Vamos arriba a encender el fuego —dijo David.

Le pasó a Nikki un montón de leña. Él cogió unos cuantos troncos.

Mientras Angela telefoneaba a la policía, Nikki y David encendieron el fuego. Nikki tenía muchas preguntas a las que David no supo contestar.

Media hora después, un coche de la policía subía por el camino y aparcaba junto a la casa. Habían acudido dos policías.

—Soy Wayne Robertson —dijo el más bajo de los dos. Iba vestido de paisano, llevaba un chaleco de cazador sobre una camisa de franela de cuadros. Llevaba también una gorra de béisbol de los Boston Red Sox—. Soy el jefe de policía, y él es Sherwin Morris, uno de mis ayudantes.

Sherwin se llevó la mano al ala del sombrero. Iba de uniforme y era bastante larguirucho. Llevaba en la mano una linterna bastante larga.

—El oficial Morris ha pasado a recogerme después de su llamada —explicó Robertson—. No estaba de servicio pero me pareció importante.

—Le agradezco que haya venido —dijo Angela.

Angela y David les acompañaron abajo; Nikki se quedó en la sala de estar. Robertson cogió la linterna y se asomó al boquete.

—¡Que me aspen! —dijo—. Si es el matasanos. Siento que lo hayan encontrado —dijo Robertson mirando a los Wilson—. A pesar de que tiene peor pinta que cuando estaba

ella había tomado nota de la información y que estaba encantada con toda la parafernalia de la investigación.

A continuación, el doctor Cornish tomó unas fotografías, incluidos unos primeros planos del cadáver. Luego se puso unos guantes de goma y comenzó a sacar objetos de la tumba colocándolos en una bolsa de plástico. Cuando llegó a los papeles, todos se arremolinaron para verlos. El doctor Cornish se aseguró de que nadie los tocara.

—Son papeles de los archivos del Bartlet Community Hospital —dijo David.

—Todas estas manchas son de sangre —dijo Cornish señalando una zonas marrones del papel.

Depositó todos los papeles en una bolsa y luego la lacró y etiquetó. Luego, se dedicó al cadáver. Lo primero que hizo fue buscar en los bolsillos. Enseguida encontró la cartera aún con dinero y también con tarjetas de crédito a nombre de Dennis Hodges.

—Bueno, no ha sido robo —dijo Robertson.

A continuación, Cornish quitó el reloj del cadáver. Todavía funcionaba y la hora era correcta.

—El fabricante de estas pilas tendría que utilizar esto para uno de sus estúpidos anuncios —sugirió Robertson.

Morris rió hasta que se dio cuenta que todos los demás guardaban silencio.

Cornish sacó del maletín una bolsa negra para el cadáver y pidió a Morris que le echase una mano para meterlo dentro.

—¿Le parece que le pongamos unas bolsas en las manos? —sugirió Angela.

El doctor Cornish lo pensó un momento y asintió.

—Buena idea —dijo. Sacó unas bolsas de papel y enfundó las manos de Hodges. Cuando terminaron, Morris y él guardaron el cadáver en la bolsa negra y cerraron la cremallera.

Quince minutos más tarde, los Wilson contemplaron al coche de la policía y la furgoneta del forense descender por el camino y desaparecer en la noche.

—¿Tenéis hambre? —preguntó Angela.

Nikki y David lanzaron un gruñido.

—Yo tampoco —reconoció Angela—. Qué noche.

Se dirigieron a la sala de estar, donde David avivó el fuego con más leña. Nikki encendió la televisión y Angela se dedicó a leer. A las ocho decidieron que no estaría mal cenar alguna cosa. Mientras Nikki y David ponían la mesa, Angela calentó la cena.

—En todas las casas siempre hay un cadáver en el armario —dijo David en medio de la cena—. El nuestro estaba en el sótano.

—No tiene gracia —dijo Angela.

Nikki no se enteró de la broma y Angela tuvo que explicársela. Tampoco le hizo gracia cuando la entendió.

David no estaba nada contento con el terrible hallazgo. Le preocupaban las consecuencias psicológicas que pudiera depararle a Nikki. Pensaba que la ironía le quitaría hierro al asunto. Pero tuvo que reconocer que su broma no había sido muy oportuna.

Después de hacer la terapia respiratoria de Nikki, se fueron todos a la cama. Aunque no fuera un antídoto infalible, el dormir les pareció el mejor remedio. Nikki y David se durmieron enseguida, pero Angela permaneció despierta escuchando todos y cada uno de los ruidos de la casa. Nunca se había fijado en lo ruidosa que era su casa, sobre todo en una noche ventosa y lluviosa. Desde el sótano se oía la caldera de petróleo en funcionamiento, y también el silbido provocado por el viento al entrar por la chimenea de la habitación principal.

Una serie de golpes le hicieron pegar un respingo a Angela, que se incorporó hasta quedar sentada.

—¿Qué es eso? —susurró nerviosa. Le dio un empujón a David.

—¿Qué ocurre? —preguntó David medio dormido.

Angela le dijo que escuchase. Volvieron a oírse los golpes.

—¡Eso! —exclamó Angela—. Golpes.

—Son los postigos que golpean contra las paredes de la casa. ¡Cálmate, por Dios!

Angela se volvió a echar sobre la almohada, pero siguió con los ojos abiertos. Estaba más despierta que cuando se había acostado.

—No me gusta nada lo que nos está pasando —dijo Angela.

David emitió un gruñido sordo.

—De verdad —insistió Angela—. Parece imposible todo lo que nos ha pasado en pocos días. Me estaba temiendo algo así.

—¿Te refieres concretamente a lo del cadáver de Hodges? —preguntó David.

—Me refiero a todo en general. El cambio de tiempo, el acoso de Wadley, la muerte de Marjorie, las presiones de Kelley, y ahora un cadáver en el sótano.

—Eso se llama eficiencia —dijo David—. Nos estamos librando de todo lo malo de golpe.

—Hablo en serio y... —La interrumpió un grito de Nikki.

Rápidos como el rayo, ambos saltaron de la cama y corrieron a la habitación de Nikki. Estaba sentada en la cama con la mirada perdida. *Rusty* estaba a su lado igualmente confundido.

Había tenido una pesadilla en la que había un fantasma en el sótano. David se sentó en un lado de la cama y Angela en el otro. Intentaron tranquilizar a su hija, aunque no sabían muy bien qué decirle. El problema es que la pesadilla tenía una parte de sueño y otra de realidad.

David y Angela hicieron todo lo posible para consolar a Nikki. Al final, la invitaron a que fuera a dormir con ellos. Nikki dijo que sí; los tres se dirigieron al dormitorio principal y se metieron en la cama. Para su desgracia, David tuvo que dormir en el borde de la cama porque invitar a Nikki también implicaba invitar a *Rusty*.

CAPÍTULO 14

JUEVES 21 DE OCTUBRE

El tiempo no había mejorado mucho al día siguiente. Ya no llovía, pero la humedad ambiental era extrema. La amedrantadora presencia de una inmensa nube oscura cubría Bartlet.

Mientras Nikki hacía sus ejercicios respiratorios, sonó el teléfono. David se apresuró a cogerlo. Como era muy temprano pensó que podría tratarse de algo relacionado con John Tarlow, su paciente. Pero no, era de la fiscalía del distrito; querían pedirles autorización para que alguien de la oficina visitara el escenario del crimen.

—¿A qué hora vendrán? —preguntó David.

—¿Le importa si es ahora mismo? Tenemos una persona en su distrito.

—Estaremos todavía una hora más en casa —dijo David.

—Perfecto.

Tal como habían dicho, al cabo de quince minutos llegó un oficial de la oficina del fiscal. Era una mujer bastante agradable, con una melena rabiosamente roja. Vestía un traje de chaqueta azul oscuro muy convencional.

—Siento molestarles a estas horas —dijo, y se presentó como Elaine Sullivan.

—No se preocupe —dijo David invitándola a pasar.

David la acompañó al sótano y encendió la luz del alargo para iluminar la tumba ahora vacía. Ella sacó una cámara fotográfica y tomó unas cuantas fotos. Después se agachó y hundió la uña en el suelo de tierra.

Angela bajó por las escaleras del sótano y contempló la escena por encima del hombro de David.

—Tengo entendido que la policía estuvo aquí ayer por la noche —dijo Elaine.

—La policía y un forense —contestó David.

—Creo que llamaré a la policía estatal para que vengan a investigar —dijo—. Espero que no les causen molestias.

—Me parece muy bien —dijo Angela—. No creo que la policía local esté acostumbrada a investigar homicidios.

Elaine asintió, pero no hizo comentarios.

—¿Tendremos que estar aquí cuando lleguen los investigadores? —preguntó David.

—Como prefieran —respondió Elaine—. Es posible que quieran hablar con ustedes. Pero para buscar pruebas no les necesitarán en absoluto.

—¿Vendrán hoy? —preguntó Angela.

—Vendrán tan pronto como sea posible. Seguramente hoy mismo por la mañana.

—Le diré a Alice que venga a quedarse —dijo Angela. David asintió.

Cuando se marchó la oficial de la fiscalía, los Wilson hicieron lo propio. Fue el primer día de colegio de Nikki después de salir del hospital. Estaba muy nerviosa y se cambió dos veces de ropa.

Mientras iban en el coche, Nikki sólo hablaba del cadáver. Cuando la dejaron en el colegio, y aún a sabiendas de que era un consejo inútil, Angela le sugirió que no hablara del muerto.

Además, Nikki ya se lo había contado a Caroline y a Arni, que a su vez se lo habrían contado a otros niños.

David volvió a poner el coche en marcha y se dirigieron al hospital.

—Me preocupa el estado de mi paciente —dijo David—. Aunque no me han llamado en toda la noche, sigo muy preocupado.

—A mí me preocupa tener que enfrentarme a Wadley —dijo Angela—. No sé si Cantor ha hablado con él, pero en cualquier caso será muy desagradable.

Se besaron deseándose suerte y se encaminaron a sus respectivos trabajos.

David fue directamente a ver a John Tarlow. Nada más entrar en la habitación, notó que John respiraba fatigosamente:

no era una buena señal. David sacó el estetoscopio y le despertó. David quería que se incorporase pero John apenas le respondía.

El pánico se adueñó de David, era como si sus peores temores se juntasen. Examinó con premura al paciente y constató que estaba incubando una neumonía.

Salió de la habitación y fue corriendo a la sala de enfermeras. Ordenó que John fuera trasladado a la UCI inmediatamente. Las enfermeras estaban en medio del cambio de turno.

—¿Puede esperar hasta que hagamos el cambio de turno? —preguntó Janet Colburn.

—¡Ni hablar! —espetó David—. Quiero que le trasladen ahora mismo. Y me gustaría saber por qué nadie me ha avisado. El señor Tarlow tiene una neumonía doble.

—La última vez que le tomamos la temperatura dormía plácidamente —dijo la enfermera de noche—. Nuestras instrucciones eran avisarle si le subía la fiebre o si tenía molestias intestinales. Y no ha sucedido nada de eso.

David cogió el historial y lo abrió para estudiar la gráfica de temperaturas. La temperatura había subido un poco, pero no en consonancia con el estado que había revelado la auscultación.

—Venga, a la UCI —dijo David—. Quiero también unos análisis de sangre.

Con una eficiencia digna de elogio, John Tarlow fue trasladado a la UCI. Mientras lo hacían, David llamó al oncólogo, doctor Clark Mieslich y al especialista en enfermedades infecciosas, doctor Martin Hasselbaum, y les pidió que acudieran al hospital lo antes posible.

Los del laboratorio tuvieron enseguida los análisis solicitados desde la UCI y David los estudio detenidamente. Los glóbulos blancos habían vuelto a descender, lo que indicaba que el sistema inmunológico estaba siendo derrotado por la neumonía. Esa falta de respuesta cabía esperarla de un paciente tratado con quimioterapia, pero David sabía que a John no se le hacía quimioterapia desde hacia meses. Las radiografías confirmaron el diagnóstico: neumonía doble.

Llegaron los médicos consultores para examinar al paciente

y estudiar su historial. Al acabar se apartaron de la cama. El doctor Mieslich confirmó que a John no se le trataba con quimioterapia desde hacía bastante tiempo.

—¿Qué le parecen los glóbulos blancos? —preguntó David.

—No sé qué decir —reconoció el doctor Mieslich—, supongo que se debe a la leucemia. Tendríamos que hacer un punción lumbar para confirmarlo, pero no me parece lo más adecuado en este momento. Sobre todo porque tiene una infección muy aguda. Y además es solo una hipótesis. De hecho, el paciente se está muriendo.

Aunque en el fondo ya lo esperaba, era lo último que David hubiera querido oír. No se podía creer que estuviera a punto de perder al segundo paciente de su breve trayectoria en Bartlet.

David se volvió hacia el doctor Hasselbaum.

Hasselbaum se mostró igualmente rotundo y pesimista. John estaba desarrollando una neumonía producida por una bacteria especialmente mortífera, y además sufría un colapso. Remarcó el hecho de que la presión sanguínea era muy baja y que los riñones empezaban a fallarle.

—No me gusta nada. Debido a su leucemia, el señor Taylor tiene un sistema de defensas muy disminuido. Si le tratamos tendremos que hacerlo masivamente. Yo tengo acceso a unos agentes experimentales creados para combatir este tipo de *shock* endotóxico. ¿Qué piensa usted?

—Yo lo haría —dijo David.

—Son medicamentos muy caros —advirtió Hasselbaum.

—Está en juego una vida humana —respondió David.

Una hora y cuarto después, cuando se le había aplicado el tratamiento a Tarlow y ya no podía hacerse nada más, David se dirigió a su despacho. De nuevo la sala de espera estaba atestada de pacientes: había gente hasta en la entrada. Todo el mundo parecía un poco nervioso, incluso la recepcionista.

David respiró hondo y empezó a visitar pacientes. Entre paciente y paciente, llamaba a la UCI para enterarse del estado de John. Siempre escuchaba la misma respuesta: sin cambios.

Además de las citas normales, se produjeron un buen número de pequeñas urgencias, lo que no hizo sino aumentar la confusión. David recibía a todo el mundo. Si no hubiera sido por el responso de Kelley, David hubiera mandado a algunos de los enfermos a urgencias. Dos de estos pacientes eran como viejos amigos: Mary Ann Schiller y Jonathan Eakins.

Aunque todavía estaba asustado por la forma en que habían evolucionado los casos de Marjorie Kleber y de John Tarlow, David se vio obligado a hospitalizar a Mary Ann y a Jonathan. No se hubiera quedado tranquilo mandándoles a casa. Mary Ann sufría un agudo acceso de sinusitis y Jonathan tenía una arritmia cardíaca. Les dio boletines de ingreso y les mandó al hospital.

Otras urgencias fueron dos enfermeras del turno de noche de la segunda planta. David las conocía de alguna noche en que había acudido al hospital a atender alguna urgencia. Las dos tenían los mismos síntomas: estado general de malestar parecido a la gripe, fiebre baja, bajo índice de glóbulos blancos, molestias intestinales —con retortijones—, náuseas, vómitos y diarrea. Después de examinarlas, David las envió a casa para que se medicaran y se metieran en la cama.

Aprovechó un momento libre para preguntarle a Susan, su enfermera, si tenía noticias de que hubiese una epidemia de gripe en el hospital.

—No sé nada —dijo Susan.

La jornada de Angela fue mucho mejor de lo que ella esperaba, y no tuvo ningún encuentro con Wadley; de hecho, ni le vio.

A media mañana telefoneó al forense jefe, doctor Walter Dunsmore. Consiguió el teléfono en la guía de Burlington. Angela le explicó que trabajaba como patóloga en el Bartlet Community Hospital. Le contó también que estaba muy interesada en el caso Hodges, y añadió que había estado a punto de especializarse en patología forense.

El doctor Dunsmore la invitó a que visitase sus dependencias en Burlington.

—¿Por qué no asiste a la autopsia de Hodges? —dijo—. Me

encantaría. Aunque he de advertirle que, como la gran mayoría de patólogos forenses, soy un profesor frustrado.

—¿Cuándo tiene previsto hacer la autopsia? —preguntó Angela. Pensaba que si podían aplazarla hasta el sábado, entonces sí aceptaría la invitación.

—La haremos a última hora de la mañana de hoy —dijo el doctor Dunsmore—. Pero hay cierta flexibilidad y no me importaría atrasarla hasta esta tarde.

—Es usted muy amable —dijo Angela—, pero por desgracia no sé si a mi jefe le gustaría que me tomase la tarde libre.

—Conozco a Wadley desde hace tiempo —dijo el doctor Dunsmore—. Le llamaré para pedírselo como un favor.

—No sé si sería una buena idea —dijo Angela.

—¡Qué tontería! Déjelo de mi cuenta, estaré encantado de conocerla.

Angela iba a protestar, cuando se dio cuenta que Dunsmore ya había colgado. Dejó el auricular en su sitio. No sabía cómo reaccionaría Wadley con la llamada de Dunsmore, pero estaba segura de que lo sabría de inmediato.

Angela se enteró incluso antes de lo que esperaba. Casi acababa de colgar cuando el teléfono volvió a sonar:

—Estoy aquí, en quirófanos —dijo Wadley con tono simpático—. Me acaba de llamar el forense en jefe. Me ha dicho que quiere que asistas a la autopsia.

—Acabo de hablar con él. No estaba muy segura de si le importaría que me tomara la tarde libre.

Por la simpatía de Wadley se deducía que aún no había hablado con Cantor.

—Me parece una magnífica idea —dijo Wadley—. Cuando un forense pide un favor, hay que hacérselo. Nunca está de más ponerse del lado de los buenos. Y no se sabe cuándo uno necesitará un favor. Puedes ir.

—Gracias —dijo Angela—. Iré.

Colgó y a continuación llamó a David para contarle sus planes. Cuando éste contestó, lo hizo con voz tensa y cansada.

—Tienes una voz horrorosa —dijo Angela—. ¿Te pasa algo?

—Mejor no hablar. Ya te lo contaré luego. Otra vez voy atrasado y no para de llegar gente.

Angela le contó rápidamente lo de la invitación del forense y que pensaba tomarse la tarde libre. David le deseó buena suerte y colgó.

Angela cogió el abrigo y salió del hospital. Antes de marchar a Burlington pasó por casa para cambiarse de ropa. Al llegar, le sorprendió un poco ver una furgoneta de la policía aparcada junto a la casa. Los investigadores habían llegado.

Alice Doherty abrió la puerta y se mostró preocupada de que pasara algo. Angela la puso al corriente de todo. Luego le preguntó por los de la policía estatal.

—Siguen abajo —dijo Alice—. Llevan horas.

Angela bajó al sótano para conocer a los técnicos. Tenían acordonada con cinta toda la parte posterior de la escalera y todo iluminado con potentes focos. Uno de los detectives estaba empleando una técnica muy sofisticada para obtener alguna huella dactilar entre las piedras. Otro hombre recogía cuidadosamente el polvo que cubría el suelo de la tumba. El tercero manejaba un instrumento para detectar fibras y huellas ocultas.

El único que se presentó fue el que trabajaba con las huellas dactilares: se llamaba Quillan Reilly.

—Perdone si estamos tardando mucho —dijo Quillan.

—No importa —le tranquilizó Angela.

Observó cómo trabajan. Hablaban muy poco y todos estaban absortos en su trabajo. Ya se disponía a marcharse, cuando Quillan le preguntó si habían pintado el interior de la casa en los últimos ocho meses.

—Creo que no —dijo Angela—. Desde luego nosotros no.

—Muy bien —dijo Quillan—. ¿Le importaría si volvemos esta tarde para aplicar luminol en las paredes de arriba?

—¿Luminol?

—Es un producto químico que se utiliza para detectar manchas de sangre —explicó Quillan.

—Pero nosotros limpiamos la casa —dijo Angela, molesta de que pudieran pensar que a esas alturas iban a encontrar manchas de sangre.

—Es por probar —dijo Quillan.

—Bueno, si cree que servirá de algo —dijo Angela—. Estamos encantados de colaborar.

—Gracias, señora.

—¿Qué ha sido de las pruebas que recogió el forense? ¿Las tiene la policía de Bartlet?

—No, señora —dijo Quillan—. Las tenemos nosotros.

—Me alegro.

Diez minutos más tarde, Angela estaba de camino. No le costó nada encontrar las oficinas del forense.

—La estábamos esperando —dijo el doctor Dunsmore después de que alguien acompañara a Angela a través de la moderna y casi desnuda oficina. Dunsmore la hizo sentirse cómoda enseguida, incluso le pidió que le llamase Walt.

Angela se puso una bata de cirujano. Sentía una corriente de excitación mientras se ponía el gorro, la máscara y las gafas protectoras. La sala de autopsias siempre había sido una fuente de descubrimientos para ella.

—Ya verá cómo le pareceremos muy profesionales —le dijo Walt cuando se encontraron en la sala de autopsias—. En las ciudades pequeñas la patología forense no se toma muy en serio, pero no es nuestro caso.

Dennis Hodges estaba en la mesa de autopsias. Le habían aplicado rayos X y las radiografías ya estaban en el visor. Walt le presentó a Peter, su ayudante.

Lo primero que hicieron fue examinar las radiografías. La herida de la cabeza era mortal de necesidad, y también tenía una fractura occipital en el cráneo. Además, tenía fracturada la clavícula izquierda, así como el cúbito y el radio.

—No hay duda de que fue un homicidio —dijo Walt—. Parece que este pobre hombre tuvo una pelea muy dura.

—El jefe de policía de Bartlet sugirió que podía tratarse de suicidio —dijo Angela.

—Supongo que lo diría en broma —repuso Walt.

—No lo sé. Tanto mi marido como yo no nos sentimos muy impresionados de sus dotes de investigador. Quizá nunca ha tenido un caso de homicidio.

—Seguramente no —dijo Walt—. Otro de los problemas, es

que los policías locales veteranos no han recibido la formación adecuada.

Angela describió la barra de hierro que habían encontrado junto al cadáver. Utilizando una regla para determinar la profundidad de la herida, y examinando la herida propiamente dicha, determinaron que probablemente el arma homicida había sido la varilla de hierro.

Luego centraron su atención en las manos.

—Me alegré mucho al ver las bolsas de papel en las manos —dijo Walt—. Llevo mucho tiempo intentando que los forenses auxiliares de distrito las utilicen en casos como éste.

Angela asintió, satisfecha de habérselo sugerido la noche anterior al doctor Cornish.

Walt quitó las bolsas y cogió una lupa para mirar entre las uñas del cadáver.

—Debajo de una uña hay un cuerpo extraño —dijo Walt.

Se apartó para que Angela echara un vistazo.

—¿Tiene idea de lo que puede ser? —preguntó Angela.

—Tendremos que esperar el análisis microscópico —dijo, retirando una muestra y guardándola en un frasco. Los etiquetaba según el dedo de procedencia.

La autopsia en sí terminó pronto; parecía que Angela y Walt formaran equipo desde hacía tiempo. Había muchas patologías que hicieron interesante la autopsia y pusieron de relieve las veleidades didácticas de Walt. Hodges tenía arteriosclerosis, un pequeño cáncer de pulmón y una cirrosis avanzada.

—Supongo que le gustaba el bourbon —dijo Walt.

Cuando terminaron con la autopsia, Angela dio las gracias a Walt por su hospitalidad y le pidió que la mantuviera informada. Walt la animó a que llamara siempre que quisiera.

De vuelta al hospital, Angela se sintió de mucho mejor humor que en los últimos días. Se lo había pasado muy bien durante la autopsia, y estaba contenta de que Wadley le hubiera autorizado a participar.

Entró en el aparcamiento, pero no pudo aparcar en la zona reservada que había cerca de la entrada. En lugar de eso tuvo que irse al final del aparcamiento superior. Como no tenía paraguas llegó empapada al interior del hospital.

Fue directamente a su despacho. Acababa de colgar el abrigo, cuando se abrió la puerta que comunicaba los dos despachos. Angela se sobresaltó. Era Wadley. Tenía el mentón erguido, el ceño fruncido y su habitualmente cuidada cabellera plateada, despeinada. Parecía muy enfadado. Angela retrocedió instintivamente, y miró por el rabillo del ojo hacia la puerta que daba al laboratorio con la idea de huir.

Wadley irrumpió en la habitación y se abalanzó sobre Angela, acorralándola contra la mesa.

—Quiero una explicación -exclamó—. ¿Cómo te atreves a contarle a Cantor esa ridícula historia, esas ridículas acusaciones sin fundamento? ¡Acoso sexual! ¡Por Dios, es absurdo!

Wadley se detuvo y miró a Angela. Ella retrocedió sin pronunciar palabra. No quería provocarle.

—¿Por qué no hablaste conmigo? —gritó Wadley. Pero se interrumpió cuando advirtió que la puerta estaba medio abierta. Fuera, los teclados de las secretarias permanecían en silencio. Wadley cerró de un portazo—. Ésta es la recompensa que recibo a todos mis esfuerzos —exclamó—. Supongo que no necesitarás que te recuerde que te encuentras en período de prueba. Ya puedes ir con pies de plomo, de lo contrario tendrás que buscarte otro trabajo, y no esperes que yo te recomiende.

Angela asintió sin saber qué decir.

—¿Es que no piensas decir nada? —La cara de Wadley estaba a escasos centímetros de la de Angela—. ¿Estarás así todo el rato?

—Siento que hayamos tenido que llegar a esto —dijo Angela.

—¿Eso es todo? —gritó Wadley—. ¿Eso es todo lo que tienes que decirme después de haber ensuciado mi reputación con acusaciones sin fundamento? Esto se llama difamación, señoritinga. Y te diré una cosa: podría llevarte a los tribunales.

Acto seguido, Wadley se dio la vuelta y entró en su despacho dando un portazo.

Angela se quedó sofocada e intentando contener las lágrimas. Se dejó caer en la silla y sacudió la cabeza. Todo era muy injusto.

Susan asomó la cabeza por la puerta del consultorio y dijo a David que le llamaban de la UCI. David cogió el teléfono temiéndose lo peor. La enfermera de la UCI le explicó que el señor Tarlow acababa de tener un paro cardíaco, y que en ese momento estaban con él los de reanimación.

David colgó. El corazón empezó a latirle con fuerza y sintió el sudor. Dejó solas a dos atribuladas mujeres, enfermera y recepcionista, y se dirigió presuroso a la UCI pero llegó demasiado tarde. El médico jefe del equipo de reanimación ya había declarado muerto a John Tarlow.

—No tuvimos muchas oportunidades —le dijo a David—. Tenía los pulmones encharcados, los riñones no le funcionaban y casi no tenía presión arterial.

David asintió con aire ausente. Se quedó contemplando a su paciente mientras las enfermeras desconectaban los equipos de reanimación y le quitaban los sueros. David se acercó a la consola central y se sentó. Se preguntaba si estaría capacitado para ejercer la medicina. Ésta era la parte del trabajo a la que más le costaba acostumbrarse, y cuanto más le sucedía más difícil le resultaba.

Aparecieron los parientes de Tarlow y, como los de Kleber, se mostraron agradecidos y comprensivos. David aceptó sus palabras sintiéndose un traidor. No había podido hacer nada por John. Ni siquiera sabía por qué había muerto. La leucemia no era la respuesta.

Aunque ya estaba informado de la política del hospital respecto a las autopsias, David preguntó a la familia si daban su autorización para realizarla. Por lo que concernía a David, no perdía nada por intentarlo. La familia contestó que se lo pensaría.

Después de abandonar la UCI, David reunió el ánimo necesario para visitar a Mary Ann Schiller y a Jonathan Eakins. Quería asegurarse de que estaban bien y que habían empezado a aplicarles los tratamientos prescritos. Sobre todo, quería comprobar que el cardiólogo de la AMG había visitado a Eakins.

Por desgracia descubrió algo que le hizo vacilar: a Mary Ann le habían asignado la habitación 206, la misma que acababa de dejar John Tarlow. David dudaba si debía ordenar que la cambiaran de habitación, pero pensó que era presa de una estúpida superstición. ¿Qué habría dicho, que ya no quería más pacientes en la 206? Era ridículo.

David comprobó la sonda intravenosa. Ya le estaban administrando el antibiótico. Después de prometer a su enferma que volvería más tarde, se dirigió a la habitación de Jonathan. Estaba cómodo y sereno, y le habían colocado el monitor para controlar el ritmo cardíaco. Jonathan le dijo que el cardiólogo estaba a punto de llegar.

Cuando David llegó a la consulta, Susan le dijo que le había llamado Kelley.

—Quiere verle inmediatamente —dijo—. Y ha repetido lo de inmediatamente.

—¿Cuántos pacientes faltan? —preguntó David.

—Aún está lleno —respondió Susan—. Procure no tardar mucho.

David se arrastró hasta la oficina de Kelley con la sensación de que el mundo se le venía encima. No sabía para qué quería verle Charles Kelley, aunque podía imaginárselo.

—No sé qué hacer —le dijo Kelley cuando David entró en su despacho. Kelley sacudió la cabeza. David se quedó maravillado de la capacidad camaleónica de Kelley, que ahora jugaba el papel de hermano mayor—. He intentado razonar con usted, pero o es muy obstinado o le importa un pepino la AMG. El mismo día en que le comenté que había que evitar consultas innecesarias con médicos ajenos a la AMG, vuelve usted a hacer lo mismo con otro paciente terminal. ¿Qué tengo que hacer con usted? ¿No entiende que es necesario vigilar los costes de la asistencia sanitaria? ¿No sabe que vivimos en un país en crisis?

David asintió: lo último que había dicho era verdad.

—Entonces, ¿por qué es tan difícil para usted? —preguntó Kelley. Parecía un poco más enfadado—. Y no sólo la AMG tiene quejas de usted. Acaba de llamarme Helen Beaton protestando por el precio de los nuevos medicamentos que usted le prescribió a ese pobre moribundo. ¡Vaya heroicidad! Ese paciente iba a morir, hasta los consultores lo reconocieron.

Llevaba años enfermo de leucemia. ¿Es que no lo entiende? Lo que ha hecho ha sido despilfarrar dinero y recursos. —Kelley se había calentado poco a poco y ahora estaba rojo de rabia. Se detuvo un momento y suspiró. Volvió a sacudir la cabeza como si no supiera qué hacer—. Helen Beaton también se queja de que usted ha pedido permiso para practicar una autopsia —dijo con voz cansada—. Las autopsias no forman parte del contrato con la AMG, ya le habíamos informado de eso hace poco. David, tiene que ser razonable. O me ayuda o... —Kelley se detuvo, dejando la frase en el aire.

—¿O qué? —preguntó David.

Sabía a lo que se refería pero quería que lo dijera.

—Usted me cae bien, David. Pero necesito que me ayude. Yo tengo que rendir cuentas a la gente que está por encima de mí. Espero que lo entienda.

Cuando se dirigía hacia la consulta, David se sintió más deprimido que nunca. Aunque en algunas cosas tuviera razón, le molestaba que Kelley fuera tan entrometido. No había que malgastar el dinero en pacientes terminales cuando se podía dedicar a otras labores. Pero ése no era el caso que le ocupaba ahora.

Confuso y abatido, David entró en su despacho. Tenía que enfrentarse a una lista de pacientes airados que miraban la hora continuamente y pasaban las hojas de las revistas con ademán nervioso.

La cena en casa de los Wilson fue bastante tensa; nadie habló. Todos estaban un poco alterados, como si su paraíso privado se estuviera desvaneciendo.

Incluso Nikki tenía un mal día, pues estaba preocupada por el profesor nuevo, el señor Hart. Los niños le habían apodado señor Harto. Cuando llegó a casa por la noche, Nikki lo describió como un pelmazo petulante que siempre parecía harto de todo. Angela la regañó por mostrarse tan criticona y Nikki confesó que la descripción era de Arni.

El problema con el profesor tenía su origen en que no le había dejado ir a su aire en la clase de gimnasia y que tampoco le había permitido hacer los ejercicios de drenaje. La incomprensión del profesor había provocado un enfrentamiento que había dejado muy confundida a Nikki.

Después de la cena David propuso que levantaran el ánimo encendiendo un fuego reconfortante. Pero cuando bajó al sótano vio todo acordonado por la cinta de plástico amarilla de la policía. Le volvió a la cabeza la horrible imagen del cadáver de Hodges. David cogió la leña rápidamente y subió arriba. No era supersticioso ni asustadizo, pero con los últimos acontecimientos estaba empezando a cambiar.

Tras hacer el fuego, David habló sobre el invierno que se avecinaba y los deportes que practicarían: esquí, patinaje, trineo, etc... Justo cuando Nikki y Angela se empezaban a animar, unas luces se reflejaron en la pared de la sala de estar. David se acercó a la ventana.

—Es la policía estatal. ¿Qué demonios querrán?

—Se me había olvidado —dijo Angela levantándose—. Me han dicho que vendrían a buscar manchas de sangre.

—¿Manchas de sangre? Pero si a Hodges le mataron hace ocho meses.

—Han insistido que merece la pena intentarlo —explicó Angela.

Los técnicos eran los mismos que habían estado por la mañana. A Angela le impresionó que tuvieran una jornada laboral tan larga.

—Viajamos por todo el estado —explicó Quillan.

Angela le presentó a David. Quillan parecía el jefe.

—¿Cómo funciona esto? —preguntó David.

—El luminol reacciona con los residuos de hierro de la sangre —dijo Quillan— y produce un destello fosforescente.

—Muy interesante —dijo David, aunque adoptó un aire escéptico.

Los técnicos querían hacer la prueba y marcharse, así que Angela y David se quitaron de en medio. Empezaron por la habitación del suelo de tierra, donde colocaron una cámara en un trípode y apagaron todas las luces. Aplicaron el luminol en las paredes utilizando un pulverizador. El bote emitía un pequeño silbido con cada rociada.

—Aquí hay un poco —dijo Quillan en la oscuridad.

David y Angela se acercaron a mirar. A lo largo de la pared había una fosforescencia interminente y sobrecogedora.

—La pintura no ha podido con ella —dijo uno de los técnicos.

Continuaron por toda la habitación, pero no encontraron más manchas. Se trasladaron con la cámara a la cocina. Quillan preguntó si podían apagar las luces del comedor y del pasillo. Los Wilson lo hicieron diligentemente.

Los técnicos continuaron con su tarea. Nikki, Angela y David observaban desde la puerta.

De repente empezaron a brillar unas zonas de la pared próximas a la habitación del suelo de tierra.

—Es un poco débil, pero hay muchas —dijo Quillan—. Rociaré un poco más. Abre el obturador de la cámara.

—¡Dios mío! —susurró Angela—. Hay manchas de sangre por toda mi cocina.

Los Wilson veían vagamente el perfil de los policías y los oían moverse por la cocina. Se acercaron a la mesa dejada por Clara Hodges y que los Wilson utilizaban para comer. De golpe, empezaron a brillar la patas de la mesa en fantasmagórica visión.

—Mi teoría es que el crimen se produjo aquí —dijo uno de los técnicos—. Junto a la mesa.

Los Wilson oyeron cómo movían la cámara, el ruido del disparador y el silbido del pulverizador. Quillan les explicó que las manchas de sangre eran tan débiles que había que rociarlas continuamente.

Cuando los investigadores se marcharon, los Wilson regresaron a la sala aún más deprimidos que antes. Ya no hubo más conversaciones sobre esquiar o montar en trineo en la colina de detrás del granero.

Angela se sentó en el hogar de espaldas al fuego y observó a David y a Nikki, que estaban tumbados en el sofá. Viendo así a su familia, Angela experimentó un instinto protector. No le gustaba lo que acababa de ver: su cocina estaba manchada con los restos de sangre de un brutal asesinato. Ella había limpiado la cocina con especial cuidado y la consideraba el centro de la casa. Ahora sabía que había sido profanada por la violencia. Para Angela representaba una amenaza directa a su familia.

—Quizá deberíamos cambiar de casa —dijo Angela rompiendo el penoso silencio.

—Un momento —dijo David-. Sé que estás nerviosa, todo esto es como para poner nervioso a cualquiera, pero no vamos a dejarnos llevar por la histeria.

—Estoy bastante desquiciada —respondió Angela.

—¿Quieres que nos mudemos por culpa de un incidente en el que no tenemos nada que ver y que ha ocurrido hace casi un año?

—Pero ha ocurrido en esta casa —dijo Angela.

—Esta casa está hipotecada hasta el último ladrillo, tenemos dos hipotecas. No podemos abandonarla por culpa de nuestras emociones.

—Bueno, pues quiero que cambiemos las cerraduras —dijo Angela—. Esta casa ha sido visitada por un asesino.

—Pero si nunca cerramos las puertas con llave —respondió David.

—Pues a partir de ahora lo haremos, y cambiaremos todas las cerraduras.

—Está bien —cedió David—. Cambiaremos las cerraduras.

Traynor estaba de un humor de perros cuando se detuvo junto al Iron Horse Inn. El tiempo hacía juego con su humor: la lluvia había cobrado una intensidad inaudita. Incluso el paraguas parecía haberse rebelado. Como no consiguió abrirlo, Traynor soltó una maldición y lo arrojó al asiento trasero del coche. Decidió ir corriendo hasta la puerta del bar.

Cuando llegó, Beaton, Caldwell y Sherwood ya estaban en un reservado. Cantor llegó justo después que él. Una vez sentados, se acercó Carleton Harris, el barman.

—Gracias a todos por haber venido pese a las inclemencias del tiempo —dijo Traynor—. Pero me temo que los recientes acontecimientos exigían una reunión de emergencia.

—Esto no es una reunión oficial del consejo —se quejó Cantor—. Dejémonos de formalidades.

Traynor frunció el ceño. Incluso en los momentos de crisis, Cantor se esforzaba en resultarle molesto.

—Si me dejan continuar... —dijo mirando a Cantor.

—¡Por Dios, Harold! —dijo Cantor—. Suéltalo de una vez.

—Como ya han de saber, ha aparecido el cadáver de Hodges. Y las circunstancias que rodean el caso son bastante desagradables.

—El caso ha llamado la atención de los medios de comunicación —dijo Beaton—. Ha salido en la primera página del *Boston Globe.*

—Me preocupa que toda esta publicidad repercuta negativamente en el hospital —dijo Traynor—. Los aspectos macabros de esta historia pueden atraer a muchos medios de comunicación. Lo último que necesitamos es una pandilla de reporteros metiendo las narices en todas partes. Gracias a los esfuerzos de Helen Beaton, hemos logrado ocultar a los periodistas lo de nuestro violador encapuchado. Pero si empiezan a llegar periodistas a la ciudad, tarde o temprano acabarán descubriéndolo. Entre eso y la indecorosa muerte de Hodges, la prensa puede echársenos encima.

—He oído en Burlington que la policía cree que es un homicidio —dijo Cantor.

—Pues claro que es un homicidio —espetó Traynor—. ¿Qué iba a ser, si no? Un cadáver que aparece emparedado tras un muro de ladrillos. El problema no es lo del homicidio, nuestro problema es lograr que perjudique lo menos posible a la reputación del hospital. No sé que va a pasar con nuestra relación con la AMG.

—No entiendo por qué la muerte de Hodges ha de ser un problema para el hospital —dijo Sherwood—. Nosotros no le hemos matado.

—Hodges dirigió el hospital durante veinte años —dijo Traynor—. Su nombre está firmemente ligado al del hospital. Mucha gente sabe que no estaba conforme con la manera en que dirigimos el hospital.

—Yo creo que cuantas menos declaraciones se hagan desde el hospital, mejor —dijo Sherwood.

—No estoy de acuerdo —replicó Beaton—. Creo que el hospital debería hacer una declaración oficial lamentando su muerte y subrayando todo lo que el hospital le debe. También deberíamos incluir nuestra condolencia a la familia.

—Estoy de acuerdo —dijo Cantor—, pero no debemos hacer ninguna alusión a cómo se ha producido la muerte.

—Yo también estoy de acuerdo —dijo Caldwell.

—Si todos están de acuerdo, yo también —dijo Sherwood encogiéndose de hombros.

—¿Ha hablado alguien con Robertson? —preguntó Traynor.

—Yo he hablado con él —dijo Beaton—. No tiene ningún sospechoso. Con lo fanfarrón que es, si tuviera uno ya se lo habría contado a todo el mundo.

—Tal como se llevaba con Hodges, él podría ser uno de los sospechosos —dijo Sherwood y soltó una carcajada.

—Y usted también —dijo Cantor a Sherwood.

—No saquemos las cosas de quicio —dijo Traynor.

—Usted también tendría un lugar preferente —dijo Cantor a Traynor—. Todo el mundo sabe lo que usted sentía por Hodges después del suicidio de su hermana.

—Basta ya —cortó Caldwell—. El caso es que a nadie le importa quién lo hizo.

—Eso no es del todo verdad —dijo Traynor—. Quizá sí le importa a la AMG. Después de todo, este sórdido asunto deja en mal lugar a la ciudad y al hospital.

—Por eso creo que deberíamos hacer una declaración oficial —dijo Beaton.

—¿Procedemos a votar? —preguntó Traynor.

—¡Por Dios, Harold! —dijo Cantor—. Sólo somos cinco. No hace falta tanto ceremonial, todos estamos de acuerdo.

—De acuerdo —dijo Traynor—. ¿Creen que debemos hacer una declaración en la línea apuntada por Helen Beaton?

Todos asintieron.

—Creo que debería redactarla su oficina —dijo Traynor mirando a Beaton.

—Agradezco la confianza —dijo Beaton.

CAPÍTULO 15

VIERNES 22 DE OCTUBRE

Fue una noche turbulenta en casa de los Wilson. Poco después de las dos de la madrugada, Nikki tuvo otra pesadilla terrible; tuvieron que despertarla. El episodio acabó por trastornarlos a todos y tardaron más de una hora en volver a conciliar el sueño. David y Angela se arrepintieron de haber permitido que Nikki viera cómo trabajaban los investigadores y pensaron que eso había contribuido a provocar sus pesadillas.

Por lo menos, el día amaneció claro y luminoso. Después de cinco días de lluvias, el cielo era de color azul claro y estaba despejado. En lugar de lluvia hacía un frío increíble; la temperatura descendió por debajo de cero grados y el suelo aparecía cubierto de una gruesa capa de escarcha.

Casi no hablaron mientras se vestían y bajaban a desayunar. Los tres evitaron mencionar la búsqueda de restos de sangre de la noche anterior. Angela no quiso sentarse a la mesa y tomó los cereales de pie junto a la pila.

Antes de que Angela y Nikki se marcharan, David preguntó a su mujer qué haría a la hora de comer. Quedaron en encontrarse a las doce y media en la entrada del hospital.

De camino al colegio, Angela le aconsejó a Nikki que le diera otra oportunidad al señor Hart, su profesor.

—Es muy difícil para un profesor sustituir a otro. Sobre todo si ese otro era como Marjorie.

—¿Por qué no la salvó papá? —preguntó Nikki.

—Lo intentó —dijo Angela—, pero no pudo ser. A veces los médicos no pueden hacer nada.

Aparcaron el coche junto al colegio. Cuando Nikki estaba a punto de entrar Angela la llamó.

—Te has dejado la carta —dijo, y le entregó la carta que había escrito al profesor explicándole los problemas de salud de Nikki y sus necesidades—. Recuerda que si el señor Hart quiere saber algo más, tiene que llamarnos al doctor Pilsner o a mí.

Angela se sintió aliviada al comprobar que Wadley no estaba en el laboratorio. Se sumió rápidamente en su trabajo, pero al cabo de un momento sonó el teléfono. Una de las secretarias le comunicó que el forense en jefe quería hablar con ella.

—Tengo algunas noticias interesantes —dijo Walt—. Las muestras que recogimos bajo las uñas de Hodges eran de piel.

—Felicidades —dijo Angela.

—Hemos hecho un test de ADN —dijo Walt—, y se ha comprobado que no es suya. Apostaría mil dólares a que es del agresor. Si detienen a alguien podría ser una prueba determinante.

—¿Alguna vez había conseguido una prueba así? —preguntó Angela.

—Sí, claro —dijo Walt—, en este tipo de crímenes no es raro encontrar restos de piel del agresor en las uñas de la víctima. Pero debo reconocer que éste es el caso en que ha transcurrido más tiempo desde el asesinato hasta el descubrimiento del cadáver. Si pudiéramos trazar un retrato robot del agresor, lo enviaríamos a los periódicos.

Angela le dio las gracias por mantenerla al tanto.

—Ah, por cierto —añadió Walt—, he encontrado unas pequeñas partículas de carbón negro en las muestras de piel. Al parecer, el asesino se restregó contra el hogar de la cocina durante la pelea. Bueno, es curioso y pensé que tal vez podría ser de ayuda para los investigadores.

—Me temo que podría confundirles —dijo Angela, y le contó lo de la prueba con el luminol la noche anterior—. Los restos de sangre no estaban ni cerca del hogar ni del horno. Quizá el asesino manipuló carbón antes de cometer el crimen.

—Me extrañaría —dijo Walt—. No hay inflamación, sólo

unas cuantas células rojas. El contacto con el carbón ha tenido que ser simultáneo a la pelea.

—Quizá Hodges tenía carbón bajo las uñas —sugirió Angela.

—Ésa es una buena hipótesis —dijo Walt—. Sin embargo, el carbón está distribuido uniformemente por las muestras de piel.

—Qué curioso —dijo Angela—. Sobre todo porque no concuerda con lo que se ha descubierto en el lugar del crimen.

—Siempre pasa lo mismo con este tipo de casos —dijo Walt—. Para resolverlos hay que tener todas las piezas. Seguramente estamos pasando por alto algún dato primordial.

Después de haber pasado una semana sin poder montar en bicicleta, David disfrutó con el paseo de casa al hospital. Se tomó un poco de tiempo extra y siguió un camino algo más largo pero más bonito.

El respirar aquel aire puro y límpido, la visión de aquellas praderas heladas, sirvió para despejar la cabeza de David. Durante unos minutos se libró de la angustia de sus últimos fracasos profesionales. Al entrar en el hospital se sentía más animado que los últimos días. El primer paciente al que visitó fue Mary Ann Schiller.

Por desgracia, Mary Ann no se encontraba muy animada. David tuvo que despertarla y se quedó dormida mientras la examinaba. David volvió a despertarla y le preguntó qué notaba cuando le apretaba la zona afectada por la sinusitis. Somnolienta, Mary Ann respondió que unas pequeñas molestias, pero que no estaba segura.

David la auscultó con el estetoscopio y mientras escuchaba su respiración ella se volvió a quedar dormida. Dejó que se recostara en los almohadones y contempló el rostro plácido de la mujer, que contrastaba con su estado anímico. David se alarmó por aquel estado de somnolencia.

Se acercó a la sala de enfermeras para examinar el historial de Mary Ann. Se tranquilizó al comprobar que la fiebre del día anterior no había subido, pero su aprensión se acrecentó al leer las anotaciones de las enfermeras y comprobar que durante la noche habían surgido problemas intestinales.

David no entendía el motivo de aquellos síntomas. No estaba muy seguro del tratamiento a seguir. La sinusitis parecía haber remitido ligeramente, pero prefirió seguir con los antibióticos, pese a que podían ser la causa de las molestias intestinales. ¿Y la somnolencia? Como en el caso de John Tarlow, suprimió los somníferos como medida precautoria.

Cuando entró en la habitación de Jonathan Eakin, David se alegró. El paciente se veía de muy buen humor y David comprobó que sus pulmones estaban limpios. No le sorprendió la rápida mejoría de Jonathan, pues había pasado gran parte de la tarde del día anterior estudiando su caso con el cardiólogo. Éste le había asegurado que no había ningún problema cardíaco.

El resto de sus pacientes seguían el mismo ritmo de recuperación que Jonathan. Acabó rápidamente las visitas y dio de alta a unos cuantos. Al terminar la ronda, se dirigió a su consulta con aire de satisfacción.

Transcurría la mañana y David, consciente de que le controlaban, medía estrictamente el tiempo que dedicaba a cada paciente, intentando que las visitas fueran lo más breves posible. No le agradaba actuar así, pero sentía que no le quedaba elección. David temblaba sólo de pensar en la tácita amenaza de despido que Kelley había sugerido el otro día. Con las abultadas deudas que tenían, no podía permitirse el lujo de que le despidieran.

Como había empezado pronto, David logró aligerar la mañana. Se presentaron de urgencia dos enfermeras de la segunda planta y David las recibió inmediatamente. Ambas tenían los mismos síntomas gripales que las dos anteriores. David les prescribió el mismo tratamiento: reposo y terapia sintomática para las molestias intestinales.

Como tenía tiempo libre para dedicar a otros asuntos, David visitó el despacho del pediatra Pilsner. Le contó que había tenido unos casos de gripe y preguntó si pensaba vacunar a Nikki.

—Desde luego —dijo Pilsner—. Todavía no he tenido ningún caso de gripe, pero no esperaré a que aparezcan para empezar a vacunar, sobre todo a mis pacientes con fibrosis quística.

David le pidió su opinión sobre el uso de antibióticos profilácticos en el caso de Nikki. Pilsner contestó que era mejor esperar hasta que el estado clínico de Nikki así lo aconsejara.

David acabó con las visitas a eso de las doce y aún tuvo tiempo de dictar algunas cartas antes de reunirse con Angela.

—¿Qué te parece si aprovechamos este día tan bonito y nos vamos a comer unas hamburguesas al centro? —sugirió David. Pensaba que un poco de aire fresco les vendría bien a los dos.

—Yo iba a proponerte lo mismo —dijo Angela—. Pero nos las comeremos por el camino. Quiero pasar por la comisaría de policía para ver cómo van las investigaciones.

—No me parece una buena idea —dijo David.

—¿Por qué? —preguntó Angela.

—No estoy muy seguro —reconoció David—. Intuición, supongo. La policía de esta ciudad no me inspira mucha confianza. Te diré lo que pienso: creo que no tienen muchas ganas de investigar este caso.

—Por eso quiero que vayamos —dijo Angela—. Quiero que sepan que nosotros sí estamos interesados. Venga, hazme ese favor.

—Si insistes —dijo David reticente.

Compraron unos emparedados de atún y se los tomaron en las escaleras que subían al mirador del parque. Aunque por la mañana había helado, el sol había hecho subir la temperatura considerablemente.

Después de comer se acercaron andando hasta la comisaría de policía. Era un sencillo edificio de ladrillo de dos plantas, justo enfrente de la biblioteca.

El policía que se encontraba en el mostrador de entrada era muy amable. Después de llamar por teléfono, señaló un pasillo de madera que llevaba hasta el despacho de Wayne Robertson. Robertson les invitó a entrar y retiró apresuradamente unos periódicos y unas cajas de donuts de las dos sillas que tenía enfrente. Cuando Angela y David se sentaron, Robertson apoyó su enorme trasero en la mesa metálica. Se cruzó de brazos y sonrió. Llevaba puestas las gafas de espejo pese a que en la habitación no entraba el sol.

—Me alegro de que se hayan pasado por aquí —dijo. Tenía un ligero acento que, por la forma de arrastrar las palabras, parecía del Sur—. Siento que tuviéramos que molestarles la otra noche, y pido disculpas por lo de la otra tarde.

—Nos alegramos de que hayan ido —respondió David.

—¿En qué puedo servirles?

—Estamos aquí para ofrecerle toda nuestra ayuda —dijo Angela.

—Bien, se lo agradezco —dijo Robertson. Sonrió dejando al descubierto una dentadura impecable—. Dependemos de todos los ciudadanos, sin su ayuda no podríamos realizar nuestro trabajo.

—Queremos que se aclare el asesinato de Hodges —dijo Angela—. Nos gustaría ver al asesino entre rejas.

—Bueno, no son los únicos —dijo Robertson con su imperturbable sonrisa—. Nosotros también queremos que todo se aclare.

—Es muy angustioso vivir en la misma casa en que se ha cometido un crimen —observó ella—. Sobre todo si el asesino anda suelto por ahí. Estoy segura de que nos comprenderá.

—Absolutamente.

—Nos gustaría saber cómo podríamos colaborar —dijo Angela.

—Veamos —repuso Robertson sin evidenciar que se encontrara incómodo—. En realidad, no se puede hacer nada.

—¿Qué está haciendo la policía exactamente? —preguntó Angela.

A Robertson se le borró la sonrisa de la cara.

—Estamos trabajando en el caso —dijo vagamente.

—¿Y eso qué quiere decir exactamente? —insistió ella.

Preocupado por el cariz que tomaba la conversación, David empezó a levantarse. Pero Angela no se amilanó.

—Pues lo de siempre —respondió Robertson.

—¿Y qué es lo de siempre?

Robertson se encontraba incómodo.

—A decir verdad, hasta ahora no hemos hecho muchas cosas. Pero cuando desapareció Hodges estuvimos trabajando noche y día.

—Me sorprende que no hayan reanudado la actividad ahora que ha aparecido el cuerpo del delito —dijo Angela, irritada—. Además, el forense ha dictaminado que se trata de un homicidio. Tenemos un asesino paseándose por nuestras calles y exijo que se haga algo.

—No queremos que se disgusten, amigos —dijo Robertson con cierto sarcasmo—. ¿Qué es exactamente lo que les gustaría que hiciéramos?

David iba a decir algo pero Angela se lo impidió:

—Queremos que hagan lo que se hace en un caso de homicidio. Tienen el arma del crimen, pues busquen huellas dactilares, averigüen dónde la compraron, ese tipo de cosas. Nosotros no sabemos cómo se dirige una investigación.

—Los rastros se han perdido tras ocho meses —dijo Robertson—. Y francamente, no me parece muy educado por su parte el presentarse aquí para decirme cómo he de hacer mi trabajo. Yo no voy al hospital a decirles cómo hacer el suyo. Además, Hodges no era un personaje muy popular en esta ciudad y tenemos que establecer prioridades dada nuestra escasez de personal. Para su información, les diré que tenemos asuntos más importantes: entre ellos varios casos de violación.

—Yo creo que en este caso por lo menos deberían hacerse las diligencias imprescindibles —dijo Angela.

—Ya se han hecho —respondió Robertson—, hace ocho meses.

—¿Y qué descubrieron?

—Muchas cosas —espetó Robertson—. Averiguamos que no forzaron la cerradura, que no robaron nada, extremo que se ha visto confirmado ahora. También descubrimos que se había producido una pequeña pelea...

—¿Una pequeña pelea? —repitió Angela—. La otra noche la policía estatal demostró que el asesino persiguió al doctor Hodges por toda la casa golpeándole con una varilla de hierro y salpicando de sangre todas las paredes. El doctor Hodges tenía contusiones múltiples en el cráneo, una fractura de clavícula y un brazo roto. —Angela miró a David y alzó las manos al cielo—. ¡Esto es increíble!

—Tranquila —dijo David tratando de calmarla.

David temía que su mujer acabase montando un numerito. Angela era implacable con la incompetencia.

—El caso necesita nuevos esfuerzos —dijo ella ignorando a David—. Hoy me ha llamado el forense encargado del caso y me ha confirmado que la víctima tenía bajo las uñas piel de su agresor. No fue una pequeña pelea. Lo único que se necesita ahora es un sospechoso. El forense hará el resto.

—Gracias por la lección. Y gracias también por ser una ciudadana tan eficiente. Si me perdonan, tengo mucho trabajo.

Robertson se incorporó y abrió la puerta. David casi tuvo que arrastrar a Angela fuera de la comisaría. Pero al menos logró que mantuviera la boca cerrada mientras salían.

—¿Lo has oído? —preguntó Robertson a uno de sus ayudantes.

—Un poco —contestó el ayudante.

—Odio a estos señoritos de ciudad —dijo Robertson—. Se creen que porque han estudiado en Harvard o en sitios así, ya lo saben todo.

Robertson entró en su despacho y cerró la puerta. Cogió el teléfono y marcó un número.

—Siento molestarle —dijo Robertson respetuosamente—, pero tenemos problemas.

—No te atrevas a llamarme histérica —dijo Angela cuando subieron al coche.

—¿Provocar así al jefe de policía no es de histérica? —preguntó David—. Esto es una ciudad pequeña. No tendríamos que enemistarnos con nadie.

—Han matado a una persona brutalmente, la han enterrado en nuestro sótano y parece que la policía no está interesada en el caso. ¿Te gustaría que todo quedara así?

—Por lamentable que sea la muerte de Hodges —dijo David después de una pausa—, no es asunto nuestro. Es un problema que concierne a las autoridades.

—¡Qué dices! A ese hombre le mataron en nuestra casa, en nuestra cocina. Estamos implicados, lo quieras o no, y pienso descubrir al culpable. No me gusta la idea de que el asesino ande suelto por la ciudad, y si puedo haré algo para evitarlo. Lo primero que tendríamos que hacer es enterarnos mejor de quién era Dennis Hodges.

—Creo que te estás poniendo muy melodramática e irracional —dijo David.

—Eso ya me lo has dicho antes. Pero no estoy de acuerdo.

Angela hervía de rabia por culpa de Robertson, y en menor grado por culpa de David. Le hubiera gustado decirle a su marido que él tampoco era el parangón de la racionalidad y la afabilidad. Pero se contuvo.

Llegaron al aparcamiento del hospital: el único sitio que quedaba libre estaba bastante lejos de la entrada. Bajaron del coche y echaron a andar.

—Ya tenemos demasiados problemas en que pensar —dijo David deteniéndose un momento—. Si no tuviéramos problemas, lo comprendería.

—Podríamos contratar a alguien que investigara por nuestra cuenta.

—No lo dirás en serio, ¿verdad? —dijo David—. No estamos como para despilfarrar el dinero en tonterías.

—Creo que no me escuchas. A mí no me parece ninguna tontería. Un asesino anda suelto por la ciudad. Alguien que ya ha estado en nuestra casa, quizá hasta le conocemos. Se me ponen los pelos de punta.

—Por favor, Angela —dijo David reiniciando la marcha—. No estamos hablando de un asesino en serie. A mí no me resulta raro que aún no le hayan cogido. ¿Nunca has oído hablar de que en las ciudades pequeñas, cuando se comete un asesinato, todo el mundo sabe quién es el culpable y nadie hace nada? Es una especie de justicia de andar por casa: la gente cree que se ha hecho justicia. Por lo que se ve, Hodges no tenía muchos admiradores.

Llegaron al hospital y entraron.

—Yo no quiero cargarle el muerto a una justicia de andar por casa —dijo Angela—. Creo que ésta es una cuestión de responsabilidad ciudadana. Vivimos en un país que se rige por el imperio de la ley.

—Eres demasiado —dijo David, pero sonrió—. Ahora me sueltas un discurso sobre responsabilidad social. No concibo que puedas ser tan idealista, pero te quiero. —Se inclinó y le pellizcó en la mejilla—. Ya hablaremos después. ¡Pero ahora, cálmate! Ya tienes bastante con Wadley como para preocuparte por otras cosas.

David se despidió con la mano y se dirigió a su despacho. Angela vio cómo doblaba una esquina y desaparecía de la vista. Se quedó conmovida por la inesperada muestra de cariño de David y se calmó momentáneamente.

Pero un poco más tarde, cuando estaba sentada en su despacho, rememoró la conversación con Robertson y volvió a ponerse furiosa. Salió del despacho y fue a buscar a Paul Darnell. Le encontró en el único sitio en que podía estar: encorvado sobre una pila de cajas de Petri llenas de bacterias.

—¿Has vivido siempre en Bartlet?

—Toda la vida, menos cuatro años de universidad, cuatro de especialización, cuatro de residencia y dos en la marina.

—O sea que eres de aquí.

—Soy de aquí, los Darnell vivimos en Bartlet desde hace cuatro generaciones.

—Supongo que te habrás enterado del cadáver que ha aparecido en mi casa.

Paul asintió.

—Me tiene bastante preocupada. ¿Te molesta que te haga unas preguntas?

—No —dijo Paul—, adelante.

—¿Conocías a Dennis Hodges?

—Por supuesto.

—¿Cómo era?

—El tío más raro y con peor carácter del mundo. Tenía una gran habilidad para crearse enemigos.

—¿Cómo llegó a ser administrador del hospital?

—Por desidia. Consiguió el mando del hospital en una

época en que ningún médico quería responsabilidades y minusvaloraban el cargo. Hodges tuvo manos libres para actuar y el hospital era como su feudo. Por prestigio, se asoció con una escuela de medicina y convirtió el hospital en un centro asistencial regional. En períodos de crisis llegó a poner dinero de su propio bolsillo. Pero Hodges carecía del sentido de la diplomacia, y le importaban un pimiento los intereses de la gente cuando entraban en colisión con los del hospital.

—Por ejemplo, ¿cuando el hospital se quedó con las secciones de patología y radiología? —preguntó Angela.

—Exactamente. Para el hospital fue una buena decisión, pero le creó un montón de enemistades. A mí me recortaron considerablemente el sueldo, pero como mi familia quería que me quedara en Bartlet, me ajusté a los nuevos ingresos. Mucha gente protestó y tuvieron que irse a buscar trabajo a otros sitios. Hodges tenía un montón de enemigos, desde luego.

—El doctor Cantor también se quedó —dijo Angela.

—Sí, pero él se puso de acuerdo con Hodges para crear una empresa con el hospital. Montaron un centro de diagnóstico por la imagen de primera línea. Desde el punto de vista financiero, Cantor lo hizo bastante bien. Su caso fue una excepción.

—Acabo de hablar con Wayne Robertson —dijo Angela—. Me da la sensación de que tiene bastante abandonada la investigación sobre la muerte de Hodges.

—No me extraña —explicó Paul—. A nadie le interesa que se resuelva este caso. La mujer de Hodges se ha ido a vivir a Boston, y ya estaban separados cuando murió Hodges. En realidad, llevaban varios años separados. Además, Robertson podría ser uno de los sospechosos: se la tenía jurada a Hodges. La noche en que Hodges desapareció habían mantenido un pequeño altercado.

—¿Por qué existía esa animosidad entre los dos?

—Robertson culpaba a Hodges de la muerte de su esposa —explicó Paul.

—¿Era Hodges el médico de Robertson?

—No, Hodges apenas si ejercía en aquella época. Estaba totalmente dedicado a la dirección del hospital. Pero como director fue responsable de que el doctor Werner van Slyke siguiera ejerciendo de médico a pesar de ser un alcohólico reconocido. En realidad Hodges dejó el asunto en manos de la plantilla profesional. Bajo los efectos del alcohol, Van Slyke le hizo una carnicería a la mujer de Robertson en una operación de apendicitis. Robertson culpó a Hodges. Era algo bastante irracional, pero casi todos los odios lo son.

—Tengo la sensación de que no será fácil descubrir al asesino de Hodges —dijo Angela.

—Tienes toda la razón. Hay un segundo capítulo en las relaciones Hodges-Van Slyke. Hodges y Traynor, el actual presidente del consejo de administración del hospital, eran muy amigos. La hermana de Traynor estaba casada con Van Slyke, y cuando por fin Hodges sancionó a Van Slyke...

—De acuerdo —dijo Angela alzando la mano—, lo voy entendiendo. Me estás abrumando, no sabía que esta ciudad fuera tan complicada.

—Es una ciudad pequeña —dijo Paul—. Hay unas cuantas familias que viven aquí desde hace mucho tiempo. La relación es casi incestuosa. Pero lo fundamental es que a la mayoría de la gente Hodges le importa muy poco. Cuando desapareció, casi nadie se preocupó por ello.

—Eso quiere decir que el asesino anda suelto por ahí —dijo Angela—. Y seguramente es una persona muy violenta.

—Desde luego.

—Esto no me gusta nada —dijo Angela estremeciéndose—. Ese hombre ha estado en mi casa, y seguramente ha estado más de una vez. Seguramente la conoce muy bien.

—Entiendo cómo te sientes —dijo Paul encogiéndose de hombros—. Yo también me sentiría así. Pero no sé qué puedes hacer; si quieres saber más cosas de Hodges habla con Barton Sherwood. Como presidente del banco conoce a todo el mundo. Sherwood era consejero del hospital, como ya lo había sido su padre durante muchos años, y conocía muy bien a Hodges.

Angela volvió a su despacho e intentó trabajar, pero seguía sin concentrarse: no podía quitarse a Hodges de la cabeza.

Cogió el teléfono y llamó a Barton Sherwood. Recordaba que se había mostrado muy simpático cuando fueron a verle para lo de casa.

—¿Doctora Wilson? —dijo Sherwood cuando se puso al teléfono—. Me alegra volver a oírla. ¿Qué tal se encuentran en su hermosa mansión?

—Bien, en general —dijo Angela—. Pero me gustaría charlar un rato con usted. ¿Si voy al banco podría dedicarme unos minutos?

—Por supuesto —dijo Sherwood—. Esta tarde, a la hora que usted prefiera.

—Iré ahora mismo —dijo Angela.

Dijo a las secretarias que volvería enseguida, se puso el abrigo y se dirigió al coche. Diez minutos más tarde estaba sentada en el despacho de Sherwood. Tuvo la sensación de que había sido ayer cuando había estado en aquella oficina con su familia para ultimar los detalles de la compra de la casa.

Angela fue al grano: explicó lo incómoda que se sentía con las circunstancias de la muerte de Hodges y ante el hecho de que el asesino anduviese suelto. Le dijo a Sherwood que esperaba contar con su colaboración.

—¿Colaboración?

Sherwood estaba reclinado contra el respaldo de su sillón de piel, con los pulgares en los bolsillos del chaleco.

—La policía local no parece muy interesada en resolver el caso. Dada su posición en esta ciudad, bastaría una palabra suya para poner las cosas en marcha.

Sherwood se echó hacia delante en el sillón, se sentía totalmente adulado.

—Le agradezco su voto de confianza, pero sinceramente creo que no tiene por qué preocuparse. Hodges no fue víctima de una violencia irracional o de un loco.

—¿Cómo puede saberlo? ¿Sabe usted quién lo mató?

—¡Por Dios, no! —dijo Sherwood, nervioso—. Yo quería decir, me refería a... bueno, yo pensaba... que no hay razón para que usted y su familia estén asustados.

—¿Cree que hay mucha gente que sabe quién mató a

Hodges? —preguntó Angela recordando la teoría de David sobre la justicia de andar por casa.

—No, creo que no —dijo Shewood—. Pero Hodges no era un hombre muy popular; hizo daño a mucha gente. Incluso yo tuve algunos problemas con él.

Sherwood rió nerviosamente y luego pasó a relatarle lo del terreno que Hodges había vallado y que por despecho se había negado a vender, impidiendo que Hodges disfrutara de las dos parcelas.

—¿Intenta decirme que si nadie se preocupa por la muerte de Hodges es porque era un antipático?

—Pues sí —admitió Sherwood.

—En otras palabras, que esto es una especie de conspiración del silencio.

—Yo no lo diría así. La gente cree que se ha hecho justicia, y por eso a nadie le importa si hay culpables o no.

—A mí sí —dijo Angela—. El asesinato ocurrió en mi casa. Y además, nadie puede tomarse la justicia por su mano en un país democrático.

—En circunstancias normales, yo sería el primero en estar de acuerdo con usted —dijo Sherwood—. No quiero justificar este asunto desde el punto de vista legal o moral. Pero Hodges era distinto. Creo que debería hablar con el doctor Cantor. Él le dará una idea aproximada del tipo de animadversión y confusión que era capaz de despertar Hodges. Quizás entienda un poco mejor las cosas y no tenga tantos prejuicios.

Angela se dirigía en coche al hospital mientras pensaba en lo que debería hacer. No estaba de acuerdo con Sherwood y cuanto más sabía del asunto Hodges, más interesada se sentía. Pero no quería hablar con Cantor, y menos después de la conversación que habían mantenido el día anterior.

Al llegar al hospital fue directamente al laboratorio de patología donde los portaobjetos estaban tintando. Había calculado el tiempo perfectamente: los portaobjetos con que ella había trabajado por la mañana ya estaban preparados. Cogió la bandeja y los llevó a su despacho para empezar a trabajar.

En el momento en que entraba por la puerta, Wadley apareció por la que comunicaba los dos despachos. Al igual que el día anterior, estaba visiblemente irritado.

—La he estado buscando —dijo—. ¿Dónde demonios se ha metido?

—He tenido que ir un momento al banco —dijo Angela, nerviosa. Temía que Wadley volviera a perder el control como el día anterior.

—Limite sus visitas al banco a la hora de comer —dijo. Vaciló un momento y luego desapareció en su oficina dando un portazo.

Angela suspiró aliviada.

Desde la partida de Angela, Sherwood no se había movido de su mesa. Estaba intentando decidir qué hacer. No se explicaba cómo aquella mujer podía estar armando tanto alboroto por lo de Hodges. Esperaba no haber dicho nada de lo que luego tuviese que arrepentirse.

Después de meditarlo un rato, Sherwood cogió el teléfono: había llegado a la conclusión de que lo mejor para él sería limitarse a pasar la información.

—Ha sucedido una cosa que debe usted saber —dijo Sherwood cuando contestaron a su llamada—. Acaba de visitarme una doctora a la que hemos contratado hace poco para la plantilla profesional, y está muy preocupada por lo de Hodges...

David visitó al último paciente de la consulta, dictó unas cuantas cartas y se dirigió al hospital para hacer las últimas visitas de la tarde. Temiéndose lo peor, dejó a Mary Ann Schiller para el final. Tal y como le decía su intuición, Mary Ann había empeorado.

Le había subido la fiebre a lo largo de la tarde: tenía casi cuarenta y dos grados. A David le preocupó la fiebre, sobre todo porque le había subido mientras estaba tomando antibióticos. Pero había algo que aún le preocupaba más: su estado anímico. Por la mañana David la había notado algo amodorrada, pero ahora cuando intentó hablar con ella, la encontró amodorrada y apática. Se había producido un cambio notorio. Ahora, además de las dificultades para mantenerse despierta, cuando estaba consciente se mostraba distraída y no prestaba atención a las preguntas de David. Aunque recordaba su nombre, parecía desorientada con el tiempo y el espacio. David la auscultó, y se sorprendió: se oía claramente un coro de ronquidos y silbidos. Estaba incubando una neumonía general. Tenía los mismos síntomas que John Tarlow.

David corrió a la sala de enfermeras y ordenó un análisis de sangre y una radiografía. Estudió el historial de Mary Ann y no encontró nada anormal. Las anotaciones de las enfermeras no indicaban nada extraño en todo el día.

El análisis de sangre ponía de relieve una escasa defensa ante la creciente neumonía, la misma situación de Tarlow y Kebler. La radiografía confirmó su diagnóstico: neumonía doble.

David telefoneó al oncólogo, el doctor Mieslich. Después de los problemas con Kelley no quería pedir una consulta formal, aunque desde luego habría sido mucho mejor. Sin ver al paciente, Mieslich no podía hacer mucho. Confirmó que la última vez que había visitado a Mary Ann no había encontrado ningún rastro de su antiguo cáncer de ovarios. Y mencionó que el cáncer estaba bastante extendido antes del tratamiento y que él pensaba que se le reproduciría.

Mientras David hablaba por teléfono con el oncólogo, apareció una enfermera gritando que Mary Ann tenía convulsiones.

David colgó y corrió hacia la habitación. Mary Ann estaba en plena crisis de epilepsia. Tenía la espalda arqueada y piernas y brazos golpeaban rítmicamente la cama. Por suerte, la sonda intravenosa no se había soltado y David pudo controlar la crisis aplicándole medicación intravenosa. Pero como secuela, entró en coma.

De vuelta a la sala de enfermeras, llamó al neurólogo de la AMG, doctor Alan Prichard, que estaba en el hospital haciendo sus visitas y llamó a David inmediatamente. Después de que David le explicara la situación, junto con un resumen del historial, Prichard le dijo que ordenara un escáner o una resonancia magnética. Le prometió que pasaría a ver a la paciente en cuanto tuviera un momento libre.

David dispuso el traslado de Mary Ann al Centro de Diagnóstico por la Imagen, acompañada de una enfermera, para que le hicieran una resonancia magnética. Luego volvió a llamar al oncólogo y le preguntó si podía acudir a una consulta formal. Tal como había hecho con Kleber y Tarlow, llamó también al doctor Hasselbaum, el especialista en enfermedades infecciosas.

David no pudo evitar preocuparse por la reacción de Kelley ante esas nuevas consultas, pero pensó que no tenía otra elección. No podía consentir que Kelley influyera en su decisión, sobre todo después de la crisis de Mary Ann. Era evidente la gravedad de su estado.

En cuanto le dijeron a David que la máquina de la resonancia estaba disponible, se dirigió al Centro de Diagnóstico. Se encontró con el neurólogo en la sala de imágenes. Las estudió con la ayuda del doctor Cantor. Cuando terminó el estudio, a David le sorprendió que no hubiera rastro de metástasis. Hubiera jurado que el tumor era el causante del ataque.

—Llegados a este punto, no tengo idea sobre la causa de la crisis —dijo Prichard—. Puede haberse producido una microembolia, aunque esto es sólo una especulación.

El oncólogo también se sorprendió del resultado de la resonancia.

—Quizá la lesión es muy pequeña para que pueda captarla la resonancia —sugirió Mieslich.

—Esta máquina tiene una resolución increíble —dijo el doctor Cantor—. Y si el tumor es tan pequeño que nuestra amiga no puede captarlo, entonces es muy difícil que haya podido provocar esta crisis.

El especialista en enfermedades infecciosas era el único que tenía algo concreto que añadir, pero por desgracia no era nada alentador. El médico confirmó la neumonía. También explicó que la bacteria causante era una gramma-negativa, bastante parecida –aunque no idéntica– a la que había causado la neumonía de Kleber y Tarlow. Y, aún peor, sugirió que Mary Ann había entrado en coma séptico.

David ordenó que trasladaran a Mary Ann del Centro de Diagnóstico a la UCI, donde insistió que se le aplicara la terapia más agresiva. David dejó que el especialista en enfermedades infecciosas se ocupase del antibiótico que había que administrarle. El cuidado de la respiración se lo encomendó a un anestesista, pero Mary Ann respiraba con tantas dificultades, que hubo que conectarla a un respirador.

Cuando se tomaron todas las medidas necesarias y se marcharon los médicos, David se sintió totalmente aturdido. Sus pacientes con problemas oncológicos se habían vuelto una fuente de problemas emocionales mucho mayor de lo que nunca hubiera imaginado. Dejó la UCI y pasó a visitar a Jonathan. Por suerte, Jonathan se estaba recuperando estupendamente.

–Solamente tengo una queja –dijo Jonathan–. Esta cama tiene cerebro propio. A veces aprieto un botón y no pasa nada. No se levantan ni los pies ni la cabeza.

–Yo me ocuparé de que la arreglen –le tranquilizó David.

Contento de tener un problema de fácil solución, entró en la sala de enfermeras y comentó el problema a la enfermera jefa del turno de noche, Dora Maxfield.

–No es sólo la suya –dijo Dora–. Esas viejas camas se estropean con frecuencia. Pero gracias por decírnoslo. Haré que los de mantenimiento la arreglen inmediatamente.

David salió del hospital y cogió la bicicleta. La temperatura había descendido bruscamente a la puesta del sol, aunque el frío tuvo un efecto terapéutico para David.

Al llegar a casa David se encontró con una gran actividad. Nikki había invitado a Caroline y a Arni, y los tres corrían junto a las escaleras mientras *Rusty* los perseguía. David se unió a ellos y disfrutó dejándose golpear y pisotear por los activos niños. Sólo por las risas de los niños, merecía la pena el castigo. Durante unos instantes consiguió olvidarse del hospital.

A las siete, Angela le preguntó si pensaba acompañar a Caroline y a Arni a casa. A David le pareció bien y lo hizo, acompañado por Nikki. Después de dejar a los dos niños, David se alegró de tener un momento a solas con su hija. En primer lugar hablaron del colegio de Nikki y de su nuevo profesor. Luego le preguntó si pensaba mucho en lo del sótano.

—Un poco —dijo Nikki.

—¿Y qué piensas? —preguntó David.

—Pues que ya no quiero volver a bajar al sótano.

—Te comprendo —dijo David—. El otro día estaba recogiendo leña y sentí un poco de miedo.

—¿De verdad?

—Sí —dijo David—. Pero se me ha ocurrido un plan divertido y que podría sernos de ayuda. ¿Quieres que te lo cuente?

—¡Sí! —dijo Nikki entusiasmada—. ¿Qué plan?

—No se lo puedes contar a nadie.

—De acuerdo.

David le explicó el plan mientras se dirigían a casa.

—¿Qué te parece? —le preguntó al terminar.

—Me parece guay.

—Recuerda que es un secreto.

—Prometido.

En cuanto llegó a casa, David llamó a la UCI para interesarse por Mary Ann. Le preocupaba que las enfermeras de la planta no hubiesen advertido la gravedad de sus dos pacientes malogrados, pero admitía que las constantes vitales habían cambiado poco en relación al rápido deterioro de sus pacientes.

—Sin cambios en la señora Schiller —le dijo la enfermera de la UCI, y le ofreció un rápido resumen de las constantes vitales, pruebas de laboratorio y tablas del respirador. El profesionalismo de la enfermera reforzó la confianza de que Mary Ann estaba recibiendo los mejores cuidados.

Para evitar la mesa de la cocina, después de las revelaciones de la noche anterior, Angela sirvió la cena en el comedor. Parecía gigantesco con sólo tres personas y el menguado mobiliario. Pero Angela intentó hacerlo más acogedor encendiendo un fuego en la chimenea y poniendo velas en la mesa. Nikki se quejó de que con tan escasa luz apenas podía ver la comida.

Cuando acabaron de cenar, Nikki fue a ver la media hora diaria de televisión que tenía permitida entre semana. Angela y David prolongaron la sobremesa.

—¿No me preguntas cómo me ha ido esta tarde?

—Claro —dijo David—. ¿Cómo te ha ido?

—Ha sido muy interesante —dijo Angela. Le contó su conversación con Paul Darnell y con Barton Sherwood a propósito de Dennis Hodges. Y admitió que David tenía razón al sugerir que algunas personas de la ciudad sabían quién era el asesino.

—Gracias por confiar en mí —dijo David—, pero no me gusta que vayas por ahí haciendo preguntas sobre Hodges.

—¿Por qué?

—Pues por muchas razones —dijo David—. Sobre todo porque los dos tenemos otras cosas de que preocuparnos. ¿No se te ha ocurrido que igual algún día acabarás interrogando al asesino?

Angela reconoció que no lo había pensado, pero David no la escuchaba. Miraba con aire absorto el fuego.

—Pareces algo distraído —dijo Angela—. ¿Qué pasa?

—Tengo otro paciente en la UCI debatiéndose entre la vida y la muerte.

—Lo siento —dijo Angela.

—Es un nuevo desastre. —La voz le tartamudeaba mientras luchaba con sus emociones—. Intento mantener el tipo pero es muy difícil. Está muy mal. Sinceramente creo que va a morir, como Kleber y Tarlow. No sé qué hacer. No sé si debería dejar la medicina.

Angela se sentó a su lado y le rodeó con el brazo.

—Eres un médico fantástico. Tienes un gran don: los pacientes te adoran.

—Pero de todas formas mueren —dijo David—. Cuando me siento en mi despacho, en el mismo sitio en el que se suicidó Portland, me parece entender por qué lo hizo.

—No quiero oírte hablar de eso —dijo Angela sacudiéndole por los hombros—. ¿Has vuelto a hablar con Kevin Yansen?

—Sí, pero no de Portland —dijo David—. Parece que ya no le interesa el tema.

—¿Estás deprimido?

—Un poco —reconoció David—. Pero no te preocupes por mí.

—Promete que me lo dirás si te sientes peor —dijo Angela.

—Prometido.

—¿Qué problema tiene el último paciente?

—Ésa es una de las razones que me tiene desquiciado —dijo David—. No lo sé. Vino con una sinusitis que mejoró con antibióticos, pero luego desarrolló una neumonía de origen desconocido. En realidad, primero tuvo una crisis de somnolencia, luego se volvió apática y finalmente tuvo una crisis de epilepsia. Le han estado viendo un oncólogo, un neurólogo y un especialista en enfermedades infecciosas. A ninguno se le ha ocurrido nada brillante.

—Entonces no seas tan duro contigo mismo.

—Pero soy el responsable.

—Me gustaría poder ayudarte.

—Gracias —dijo David, acariciando el hombro de Angela—. Aprecio tu preocupación porque sé que lo dices de verdad. Por desgracia, no puedes hacer nada excepto comprender por qué no estoy tan interesado en la muerte de Hodges.

—Pero yo no puedo olvidarme así como así —dijo Angela.

—Puede ser peligroso —dijo David—. No sabes a quién te enfrentas. Seguro que al asesino de Hodges no le hace gracia que vayas metiendo las narices por ahí. Quién sabe qué clase de psicópata es.

Angela contempló el fuego, absorta con las brasas que brillaban ominosamente bajo la intensa temperatura. Ella quería encontrar al asesino de Hodges para poner a salvo a su familia. Pero no había pensado que sus investigaciones pudieran implicar un riesgo. Sólo tenía que cerrar los ojos y ver el luminol brillando en la cocina o recordar las terribles imágenes de la sala de autopsias, para reconocer que David tenía razón: no había que provocar a alguien tan violento.

CAPÍTULO 16

SÁBADO 23 DE OCTUBRE

David se levantó antes del amanecer porque se sentía muy preocupado por Mary Ann. Salió a hurtadillas de la casa para no despertar a Angela y a Nikki y cogió la bicicleta. Cruzó el río Roaring en el momento en que el sol empezaba a despuntar. Hacía bastante frío, igual que el día anterior. Una gruesa capa de escarcha cubría los campos y también las ramas desnudas de los árboles, dándoles un resplandor vítreo.

La temprana aparición de David sorprendió a las enfermeras de la UCI. El estado de Mary no había cambiado, aunque empezaba a tener diarrea. David estaba sorprendido y agradecido de la solidaridad y el esmero con que las enfermeras atendían a Mary Ann.

Volvió a estudiar el caso de Mary desde el principio, pero no se le ocurrió nada nuevo. Llamó incluso a uno de sus antiguos profesores de Boston, de quien sabía que era muy madrugador. Después de escuchar el caso, el profesor se ofreció a acudir inmediatamente. David se sintió reconfortado por la generosidad y entrega de aquel hombre.

Mientras esperaba la llegada de su ex profesor, David efectuó una ronda de visita a sus pacientes. Todos estaban bastante bien. Podía dar el alta a Jonathan Eakins, pero prefirió que siguiese en observación un día más. Así tendría la seguridad de que su corazón funcionaba perfectamente.

Cuando llegó su ex profesor, David le presentó el caso de Mary Ann como si todavía fuera un alumno en prácticas. El profesor escuchó con atención. Luego examinó minuciosamente a Mary Ann y leyó su historial de principio a fin, pero no aportó nuevos puntos de vista. Luego, David le acompañó al coche y le agradeció su desinteresada colaboración.

Tras acabar su trabajo en el hospital, volvió a casa. Prefirió no participar en el habitual partido de baloncesto: estaba escarmentado después de la desagradable disputa con Kevin a raíz del partido de tenis. David pensaba que, dado su actual susceptibilidad emocional, era mejor evitar a Kevin, por lo menos durante una semana.

Angela y Nikki acababan de desayunar cuando David llegó a casa. Bromeó con ellas diciéndoles que ya se habían perdido la mitad del día. Mientras Angela ayudaba a Nikki con la terapia respiratoria, David fue al sótano y quitó la cinta de plástico que había dejado la policía. Luego cogió las contraventanas y las sacó directamente al jardín.

Cuando Nikki se reunió con él, ya había colocado todas las de la planta baja.

—¿Cuándo vamos a...? —empezó Nikki.

David se llevó el dedo a los labios y le señaló la ventana de la cocina por la que se veía a Angela.

—En cuanto lo limpiemos todo —dijo David.

David dejó que Nikki le ayudase a llevar las mosquiteras de las ventanas al sótano; a ésta le gustaba ayudarle. Las apoyaron contra la base de la escalera, donde antes habían estado las contraventanas.

Al terminar, dijeron a Angela que se iban de compras a la ciudad. Cogieron las bicicletas y se marcharon. Angela se alegró de verlos tan contentos.

Al poco empezó a sentirse un poco inquieta de estar sola. Oía cada crujido de la casa vacía. Intentó concentrarse en el libro que estaba leyendo, pero al cabo de un rato estaba cerrando puertas y ventanas. Como las últimas fueron las de la cocina, no pudo evitar imaginarse las paredes cubiertas de sangre.

—Yo no puedo vivir así —se dijo en voz alta, y comprendió que se estaba volviendo paranoica—. Pero ¿qué puedo hacer?

Se acercó a las patas de la mesa, las había fregado con el desinfectante más fuerte que encontró en la ferretería de Staley. Sus dedos acariciaron la superficie. Se preguntó si tras haber limpiado todo tan concienzudamente el luminol seguiría reaccionando. Seguía sin gustarle la idea de que el asesino de

Hodges estuviera libre. Sin embargo, había prestado atención a la advertencia de David: podía resultar muy peligroso andar metiendo las narices en el caso Hodges.

Cogió las guías de teléfonos y buscó «investigadores privados», pero no encontró muchos nombres. Luego buscó «detectives» y encontró una lista más amplia. La mayoría eran teléfonos de empresas de seguridad, pero algunos aparecían a título individual. Uno de ellos, Phil Calhoun, vivía en Portland, a poca distancia de Bartlet. Sin vacilar, marcó el número. Contestó un hombre de tono pausado y lento, algo ronco. Angela no había pensado mucho en qué decirle y le soltó que quería que investigase un asesinato.

—Parece interesante —dijo Calhoun.

Angela intentó imaginarse a su interlocutor. Por su voz se imaginó a un hombre fuerte, de hombros anchos, cabello oscuro y quizá bigote.

—Podríamos vernos —sugirió Angela.

—¿Qué prefiere, que vaya yo o venir usted?

Angela meditó un instante; de momento no quería que David se enterase.

—Iré a verle —dijo Angela.

—La estaré esperando —contestó Calhoun después de ofrecerle su dirección.

Angela subió arriba, se cambió y escribió una nota para Nikki y David: «He ido de compras».

La casa de Calhoun hacía también las veces de oficina. A Angela no le fue difícil encontrarla. En el camino de entrada vio la camioneta Ford del detective. En la parte posterior de la cabina llevaba un porta-rifles y en el guardabarros trasero una pegatina que rezaba: «He subido al monte Washington».

Phil Calhoun la invitó a pasar a la sala y le ofreció asiento en un gastado sofá. Estaba muy alejado de la romántica imagen del investigador privado. Aunque era un hombre corpulento, le sobraban unos cuantos kilos y era mucho mayor de lo que daba a entender su voz por teléfono. Angela le calculó unos sesenta años. Su cara resultaba un tanto pastosa, aunque tenía unos ojos grises y brillantes. Llevaba una camisa de cazador a cuadros blancos y negros, y unos pantalones de trabajo que se sujetaba con tirantes negros. En la cabeza llevaba una gorra con el emblema «Roscoe Electric» estampado por encima de la visera.

—¿Le molesta que fume? —preguntó Calhoun sosteniendo una cajetilla de puros Antonio y Cleopatra.

—Está en su casa —respondió Angela.

—Cuénteme esa historia del asesinato, por favor.

Angela le hizo un resumen de todo lo ocurrido.

—Parece interesante. Estaré encantado de ocuparme del caso en mis horas libres. Soy un policía estatal retirado y además viudo. Eso es todo. ¿Alguna pregunta?

Angela observó a Calhoun fumar despreocupadamente. Era tan lacónico como el resto de sus paisanos de Nueva Inglaterra. Parecía franco, rasgo que ella apreciaba bastante. Aparte de eso no tenía forma de calibrar la capacidad profesional de aquel hombre, aunque el hecho de que hubiera sido policía estatal ya indicaba algo.

—¿Por qué abandonó el cuerpo?

—Retiro obligatorio —dijo Calhoun.

—¿Ha estado complicado alguna vez en un crimen? —preguntó Angela con cierta candidez.

—Nunca yendo de paisano.

—¿De qué tipo de casos se suele ocupar?

—Problemas matrimoniales, hurtos en tiendas, camareros que roban...

—¿Cree que podrá llevar adelante este caso?

—Desde luego —dijo Calhoun—. Crecí en una pequeña ciudad de Vermont, muy parecida a Bartlet. Estoy familiarizado con ese entorno. Qué diantres, si hasta tengo algún conocido en Bartlet. Conozco muy bien esas enemistades que fermentan durante años y la mentalidad de la gente que las cultiva. Yo soy el hombre indicado porque puedo ir por ahí haciendo preguntas sin levantar sospechas.

De regreso a Bartlet, Angela se preguntó si había hecho bien al contratar a Phil Calhoun. También se preguntó cómo y cuándo se lo contaría a David.

Al llegar a casa, no le hizo gracia encontrar a Nikki sola. David había ido al hospital a visitar a un paciente. Le preguntó a Nikki si David había llamado a Alice para que se quedara con ella.

—No. Papá ha dicho que no tardaría y que seguramente tú llegarías enseguida.

Angela pensó que tendría que hablar con David. Dadas las actuales circunstancias, no le hacía ninguna gracia que Nikki se quedara sola en casa. Le parecía increíble que David hubiera dejado sola a Nikki, y sólo por eso se alegraba de haber contratado a Phil Calhoun. Angela le dijo a Nikki que era necesario mantener las puertas cerradas, y fueron a comprobarlo. La única que estaba abierta era la puerta trasera. Luego, mientras preparaba algo para comer, preguntó a la niña qué había hecho con su padre, pero Nikki se negó a contárselo.

Cuando volvió David, Angela le recriminó el que hubiese dejado a Nikki sola. Al principio David se puso a la defensiva, pero finalmente dio la razón a su mujer. Más tarde, padre e hija volvieron a ponerse en plan compinches, pero Angela no les hizo caso.

El sábado por la tarde era su día favorito. Como durante la semana no tenía tiempo para cocinar, le gustaba ocupar la mayor parte del sábado en su libro de recetas y en preparar menús sofisticados. Para ella era una especie de terapia curativa. A media tarde ya tenía el menú preparado. Salió de la cocina y bajó al sótano para coger del congelador unos huesos de ternera. Reparó en que no bajaba desde el día en que los investigadores habían estado trabajando allí. Vaciló y sintió un poco de miedo de estar allí, pero lo superó y siguió avanzando hacia el congelador, que estaba en la pared opuesta. Mientras caminaba miró de reojo hacia donde había estado el cadáver de Hodges, y se sintió aliviada al ver que David había apilado las mamparas contra el agujero.

Angela estaba rebuscando en el congelador cuando oyó un ruido como de arañazos a sus espaldas. Se quedó paralizada. Hubiera jurado que el ruido procedía de detrás de las escaleras. Dejó que el congelador se cerrase, antes de volverse para mirar el mal iluminado sótano.

Totalmente aterrorizada observó cómo las mamparas se movían. Parpadeó y volvió a mirar, esperando que todo fuese producto de su imaginación. Pero las mamparas cayeron hacia delante produciendo un ruido sordo.

Angela intentó gritar, pero de su boca no salió sonido alguno. Trató de moverse pero no lo consiguió. Con gran esfuerzo, finalmente logró dar un paso y luego otro. Estaba aún a mitad de camino de las escaleras cuando la cara semidescompuesta de Hodges surgió del agujero. El espectro salió tambaleándose de su nicho. Parecía desorientado hasta que vio a Angela. Entonces extendió los brazos y avanzó hacia ella.

El terror le devolvió el movimiento e intentó escapar como alma que lleva el diablo, pero ya era demasiado tarde: Hodges le cerró el paso y la cogió por el brazo. Al sentir aquella mano repulsiva, Angela recuperó el habla y chilló intentando liberarse. Entonces vio otro espectro salir de la tumba —aunque más pequeño, con la misma cara de Hodges—. De pronto reparó en que Hodges estaba riendo.

Medio desvanecida, Angela vio que Hodges se tironeaba la cara... y se la quitaba: era David, con una máscara de goma. Nikki, el espectro pequeño, hizo otro tanto: era Nikki. Los dos reían a mandíbula batiente.

Angela se sintió un poco avergonzada pero enseguida su humillación se trocó en rabia. La broma no había tenido ninguna gracia. Apartó a David y subió escaleras arriba.

Padre e hija siguieron riendo, aunque cuando se dieron cuenta de que Angela se había asustado de veras, se les borró la sonrisa.

—¿Crees que se ha enfadado de verdad? —preguntó Nikki.

—Me temo que sí. Creo que será mejor que subamos y hablemos con ella.

Angela ni les miró mientras trajinaba en la cocina.

—Estamos arrepentidos —dijo David.

—Los dos estamos arrepentidos, mamá —insistió Nikki. Pero se les escapaba la risa.

—No esperábamos engañarte —dijo David—. ¡De verdad! Pensamos que te darías cuenta enseguida. Los disfraces eran muy toscos.

—De verdad, mamá —dijo Nikki—. Pensábamos que te darías cuenta porque el domingo es Halloween. Iban a ser nuestros disfraces de Halloween. Hemos comprado una máscara para ti.

—Pues por mí, podéis tirarla —dijo Angela.

Nikki se entristeció y los ojos se le llenaron de lágrimas. Angela la miró, y se le pasó el enfado.

—Vamos, vamos, no te lo tomes así —dijo, estrechando a Nikki—. Sí, soy una exagerada —añadió—, pero me he asustado de verdad. A mí no me ha resultado nada gracioso.

Phil Calhoun llegó a Bartlet a media tarde. Ansiaba empezar con su nuevo caso, el más apasionante de toda su carrera de detective. Carrera que, por lo demás, le servía de complemento a su pensión. Aparcó la camioneta junto a la librería y se dirigió andando a la comisaría.

—¿Está Wayne? —preguntó al oficial de servicio.

El policía se limitó a hacer un gesto hacia el final del pasillo. Wayne Robertson estaba leyendo el *Bartlet Sun*. Calhoun llamó a la puerta abierta del despacho. Wayne levantó la vista, sonrió y le invitó a tomar una copa.

Robertson se reclinó en la silla y aceptó un puro de Calhoun.

—¿Trabajando hasta tan tarde un sábado? —dijo Calhoun—. Debéis tener mucho trabajo en Bartlet.

—Vaya mierda de periódico —dijo Robertson—. Es basura, y cada año es peor.

—He leído en el periódico que ha aparecido el amigo Hodges —dijo.

—Sí —dijo Robertson—. Causo un poco de alboroto, pero ya está todo olvidado. ¡Afortunadamente! Ese viejo era peor que un grano en el culo.

—¿Y eso? —preguntó Calhoun.

Robertson enrojeció mientras repetía la letanía contra Dennis Hodges. Reconoció que algunas veces hubiera estrangulado a Hodges gustosamente.

—Deduzco que Hodges no era un tipo muy popular —dijo Calhoun.

Robertson soltó una carcajada sarcástica.

—¿Es un caso difícil? —preguntó Calhoun con tono de mera cortesía, exhalando el humo hacia el techo.

—No demasiado —dijo Robertson—. Nos movimos un poco cuando Hodges desapareció, pero más que nada por mero trámite. A nadie le importaba mucho, ni siquiera a su mujer; ex mujer, en realidad. Ella ya vivía en Boston cuando desapareció su marido.

—¿Hay novedades? El *Boston Globe* dice que la policía estatal está investigando.

—Ellos también lo hacen por mero trámite —explicó Robertson—. El forense llamó al fiscal del distrito. Y el fiscal del distrito envió a un ayudante para que investigara un poco. El ayudante llamó a la policía estatal, que a su vez envió a varios investigadores al lugar del crimen. Después me telefoneó un teniente de la policía estatal. Le dije que no perdiesen el tiempo, que nosotros nos ocuparíamos del asunto. Como ya sabes, a menos que se produzcan presiones de algún político o de la oficina del fiscal, la policía estatal se fía de nosotros en este tipo de casos. Demonios, la policía estatal tiene muchos casos que resolver. Y lo mismo nos pasa a nosotros. Además, ya han pasado ocho meses, y las pistas se han desvanecido.

—¿En qué trabajan tus chicos últimamente? —preguntó Calhoun.

—Tenemos una serie de agresiones y violaciones en el aparcamiento del hospital.

—¿Alguna pista del agresor?

—De momento, no.

Tras abandonar la comisaría, Calhoun paseó por Main Street y luego entró en la librería. La propietaria, Jane Weincoop, había sido amiga de la mujer de Calhoun, que durante el último año de su vida, que lo pasó postrada en una cama, había sido una voraz lectora.

Jane acompañó a Calhoun a su despacho, en realidad sólo una pequeña mesa colocada en un rincón del almacén. Después de un poco de tanteo y de cháchara, Calhoun se las arregló para que la conversación derivara hacia Dennis Hodges.

—El hallazgo del cadáver ha conmocionado Bartlet —reconoció Jane.

—Creo que no era una persona muy popular —dijo Calhoun—. ¿Quién querría matarle?

Jane miró a Calhoun.

—¿Es una visita personal o profesional? —preguntó Jane con una sonrisa irónica.

—Es sólo curiosidad —dijo Calhoun guiñando un ojo—. Pero me gustaría que no mencionaras que he hecho esta pregunta.

Media hora más tarde, Calhoun paseaba bajo la menguante luz del atardecer llevando en la mano una lista de veinte personas a las que Hodges no caía bien. La lista incluía al presidente del banco, al propietario de la estación de servicio que había junto a la carretera interestatal, al manitas retrasado, al jefe de policía —dato que ya sabía Calhoun—, unos pocos negociantes y tenderos, y media docena de médicos.

Calhoun estaba sorprendido por la extensión de la lista pero al mismo tiempo se sentía contento. Después de todo, cuanto más larga fuera más horas de trabajo acumularía.

Siguiendo su caminata por la Main Street, Calhoun se detuvo en la farmacia Harrison. El farmacéutico, Harley Strombell, era hermano de un ex compañero de Calhoun en el ejército, Wendell Strombell.

Al igual que había sucedido con Jane, él tampoco se tragó la supuesta inocencia del interrogatorio de Calhoun, aunque prometió discreción. Incluso ayudó a aumentar la lista añadiendo su propio nombre y los de Ned Banks, el propietario de la New England Coat Hanger Company, Harold Traynor y Helen Beaton, los nuevos administradores del hospital.

—¿Por qué te caía mal Hodges? —preguntó Calhoun.

—Era por algo personal —contestó Harley—. Hodges ignoraba las más elementales normas de comportamiento social. —Le contó que él tenía una farmacia en el hospital y que Hodges le había echado de la noche a la mañana sin darle ninguna explicación—. Desde luego que para un hospital es mejor tener una farmacia propia para los pacientes externos —dijo Harley—. Me parece correcto. Pero todo el asunto se llevó muy mal por culpa de Hodges.

Calhoun abandonó la farmacia preguntándose hasta dónde crecería su lista antes de poder seleccionar los principales sospechosos. Tenía veinticinco nombres, pero aún le quedaban unas cuantas personas a las que interrogar.

Como a esas horas ya estaba cerrada la mayoría de las tiendas, Calhoun cruzó la calle y se dirigió al Iron Horse Inn. El establecimiento le traía muy buenos recuerdos. Era el restaurante favorito de su mujer para las comidas especiales, como cumpleaños o aniversarios. El camarero, Carleton Harris, le reconoció desde el otro extremo del bar. Cuando Calhoun llegó a la barra, se encontró con un vaso de Wild Turkey. Carleton se sirvió una jarra de cerveza a presión para brindar con él.

—¿Estás trabajando en algo interesante? —preguntó Carleton después de apurar su cerveza.

—Creo que sí —dijo Calhoun. Se inclinó sobre la barra y Carleton le imitó.

Angela no dijo una palabra a su marido y evitó que sus miradas se cruzaran cuando subieron a la habitación. David creyó que estaba todavía enfadada por la broma con las máscaras. A David no le agradaban los malhumores y quiso arreglar las cosas.

—Sé que estás enfadada por haberte asustado —dijo—. ¿No quieres que hablemos de ello?

—¿Por qué dices que estoy enfadada?

—Venga. Desde que Nikki se ha ido a dormir no has abierto la boca.

—Si me he enfadado es porque tú sabías que yo me sentía muy nerviosa con lo del cadáver. Creí que tenías un poco más de tacto.

—Ya te he dicho que lo sentía —dijo David—. Todavía me parece increíble que no te echaras a reír nada más vernos. Nunca hubiera pensado que te asustarías tanto. Además, no ha sido una broma absurda: lo he hecho por Nikki.

—¿Qué quieres decir?

—He pensado que después de tantas pesadillas lo mejor sería tomarse las cosas un poco a broma. Era un truco para que Nikki bajara al sótano. Y la verdad es que ha funcionado, estaba tan concentrada en sorprenderte que ha olvidado sus miedos.

—Por lo menos podías haberme avisado.

—No lo consideré necesario. Como ya te he dicho, no pensé que fueras a creértelo. Y lo que permitió a Nikki implicarse fue precisamente su presunta naturaleza conspiratoria.

Angela miró a su marido. Estaba segura de que se arrepentía. De repente se sintió avergonzada por haberse enfadado. Dejó el cepillo de dientes y fue a darle un abrazo a David.

—Siento haberme enfadado tanto. Supongo que estoy muy nerviosa. Te quiero.

—Yo también te quiero. Tendría que haberte alertado. Podías haber fingido que no lo sabías. La verdad, no se me ocurrió. Últimamente estoy un poco despistado, y muy nervioso. Mary Ann no mejora y estoy seguro de que va a morir.

—Vamos, David. Esas cosas nunca pueden saberse a ciencia cierta.

—Ya —dijo David—. Vámonos a la cama.

Cuando acabaron de cepillarse los dientes, le contó a Angela que su profesor había venido desde Boston, pero que no había aportado nada nuevo sobre el caso de Mary Ann.

—¿Sigues deprimido?

—Sí, más o menos. Esta mañana desperté a las cuatro y cuarto y ya no pude conciliar el sueño. Todo el rato tengo la sensación de que estoy pasando por alto algo muy importante. Quizá mis pacientes han contraído algún virus desconocido... Me siento atado de pies y manos. Resulta frustrante pensar en Kelley y en la AGM cada vez que tengo que llamar a consulta a otros médicos. Todo está muy enrarecido; a veces pienso que tendría que dedicar menos tiempo a cada paciente.

—¿Crees que tendrías que visitar a más pacientes? —preguntó Angela mientras se dirigía del cuarto de baño a la habitación.

—Cada vez tengo más presión de la AGM por vía Kelley. No me gusta admitirlo, pero eso significa que no debo entenderme con los pacientes ni contestar sus preguntas. No es que sea complicado, intimidar a un paciente es muy fácil, pero no me gusta. No sé si ellos son conscientes de este fraude encubierto. Una de las claves para un buen diagnóstico está en los comentarios accidentales que hacen los pacientes. Pero eso sólo ocurre si puedes dedicarles un tiempo razonable.

—He de confesarte una cosa —dijo Angela de repente.

—¿De qué hablas? —preguntó David mientras se metía en la cama.

—Yo también he hecho algo que debería haber consultado contigo.

—¿Qué es?

Después de arrebujarse en el edredón, Angela le contó que había estado en Rutland y que había contratado a Phil Calhoun para que investigara la muerte de Hodges.

David la miró boquiabierto. No dijo nada. Angela sabía que estaba enfadado.

—Por lo menos te hice caso. Tú decías que era peligroso que hiciera averiguaciones por mi cuenta. Ahora tenemos a un profesional trabajando por nosotros.

—¿Cómo sabes que es un profesional?

—Es un policía estatal retirado.

—Yo esperaba que al final demostraras sensatez. Contratar a un detective privado es tirarlo todo por la borda. Es tirar el dinero.

—Para mí es importante y no significa tirar el dinero. Y también debería serlo para ti, si es que quieres que yo siga viviendo en esta casa.

David suspiró, apagó la luz de su mesilla y se apartó de Angela.

Ella sabía que debió haberle contado antes lo del detective. Suspiró al apagar su luz. Quizá no lo había planteado muy bien, pero seguía pensando que contratar a Calhoun había sido una buena idea.

En ese momento oyeron unos golpes, seguidos de los ladridos de *Rusty*.

Angela encendió la luz y saltó de la cama: David hizo otro tanto. Se pusieron las batas y bajaron a la entrada. David encendió las luces del recibidor. *Rusty* estaba en lo alto de las escaleras mirando hacia la planta baja. Gruñía amenazadoramente.

—¿Has comprobado que la puerta principal estaba cerrada? —susurró Angela.

—Sí —dijo David, y a continuación bajó al recibidor.

Rusty le siguió y se echó a ladrar en dirección a la puerta principal. David quitó el cerrojo de la puerta.

—Ten cuidado —advirtió Angela desde lo alto de la escalera.

—¿Por qué no te pones una de esas máscaras de Halloween? —le sugirió David a Angela—. Quienquiera que sea le daremos un buen susto.

—Deja de bromear. No tiene gracia.

David salió al porche sujetando a *Rusty* por el collar. El cielo estaba cubierto de estrellas. La luna en cuarto creciente iluminaba el camino hasta la carretera, pero no se veía nada extraño.

—Regresemos, *Rusty* —lo apremió David y se dio la vuelta.

Entonces vio una nota fijada en la puerta. La arrancó. Decía lo siguiente: «Ocúpense de sus asuntos. No metan las narices en lo de Hodges». Cerró la puerta con llave, subió las escaleras y le entregó la nota a Angela. Ella le siguió al dormitorio.

—La llevaré a la policía —dijo ella.

—Tal vez la ha dejado la propia policía —replicó David metiéndose en la cama y apagando la luz.

Angela hizo otro tanto. *Rusty* volvió a la habitación de Nikki, que aparentemente no se había enterado de nada.

—Estoy totalmente desvelado —se quejó David.

—Yo también.

El teléfono les sobresaltó. David lo cogió al primer timbrazo. Angela encendió la luz. La cara de David se iba ensombreciendo mientras escuchaba. Luego colgó.

—Mary Ann Schiller ha tenido otro ataque y ha muerto. Te dije que pasaría. —Se cubrió los ojos con la mano. Angela le rodeó con los brazos mientras él sollozaba en silencio—. Me pregunto si alguna vez se arreglará todo esto —dijo.

Se enjugó los ojos y luego se vistió.

Angela le acompañó hasta la puerta de atrás. Cuando David

se marchó ella cerró con llave, y vio cómo las luces del coche descendían por el camino y se perdían.

Mientras se dirigía de la cocina a la habitación, no pudo evitar recordar la fosforescencia del luminol. Sintió un escalofrío. No le gustaba quedarse sola por la noche en aquella casona.

En el hospital, David conoció a Donald, el marido de Mary Ann. En la sala de espera de la UCI estaban Donald, Matt —el hijo adolescente— y los padres de Mary; intentaban consolarse unos a otros. Al igual que las familias de Kebler y de Tarlow, ellos también apreciaban los esfuerzos hechos por David. Ninguno de ellos expresó una recriminación o una queja contra David.

—Mary Ann vivió más de lo que creía el doctor Mieslich —dijo Donald. Tenía los ojos enrojecidos y el cabello alborotado, como si acabara de despertarse—. Incluso volvió a trabajar en la biblioteca.

David se apiadó de la familia y les dijo lo que estaban deseando oír: que Mary Ann no había sufrido. Pero tuvo que confesarles que las crisis de epilepsia le habían confundido.

—¿No se esperaban esas crisis? —preguntó Donald.

—Desde luego que no —respondió David—. La resonancia magnética arrojó resultados bastante normales.

Todos asintieron como si comprendieran aquellas explicaciones. De pronto, siguiendo un impulso que contravenía las órdenes de Kelley, David pidió autorización para practicar la autopsia. Les explicó que eso podría aclarar muchas cosas.

—No lo sé —dijo Donald. Miró a sus parientes políticos. Ellos también estaban indecisos.

—Piénsenlo esta noche, por favor. El cuerpo permanecerá en el hospital.

Al salir de la UCI, David se sentía totalmente abatido. Se paseó bajo la tenue luz de la sala de enfermeras de la segunda planta. Era el momento más silencioso de la noche. Para distraerse, hojeó el historial de Jonathan Eakins. Mientras lo hacía, una enfermera del turno de noche le dijo que Eakins estaba despierto y viendo la televisión. David acudió a su habitación.

—¿Va todo bien? —preguntó David.

—Qué médico tan abnegado —dijo Jonathan con una sonrisa—. ¿Es que vive aquí?

—¿Todo en orden con su corazón?

—Como un reloj. ¿Cuándo podré irme a casa?

—Seguramente, hoy. Ya veo que le han cambiado la cama.

—Pues sí —respondió David—. No podían arreglar la otra. Gracias por darles un toque, a mí no me hacían caso.

Más tarde, David abandonó el hospital y se dirigió a su coche. Se sentó al volante pero no encendió el motor. Llevaba tres muertos en una semana, pero los pacientes de los otros médicos se recuperaban con normalidad. Lo único que cabía era cuestionar su propia capacidad profesional. Se preguntó si valía la pena seguir ejerciendo. Quizá esos tres pacientes seguirían vivos de haber tenido otro médico.

Finalmente arrancó y regresó a casa. Le sorprendió ver luz en la sala. Angela estaba en la puerta esperándole, con una revista de patología en la mano.

—¿Estás bien?

—He tenido épocas mejores —respondió David—. ¿Por qué estás levantada? —Se quitó el abrigo y dejó que Angela le precediera.

—No podía dormirme sin ti —dijo Angela mientras cruzaba la cocina y llegaba al recibidor—. Esa nota en la puerta me ha inquietado. Lo he estado meditando y creo que me sentiría más segura si tuviese una pistola.

David se detuvo.

—No tendremos pistolas en casa —dijo—. Ya conoces las estadísticas sobre familias con niños y armas.

—Las estadísticas no hablan de familias de médicos, con una hija única y muy inteligente —respondió Angela—. Además, me encargaré de explicarle a Nikki lo que es un arma y sus peligros potenciales.

David se encaminó a las escaleras.

—No tengo ganas ni fuerzas para discutir contigo.

—Muy bien —dijo Angela y siguió a David escaleras arriba.

Una vez en la habitación, David decidió tomar otra ducha. Angela se dedicó a leer la revista de patología; estaba tan desvelada como él.

—Ayer por la noche dijiste que te gustaría ayudarme —dijo David—. ¿Lo recuerdas?

—Claro que sí.

—Pues verás cumplidos tus deseos. Hace una hora he pedido a la familia Schiller autorización para practicar la autopsia. Se lo pensarán y mañana me contestarán.

—Por desgracia no es cosa sólo de ellos —le explicó Angela—. En el hospital no se hacen autopsias a pacientes de la AMG.

—Pero a mí se me ha ocurrido que podrías hacerla por tu cuenta.

Angela consideró la sugerencia.

—Quizá. Mañana es domingo y el laboratorio está cerrado excepto para las urgencias.

—Eso es lo que yo pensaba —dijo David.

—Mañana iremos juntos al hospital y hablaremos con la familia —dijo Angela animándole a llevar adelante su idea.

—Te lo agradezco —dijo David—. Si pudieras encontrar una causa que justificara esas muertes, me sentiría mucho mejor.

CAPÍTULO 17

DOMINGO 24 DE OCTUBRE

Por la mañana, David y Angela se sentían fatal. Por el contrario, Nikki había dormido toda la noche de un tirón y sin pesadillas, y estaba ansiosa de empezar a disfrutar del día.

Los domingos los Wilson se levantaban temprano y asistían a misa; después solían desayunar en el Iron Horse.

La idea de asistir a misa era de Angela y sus motivaciones no eran religiosas sino sociales. La consideraba una buena manera de integrarse con la gente de Bartlet. Acudían a la iglesia metodista que estaba junto al parque, la más popular de la ciudad.

—¿Tenemos que ir a la iglesia? —protestó David, sentado en el borde de la cama.

No tenía fuerzas ni para vestirse. A pesar de haberse acostado tan tarde, había vuelto a despertarse al amanecer. Llevaba despierto varias horas. Cuando Nikki y *Rusty* irrumpieron en su habitación, acababa de conciliar el sueño.

—Nikki se llevará un disgusto si no vamos —dijo Angela desde el cuarto de baño.

David acabó de vestirse con resignación. Media hora más tarde la familia subía al Volvo y se dirigían a la ciudad. La experiencia les había enseñado que lo mejor era dejar el coche en el aparcamiento del Iron Horse, y luego ir andando hasta el parque. Intentar aparcar al lado de la iglesia era una tarea imposible. Los domingos había tanto tráfico que acudía un policía para supervisar la circulación. Aquella mañana le tocaba al jefe Wayne Robertson. Llevaba un silbato en la boca.

—Fijaos —dijo Angela en cuanto lo vio—. Esperadme aquí.

Bajó del coche antes de que David pudiera impedirlo y se dirigió al policía con la nota en la mano.

—Perdone —dijo Angela—. Me gustaría enseñarle algo. Anoche nos clavaron esto en la puerta. —Le entregó la nota y esperó una respuesta con los brazos en jarras.

Robertson dejó caer el silbato de su boca. Leyó la nota y luego se la devolvió a Angela.

—Yo diría que es un buen consejo. Le sugiero que lo siga.

Angela rió entre dientes.

—No le estoy pidiendo su opinión sobre el contenido de la nota —dijo ella—. Le estoy pidiendo que investigue quién la dejó en nuestra puerta.

—Bueno, veamos —dijo Robertson mientras se rascaba la nuca—, no hay mucho que decir excepto que ha sido mecanografiada con una Smith Corona 1952, y que tiene la «o» defectuosa.

Por un instante, Angela puso en cuestión su opinión sobre la profesionalidad de Robertson. Pero enseguida comprendió que le estaba tomando el pelo.

—Estoy segura de que hará todo lo que esté en su mano —dijo sarcásticamente—. Aunque, teniendo en cuenta su actitud en el caso Hodges, tampoco he de esperar grandes milagros.

El sonido de cláxones y las protestas de los conductores hicieron que Robertson volviera su atención al tráfico, que se había colapsado en tan sólo un momento. Mientras hacía lo posible por arreglar el atasco, añadió:

—Usted y su familia son nuevos en Bartlet. Quizá deberían pensárselo dos veces antes de meterse en lo que no les incumbe. Así sólo se buscarán problemas.

—De momento sólo he tenido problemas con usted —repuso Angela—. Y me consta que usted es uno de los que no siente la muerte de Hodges. Sé que usted le culpa erróneamente de la muerte de su mujer.

Robertson dejó de dirigir el tráfico y se volvió hacia Angela. Sus mofletudas mejillas enrojecieron.

—¿Qué es lo que ha dicho?

En ese momento, David se interpuso entre ellos y apartó a su mujer. Había seguido la conversación a poca distancia, y no le gustaba el cariz que tomaba.

Angela trató de repetir a Robertson lo que le había dicho antes, pero David le tiró del brazo y le dijo que se callase. Cuando se alejaron lo suficiente, la cogió por los hombros y le espetó:

—¿Qué te ha picado? ¿No sabes que Robertson tiene un serio problema de personalidad? Ya sé que te encanta dramatizar las cosas, pero lo que has hecho es una provocación.

—Se estaba burlando de mí.

—Olvídalo. Te comportas como una niña.

—Se supone que él tiene que protegernos —replicó Angela—. Se supone que es un defensor de la ley. Su deber es descubrir quién ha escrito esta nota y quién es el asesino de Hodges.

—¡Cálmate! Estás montando un numerito.

Angela apartó la vista de David y miró alrededor. La gente que pasaba rumbo a la iglesia se detenía para observar la escena. Guardó la nota en su bolso, se alisó el vestido y cogió a Nikki de la mano.

—Vamos, o llegaremos tarde a misa.

Angela y David marcharon al hospital dejando a Caroline y Nikki al cuidado de Alice. Nikki se había encontrado con Caroline después del servicio religioso, y Caroline les había acompañado a desayunar en el Iron Horse.

Se reunieron en la entrada del hospital con Donald Schiller y los Josephson, sus suegros, y se sentaron en los bancos que había a la derecha para hablar de la autopsia.

—Mi marido quiere practicar la autopsia de Mary Ann —dijo Angela—. Estoy aquí porque, si dan su autorización, yo seré quien la practique. Como ni el hospital ni la AMG corren con los gastos, lo haré en mi tiempo libre. No costará nada y nos proporcionará una información muy valiosa.

—Es muy generoso por su parte —dijo Donald—. Todavía no hemos tomado una decisión, pero ahora tengo más clara mi respuesta. —Donald miró a los Josephson, que asintieron—. Creo que a Mary Ann no le habría importado si con ello hubiera ayudado a otros enfermos.

—Creo que sí ayudará a otros enfermos —dijo Angela.

Luego, ambos se dirigieron al depósito para trasladar el cadáver de Mary Ann al laboratorio, y de ahí a la sala de autopsias. La habitación no se utilizaba desde hacía años y se había convertido en un especie de almacén. Tuvieron que retirar unas cajas que había sobre la vieja mesa de operaciones.

Angela se dio cuenta de que David lo estaba pasando bastante mal, pues no estaba acostumbrado a ver autopsias, y además se trataba del cadáver de una de sus pacientes.

—¿Por qué no vas a ver a tus enfermos? —le sugirió Angela cuando se disponía a empezar.

—¿Estás segura de que te las puedes arreglar sola?

—Cuando acabe te llamaré para que me ayudes a llevarla abajo.

—Gracias —dijo David. Al llegar a la puerta se volvió—: Recuerda que cabe la posibilidad de que aparezca un virus desconocido. Ten cuidado. Y también quiero un estudio toxicológico completo.

—¿Por qué toxicológico?

—Quiero estudiar todas las posibilidades —respondió David—. Hazlo por mí.

—Lo haré —dijo Angela—. ¡Y ahora, vete! —Cogió un bisturí y le hizo un gesto de que se marchara.

David salió de la sala de autopsias y, aliviado, se quitó el gorro, la mascarilla y los guantes que se había puesto para colaborar en la autopsia. Se dirigió a la planta de pacientes.

Estaba convencido de que iba a dar el alta a Eakins, y más después de su conversación con las enfermeras. Le habían confirmado que el ritmo cardíaco de Eakins era normal. Pero al entrar en la habitación de Jonathan se encontró con un panorama desalentador. Jonathan estaba muy mal. Sensibilizado por los recientes acontecimientos, David se quedó sin habla. Sentía fluir la adrenalina por todo su cuerpo. Temeroso de su probable respuesta, le pidió a Jonathan que describiera su estado.

—Me siento fatal —respondió Jonathan. Tenía los músculos de la cara como inertes y los ojos sin brillo. De la comisura de la boca le caía un hilillo de baba—. Primero empecé con retortijones, y luego náuseas y diarrea. No tengo apetito y estoy tragando todo el rato.

—¿Tragando? —preguntó David, asustado.

—Tengo la boca llena de saliva todo el rato.

David intentó situar aquellos síntomas en alguna categoría conocida. La salivación excesiva era uno de los síntomas de envenenamiento por mercurio.

—¿Comió algo inusual anoche? —preguntó.

—No.

—¿Y el suero?

—Me lo cambiaron ayer tal como usted había dispuesto.

David sintió pánico. Excepto por la salivación, los síntomas de Jonathan eran idénticos a los de Marjorie, John y Mary Ann antes de su fulminante deterioro y posterior fallecimiento.

—¿Qué ocurre? —preguntó Jonathan al notar la ansiedad de David—. ¿Es grave, verdad?

—Pensaba darle de alta hoy —dijo David evitando contestar directamente a su pregunta—, pero si se encuentra tan mal será mejor que siga aquí un par de días.

—De acuerdo, doctor. Pero este fin de semana es el aniversario de mi boda.

Luego, David fue a la sala de enfermeras. Todo el rato se repetía que era imposible que volviera a ocurrir lo mismo. Las posibilidades eran mínimas.

David se dejó caer en la silla y cogió el expediente de Jonathan del fichero. Lo leyó y releyó cuidadosamente, incluidas las anotaciones de las enfermeras. Por la mañana Jonathan tenía treinta y siete de temperatura. ¿Era eso fiebre? David no estaba muy seguro, ya lo confundía todo.

Volvió a la habitación de Jonathan, se sentó a su lado y le auscultó. Los pulmones estaban limpios.

Regresó a la sala de enfermeras, apoyó los codos en el mostrador y ocultó la cara entre las manos. Tenía que pensar. No sabía qué hacer, pero tenía que hacer algo. Cogió impulsivamente el teléfono. Sabía lo que iba a pasar con Kelley y la AMG, pero no le importaba. Llamó al doctor Mieslich, el oncólogo, y al doctor Hasselbaum, el especialista en enfermedades infecciosas y les rogó que acudieran al hospital inmediatamente. Explicó que tenía un paciente con los mismos síntomas que habían acabado con los anteriores.

Mientras esperaba, ordenó diversas pruebas y análisis. Siempre cabía la posibilidad de que Jonathan despertara al día siguiente totalmente repuesto, pero David no podía arriesgarse a que siguiera los pasos de Marjorie, John y Mary Ann. Un sexto sentido le decía que Jonathan estaba en las proximidades de un combate a vida o muerte, y su intuición siempre había funcionado bastante bien.

El primero en llegar fue el especialista en enfermedades infecciosas. Después de un breve cambio de opiniones con David, pasó a examinar al paciente. A continuación llegó el doctor Mieslich, con el historial de Jonathan de cuando había sido su paciente. Mieslich y David estudiaron el historial desde la primera a la última página. Para entonces, el doctor Hasselbaum ya había terminado de examinar a Jonathan. Se reunió con David y Mieslich en la sala de enfermeras.

Los tres médicos se enfrascaron en discutir el caso. De pronto, David reparó en que sus colegas miraban a alguien que estaba a sus espaldas. David se dio la vuelta: era Kelley.

—¿Doctor Wilson, le importaría que habláramos un momento en la sala de espera? —dijo Kelley.

—Estoy muy ocupado —repuso David y se volvió hacia sus colegas.

—Siento tener que insistir —dijo Kelley dándole unos golpecitos en el hombro. David apartó aquella mano; no le gustaba que Kelley le tocara.

—Mientras tanto iré examinando al paciente —dijo Mieslich, levantándose y saliendo de la sala de enfermeras.

—Yo aprovecharé para anotar mi diagnóstico —dijo Hasselbaum. Sacó una estilográfica de la chaqueta y cogió el expediente de Jonathan.

—Está bien —dijo David poniéndose de pie—. Adelante, señor Kelley.

Se encaminaron a la sala de espera. Cuando David entró en la habitación, Kelley cerró la puerta.

—Supongo que ya conoce a la señorita Helen Beaton, la directora del hospital —dijo Kelley—, y al señor Michael Caldwell, el director médico. —Señaló a ambos, que estaban sentados en uno de los sofás.

—Por supuesto —dijo David.

Recordaba a Caldwell de la entrevista con Angela, y se había encontrado con Beaton en varios actos del hospital. David les estrechó la mano a los dos, que no tuvieron la deferencia de levantarse.

Kelley se sentó, y David hizo lo propio.

David miró los rostros de las personas que tenía ante sí. Supuso que tendría problemas a causa de la autopsia de Mary Ann Schiller, pero esperaba que eso no causara problemas a Angela.

—Supongo que debería ir al grano —dijo Kelley—. Se preguntará cómo hemos reaccionado tan rápidamente ante su comportamiento en el caso de Jonathan Eakins.

David estaba asombrado. ¿Cómo podían estar allí aquellos tres hablándole de Jonathan, cuando acababa de empezar a investigar los primeros síntomas?

—Nos ha avisado la supervisora de enfermeras —dijo Kelley—, a quien han informado las enfermeras de planta, tal como tenían ordenado. El control de utilización es algo vital. Como ya le he dicho en anteriores ocasiones, usted se empeña en hacer consultas con especialistas externos.

—Y demasiadas pruebas de laboratorio —añadió Beaton.

—Y demasiados análisis —dijo Caldwell.

David miró incrédulo a los tres administradores, que le devolvieron la mirada con descaro. Eran un tribunal a la espera de dictar sentencia: una especie de inquisición. David estaba siendo juzgado por herejía económico-sanitaria, y ninguno de los tres inquisidores era médico.

—Debemos recordarle que su paciente ha padecido un cáncer de próstata con metástasis —dijo Kelley.

—En suma, creemos que usted es demasiado manirroto y pródigo en gastos —dijo Beaton.

—Usted tiene un amplio historial de mala utilización de recursos en pacientes terminales —dijo Kelley.

David luchó con sus emociones. Se sentía culpable por la

muerte de sus pacientes, pero también vulnerable ante la crítica de los administradores.

—Yo me debo a mis pacientes —dijo David con humildad—, no a una organización o institución.

—Apreciamos su punto de vista —dijo Beaton—, pero esas actitudes son las que han provocado la crisis económica de la sanidad. Debería usted ampliar un poco más sus horizontes. Nos debemos a toda una comunidad de pacientes y no podemos abarcarlo todo. Es necesario un cierto criterio a la hora de administrar recursos limitados.

—Mire David, es innegable que usted utiliza servicios auxiliares con mayor profusión que el resto de sus colegas médicos —observó Kelley.

Se produjo una pausa. David no estaba muy seguro de lo que tenía que decir.

—En estos últimos casos me he enfrentado a una enfermedad infecciosa desconocida. Podría producirse una verdadera tragedia si no aislamos esta bacteria.

Los tres administradores se miraron para ver quién de ellos hablaba.

—Eso es ajeno a mis competencias —dijo Beaton encogiéndose de hombros—. Lo siento, pero es así.

—A mí me pasa lo mismo —dijo Caldwell.

—Bueno —dijo Kelley—, ya que tenemos aquí a un médico neutral, especialista en enfermedades infecciosas (y como la AMG pagará sus servicios), preguntémosle su opinión.

Kelley fue en busca de los doctores Mieslich y Hasselbaum. Tras las oportunas presentaciones, preguntaron a Hasselbaum si creía que los anteriores pacientes de David, y el propio Jonathan Eakins, podían haberse visto afectados por una enfermedad infecciosa de origen desconocido.

—Sinceramente, lo dudo —dijo Hasselbaum—. No hay ninguna evidencia de enfermedad infecciosa. Los tres tenían neumonía, pero creo que la contrajeron por culpa de un estado general de debilidad. En los tres casos, el agente provocador era un patógeno conocido.

Kelley preguntó entonces qué tipo de tratamiento creían que había que aplicarle a Jonathan Eakins.

—Puramente sintomático —dijo Mieslich mirando a Hasselbaum.

—Yo también aconsejaría lo mismo —dijo Hasselbaum.

—Ustedes dos han visto la larga lista de pruebas que ha ordenado el doctor Wilson —dijo Kelley—, ¿creen que, dadas las circunstancias, alguna de ellas es imprescindible?

Mieslich y Hasselbaum se miraron. Hasselbaum fue el primero en hablar:

—Si yo estuviera en su lugar, suspendería todas las pruebas y esperaría. Quizá mañana por la mañana el paciente esté totalmente recuperado.

—Estoy de acuerdo —dijo Mieslich.

—¿Bien? —dijo Kelley—. Parece que estamos todos de acuerdo. ¿Tiene algo que decir, doctor Wilson?

La reunión acabó en medio de sonrisas, apretones de mano y aparentes buenas maneras. Pero David se sentía confuso y humillado, incluso algo deprimido. Volvió a la sala de enfermeras y canceló la mayor parte de las pruebas que había ordenado para Jonathan. Luego se fue a verlo.

—Gracias por haber traído a toda esa gente a examinarme —dijo Jonathan.

—¿Cómo se encuentra?

—No lo sé, creo que estoy un poco mejor.

Cuando David volvió a la sala de autopsias, Angela ya había terminado de recogerlo todo. Ayudó a llevar el cuerpo de Mary Ann a la morgue y notó que Angela no estaba muy dispuesta a hablarle de los resultados. Prácticamente tuvo que obligarla a que le contara algo.

—En realidad no he encontrado nada —admitió ella.

—¿Y en el cerebro?

—Totalmente limpio. Pero tendremos que esperar los resultados del microscopio.

—¿Algún tumor?

—Me parece que tenía uno muy pequeño —contestó Angela—. El microscopio lo confirmará.

—¿Y no has encontrado nada que pudiese haberle causado la muerte?

—Tenía neumonía.

David asintió; eso ya lo sabía.

—Te agradezco que lo hayas intentado —dijo David.

Después, cuando se dirigían en coche a casa, Angela comprobó que David seguía deprimido. Todo el rato contestaba con monosílabos.

—Supongo que estás un poco decepcionado porque no he encontrado nada nuevo en la autopsia —dijo Angela cuando llegaron a casa.

—Eso es sólo una pequeña parte —dijo David dando un suspiro.

—David, eres un médico maravilloso y además tienes mucho talento. Deja de tratarte tan duramente.

David le contó que Kelley le había llevado ante una especie de tribunal de la inquisición.

—¡Qué cara! —dijo ella—. Los administradores del hospital no deberían meterse en las cuestiones profesionales.

—No lo sé —dijo David, abatido—; en algunas cosas tienen razón. En realidad los costes de la medicina asistencial son un verdadero problema. Pero es muy difícil ceñirte a la teoría cuando estás tratando a un paciente concreto. Además, los médicos a los que he consultado se han puesto del lado de los administradores.

David no tenía hambre y a la hora de la cena se limitó a amontonar la comida en los extremos del plato. Para acabar de estropear las cosas, Nikki se quejó de que no se encontraba bien.

A eso de las ocho, Nikki empezó a congestionarse y Angela la acompañó al piso de arriba para hacer la terapia respiratoria. Luego, Angela encontró a David en la sala de estar. La televisión estaba encendida pero él miraba el fuego con aire ausente.

—Quizá sería mejor que Nikki no fuera al colegio mañana.

David no contestó. Angela estudió su cara. En ese momento no sabía por quién preocuparse más: si por Nikki o David.

CAPÍTULO 18

LUNES 25 DE OCTUBRE

Cuando el despertador sonó, a Angela no le gustó comprobar que David no estaba en la cama. Se levantó y abrió las cortinas. Las nubes anunciaban lluvia.

Bajó a buscar a David y le encontró sentado en la sala.

—¿Llevas mucho rato levantado? —preguntó, intentando parecer animada.

—Desde las cuatro. Pero no te asustes, hoy me siento un poco mejor. —Le dedicó una sonrisa.

Poco después, Angela se alegró de que la niña despertase libre ya de la congestión; además, había dormido toda la noche de un tirón, sin pesadillas de ningún tipo. Al fin y al cabo, la broma de las máscaras de Halloween podía haber tenido un efecto beneficioso para Nikki. Por desgracia, Angela sí había tenido una pesadilla. En su sueño, volvía a casa de la compra con varias bolsas de comestibles, y se encontraba la cocina llena de sangre, no sangre seca, sino fresca, que manaba de las paredes y encharcaba el suelo.

Después de la terapia respiratoria, Angela auscultó a la niña con suma atención. Estaba perfectamente. Nikki se alegró de saber que podía ir al colegio.

A pesar de que amenazaba lluvia, David se empeñó en ir a trabajar en bicicleta. Su mujer no intentó disuadirle, le parecía buena señal que tuviese ánimo de ir en bicicleta.

Después de dejar a Nikki en el colegio, Angela se dirigió al laboratorio, deseosa de empezar a trabajar. Los lunes solían ser muy ajetreados porque se acumulaba todo el trabajo del fin de semana. Entró de buen talante en su despacho, pero antes de colgar el abrigo vio a Wadley, inmóvil en la puerta que comunicaba ambos despachos.

—Buenos días —dijo Angela intentando parecer alegre. Colgó el abrigo y se volvió para mirar a su jefe. Wadley no parecía muy contento.

—Me ha llamado la atención que practicaras una autopsia en el laboratorio —gruñó Wadley.

—La practiqué en mis horas libres —repuso ella.

—Durante tu tiempo libre, sí, pero en *mi* laboratorio.

—Es cierto que he utilizado las instalaciones del hospital —replicó Angela, dando a entender que el laboratorio no era propiedad privada de Wadley. El laboratorio pertenecía al hospital y Wadley era un empleado como ella.

—Te había advertido que está prohibido hacer autopsias.

—Usted sólo me dijo que la AMG no pagaría ninguna autopsia —precisó Angela.

Los fríos ojos de Wadley taladraron a Angela.

—Permíteme aclarar un pequeño malentendido. En este departamento están prohibidas las autopsias salvo que yo lo autorice. Yo soy quien dirige el departamento, no tú. Además, he ordenado a los técnicos que no procesen los portaobjetos, los cultivos y las muestras toxicológicas de tu autopsia —concluyó, y se metió en su despacho dando un portazo.

Como siempre ocurría tras sus frecuentes enfrentamientos, Angela se quedó totalmente desanimada. Cogió las muestras de tejidos, los cultivos y las muestras toxicológicas, las empaquetó cuidadosamente y las envió al laboratorio de Boston donde había estudiado. Tenía muchos amigos allí que podrían prepararle las muestras para ser analizadas. Angela conservó las muestras de tejidos para prepararlas ella misma.

David empezó la ronda de pacientes, dejando a Jonathan para la última visita. Cuando entró en su habitación, se estremeció: la cama estaba vacía. Suponiendo que le habían trasladado a otra habitación, como ya había ocurrido con John Tarlow, se dirigió a la sala de enfermeras para preguntar por Jonathan. Janet Colburn le dijo que al señor Eakins lo habían trasladado la noche anterior a la UCI por orden del médico de guardia.

David se sintió aturdido.

—El señor Eakins tuvo problemas respiratorios y entró en coma —añadió Janet.

—¿Por qué no me llamaron? —preguntó David.

—Teníamos instrucciones de no llamarle —dijo Janet.

—¿Órdenes de quién? —preguntó David.

—De Michael Caldwell —dijo Janet—, el director médico del hospital.

—Pero es absurdo... —exclamó David—. ¿Por qué...?

—Nos han dicho que si tiene usted algún problema, le pregunte a la señora Beaton. Nosotras no tenemos la culpa.

David estaba desquiciado. El director médico no tenía ningún derecho a dar una orden así. A David nunca le había pasado una cosa tan absurda. Los administradores estaban empezando a dejarle de lado, y esa intromisión en el trato con sus pacientes le parecía una ofensa imperdonable. David comprendió que no tenía que discutir con la enfermera y se dirigió a ver a su paciente. Apenas llegó, comprobó que el estado de Jonathan era verdaderamente crítico. Le habían conectado a un respirador, como habían hecho anteriormente con Mary Ann. David le auscultó: Jonathan también tenía neumonía. Miró las botellas intravenosas y comprobó que le estaban administrando antibióticos. Cogió el historial de Jonathan y lo estudió: su enfermedad seguía la misma evolución que la de sus tres pacientes fallecidos. Jonathan tenía problemas intestinales, el sistema nervioso deteriorado y alteraciones sanguíneas.

David se dispuso a llamar a Helen Beaton, pero el supervisor de la UCI le tocó en el hombro y le dijo que Charles Kelley estaba al teléfono.

—Las enfermeras me han dicho que le encontraría en la UCI —dijo Kelley—. Quería informarle que el caso Eakins lo hemos pasado a otro médico de la AMG.

—No puede hacer eso —repuso David enfadado.

—Un momento, doctor Wilson. Claro que la AMG puede transferir un paciente, y ya lo hemos hecho. También se lo hemos comunicado a la familia y han mostrado su acuerdo.

—Pero ¿por qué? —preguntó David, sorprendido de que la familia hubiese dado su conformidad.

—Creemos que usted se ha implicado emocionalmente de un modo inapropiado —dijo Kelley—. Hemos decidido que lo mejor para todos es retirarle del caso. Eso le dará ocasión de calmarse. Sé que últimamente ha estado sometido a muchas tensiones.

David estuvo a punto de decir que él ya había avisado del posible agravamiento de Jonathan, pero se abstuvo. Kelley no parecía dispuesto a escuchar las opiniones de David.

—No olvide lo que hablamos el último día —continuó Kelley—. Si lo medita creo que comprenderá nuestro punto de vista.

David se sentía confundido cuando colgó. Por un lado, estaba furioso de que le hubieran quitado de en medio. Pero por otro, había algún elemento de verdad en los argumentos de Kelley. Nada más tenía que fijarse en sus manos temblorosas para comprender que efectivamente estaba demasiado implicado con sus enfermos.

David salió tambaleándose de la UCI. Cuando pasó por delante de Jonathan ni siquiera le miró. Al llegar al vestíbulo del hospital, consultó la hora. Era muy pronto para pasarse por la consulta. Se dirigió a los archivos médicos.

Una vez allí, cogió los expedientes de Marjorie, John y Mary Ann. Sentado en la soledad de una cabina de dictado, revisó cada uno de los historiales. Leyó todas las anotaciones, las notas de las enfermeras, los informes de laboratorio y los resultados de las distintas pruebas. David seguía dándole vueltas a la teoría del virus desconocido, algo que sus pacientes podían haber contraído en el propio hospital. Esa clase de infección se denominaba nosocomial. Él había leído sobre incidentes parecidos en otros hospitales. Todos sus pacientes tenían neumonía, pero cada caso había sido provocado por una clase de bacteria diferente. La neumonía tenía que ser originada por algún tipo de infección interna. El denominador común de los tres pacientes era el historial. Los tres habían sido tratados de cáncer con diferentes tipos de cirugía, radioterapia y quimioterapia. De las tres modalidades, la quimioterapia era la única común a los tres. Él sabía muy bien que uno de los efectos secundarios de la quimioterapia consistía en un estado de debilidad general debido a la alteración del sistema inmunológico. Se preguntó si ese hecho había influido en el rápido deterioro experimentado por sus pacientes. Sin embargo, el oncólogo había dado muy poca importancia a ese factor, ya que los pacientes habían sido tratados con quimioterapia mucho antes de haber ingresado en el hospital. El sistema inmunológico de los tres había tenido tiempo de recuperarse.

El buscapersonas que llevaba en el cinturón le sacó de su ensimismamiento. Miró el visor de litio y reconoció el número: le llamaban de urgencias. Volvió a guardar los expedientes y corrió escaleras abajo.

El paciente era Donald Anderson. La diabetes era la fuente de la gran mayoría de los problemas de Donald, y esta urgencia no era una excepción. David entró en una sala de emergencia y comprobó que el nivel de azúcar en la sangre de Donald estaba fuera de control. Su paciente había caído en un estado semicomatoso.

David ordenó unos análisis y que le pusieran un gota a gota. Mientras esperaba los resultados del laboratorio, habló con Shirley Anderson, la mujer de Donald.

—Llevaba una semana con problemas —dijo Shirley—. Pero ya sabe cómo es de cabezota. No quiso venir a verle.

—Creo que tendremos que ingresarlo. Pasarán días hasta que se recupere.

—Afortunadamente —repuso Shirley—. Cuando se pone así, las cosas se complican mucho. Ya sabe, los niños y todo eso.

Cuando llegaron los resultados de los análisis le sorprendió que Donald no estuviera peor de lo que aparentaba. De regreso junto al paciente, que ya había recuperado el conocimiento gracias al gota a gota, David reparó en que en la sala contigua estaba Caroline Helmsford, la amiga de Nikki. El doctor Pilsner estaba a su lado.

David entró y se acercó a Caroline. La niña le miró con ojos suplicantes. En la parte inferior del rostro tenía una mascarilla que le proporcionaba oxígeno. Su tez estaba gris azulada, y respiraba con dificultad.

El doctor Pilsner, que la auscultaba, sonrió a David. Luego, lo condujo a un aparte.

—La pobre niña lo está pasando bastante mal —dijo Pilsner.

—¿Qué tiene? —preguntó David.

—Lo de siempre. Fiebre alta y congestión aguda.

—¿La ingresará?

—Por supuesto —dijo Pilsner—. Usted sabe muy bien que es mejor no correr riesgos con este tipo de enfermedades.

David asintió. Dudaba. Volvió a mirar a Caroline, que respiraba entrecortadamente. Parecía muy pequeña y vulnerable en aquella enorme camilla. Su imagen le evocó a Nikki. Dado que Nikki padecía la misma fibrosis quística, la de la camilla podía haber sido su hija.

—Le llama el forense en jefe —le dijo una secretaria a Angela, que cogió el teléfono.

—Espero no molestarla —dijo Walt.

—En absoluto.

—Tengo un par de cosas de la autopsia de Hodges. ¿Sigue interesada en el caso?

—Por supuesto —dijo Angela.

—En primer lugar, el hombre tenía un alto porcentaje de alcohol en el líquido ocular.

—Vaya, no sabía que pudieran afinar tanto después del tiempo transcurrido —observó Angela.

—Si tenemos líquido ocular es relativamente sencillo —explicó Walt—. El alcohol permanece bastante tiempo. También hemos confirmado que el ADN de la piel encontrado en las uñas era diferente del de Hodges. Sin lugar a dudas ese ADN pertenece al asesino.

—¿Y las partículas de carbón que había en la piel? ¿Tiene alguna teoría?

—No he prestado mucha atención a ello —dijo Walt—. Pero he cambiado de opinión sobre que esas partículas tuviesen relación con la pelea. Las partículas estaban en la dermis, no en la epidermis. Debían de proceder de alguna vieja herida, un lápiz clavado en el colegio o así. Yo también tengo una cosa así en el brazo.

—Yo tengo una en la palma de la mano derecha —dijo Angela.

—Mire, no me he ocupado demasiado de este caso porque no he recibido presiones de la oficina del fiscal ni de la policía estatal. Por desgracia, he tenido que dedicarme a casos más urgentes.

—Lo comprendo —dijo Angela—. Yo sí sigo interesada. Por favor, manténgame al corriente si surgen nuevos datos.

Después de colgar, Angela se quedó pensando en el caso Hodges, preguntándose qué estaría haciendo Phil Calhoun. No hablaba con el detective desde que le visitó en su casa y le dejó un pago a cuenta. Pensando en Hodges y Calhoun, recordó lo indefensa que se había sentido la noche en que David se marchó al hospital.

Angela consultó su reloj y vio que era hora de comer. Apagó el microscopio, cogió el abrigo y se dirigió al coche. Le había dicho a David que quería una pistola, y pensaba comprársela.

En Bartlet no había armerías, pero la ferretería de Staley tenía una sección de armas. Cuando Angela dijo que quería un arma, Staley se mostró muy solícito. Le preguntó por el motivo. Ella dijo que para proteger su casa. Staley aconsejó que comprara una escopeta. Tardó menos de quince minutos en escogerla. Una escopeta de aire comprimido del doce. Staley estaba encantado de explicarle cómo se cargaba, y puso especial atención en enseñarle el mecanismo del seguro. El arma venía con un manual, y Staley le aconsejó que se lo leyera.

Mientras volvía al coche, Angela era plenamente consciente del paquete que llevaba, y eso que le había pedido a Staley que lo envolviera en papel manila. Pero aún así, resultaba bastante fácil de reconocer. Nunca había tenido un arma. En la otra mano llevaba una caja de munición. Con alivio, guardó la escopeta en el coche. Luego miró al otro lado del parque, a la comisaría de policía, y vaciló. Desde el incidente con Robertson se sentía culpable. Sabía que David tenía razón, era una tontería enemistarse con el jefe de policía aunque éste fuera un idiota.

Se encaminó a la comisaría. Robertson la recibió tras una espera de diez minutos.

—Espero no molestarle —dijo Angela.

—No se preocupe.

—No le robaré mucho tiempo —dijo ella, sentándose.

—Soy un servidor público —repuso Robertson con absoluta desfachatez.

—He venido a disculparme por lo de ayer —dijo Angela.

—¿Oh? —dijo Robertson, sorprendido.

—No me porté muy bien. Y lo siento. He estado abrumada desde que descubrimos el cadáver de Hodges en mi casa.

—Bueno, es muy amable de su parte el haber venido —dijo Robertson claramente confundido. No se lo esperaba—. Yo lo siento por Hodges. Mantendremos el caso abierto y le avisaremos si descubrimos algo.

—Esta mañana me he enterado de algo —dijo Angela, y le explicó que era muy probable que el asesino de Hodges tuviera un pequeño quiste de grafito de lápiz en el brazo.

—¿Grafito de lápiz? —preguntó Robertson.

—Sí —dijo Angela. Se puso de pie y extendió la mano derecha, señalando una pequeña mancha bajo la piel—. Una cosa parecida a ésta. Me la hice en tercer curso.

—Entiendo —dijo Robertson asintiendo con la cabeza y con una sonrisa sarcástica—. Bueno, gracias por el dato.

—Creía mi deber informarle de esto. El forense me aseguró que la piel encontrada debajo de las uñas de Hodges era de su asesino. El forense tiene una huella de su ADN.

—El problema es que ese sofisticado ADN no sirve de nada sin un sospechoso —dijo Robertson.

—En una pequeña ciudad de Inglaterra se descubrió una violación gracias a una huella de ADN —repuso Angela—. Bastó con hacer la prueba del ADN a todo el pueblo.

—¡Guau! Imagino lo que dirían los defensores de los derechos civiles si intentáramos hacer algo así en Bartlet.

—No estoy sugiriendo que lo hagan aquí —replicó Angela—. Sólo era un ejemplo.

—Bien. Gracias por haber venido. —Se levantó para despedirla.

Luego, desde la ventana observó cómo Angela subía a su coche. Después cogió el teléfono y pulsó el botón de un número memorizado.

—No se lo va a creer, pero ella sigue insistiendo. Es como un perro con un hueso.

Angela se sentía un poco mejor tras haber intentado aclarar las cosas con Robertson, pero no esperaba que Robertson cambiase un ápice. Sabía que no iba a mover un dedo para resolver el caso Hodges.

En el aparcamiento del hospital, las plazas más próximas a la entrada de personal estaban ocupadas. Angela dio varias vueltas buscando un sitio libre. Como no lo encontró, se dirigió al aparcamiento de arriba. Al final encontró sitio en un extremo alejado. Tardó casi cinco minutos en llegar a la puerta del hospital.

—No es mi día —se dijo mientras entraba en el hospital.

—Pero si el aparcamiento no se verá desde la ciudad —decía Traynor por teléfono. Apenas podía disimular su decepción. Estaba hablando con Ned Banks, uno de los miembros del Consejo Municipal—. No, no —repitió—. No parecerá un búnker de la Segunda Guerra Mundial. ¿Por qué no quedamos en el hospital y le enseño la maqueta? Le aseguro que está bien. Si el Bartlet Community Hospital quiere convertirse en centro de asistencia estatal, necesita ese aparcamiento.

Colette, la secretaria, entró y dejó una tarjeta de visita en la mesa de Traynor. En aquel momento Ned le estaba explicando que, si se construía el aparcamiento, Bartlet perdería su encanto. Traynor cogió la tarjeta: «Phil Calhoun. Investigador Privado. Éxito Garantizado».

—¿Quién es Phil Calhoun? —preguntó Traynor cubriendo el auricular con la mano.

—No lo sé —dijo Colette encogiéndose de hombros—, pero él dice que le conoce. Está esperando ahí fuera. Tengo que ir a correos.

Traynor dejó la tarjeta en la mesa y volvió a la conferencia telefónica. Ned seguía quejándose de los cambios soportados por la ciudad, especialmente el condominio cercano a la carretera interestatal.

—Mire, Ned, tengo que colgar —le interrumpió Traynor—. Espero que medite seriamente lo del aparcamiento. Ya sé que Wiggins habla pestes del proyecto, pero es muy importante para el hospital. Y de verdad, necesito todos los votos posibles.

Traynor colgó disgustado. No entendía la cortedad de miras de los miembros del Consejo Municipal. Al parecer, no valoraban suficientemente la importancia del hospital para la economía de Bartlet, y eso complicaba aún más su trabajo. Echó un vistazo al otro despacho, donde esperaba el detective privado que decía conocerle. Vestía camisa a cuadros blancos y negros y estaba hojeando una de las revistas trimestrales del hospital. A Traynor le resultó vagamente familiar, pero no consiguió situarlo.

Invitó a Calhoun a pasar a su despacho. Mientras se estrechaban la mano, Traynor rebuscó en su memoria, pero seguía en blanco. Los dos hombres se sentaron.

Hasta que Calhoun no le comentó que había sido policía estatal, Traynor no logró recordarle.

—Ya lo recuerdo. Usted era amigo del hermano de Harley Strombell.

Calhoun asintió y le felicitó por su buena memoria.

—Nunca olvido una cara —se ufanó Traynor.

—Quería hacerle algunas preguntas sobre el doctor Hodges —dijo Calhoun, yendo directamente al grano.

Traynor se puso a jugar con la maza que utilizaba para las reuniones del consejo. No le gustaba que le hicieran preguntas sobre Hodges, y sin embargo le daba miedo no contestarlas. No quería buscarse problemas y deseaba que el maldito caso Hodges acabase de una vez.

—¿Tiene un interés personal o profesional? —preguntó Traynor.

—Mitad y mitad.

—¿Le ha contratado alguien?

—Puede decirse así —repuso Calhoun.
—¿Quién?
—No puedo revelarlo. Usted es abogado y lo entenderá.
—Si quiere que le ayude —dijo Traynor—, usted también tendrá que sincerarse un poco.

Calhoun sacó un puro y preguntó si podía fumar. Traynor asintió, y denegó el puro que el otro le ofreció. Calhoun se tomó su tiempo para encenderlo; exhaló el humo hacia el techo y luego dijo:

—La familia quiere saber quién le mató.
—Es comprensible —dijo Traynor—. ¿Me da su palabra de que será discreto?
—Por supuesto.
—De acuerdo. ¿Qué quiere saber?
—Estoy haciendo una lista de la gente que odiaba a Hodges. ¿Se le ocurre algún nombre en particular?
—Muchos —dijo Traynor con una breve carcajada—. Pero no me gustaría tener que dar nombres.
—Tengo entendido que usted estuvo con Hodges la noche en que le asesinaron —dijo Calhoun.
—Hodges irrumpió en medio de una reunión del hospital. Era una mala costumbre que practicaba con frecuencia.
—Creo que ese día Hodges estaba muy enfadado —dijo Calhoun.
—¿Dónde ha oído eso?
—He hablado con bastantes personas de esta ciudad.
—Hodges siempre estaba enfadado —repuso Traynor—. Siempre se mostró descontento con la manera en que dirigíamos el hospital. El doctor Hodges se consideraba el dueño del hospital. Tenía una mentalidad bastante anticuada. Él era un médico de la vieja escuela al que le había tocado dirigir un hospital en una época en la que los costes no importaban. No tenía ni idea acerca de competitividad.
—Creo que yo tampoco entiendo mucho de esas cosas —dijo Calhoun.
—Pues será mejor que lo aprenda —replicó Traynor—, porque es algo que nos atañe a todos. ¿Pertenece a alguna sociedad médica?

—A la AMG.
—A eso iba. Bien. Usted forma parte del sistema y ni siquiera lo sabía.
—Creo que cuando el doctor Hodges irrumpió en su reunión llevaba varios historiales de enfermos.
—Trozos de historiales —corrigió Traynor—. Pero yo no los vi. Quedé con él para comer al día siguiente y discutir todo lo que quisiera. Estaba preocupado por sus antiguos pacientes. Siempre se quejaba de que sus pacientes no recibían un trato de primera. De verdad, el doctor Hodges era como un grano en el culo.
—¿Hodges le daba la lata a la nueva administradora del hospital, Helen Beaton? —preguntó Calhoun.
—¡Bien lo sabe Dios! Hodges no tenía otra cosa que hacer que pasarse el día en el despacho de Beaton. Probablemente la persona que más padeció los ataques de Hodges ha sido Helen Beaton. Después de todo, ella fue la que le sustituyó en el cargo. ¿Y quién podía hacerlo mejor que él?
—Tengo entendido que el día que irrumpió en la reunión usted tuvo un segundo encuentro con Hodges —dijo Calhoun.
—Por desgracia, sí —repuso Traynor—. En el restaurante. Después de las reuniones del hospital solemos ir al Iron Horse. Esa noche, Hodges estaba tan bebido como siempre e igualmente beligerante.
—¿Y tuvo unas palabras con Robertson?
—Sí, así es.
—¿Y con Sherwood?
—¿Con quién ha estado hablado usted?
—Con gente de aquí —contestó Calhoun—. También tengo entendido que el doctor Cantor le dijo algunas cosas desagradables a Hodges.
—No lo recuerdo —dijo Traynor—. Pero Cantor le tenía manía a Hodges desde hacía mucho tiempo.
—¿Por qué?
—Hodges hizo que los departamento de radiología y patología se integraran en el hospital —dijo Traynor—. Quería para el hospital los importantes beneficios que generaban estos departamentos con los equipos del hospital.

—¿Y usted? Creo que usted tampoco le tenía mucha simpatía a Hodges.

—Ya se lo he dicho —replicó Traynor—. Era como tener una piedra en un zapato. Era dificultoso dirigir el hospital con sus continuas interferencias.

—Creo que sus diferencias se debían a motivos personales —dijo Calhoun—. Algo relacionado con su hermana.

—¡Vaya! Sus fuentes son bastante fidedignas —admitió Traynor.

—Simples cotilleos de pueblo.

—Tiene razón. No es ningún secreto. Mi hermana Sunny se suicidó después de que Hodges destituyera a su marido.

—¿Y usted culpó a Hodges? —preguntó Calhoun.

—En aquel entonces, sí. Mierda, el marido de Sunny era un borracho. Hodges tendría que haberle controlado antes de que hiciese daño a alguien.

—Una última pregunta —añadió Calhoun—. ¿Sabe usted quién mató al doctor Hodges?

Traynor rió y movió la cabeza.

—No tengo la más remota idea, y tampoco me importa. Lo único que me preocupa son las repercusiones que su muerte puede producir en el hospital.

Calhoun se puso de pie y aplastó el puro en el cenicero que había en una esquina de la mesa de Traynor.

—Hágame un favor —dijo Traynor—. Yo he colaborado, pero lo único que pido es que no arme alboroto con lo de Hodges. Si descubre al asesino, le ruego me lo comunique para que el hospital pueda tomar ciertas medidas de cara a su imagen externa, sobre todo si el asesino tiene relación con el hospital. Ya tenemos bastantes problemas de imagen con otro asunto bastante peliagudo.

—Entiendo.

Después de acompañar a Calhoun, Traynor volvió a su despacho, buscó el número de Clara Hodges y le telefoneó.

—Quería hacerte una pregunta —dijo tras las cortesías de rigor—. ¿Te suena el nombre de Phil Calhoun?

—No —dijo Clara—. ¿Por qué?

—Acaba de estar en mi despacho. Es detective privado. Me

ha hecho unas cuantas preguntas sobre Dennis. Ha dado a entender que está contratado por la familia.

—Desde luego yo no he contratado a ningún detective privado —dijo Clara—. Y no puedo imaginarme que alguien de la familia lo haya hecho, y menos sin que yo me enterara.

—Bien. Si averiguas algo de ese Calhoun, llámame.

—Lo haré —dijo Clara.

Traynor colgó y soltó un suspiro. Tenía la desagradable sensación de que había más problemas a la vista. Incluso bajo tierra, Hodges era un tormento.

—Tiene otro paciente —dijo Susan, pasándole la ficha—. Es una enfermera de la segunda planta.

David cogió la ficha y entró en el consultorio. La enfermera era Beverly Hopkins, del turno de noche. David la conocía vagamente.

—¿Qué le pasa? —preguntó David con una sonrisa.

Beverly estaba sentada en la camilla de reconocimiento. Era una mujer alta y esbelta, de cabello castaño claro. Susan le había dado una bacinilla porque todo el rato sentía náuseas. Estaba bastante pálida.

—Siento molestarle, doctor Wilson —dijo Beverly—. Creo que es gripe. Yo me habría quedado en casa, pero ya sabe que para pedir la baja tenemos que venir aquí a que nos reconozcan.

—No se preocupe. Para eso estoy aquí. ¿Qué síntomas tiene?

Los síntomas eran similares a los de las otras enfermeras: malestar general, problemas intestinales y fiebre baja. David la examinó y la mandó a casa a descansar, recomendándole que bebiera líquidos y tomase aspirinas.

Después, David se dirigió al hospital para visitar a sus pacientes. Mientras caminaba, reparó en que todos los pacientes con gripe eran enfermeras. Y todas de la segunda planta... David se detuvo. ¿Era una coincidencia? En la segunda planta habían estado sus pacientes malogrados. Sin embargo, la mayoría de pacientes eran ingresados en la segunda planta. En todo caso, le pareció raro que no hubiera enfermeras con gripe en obstetricia o en urgencias.

Echó a andar y otra vez pensó en que sus pacientes hubieran contraído en el hospital alguna clase de enfermedad infecciosa. Podía tener relación con la sintomatología de las enfermeras. Utilizando un planteamiento dialéctico, David llegó a la siguiente conclusión: las enfermeras, que generalmente eran personas sanas, se ponían medio enfermas tras quedar expuestas a la misteriosa enfermedad, y los pacientes —con un sistema inmunológico debilitado— a los que se trataba con quimioterapia contraían una enfermedad mortal. No le pareció tan raro el razonamiento. Ahora tenía que encontrar una enfermedad que encajase con aquella sintomatología. La enfermedad tendría que afectar el sistema gastrointestinal, el sistema nervioso central, la sangre y, encima, ser muy difícil de detectar, incluso para un experto en la materia como el doctor Hasselbaum. ¿Se trataba de un veneno ambiental?, se preguntó. Recordó la salivación excesiva de Jonathan. David había pensado en mercurio. Aún así, la idea del veneno parecía bastante improbable. ¿Cómo se propagaba? Si lo hacía por el aire, se habrían contaminado muchas personas, no sólo cuatro pacientes y cinco enfermeras. Pero el veneno era una posibilidad. David decidió aguardar a que llegaran los estudios de toxicología hechos a Mary Ann.

Aceleró el paso y subió a la segunda planta. Sus pacientes evolucionaban bastante bien. Incluso Donald, que no necesitó mucha atención, salvo la de regular su dosis de insulina.

Al finalizar la ronda, bajó a buscar a Angela al laboratorio. La encontró en la sección de química intentando solucionar un problema surgido en un analizador.

—¿Ya has acabado? —preguntó Angela.

—Por una vez, sí.

—¿Cómo está Eakins?

—Te lo contaré más tarde.

—¿Va todo bien?

—No —dijo David—. Pero ahora no quiero hablar de eso.

Angela se excusó con el técnico de laboratorio con el que estaba trabajando e hizo un aparte con David.

—Esta mañana me he encontrado con una pequeña sorpresa —dijo Angela—. Wadley está furioso por lo de la autopsia.

—Lo siento —dijo David.

—No es culpa tuya. Wadley se está comportando como un bastardo porque tiene el orgullo dolido. En concreto, no me ha dejado procesar ninguna muestra.

—¡Mierda! —exclamó David—. Quería ver las pruebas de toxicología.

—No te preocupes. He enviado las muestras a Boston. Yo misma prepararé los portaobjetos. Me quedaré esta noche a hacerlo. ¿Te importa preparar la cena?

David le dijo que estaría encantado de hacerlo y a continuación se despidieron.

David se sintió aliviado de abandonar el hospital. Montado en su bicicleta se sintió exultante de aspirar el frío aire de Nueva Inglaterra.

Al llegar a casa, Alice se marchó y David se lo pasó muy bien a solas con Nikki. Trabajaron en el jardín hasta el anochecer. Luego, mientras Nikki hacía los deberes, David preparó una cena muy sencilla a base de filetes y ensalada.

Después de la cena, David le contó lo de Caroline.

—¿Está muy enferma? —preguntó Nikki.

—Parecía bastante fastidiada.

—Me gustaría ir a verla mañana —dijo Nikki.

—Bien. Pero recuerda que la otra noche estabas congestionada. Creo que será mejor que esperemos hasta saber exactamente lo que tiene Caroline. ¿De acuerdo?

Nikki asintió a regañadientes.

David insistió en que hiciera las posturas de drenaje, pese a que cuando se sentía bien sólo tenía que hacerlas por la mañana. Nikki no protestó.

Después de que la niña se fuese a la cama, David se ocupó en repasar enfermedades infecciosas en un manual de medicina. No buscaba ninguna enfermedad en concreto. Suponía que podría encontrar algo sobre el tipo de enfermedad infecciosa que se había imaginado por la mañana. Pero no vio nada.

Casi inadvertidamente, se quedó dormido con el libro de

medicina en el regazo y soñó con su época de estudiante de medicina. Al despertar, creyó haber dormido sólo un momento. Miró el reloj de la chimenea y vio que eran las once pasadas; Angela todavía no había vuelto.

David llamó al hospital. La telefonista le pasó con el laboratorio.

—¿Qué pasa? —preguntó al oír la voz de Angela.

—Estoy tardando más de lo que pensaba —dijo Angela—. Tintar las muestras lleva su tiempo. Desde luego, me ha servido para valorar el trabajo de los técnicos que se encargan de ello. Debí llamarte, pero ya casi he acabado. Estaré en casa en una hora.

—Te esperaré —dijo David.

Angela aún tardó una hora en terminar. Cogió unos cuantos portaobjetos y los guardó en un portafolios metálico. Pensó que David querría echarles un vistazo. Angela tenía su microscopio en casa, y David podría estudiar las muestras si le apetecía. Dio las buenas noches a los técnicos de turno y se dirigió al aparcamiento.

No vio su viejo Volvo en la zona reservada y por un momento pensó que se lo habían robado, pero recordó que lo había aparcado en el extremo más alejado de la parte de arriba. Apretó el paso, pero enseguida tuvo que aminorar. Llevaba un maletín bastante pesado y además estaba agotada. A mitad de camino cambió el maletín de mano. Los pocos coches que había en el aparcamiento pertenecían al personal de noche y Angela fue dejándolos atrás. Angela tomó conciencia de que estaba completamente sola en el aparcamiento. No había nadie. Empezó a sentirse más incómoda conforme avanzaba. No estaba acostumbrada a salir a esas horas y la verdad es que había pensado que se encontraría con alguien. Le pareció oír unos pasos a sus espaldas, pero se volvió y no vio nada. Siguió andando y pensó en animales salvajes. Había oído decir que a veces se veían osos por la zona. Se preguntó qué haría si de repente se encontrara con un oso. «Eres una estúpida», se dijo. Siguió adelante. Tenía que llegar a casa, eran las doce pasadas.

La iluminación del aparcamiento inferior era bastante buena, pero en cuanto Angela llegó al camino que conducía a la parte de arriba, tuvo que pararse un momento para que sus ojos se acostumbraran a la oscuridad. En el camino no había ninguna iluminación, y la tupida vegetación de árboles a ambos lados formaba una especie de corredor natural. El ladrido de un perro a lo lejos la sobresaltó. Se adentró aún más en el túnel de árboles y empezó a subir por una escalinata hecha con traviesas de tren. Escuchaba los ruidos del bosque y el susurrar del viento en la copa de los pinos. Estaba muy asustada y recordó la broma de Nikki y David con las máscaras de Halloween, lo que la puso más tensa. Al final de la escalinata el camino se nivelaba y viraba a la izquierda. Un poco más adelante se veían las luces del aparcamiento superior. Estaba a sólo unos quince metros.

Angela casi se había tranquilizado cuando de pronto surgió un hombre de entre las sombras. Se abalanzó sobre ella con tanta rapidez que Angela no tuvo tiempo de huir. Esgrimía un objeto metálico y llevaba la cara tapada con un pasamontañas oscuro.

Angela se tambaleó hacia atrás, tropezó con una raíz y cayó al suelo. Emitió un grito y rodó hacia un lado. Oyó el golpe del objeto contra la tierra donde hacía una fracción de segundo había estado ella. Angela se puso de pie. El hombre la cogió con una mano enguantada y volvió a esgrimir el objeto metálico. Angela le golpeó con el maletín en la entrepierna con todas sus fuerzas. El hombre soltó su presa y se retorció de dolor. Angela echó a correr hacia el aparcamiento superior. El terror le dio alas y corrió como no lo había hecho en su vida. Oía al agresor a sus espaldas, pero no osaba mirar. Corría hacia el Volvo con un solo pensamiento en la cabeza: la escopeta.

Al llegar junto al vehículo, dejó el maletín en el suelo y se puso a manipular torpemente las llaves. Abrió el maletero y rasgó el papel manila para sacar la escopeta. Vació la caja de munición en el maletero. Cogió un cartucho y cargó el arma.

Se dio la vuelta sosteniendo la escopeta a la altura de la cadera. El aparcamiento estaba completamente desierto. El hombre no la había perseguido. Los pasos que había oído era los suyos propios.

—¿Puede describirlo con mayor precisión? —preguntó Robertson—. ¿Más bien alto? No es mucho. ¿Cómo vamos a encontrarlo si las agredidas no son capaces de describirle?

—Estaba muy oscuro —dijo Angela. Lo estaba pasando bastante mal para mantenerse calmada—. Todo ocurrió muy rápidamente. Además, llevaba un pasamontañas.

—¿Qué demonios hacía allí a las doce de la noche? Todas las enfermeras estaban avisadas.

—Yo no soy una enfermera. Soy médico.

—¡Por Dios! —dijo Robertson desdeñosamente—. ¿Cree usted que al violador le importaba si era usted médico o enfermera?

—Quiero decir que nadie me había avisado. Habían advertido a las enfermeras, pero no a las médicos.

—Bueno, pero usted tendría que haberlo sabido.

—¿Está diciendo que yo soy responsable de la agresión? —preguntó Angela.

—¿Qué clase de objeto metálico llevaba? —dijo Robertson ignorando la pregunta de Angela.

—No lo sé —respondió Angela—. Ya le he dicho que estaba muy oscuro.

Robertson meneó la cabeza y miró a su ayudante.

—¿Dices que Bill acababa de hacer la ronda con su coche?

—Sí, señor —dijo—. Diez minutos antes de que ocurriera el incidente, Bill había pasado por los dos aparcamientos.

—¡Dios, no sé qué podemos hacer! —exclamó Robertson. Miró a Angela y se encogió de hombros—. Si ustedes las mujeres se mostraran más dispuestas a cooperar, no tendríamos tantos problemas.

—¿Puedo telefonear?

Angela llamó a David. Por su tono notó que acababa de despertarse. Le dijo que llegaría a casa en diez minutos.

—¿Qué hora es? —preguntó David, pero después de mirar su propio reloj, se contestó a sí mismo—: ¡Dios mío, pero si es la una! ¿Qué estás haciendo?

—Ya te lo contaré cuando llegue a casa —dijo Angela.

Angela colgó y se dirigió a Robertson:

—¿Puedo irme ya?

—Claro —dijo Robertson—. Pero si recuerda algo más, llámenos. ¿Quiere que mi ayudante la acompañe?

—Puedo ir sola.

Diez minutos más tarde, Angela abrazaba a David en la puerta de su casa. David se había quedado impresionado de ver a su mujer salir del coche con el maletín en una mano y una escopeta en la otra. Pero no le preguntó por la escopeta. De momento se limitó a abrazarla. Ella le estrechaba con fuerza.

Finalmente, entraron a la casa. Angela se quitó la manchada gabardina y llevó el maletín y la escopeta a la sala de estar. Se sentó en el sofá abrazándose las rodillas y miró a su marido.

—Me gustaría estar un rato tranquila —susurró—. ¿Te importaría traerme un vaso de vino?

David lo hizo. Luego le preguntó si quería comer algo. Angela negó con la cabeza y bebió un sorbo de vino. Sujetó el vaso con ambas manos.

Con voz mesurada empezó a contarle el intento de agresión. Pero no llegó muy lejos. Sus emociones acabaron en lágrimas. Durante cinco minutos no pudo pronunciar palabra. David la rodeó con sus brazos y se culpó de lo ocurrido. No tendría que haber permitido que Angela se quedara trabajando en el hospital hasta tan tarde. Ella recuperó el control, continuó con el relato conteniendo el llanto, pero cuando llegó a la conversación con Robertson se puso furiosa.

—Es increíble lo de ese malnacido. Me pone nerviosa. Daba a entender que todo había sido culpa mía.

—Es un maldito palurdo —dijo David.

Angela cogió el maletín y se lo entregó a David. Se secó las lágrimas.

—Tanto trabajo, para nada. Las muestras no aportan nada

nuevo —dijo—. No había tumor en el cerebro. Sí había cierta inflamación perivascular, y cierto número de neuronas dañadas, aunque puede ser un efecto posmórtem.

—¿Has encontrado algún rastro de infección?

Angela negó con la cabeza y dijo:

—He traído los portaobjetos por si querías verlos.

—He visto la escopeta.

—Está cargada —le advirtió Angela—. Y no te preocupes, yo hablaré mañana con Nikki.

Se oyó un golpe, seguido de ruido de cristales rotos. Se levantaron como resortes y *Rusty* bajó ladrando desde la habitación de Nikki. David cogió la escopeta.

—El seguro está encima del gatillo —dijo Angela.

Atravesaron la sala de estar. El golpe había roto cuatro paneles de la ventana del mirador. En el suelo, a escasa distancia de David y Angela, había un ladrillo. Pegada al ladrillo había una copia de la nota anónima que habían recibido la noche anterior.

—Voy a llamar a la policía —dijo Angela—. Esto ya es demasiado.

Mientras esperaban que llegara la policía, David obligó a Angela a sentarse.

—¿Has hecho algo nuevo relacionado con el caso Hodges? —preguntó David.

—No. Bueno, he recibido una llamada del forense en jefe.

—¿Has hablado con alguien de Hodges?

—Su nombre salió a relucir en mi conversación con Robertson —dijo Angela.

David la miró sorprendido.

—Después de comprar la escopeta pasé por la comisaría para hablar con Robertson.

—¿Para qué? —preguntó David—. Me sorprende que después de lo ocurrido el otro día delante de la iglesia hayas tenido la desfachatez de ir a hablar con él.

—Quería disculparme. Pero ha sido un error. Robertson no está dispuesto a hacer nada para resolver el asesinato de Hodges.

—Angela —suplicó David—, dejemos de mezclarnos en lo

de Hodges. No sirve de nada. Un anónimo en la puerta es una cosa, pero un ladrillo contra una ventana es otra bien diferente.

En la pared de la sala de estar se reflejó un haz de luces mientras un coche de policía subía por el sendero.

—Por suerte no es Robertson —dijo Angela cuando distinguió al policía que se acercaba a la casa.

El policía se presentó como Bill Morrison. Parecía poco interesado en el asunto y se limitó a hacer las preguntas de rigor para rellenar un formulario.

Cuando se marchaba, Angela le preguntó si no pensaba llevarse el ladrillo.

—Sí, tiene razón —dijo Bill—. Lo llevaré.

—A veces es posible obtener huellas dactilares de un ladrillo o una piedra —agregó Angela.

—Sí, pero no creo que enviemos una cosa así a la policía estatal —repuso.

—Se lo pondré en una bolsa, por si acaso —dijo Angela. Entró en la cocina y al punto volvió con una bolsa de plástico en la mano. Metió la piedra dentro y se la pasó a Bill.

—Ya está —dijo Angela—. Y ahora, si les apetece, pueden intentar resolver el asunto.

Bill asintió y se dirigió hacia el coche. Angela y David le vieron marcharse.

—Estoy empezando a perder la fe en la policía local —dijo David.

—Yo nunca la he tenido.

—¿Si Robertson es la única persona con que has hablado de Hodges, entonces quién es el responsable del ladrillazo contra nuestra ventana?

—¿Crees que puede haberlo hecho la policía? —preguntó Angela.

—No lo sé. No creo que sean capaces de tanto, pero creo que saben mucho más de lo que nos cuentan. Desde luego, ese Bill no estaba muy preocupado con el incidente.

—Empiezo a pensar que esta ciudad no es el paraíso que habíamos imaginado —dijo Angela.

David fue al cobertizo y cortó un trozo de madera contrachapada para tapar la ventana. Cuando volvió a la casa, Angela estaba tomando una taza de cereales.

—No es una gran comida —dijo David.

—Me sorprende que todavía sientas ganas de comer —contestó Angela.

Ella le acompañó a la sala y observó cómo abría la escalera de mano.

—¿Puedes hacerlo tú solo? —preguntó.

Él la miró con expresión de abatimiento.

—No me has contado cómo te ha ido hoy en el hospital —agregó mientras David subía a la escalera—. ¿Qué pasa con Jonathan, cómo está?

—No lo sé. Ya no soy su médico.

—¿Por qué?

—Kelley le ha asignado otro médico.

—¿Y puede hacerlo?

—Ya lo ha hecho. —Sacó un clavo del bolsillo e intentó colocar recto el panel de madera—. Al principio me enfadé mucho. Pero ahora estoy resignado. Lo único positivo es que ya no tengo que sentirme culpable de lo que pase.

—Pero sigues sintiéndote responsable. Lo sé.

David pidió que le pasara el martillo y empezó a clavar el panel. Uno de los paneles de cristal vibró, cayó al suelo y se hizo añicos. El ruido hizo que *Rusty* ladrara en lo alto de las escaleras.

—¡Maldita sea! —exclamó David.

—Quizá tendríamos que marcharnos de Bartlet —dijo Angela.

—No podemos recoger las cosas y largarnos sin más. Tenemos unas hipotecas y unos contratos que cumplir. Ya no somos tan libres como antes.

—Pero las cosas no están saliendo como queríamos. Los dos tenemos problemas en el trabajo. Me han atacado. Y todo esto de Hodges me saca de mis casillas.

—Deberías olvidarte de Hodges —dijo David—. Te lo ruego, Angela.

—No puedo —repuso ella con lágrimas en los ojos—. Tengo pesadillas por la noche. Pesadillas en las que la cocina aparece llena de sangre. Cada vez que entro en la cocina me acuerdo de todo, y no puedo quitarme de la cabeza que el asesino anda suelto y podría presentarse aquí en cualquier momento. No se puede vivir con una escopeta en casa.

—Es que no deberíamos tener una escopeta en casa.

—No puedo quedarme sin protección cuando tienes que ir de noche al hospital —replicó Angela—. Sin una escopeta no pienso quedarme.

—Pues harías bien asegurándote de que Nikki comprende que no puede tocarla —dijo David.

—Ya hablaré mañana con ella.

—Por cierto —dijo David—, Caroline está ingresada en urgencias. Tiene fiebre alta y dificultades respiratorias.

—¡Oh, Dios mío! ¿Lo sabe Nikki?

—Se lo he dicho —dijo David.

—¿Sabes si tiene una enfermedad contagiosa? —preguntó Angela—. Ella y Nikki estuvieron juntas ayer.

—Todavía no lo sé. Le he dicho a Nikki que no puede visitarla hasta que lo sepamos.

—Pobre Caroline —dijo Angela—. Ayer parecía que se encontraba perfectamente. Dios mío, espero que Nikki no tenga lo mismo.

—Yo también lo espero. Oye, tenemos cosas más importantes en las que pensar antes que en todo lo que rodea a la muerte de Hodges. Por favor, aunque no lo hagas por nosotros, hazlo por Nikki.

—De acuerdo —dijo Angela reticente—. Lo intentaré.

—¡Por fin! —exclamó David. Miró la ventana rota—. Tengo que arreglar esto.

—¿Qué tal si lo haces con bolsas de plástico y cinta aislante? —le sugirió Angela.

—Tienes razón. ¿Por qué no se me ha ocurrido antes? —dijo David mirando a su mujer.

CAPÍTULO 19

MARTES 26 DE OCTUBRE

David y Angela tuvieron una mala noche; los dos estaban sobreexcitados. David despertó antes del amanecer. Se sorprendió al ver la hora: las cuatro de la madrugada. Como sabía que no volvería a conciliar el sueño, se levantó y salió de puntillas de la habitación para no molestar a Angela.

Camino de la sala de estar, se detuvo en lo alto de las escaleras. Oyó ruidos en la habitación de Nikki y se quedó sorprendido de ver aparecer a su hja.

—¿Qué ocurre? —preguntó.

—Estoy despierta —dijo Nikki—. Estaba pensando en Caroline.

David la acompañó a su habitación para hablarle de su amiga. David le dijo que seguramente Caroline ya estaría mucho mejor. Le prometió que apenas llegar al hospital preguntaría por ella y que telefonearía a Nikki para contarle cómo estaba Caroline.

La niña tuvo un acceso de tos y su padre le sugirió que hicieran los ejercicios de drenaje pulmonar. Los hicieron durante casi media hora, y Nikki se recuperó bastante.

Bajaron juntos a la cocina y prepararon el desayuno. David frió bacon y huevos mientras Nikki cortaba un bizcocho. Encendieron la chimenea y el desayuno tuvo un aire festivo que resultó un buen antídoto para sus atribulados espíritus.

David salió de su casa a las cinco y media y llegó al hospital antes de las seis. Mientras iba en la bicicleta anotó mentalmente que tenía que llamar para que repararan la ventana.

Los pacientes de David estaban todavía dormidos y prefirió no despertarles. Sin embargo, Donald estaba despierto.

—Me siento fatal —dijo Donald—. No he podido dormir en toda la noche.

—¿Qué le pasa? —preguntó David con nerviosismo.

Para desánimo de David, los síntomas le eran dolorosamente familiares: calambres abdominales, vómitos y diarrea. Además, al igual que Jonathan, se quejaba de salivación excesiva. David intentó conservar la calma. Habló con Donald durante más de media hora, preguntándole detalladamente por cada síntoma y comprobando la secuencia en que habían aparecido. Aunque aquellos síntomas le recordaban a los de los pacientes fallecidos, había una cosa diferente en el historial de Donald: él nunca había sido tratado con quimioterapia. A éste le habían diagnosticado cáncer de páncreas, pero la cirugía demostró que el diagnóstico era erróneo. Tuvo que soportar una difícil operación llamada técnica de Whipple, que incluía la extirpación del páncreas, parte del estómago e intestinos, y una buena parte de tejido linfático. Cuando los de patología examinaron el tumor, comprobaron que era benigno. A pesar de aquella cirugía radical, el sistema inmunológico de Donald tal vez funcionaba perfectamente a causa de no haber sido tratado con quimioterapia. Sus síntomas podían ser puramente funcionales, no un anuncio de los males que habían afectado a sus otros pacientes.

Al acabar la ronda, David llamó a ingresos para preguntar en qué habitación estaba Caroline. De camino pasó por la UCI. Se mentalizó para encontrarse con lo peor, y fue a ver a Jonathan Eakins.

—Jonathan Eakins ha fallecido hoy a las tres de la madrugada —le dijo la atareada enfermera jefe—. Sufrió un empeoramiento fulminante. No pudimos hacer nada. Es una pena, un hombre tan joven. Esto demuestra que uno nunca sabe cuándo le llegará la hora.

David tragó saliva. Hizo un gesto de asentimiento y salió de la unidad. Aunque en lo más profundo de sí sabía que Jonathan iba a morir, siempre resultaba difícil aceptar la realidad. David se estremeció: en menos de una semana se le habían muerto cuatro pacientes.

Afortunadamente, Caroline había respondido bien al tratamiento de antibióticos por vía intravenosa y a la terapia respiratoria. Ya no tenía fiebre, su semblante estaba rozagante y sus ojos azules brillaban. En cuanto vio a David, le dedicó una amplia sonrisa.

—Nikki quiere venir a verte —dijo David.

—¡Magnífico! —dijo Caroline—. ¿Cuándo vendrá?

—Esta tarde, seguramente.

—Dígale si puede traerme el libro de lectura y el de vocabulario —dijo Caroline.

David le prometió que así lo haría.

Una vez en su despacho, David telefoneó a casa. Contestó Nikki. David le contó que Caroline estaba mucho mejor y le dijo que podría ir a verla por la tarde. Le dijo también lo de los libros. Luego le pidió que llamase a Angela.

—Está tomando una ducha. ¿Quieres que te llame?

—No, no hace falta —dijo David—. Escucha con atención. Mamá compró un arma, una escopeta. Está en la parte de abajo de la escalera. Ella te la enseñará y te explicará que no tienes que tocarla. ¿Le recordarás que te lo explique?

—Sí, papá.

David imaginó a su hija con los ojos muy abiertos por la noticia.

—Te lo digo en serio —agregó—. Que no se te olvide.

Cuando colgó, David caviló con la escopeta. De momento no quería forzar las cosas. Lo único que le importaba era que Angela dejara de obsesionarse con Hodges. El ladrillo contra la ventana había sido un aviso suficiente para David. Decidió aprovechar el tiempo en rellenar el papeleo burocrático atrasado. Cuando empezaba con el primer formulario, sonó el teléfono. Era una paciente llamada Sandra Hascher, una mujer joven con un melanoma extendido a los nódulos linfáticos.

—No esperaba que contestara usted —dijo Sandra.

—Estoy solo.

Sandra le explicó que tenía problemas con un diente. Le habían quitado la caries, pero la infección se había agudizado.

—Siento molestarle, pero tengo cuarenta y dos de fiebre.

Hubiera ido a urgencias, pero la última vez que llevé allí a mi hijo tuve que pagarlo de mi bolsillo. La AMG se negó a cubrirlo.

—Ya —dijo David—. Bien, si puede venir ahora mismo, la atenderé de inmediato.

—Gracias —dijo Sandra.

Poco después llegó al hospital. El flemón era impresionante: la inflamación le deformaba todo un lado de la cara. Además, los nódulos linfáticos situados bajo la mandíbula los tenía del tamaño de una pelota de golf. David le tomó la temperatura. Cuarenta y dos.

—Tendré que ingresarla —dijo David.

—No es posible, tengo muchas cosas que hacer. Mi hijo de diez años tiene la varicela.

—Pues arréglelo de alguna manera. No pienso dejarle marcharse con esa bomba de relojería en su cuerpo.

David le describió minuciosamente la anatomía de esa zona del cuerpo, poniendo el acento en la cercanía del cerebro.

—Si la infección pasa al sistema nervioso —explicó David—, tendremos graves problemas. Necesita una buena dosis de antibióticos. Esto no es ninguna broma.

—De acuerdo —dijo Sandra—. Me ha convencido.

David comunicó a ingresos la llegada de Sandra. Luego le dio unas cuantas órdenes por escrito y la envió al hospital.

Angela se sentía agotada. De nada le habían servido las tazas de café que había tomado para reanimarse. No había podido dormirse hasta las tres de la mañana, y desde luego no había sido un sueño muy profundo. Tuvo pesadillas en las que se le aparecían el cadáver de Hodges, el violador enmascarado y el ladrillo de la ventana.

Cuando despertó, se sorprendió de que David ya hubiera marchado a trabajar. Mientras se vestía, se arrepintió de haberle prometido a David olvidar lo de Hodges. No imaginaba cómo iba a «deshacerse de Hodges», como le sugería David. De pronto, recordó a Phil Calhoun. Todavía no tenía noticias suyas. Por lo menos podría llamar para ponerla al corriente de lo conseguido hasta ahora, pensó. Así pues, decidió llamar a Phil Calhoun, pero éste tenía el contestador puesto. Colgó sin dejar mensaje y bajó a la sala.

Nikki estaba estudiando.

—Venga —dijo Angela—. Vamos arriba a hacer los ejercicios.

—Ya los he hecho con papá.

—¿De verdad? ¿También has desayunado?

—Sí, también he desayunado.

—¿A qué hora os habéis levantado?

—A eso de las cuatro —contestó Nikki.

A Angela le preocupaba que David se levantara tan pronto. El insomnio solía ser un síntoma de depresión.

—¿Cómo estaba papá esta mañana?

—Muy bien —dijo Nikki—. Telefoneó mientras estabas en la ducha. Me contó que Caroline se ha recuperado y que puedo ir a verla esta tarde.

—Magnífico.

—También me dijo que te recuerde lo de la escopeta. Cree que yo no sé lo que es una escopeta.

—Está preocupado —dijo Angela—. No es broma. La combinación de armas y niños es muy peligrosa. Cada año mueren muchos niños por culpa de que haya armas en las casas, y el mayor porcentaje se produce con pistolas.

Angela fue al recibidor, cogió la escopeta y la llevó a la sala de estar. Retiró el cartucho de la recámara y dejó que Nikki la cogiera. También le dejó que apretara el gatillo, y le enseñó a cargarla y a descargarla. Una vez terminaron con la lección, se dirigieron a la parte posterior del cobertizo y cada una de ellas disparó un tiro. Nikki le dijo que no le gustaba disparar porque se había hecho daño en el hombro.

Cuando entraron en casa, Angela advirtió a la niña que no debía tocar la escopeta. Nikki repuso que no se preocupara, que la escopeta no le interesaba en absoluto.

Como el tiempo estaba agradable y soleado, Nikki fue al colegio en bicicleta. Angela la vio marcharse en dirección a la ciudad. Se sentía muy contenta de la notoria mejoría de su hija; Bartlet al menos era beneficioso para ella.

Angela se marchó poco después de Nikki. En el hospital, aparcó en la zona reservada. Sintió curiosidad de echar un vistazo al sitio donde la habían atacado y dirigió sus pasos hacia la hilera de árboles que separaban los dos aparcamientos. Al poco descubrió sus propias huellas en la tierra fangosa. Con la ayuda de las huellas puedo encontrar el sitio exacto en que se había caído. Descubrió también la marca dejada por el arma del agresor en su intento de golpearla. La hendidura tenía unos ocho centímetros de profundidad. Angela se estremeció; recordaba vívidamente el sonido sibilante del objeto y su brillo metálico. De repente, Angela recordó algo en que hasta entonces no había reparado: el hombre no había vacilado ni un instante. Si ella no se hubiera echado a un lado, el objeto metálico le habría dado de lleno. El agresor no quería violarla, quería herirla, o quién sabe si matarla. Angela recordó las lesiones del cadáver de Hodges en la sala de autopsias. A él también le habían atacado con una barra metálica. ¡El agresor quería matarla!, pensó estupefacta.

Contra lo que aconsejaba la prudencia, Angela llamó a Robertson.

—Sé por qué me llama —le espetó Robertson—, y será mejor que lo olvide. No pienso mandar ese ladrillo para que la policía estatal busque huellas; se mofarían de mí a lo largo y ancho de todo el estado.

—No le llamo por lo del ladrillo —dijo Angela, y a continuación le contó su convicción de que el atacante pretendía matarla, no violarla.

Robertson se quedó tan callado que Angela pensó que había colgado.

—¿Está ahí? —dijo finalmente.

—Sí, lo estoy —dijo Robertson—. Ese malnacido es un violador, no un asesino. Ha tenido varias ocasiones de matar a alguien y no lo ha hecho. Ni siquiera ha herido a sus víctimas.

Angela se preguntó si las víctimas del violador no se habían sentido heridas, pero prefirió no discutirlo con Robertson. Le dio las gracias por haberla escuchado y colgó.

—¡Vaya un farsante! —dijo en voz alta.

Había sido una tontería haber esperado que Robertson

diese crédito a sus palabras. Sin embargo, cuanto más pensaba en la agresión, más segura estaba de que el objetivo de la misma no había sido la violación. Y si había sido un intento de asesinato, seguro que estaba relacionado con el interés de Angela en el caso Hodges.

Se estremeció. Si tenía razón, entonces alguien la estaba siguiendo. La idea le aterrorizó. Tenía que aparentar que el caso Hodges ya no le interesaba.

¿Podría contarle a David sus últimas sospechas? Vaciló. Si bien entre ellos no había secretos sabía que David lo utilizaría como justificación de que ella olvidara el asesinato de Hodges. Angela decidió que de momento sólo se lo contaría a Phil Calhoun, si es que le encontraba alguna vez.

—Tomaré un poco más de café —dijo Traynor señalando su taza a la camarera.

Como acostumbraban antes de la reunión mensual del consejo del hospital, Traynor, Beaton, Sherwood y Caldwell tenían un desayuno de trabajo. La reunión se celebraría el lunes siguiente por la noche. Estaban sentados a la mesa favorita de Traynor, en el Iron Horse.

—Estoy bastante animada —dijo Beaton—. Las cifras preliminares para la segunda quincena de octubre son bastante mejores que las de la primera. Y aunque aún no hemos superado las dificultades, estamos mejor que en septiembre.

—Tenemos un problema solucionado y debemos enfrentarnos a otro —dijo Traynor—. Esto es el cuento de nunca acabar. ¿Qué es eso de que el otro día atacaron a una médica en el aparcamiento?

—Ocurrió alrededor de medianoche —explicó Caldwell—. Se trata de la nueva patóloga, Angela Wilson. Se había quedado trabajando hasta tarde.

—¿En qué sitio del aparcamiento tuvo lugar la agresión? —preguntó Traynor. Empezó con uno de sus tics: golpearse la palma de la mano con la pequeña maza que utilizaba en las reuniones.

—En el camino que une los dos aparcamientos —dijo Caldwell.

—¿Está iluminado? —preguntó Traynor.

Caldwell miró a Beaton.

—No lo sé —admitió ésta—. Pero lo comprobaré en cuanto volvamos. Usted ordenó que se iluminara esa zona, pero no sé si lo han hecho.

—Será mejor que lo hayan hecho —repuso Traynor. Se golpeó la mano con especial fuerza—. No he tenido suerte con los del Consejo Municipal. No hay forma de que procedan a una nueva votación sobre el aparcamiento hasta la primavera próxima.

—He hablado con los del *Bartlet Sun* —dijo Beaton—. Me han prometido que no publicarán nada del último intento de violación.

—Por lo menos ellos están de nuestra parte —suspiró Traynor.

—Me parece que su lealtad está basada en nuestras donaciones —repuso Beaton.

—¿Alguna cosa más para la reunión del consejo? —preguntó Sherwood.

—En el terreno médico se ha planteado una nueva batalla —observó Beaton—. Radiólogos y neurólogos se disputan con uñas y dientes la designación oficial para interpretar las resonancias magnéticas del cerebro.

—¿Bromea? —dijo Traynor.

—Lo digo en serio —contestó Beaton—. Si les facilitamos las armas, será una pelea a vida o muerte. Están en juego dólares y egos. Una combinación bastante explosiva.

—¡Mierda de médicos! —exclamó Traynor—. No son capaces de hacer nada en equipo.

—Eso me recuerda al doctor 91 —prosiguió Beaton—. Se propone demandar al hospital por haberle apartado del ejercicio de la medicina.

—Que nos demande —dijo Traynor—. Ya estoy cansado de las exigencias corporativas de que nombremos a los «médicos problemáticos» por números en vez de por sus nombres. Lo de «médicos problemáticos» es un eufemismo.

—Eso es todo lo que hay —dijo Beaton.

—¿Algo más? —dijo Traynor mirando a sus colegas.

—He tenido una visita muy curiosa esta mañana —intervino Sherwood—. Me ha visitado un detective privado llamado Phil Calhoun.

—También a mí —dijo Traynor.

—Me ha puesto muy nervioso —explicó Sherwood—. Hizo un montón de preguntas sobre Hodges.

—A mí también —asintió Traynor.

—El problema es que parece muy informado de todo —dijo Sherwood—. Yo no quería darle ninguna información, pero tampoco he querido que considerase que tenía algo que ocultar.

—Yo me he sentido exactamente igual —dijo Traynor.

—A mí no me ha visitado —dijo Beaton.

—¿Quién le habrá contratado? —preguntó Sherwood.

—Yo se lo pregunté directamente —dijo Traynor—. Me dio a entender que había sido la familia de Hodges. Pensé que se refería a Clara y le telefoneé. Ella me aseguró que no había oído hablar de Phil Calhoun. Luego llamé a Wayne Robertson. Calhoun también había ido a verle. Wayne cree que la principal candidata es nuestra nueva patóloga, Angela Wilson.

—Eso es más comprensible —dijo Sherwood—. No hace mucho me preguntó cosas sobre Hodges. Está muy alterada por la aparición del cadáver de Hodges en su casa.

—Es una curiosa coincidencia —observó Beaton—. Desde luego lo está pasando bastante mal: primero encuentran un cadáver en su casa y luego intentan violarla.

—Quizá el intento de violación haga que disminuya su interés por Hodges —dijo Traynor—. Sería curioso que de algo tan potencialmente negativo pudiera surgir algo positivo.

—¿Y si Phil Calhoun descubre quién mató a Hodges? —preguntó Caldwell.

—Eso podría ser un problema —dijo Traynor—. Pero lo mataron hace ocho meses. No creo que haya muchas posibilidades. Las huellas del asesino debe haberse enfriado bastante.

Tras finalizar la reunión, Traynor acompañó a Beaton hasta el coche. Le preguntó si había cambiado de opinión respecto a su relación.

—No —dijo Beaton—. ¿Y tú?

—En estos momentos no puedo divorciarme de Jacqueline —repuso Traynor. Mientras mi hijo esté en la universidad no puedo hacerlo. Cuando acabe...

—Perfecto —dijo Beaton—, hablaremos entonces. —Y se marchó.

Mientras Helen conducía camino del hospital, sacudió la cabeza desanimada.

—¡Hombres! —exclamó.

Después de examinar a su último paciente, David se dirigió a su despacho. Nikki le esperaba hojeando una revista médica. A David le gustaba que se interesase en la medicina. Esperaba que no perdiera el interés con el paso del tiempo, y que finalmente estudiara medicina.

—¿Ahora? —preguntó Nikki.

—Sí, cariño. Vamos allá.

Tardaron muy poco en recorrer la distancia que les separaba del hospital y en subir un tramo de escaleras. Cuando entraron en la habitación de Caroline, la cara de la niña se iluminó de alegría. Se puso exultante de que Nikki se hubiera acordado de llevarle los libros que necesitaba. Caroline, como Nikki, era una magnífica estudiante.

—Mira lo que hago —dijo Caroline. Se incorporó, se agarró a una barra que había por encima de su cabeza y salió de la cama dándose impulso.

David la aplaudió. Era un esfuerzo que exigía cierta resistencia física, más de la que David hubiera esperado de unos brazos tan estilizados como los de Caroline. La cama en que estaba era articulada, grande con cabecera. David dedujo que la habían colocado allí para que pudiera distraerse.

—Bien, voy a ver a mis pacientes —dijo. Agitó el dedo índice ante Nikki—. No tardaré mucho, y nada de portarse mal con las enfermeras. ¿Lo prometes?

—Prometido —dijo Nikki, y ambas niñas se echaron a reír.

David se dirigió a la habitación de Donald Anderson. No estaba preocupado por su estado ya que había telefoneado a lo largo de todo el día para controlarlo. Los informes siempre eran iguales: el nivel de azúcar en la sangre era normal, y los problemas intestinales habían remitido.

—¿Cómo se encuentra, Donald? —preguntó cuando llegó a su lado.

Estaba de espaldas, y tenía el respaldo de la cama levantado en un ángulo de cuarenta y cinco grados. Al oír a David, Donald giró la cabeza lentamente pero no dijo nada.

—¿Cómo se encuentra? —repitió David.

Donald farfulló algo ininteligible. David intentó hablar con él, pero enseguida comprendió que Donald estaba bastante desorientado.

Le examinó minuciosamente. Le auscultó los pulmones detenidamente pero no oyó nada raro, señal de que estaban limpios. Luego se encaminó a la sala de enfermeras y pidió un contaje del nivel de azúcar en la sangre.

Mientras se hacían las pruebas, David visitó a los otros pacientes. Todos estaban bastante bien, incluida Sandra. Aunque sólo llevaba doce horas con antibióticos, insistía en que estaba mucho mejor del dolor de maxilar. El absceso seguía teniendo el mismo tamaño, pero la mejoría sintomática era importante. David mantuvo el mismo tratamiento. Los dos últimos pacientes estaban tan bien que les aseguró que al día siguiente les daría de alta.

Mientras hacía las últimas anotaciones en el historial de un paciente, la secretaria de planta le llevó los resultados del análisis de azúcar en la sangre de Donald. Eran bastante normales. David cogió la hoja y la repasó. David hubiera deseado que no fuera normal, quería algo que explicase el estado psicológico de Donald.

Volvió andando muy despacio a la habitación de Donald, desconcertado por el estado de su paciente. La única explicación que encontraba era que el nivel de azúcar hubiera experimentado un cambio espectacular y que luego se hubiera corregido solo. Sin embargo en esas ocasiones el paciente recuperaba la conciencia simultáneamente a la recuperación del equilibrio del nivel de sangre.

Sin dejar de cavilar en todas esas posibilidades, entró en la habitación de Donald. Entonces no dio crédito a sus ojos: el semblante de éste estaba azul negruzco y tenía la cabeza echada hacia atrás. De la comisura de su boca manaba un hilo de sangre muy oscura. La cama estaba desordenada y tenía la mitad del cuerpo destapado.

La sorpresa inicial de David se trocó en frenética actividad. Avisó a las enfermeras que Donald había sufrido un paro cardíaco y que necesitaba reanimación. Al poco llegó el equipo de reanimación y empezaron con sus preparativos habituales. Acudió también el cirujano de Donald, el doctor Albert Hillson, que se había enterado mientras hacía su ronda.

Los intentos de reanimación se interrumpieron casi de inmediato. Aparentemente había sufrido una apoplejía y un paro respiratorio unos veinte minutos antes de que David lo encontrara. Ya no había ninguna esperanza de salvarlo. A las cinco y quince minutos, David certificó la muerte de Donald. Se sentía desolado, pero se obligó a no demostrarlo.

El doctor Hillson dijo que Donald había vivido tanto tiempo sólo gracias a la asistencia sanitaria. Cuando llegó Shirley Anderson con sus dos niños, expresó el mismo sentir.

—Gracias por haber sido tan amable con él —dijo, enjugándose las lágrimas—. Usted era su médico favorito.

Después de ayudar a solucionar las cosas, David se dirigió a la habitación de Caroline para recoger a Nikki. Se sentía muy aturdido, todo había sucedido muy rápidamente.

—Al menos sabes de qué ha muerto este paciente —dijo Angela. Estaban sentados en la sala. Acababan de comer y Nikki estaba en su habitación haciendo los deberes.

—Pero es que en realidad no lo sé —dijo David—. Todo ocurrió tan repentinamente...

—Un momento —dijo Angela—. Puedo entender tus dudas con los otros pacientes, pero no con éste. Donald Anderson tenía la mayor parte de sus órganos abdominales intervenidos o extirpados. Se pasaba el día entre tu consulta y el hospital. No puedes culparte de su muerte.

—Ya no sé qué pensar. Desde luego estaba al borde del abismo con sus continuas infecciones y la diabetes, pero ¿por qué una apoplejía?

—Su nivel de azúcar experimentaba bruscos altibajos —dijo Angela—. ¿Y una hemorragia cerebral? Las posibilidades son muchas...

El sonido del teléfono les sobresaltó. David lo cogió y temió que la llamada fuese del hospital con malas noticias. Pero era para su mujer.

Angela reconoció la voz: era Phil Calhoun.

—Siento no haberla llamado antes. He estado bastante ocupado, pero me gustaría que nos viésemos.

—¿Cuándo?

—Ahora estoy en el Iron Horse —dijo Calhoun—, a tiro de piedra de su casa. ¿Le parece bien que vaya ahora?

Angela cubrió el auricular con la mano.

—Es Phil Calhoun, el detective privado. Pregunta que si puede venir ahora.

—Creí que ya no te ocupabas de Hodges —dijo David.

—Y no lo hago. No he vuelto a hablar con nadie más.

—¿Y Calhoun? —preguntó David.

—Tampoco he hablado con él. Pero ya le he pagado. Por lo menos podríamos ver qué ha averiguado.

David suspiró con resignación.

—Como quieras.

Un cuarto de hora más tarde, cuando Calhoun se presentó en la casa, David se preguntó qué mosca le habría picado a Angela para decir que Calhoun era un profesional. Parecía todo menos eso, con aquella gorra roja de béisbol puesta del revés y la camisa de franela; llevaba zapatos sin cordones.

—Mucho gusto —dijo Calhoun estrechándole la mano a David.

Se sentaron en la sala cuyo único mobiliario eran los gastados muebles traídos de Boston; la amplia habitación tenía un aire de salón de baile cutre, reforzado por la bolsa de plástico que tapaba las roturas de la ventana.

—Una casa muy bonita —dijo Calhoun mirando en derredor.

—Todavía la estamos amueblando —dijo Angela, y le ofreció algo de beber.

Calhoun dijo que tomaría una cerveza. Era más viejo de lo que David se había imaginado. Por debajo de la gorra asomaba un mechón de pelo gris, que a Calhoun no parecía importarle.

—¿Le importa si fumo? —dijo, y sacó el paquete de puros.

—Lo siento, pero sí —dijo Angela—. Nuestra hija tiene problemas respiratorios.

—Entiendo, no se preocupe —dijo Donald, y bebió un sorbo de la cerveza que Angela le había llevado—. Bien, quería hacerles un resumen de mis investigaciones. Aunque con dificultades, avanzan bastante bien. El doctor Dennis Hodges no era un hombre muy popular en esta ciudad. De hecho, media ciudad le odia por distintos motivos.

—Lo sabemos —dijo David—. Espero que tenga más información para justificar sus honorarios.

—¡Por favor, David! —exclamó Angela, sorprendida de la agresividad de su marido.

—Me parece —dijo Calhoun ignorando el comentario de David—, que al doctor Hodges no le importaba lo que pensaran de él, o, de lo contrario, carecía de tacto para las relaciones sociales. Como buen nativo de Nueva Inglaterra, seguro que era una mezcla de los dos. —Calhoun rió y luego bebió un trago de cerveza—. He elaborado una lista de posibles sospechosos, pero todavía no he hablado con todos. Resulta bastante interesante. Aquí está pasando algo raro, lo huelo a distancia.

—¿Con quién ha hablado? —preguntó David, todavía con tono áspero.

—Con un par de personas —dijo Calhoun y soltó un eructo. No se disculpó, ni intentó taparse la boca.

David miró a Angela y ésta fingió no haberse dado cuenta.

—He hablado con dos jefazos del hospital —continuó Calhoun—. Con el presidente del consejo, Traynor, y con el vicepresidente, Sherwood. Los dos tienen motivos para guardarle rencor a Hodges.

—Espero que hable con el doctor Cantor —dijo Angela—. Creo que le tenía bastante manía a Hodges.

—Cantor está en la lista —le tranquilizó Calhoun—. Pero he querido empezar por arriba. Los problemas con Sherwood estaban relacionados con la posesión de un terreno. Lo de Traynor es algo personal.

Calhoun les contó el triángulo Traynor-Hodges-Van Slyke, y el suicidio de Sunny Traynor, la hermana de Traynor.

—¡Qué historia terrible! —dijo Angela.

—Parece un culebrón —repuso Calhoun—. No obstante, si Traynor quería vengarse de Hodges, lo habría hecho entonces y no ahora. Además, bastante después del suicidio de Sunny, Hodges ayudó a Traynor a conseguir la presidencia del consejo de administración del hospital. Dudo que lo hubiera hecho si él y Traynor se guardasen rencor. Y el hijo de Van Slyke trabaja en la actualidad en el hospital.

—¿Werner van Slyke está relacionado con Traynor? —preguntó David, sorprendido—. Eso suena a nepotismo.

—Puede ser —dijo Calhoun—. Pero Werner van Slyke Jr. era amigo de Hodges desde hacía mucho tiempo. Se había ocupado de cuidar la casa de Hodges durante años. Que Van Slyke esté en el hospital tiene más que ver con Hodges que con Traynor. En cualquier caso, no creo que Traynor sea el asesino.

—¿Cómo puede decirlo con tanta seguridad? —preguntó Angela.

—No estoy seguro de nada, excepto de que Hodges está muerto —repuso Calhoun—. Lo demás son sólo suposiciones.

—Todo esto es muy interesante —dijo David—. Pero ¿tiene ya algún sospechoso o ha hecho ya una criba de la lista?

—Todavía no —admitió Calhoun.

—¿Cuánto hemos tenido que pagarle para llegar a este lío? —preguntó David.

—¡David! —exclamó Angela—. Me parece que estás siendo injusto. El señor Calhoun ha averiguado muchas cosas en muy poco tiempo. Lo que importa saber es si el señor Calhoun cree que el caso se puede resolver.

—Yo daría dinero por saberlo —dijo David—. ¿Cuál es su evaluación, señor Calhoun?

—Creo que necesito fumarme un puro. ¿Les importaría si nos sentamos fuera?

Unos minutos después, los tres se encontraban en la terraza. Calhoun estaba encantado con su puro y otra cerveza.

—El caso me parece perfectamente solucionable —dijo. Su ancha y pastosa cara se iluminaba con cada calada que daba al puro—. Todas las pequeñas ciudades de Nueva Inglaterra tienen muchas cosas en común. Yo conozco a esta gente y su forma de actuar. Las personas son muy parecidas entre ciudad y ciudad, solo cambian los nombres. Todo el mundo sabe en qué está metido todo el mundo. En otras palabras, estoy convencido de que hay mucha gente que sabe quién es el asesino. El problema es encontrar a alguien dispuesto a hablar. Tengo la corazonada de que el hospital está implicado de alguna manera, y nadie quiere que esto afecte al hospital. Recuerden que para Hodges el hospital era toda su vida.

—¿Cómo ha averiguado tantas cosas? —preguntó Angela—. Yo pensaba que la gente de Nueva Inglaterra era muy reservada.

—Eso es bastante cierto —dijo Calhoun—. Pero resulta que los principales cotillas de la ciudad son amigos míos: la propietaria de la librería, el farmacéutico, el camarero y la bibliotecaria. Ellos son mis principales fuentes de información. Ahora sólo me queda empezar a eliminar sospechosos. Pero antes contesten a una pregunta: ¿Quieren que siga en el caso?

—No —dijo David.

—Un momento —dijo Angela—. Usted ha dicho que el caso es solucionable. ¿Cree que llevará mucho tiempo?

—No mucho —contestó Calhoun.

—¿Puede ser más preciso? —dijo David.

Calhoun se levantó la gorra y se rascó la cabeza.

—Yo diría que una semana.

—Eso costará mucho dinero —dijo David.

—Pero merece la pena —replicó Angela.

—¡Angela! —rogó David—. Me habías prometido olvidarte de Hodges.

—Y lo haré —dijo Angela—. Dejaré que el señor Calhoun se encargue de todo. Yo no intervendré.

—¡Dios mío! —dijo David.

—Venga, David —dijo Angela—. Si quieres que viva en esta casa tendrás que apoyarme en esto.

David dudó y luego dijo:

—De acuerdo. Haremos un trato. Una semana más y se acabó todo.

—Bien —dijo Angela—. Trato hecho. —Se volvió hacia Calhoun—. Ahora que disponemos de una semana, ¿cuál será el paso siguiente?

—En primer lugar seguiré entrevistando a los sospechosos que aparecen en mi lista. También tengo dos objetivos principales. Uno, reconstruir el último día de Hodges, si es que admitimos que le mataron el mismo día en que desapareció. Para hacer esto me entrevistaré con la enfermera de Hodges; trabajó con él durante treinta y cinco años. Dos, conseguir unas copias de los papeles que se encontraron en el cuerpo de Hodges.

—Los tiene la policía estatal —dijo Angela—. Seguro que habiendo estado en el cuerpo no le será difícil conseguirlos.

—Pues, por desgracia, sí —dijo Calhoun—. La policía estatal suele ser extremadamente celosa en lo que concierne a pruebas bajo su custodia. Lo sé porque trabajé durante muchos años en el departamento de investigación en Burlington. En este tipo de casos la policía estatal no está especialmente motivada para recabar pruebas o realizar investigaciones, ya que depende de lo que diga la policía local. Si ésta no se muestra muy interesada, la policía estatal se olvida del asunto. Y la policía local no se preocupa porque no tiene ninguna prueba para continuar la investigación.

—Y porque tal vez están relacionados con el asesinato —agregó Angela, y contó a Calhoun lo del ladrillo y lo de los anónimos, y la actitud posterior de la policía.

—No me sorprende en absoluto —dijo Calhoun—. Robertson también está en mi lista. No tragaba a Hodges.

—Lo sé —dijo Angela—. Me han contado que Robertson culpa a Hodges de la muerte de su mujer.

—Yo no le doy mucha importancia a esa historia —dijo Calhoun—. Robertson no es tan estúpido. Me parece que el desgraciado episodio de su mujer sólo fue una excusa. La animadversión de Robertson hacia Hodges tiene que ver con lo poco diplomático que era Hodges con la gente. Apostaría todo mi dinero a que Hodges sabía que Robertson era un fanfarrón y no le tenía ningún respeto. No creo que Robertson matara a Hodges, pero cuando hablé con él tuve una corazonada: él sabe mucho más de lo que me contó.

—Dado el desinterés que ha mostrado la policía, seguro que están implicados —dijo Angela.

—Me recuerda un caso de mis años de policía estatal —dijo Calhoun tras dar una calada al puro—. También era una ciudad pequeña, y también un caso de homicidio. Estábamos convencidos de que toda la ciudad, policía incluida, sabía quién era el asesino. Pero nadie decía nada. Acabamos abandonando el caso, y aún sigue sin resolver.

—¿Por qué cree que el caso Hodges es diferente? —preguntó David—. ¿Por qué no va a pasar lo mismo aquí?

—No —dijo Calhoun—. En el caso que he referido, el muerto era un ladrón y un asesino. Lo de Hodges es diferente. Hay mucha gente que le odiaba, pero también hay gente que le consideraba un héroe. Éste es el único hospital importante de Nueva Inglaterra situado en una ciudad pequeña. Hodges fue quien lo consiguió. Mucha gente vive gracias al resultado del esfuerzo de Hodges. No se preocupe, resolveremos el caso. Délo por hecho.

—Si no puede pedir ayuda a la policía estatal, ¿en ese caso cómo se las arreglará para conseguir las copias de los papeles de Hodges? —preguntó Angela.

—Lo hará usted —dijo Calhoun.

—¿Yo?

—Ése no era el trato —dijo David—. Ella tiene que quedar al margen de la investigación. No quiero que Angela hable con nadie. Y menos con la amenaza de esos ladrillos entrando por nuestra ventana.

—No habrá ningún peligro —dijo Calhoun.

—¿Por qué yo? —preguntó Angela.

—Porque usted es médico y además trabaja en el hospital. Usted se presenta en Burlington ante la brigada criminal, se identifica y dice que el hospital necesita los papeles por cuestiones médicas; le harán las copias en un santiamén. Las peticiones de jueces y médicos siempre son cumplimentadas en el acto. Lo sé porque he trabajado ahí.

—Supongo que una visita a la comisaría de la policía estatal no es algo peligroso —dijo Angela—. Eso no es participar en la investigación.

—De acuerdo —masculló David—. Pero asegúreme que Angela no tendrá problemas con la policía.

—Claro que no —dijo Calhoun—. Lo peor que podría pasar es que se nieguen a entregarle las copias.

—¿Cuándo tengo que ir? —preguntó Angela.

—¿Qué tal mañana? —sugirió Calhoun.

—Iré a la hora de comer —dijo Angela.

—La recogeré en el hospital al mediodía. —Calhoun se puso de pie y agradeció las cervezas.

Angela le acompañó hasta la camioneta y David entró en la casa.

—Espero no estar causándole problemas con su marido —dijo Calhoun—. No parecía muy contento con mi trabajo.

—No se preocupe. Pero tendremos que ajustarnos a la semana de plazo.

—Nos sobrará tiempo.

—Hay algo más que debe saber —dijo Angela, y le contó la agresión que había sufrido en el aparcamiento.

—Hmm. Esto se está volviendo más interesante de lo que esperaba. Debería dejar que yo hiciera de sabueso y usted quedar al margen de todo.

—Ya lo hago —dijo Angela.

—No he mencionado a nadie que usted me ha contratado.

—Gracias por su discreción.

—Será mejor que mañana quedemos en el aparcamiento de detrás de la biblioteca, no delante del hospital —dijo Calhoun—. No debemos correr riesgos.

CAPÍTULO 20

MIÉRCOLES 27 DE OCTUBRE

Para consternación de sus padres, Nikki se levantó congestionada y con mucha tos. Temieron que le sucediera lo mismo que a Caroline, y David pensó que había sido él quien le había dado permiso de visitar a su amiga la tarde anterior.

A pesar de que se esmeraron con la terapia respiratoria, el estado de la niña no mejoró. Angela y David decidieron que no fuese al colegio y llamaron a Alice para que se quedara con ella todo el día.

A causa de la tensión que había en su casa, David inició la ronda de visitas a sus pacientes bastante nervioso. Además, le aterrorizaba pensar en lo que podía encontrarse. Pero sus temores resultaron infundados: todos sus pacientes estaban muy bien, incluso Sandra.

—Le está bajando la inflamación —le dijo mientras le palpaba la zona infectada.

—Y que lo diga —dijo Sandra.

—Y ya no tiene fiebre.

—Estoy muy contenta. Gracias por su interés. No pienso quejarme si he de continuar internada.

—Es usted muy lista; la vía indirecta es mucho más efectiva que la directa —dijo David con una sonrisa—. Permanecerá en observación hasta estar seguros de que la infección está controlada.

—De acuerdo. Oiga, doctor, ¿podría hacerme un favor?

—Claro que sí.

—Los controles eléctricos de esta cama no funcionan. Se lo dije a las enfermeras pero ellas no pueden hacer nada.

—Ya lo arreglaré —prometió David—. Me temo que las camas estropeadas son un mal endémico de este hospital. Lo preguntaré ahora mismo. Quiero que se encuentre lo más cómoda posible.

David se dirigió a la sala de enfermeras y se lo comentó a Janet Colburn.

—¿De verdad no se puede hacer nada? —preguntó.

—Eso nos han dicho en mantenimiento —contestó Janet—. Y no me apetece pelearme con ese tipo, es muy difícil de tratar. Por lo demás, de momento no tenemos ninguna cama disponible.

A David le resultó incómodo ir a ver a Van Slyke a causa de otro problema de mantenimiento. Pero tenía que pedir explicaciones de por qué no arreglaban la cama, o acudir directamente a Beaton. Era bastante absurdo.

David encontró a Van Slyke en su despacho sin ventanas.

—Una de mis pacientes tiene la cama estropeada —dijo dando unos golpecitos de cortesía en la puerta.

—El hospital la hizo buena al comprar esas camas —repuso Van Slyke—. Son una pesadilla para mantenimiento.

—¿No puede arreglarlas?

—Claro, pero volverá a estropearse.

—Quiero que la arreglen —dijo David.

—Lo haré cuando tenga un rato libre —dijo Van Slyke—. Y no me moleste más. Tengo cosas más importantes que hacer.

—Es usted una persona intratable, ¿lo sabía?

—¡Menuda cara! —espetó Van Slyke—. Usted ha sido el que ha venido aquí con exigencias. Si tiene algún problema diríjase a administración.

—Tenga por seguro que lo haré —dijo David. Se dio la vuelta y subió las escaleras.

De camino hacia el despacho de Helen Beaton, vio al doctor Pilsner entrar en el hospital y dirigirse a la escalera principal.

—Bert —dijo David—. ¿Tiene un momento?

Pilsner se detuvo.

David le describió la congestión de Nikki y preguntó si debía empezar a tomar antibióticos por vía oral. David se interrumpió al notar que Pilsner parecía nervioso. Apenas escuchaba a David.

—¿Ocurre algo?

—Lo siento —dijo Pilsner—. Estoy bastante distraído. Caroline Helmsford ha empeorado bruscamente esta noche. Sólo he salido del hospital para tomar una ducha en casa.

—Pero ¿qué ha pasado?

—Venga y compruébelo usted mismo. —Empezó a subir las escaleras. David le siguió—. Está ingresada en la UCI. Todo empezó con una crisis de epilepsia.

David se detuvo, sorprendido, y tuvo que apresurarse para alcanzar a su colega. Caroline había sufrido una crisis de epilepsia, al igual que sus propios pacientes.

—La neumonía se desarrolló rápidamente —prosiguió Pilsner—. Lo he probado todo pero no consigo resultados positivos.

Llegaron a la UCI. Pilsner suspiró, agotado.

—Me temo que está en coma séptico. Intentamos a toda costa mantener su presión sanguínea, pero está muy mal. Creo que la perderé.

Caroline estaba ciertamente en coma. De su boca salía un tubo conectado a un respirador. Su cuerpo estaba cubierto de cables. El monitor recogía su pulso y la presión sanguínea. David se estremeció. Se imaginó a Nikki en el lugar de Caroline y la visión le horrorizó.

La enfermera de Caroline les proporcionó un resumen de su estado. No había mejorado nada desde que Pilsner se había marchado hacía una hora. Luego, Pilsner y David se dirigieron a la consola central. David aprovechó para hablar del estado de Nikki. Pilsner le escuchó y luego aconsejó que tomara antibióticos por vía oral, y sugirió el tipo de específico y la dosis.

Al marcharse David intentó animar a Pilsner, porque sabía cómo se sentía el pediatra.

Antes de empezar con los pacientes de la consulta, David llamó a Angela, le mencionó los antibióticos de Nikki y luego lo de Caroline. Angela se quedó sin habla.

—¿Crees que su estado es irreversible? —preguntó Angela.

—Eso piensa Pilsner.

—Nikki la visitó ayer.

—No hace falta que me lo recuerdes —dijo David—. Pero Caroline estaba muy bien y no tenía fiebre.

—Dios mío —dijo Angela—. No lo entiendo. ¿Te importa comprar los antibióticos y traerlos a la hora de comer?

—De acuerdo —dijo David.

—Yo tengo que ir a Burlington.

—¿Todavía sigues con eso?

—Por supuesto. Calhoun me ha llamado para confirmar la cita. Ya ha hablado con el jefe de la sección de investigación de Burlington.

—Buen viaje —dijo David, y colgó antes de que se le escapara algo de lo que luego pudiera arrepentirse. Mientras él estaba angustiado por Nikki y Caroline, Angela seguía empecinada en el caso Hodges.

—Le agradezco que me haya recibido —dijo Calhoun mientras tomaba asiento frente a la mesa de Helen Beaton—. Como he dicho a su secretaria, sólo serán un par de preguntas.

—Yo también tengo una pregunta para usted —repuso Beaton.

—¿Quién dispara primero? —preguntó Calhoun, sacando el paquete de puros—. ¿Le importa que fume?

—Aquí no se puede fumar —replicó Beaton con sequedad—. Está prohibido fumar en todo el hospital. Y creo que dispararé en primer lugar. La pregunta tiene que ver con la duración de esta entrevista.

—Adelante —dijo Calhoun.

—¿Para quién trabaja?

—Es una pregunta muy poco ética.

—¿Por qué?

—Porque mis clientes tienen derecho al secreto profesional. Y ahora dispararé yo. Según creo, el doctor Hodges solía visitarla con frecuencia...

—Perdone —le interrumpió Beaton—, pero si sus clientes prefieren mantener el anonimato, no veo razón alguna para hablar con usted.

—Como prefiera —dijo Calhoun—. Aunque a algunas personas les parecerá bastante significativo que la administradora de un hospital no quiera hablar de su antecesor. Podrían pensar que sabe usted quién mató a Hodges.

—Le agradezco su visita —dijo Beaton poniéndose de pie, sonriente—. No crea que va a engatusarme; no hablaré a menos que me diga quién le ha contratado. Mi única preocupación es este hospital. Buenos días, señor Calhoun.

Calhoun se puso de pie y dijo:

—Creo que nos volveremos a ver.

Calhoun bajó al subsuelo. Su siguiente entrevista era con Werner van Slyke. Calhoun lo encontró en el almacén del hospital, ocupado en reparar el sistema eléctrico de varias camas.

—¿Werner van Slyke?

—Sí —dijo Van Slyke con su tono monocorde.

—Mi nombre es Calhoun. ¿Tiene un momento?

—¿Para qué?

—Para hablar del doctor Dennis Hodges —dijo Calhoun.

—¿Le importa que siga trabajando? —dijo Van Slyke y volvió su atención a los motores.

—¿Son muy puñeteras estas camas? —preguntó Calhoun.

—Y que lo diga —repuso Van Slyke.

—¿Cómo es que las arregla usted personalmente, si es el jefe del departamento?

—Prefiero asegurarme de que se hace bien.

Calhoun se retiró del banco de trabajo y se sentó en una banqueta.

—¿Le importa si fumo?

—Haga lo que le plazca —dijo Van Slyke.

—Creí que estaba prohibido fumar en el hospital —dijo Calhoun y sacó un puro. Le ofreció uno a Van Slyke, que vaciló un momento pero acabó por coger uno. Calhoun le acercó el encendedor.

—Tengo entendido que conocía bastante bien a Hodges —dijo Calhoun.

—Para mí era una especie de padre. —Succionó el cigarro con satisfacción—. Mucho más que un padre.

—¿De veras?

—De no haber sido por Hodges, yo no habría podido asistir a la universidad. Me dio trabajo en su casa, solía quedarme a dormir allí y hablábamos mucho. Yo tuve muchos problemas con mi padre legítimo.

—¿Por ejemplo? —preguntó Calhoun. Tenía que lograr tirarle de la lengua.

—Mi padre era un hijoputa —dijo Van Slyke y tosió—. El muy cabrón me propinaba unas palizas brutales.

—¿Por qué?

—Se emborrachaba casi todas las noches. Y le daba por pegarme. Mi madre no podía evitarlo, y a veces también le pegaba a ella.

—¿Hablaba usted con su madre? Me refiero a si estaban unidos contra su padre.

—Claro que no. Después de las palizas, ella le excusaba diciendo que no había querido hacerlo. Intentaba convencerme de que mi padre me pegaba de tanto que me quería.

—Suena absurdo —dijo Calhoun.

—Pues así fue —dijo amargamente Van Slyke—. ¿Por qué coño me hace estas preguntas?

—Estoy interesado en la muerte de Hodges.

—¿Después de tanto tiempo?

—El tiempo no importa. ¿No le gustaría que el asesino recibiera su merecido?

—¿Su merecido? ¿Se refiere a matar a ese cabrón? —Van Slyke se echó a reír hasta que sufrió un acceso de tos.

—No fuma usted mucho, ¿verdad? —preguntó Calhoun.

Van Slyke negó con la cabeza. Había enrojecido a causa de la tos. Se dirigió a una pila para beber agua y luego volvió con un humor distinto.

—Creo que ya hemos hablado bastante —dijo con sequedad—. Tengo mucho trabajo.

—Bueno, pues me voy —dijo Calhoun—. Es mi primera regla: si alguien no quiere hablar conmigo, me voy. ¿Le importaría si vuelvo en otro momento?

—Me lo pensaré —dijo Van Slyke.

Calhoun salió de mantenimiento y se dirigió al Centro de Diagnóstico por la Imagen. Pidió ver al doctor Cantor.

—¿Tiene cita? —le preguntó la recepcionista.

—No. Pero dígale que he venido a hablarle del doctor Hodges.

—¿El doctor Dennis Hodges? —preguntó la mujer, sorprendida.

—Exacto —dijo Calhoun—. Aguardaré en la sala de espera.

Calhoun vio cómo la recepcionista telefoneaba. Luego contempló la arquitectura del local y el espléndido diseño interior. Apareció una mujer de aspecto pulcro y le pidió que la acompañara.

—¿Qué significa que ha venido a hablar de Dennis Hodges? —preguntó Cantor en cuanto Calhoun entró en su oficina.

—Pues exactamente eso.

—¿Y por qué le interesa tanto? —preguntó Cantor.

—¿Le importa si me siento?

Cantor señaló una silla que había ante su escritorio. Calhoun tuvo que quitar unas revistas médicas y las depositó en el suelo. Una vez sentado, inició su ritual preguntando si podía fumar.

—Sí, pero antes ofrézcame uno —dijo Cantor—. He dejado de fumar pero me encanta hacerlo de gorra.

Después de que hubieran encendido los puros, Calhoun le dijo que le habían encargado que investigara el asunto de Hodges.

—No quiero hablar de ese cabrón —dijo Cantor.

—¿Puedo preguntarle el motivo?

—¿Por qué tendría que hablar de Hodges? —repuso Cantor.

—Pues para poder poner a su asesino en manos de la justicia —replicó Calhoun.

—Entiendo que ya se ha hecho justicia. Habría que condecorar a la persona que nos ha librado de semejante plaga.

—Ya me habían contado que no tenía muy buena opinión de Hodges.

—Eso es subestimar la realidad —repuso Cantor—. Era un ser despreciable.

—¿Podría explicarse un poco mejor?

—Era un egoísta, los demás le importaban un pimiento —dijo Cantor.

—¿Se refiere a la gente en general, o a sus colegas médicos?

—Supongo que a los médicos —admitió Cantor—. No le importaban lo más mínimo. Su única prioridad era el hospital. Pero su concepto de la institución no lo hacía extensible a los médicos. Se apropió de los departamentos de radiología y patología y nos puso a todos de patitas en la calle. Todo el mundo le hubiera estrangulado de buen gusto.

—¿Podría citar algún nombre?

—Claro, no es ningún secreto. —Y nombró hasta cinco médicos con los dedos de una mano, él incluido.

—¿Y usted es el único de esos cinco que sigue en Bartlet?

—En efecto, así es —dijo Cantor—. Dios me iluminó al darme la idea del Centro de Diagnóstico.

—¿Sabe usted quién mató a Hodges?

Cantor fue a hablar, pero se detuvo.

—¿Sabe una cosa? —dijo—. A pesar de lo que he dicho al principio, acabaré contándole vida y milagros de Hodges.

—Entiendo —dijo Calhoun—. Supongo que ha cambiado de idea. Bueno, ¿sabe usted quién mató a Hodges?

—Si lo supiera no se lo diría.

Calhoun cogió el reloj de bolsillo que llevaba atado con una cadenita al cinturón.

—¡Dios mío! —dijo, poniéndose de pie—. Lo siento pero he de marcharme. Tengo otra cita.

Aplastó el puro en el cenicero que había en la mesa del sorprendido Cantor y salió presurosamente. Subió a la camioneta y se encaminó a la biblioteca. Angela se paseaba por la acera, junto a la entrada.

—Siento el retraso —dijo Calhoun, abriéndole la portezuela—. Me lo estaba pasando muy bien con el doctor Cantor.

—Yo también he llegado un poco tarde —dijo Angela y subió a la cabina. La camioneta apestaba a puro.

—Siento curiosidad por lo que haya podido decirle el doctor Cantor. ¿Le ha contado algo interesante?

—Estoy seguro de que él no es el asesino de Hodges —dijo Calhoun—. Pero me interesa mucho, y también Beaton. Aquí está pasando algo, lo noto... ¿Le importa si fumo? —agregó, bajando la ventanilla.

—Supongo que por eso quería que fuéramos en su camioneta —dijo Angela.

—Exactamente.

—¿Cree que saldremos airosos de esta visita a la policía estatal? Cuanto más lo pienso más nerviosa me siento. En cierto modo voy a hacer algo fraudulento, ya que no necesito esos papeles para nada relacionado con mis pacientes. Soy patóloga.

—No se preocupe —dijo Calhoun—. Quizá no tenga que dar explicaciones. Ya he hablado con el teniente y no pondrá objeciones.

—Confío en usted.

—No la defraudaré. Por cierto, todavía estoy molesto por la reacción de su marido. No quiero crear problemas entre ustedes dos. Pero la verdad es que desde que dejé el servicio necesito trabajar. ¿Qué le parece si rebajo mis honorarios? ¿Serviría de algo?

—Se lo agradezco —dijo Angela—, pero estoy segura de que David estará satisfecho si nos ajustamos al plazo de una semana.

A pesar de las garantías de Calhoun, Angela seguía nerviosa cuando bajó de la camioneta y se dirigió a la central de policía de Burlington. Pero afortunadamente no tuvo motivos de preocupación. La presencia de Calhoun hizo que la operación fuera mucho más sencilla de lo que Angela esperaba. Calhoun fue el que llevó la voz cantante. El oficial al mando de la brigada de investigación se mostró amable y servicial.

—Ya que estamos aquí, ¿por qué no me haces dos copias? —dijo Calhoun.

—Muy bien —dijo el policía. Manipulaba los originales con las manos enguantadas.

—Así tendremos una copia cada uno —musitó Calhoun a Angela guiñándole un ojo.

Diez minutos después, estaban de regreso en la camioneta.

—Ha sido muy fácil —dijo ella y extrajo las copias del sobre y empezó a hojearlas.

—Yo no soy de los que dicen «Ya se lo había dicho» —repuso Calhoun con una sonrisa—. No me gusta decir esas cosas, no soy de ese tipo de personas.

Angela sonrió. Empezaba a entender el sentido del humor de Calhoun.

—¿Qué dicen? —preguntó Calhoun.

—Son las copias de las hojas de admisión de ocho pacientes.

—¿Hay algo interesante?

—No lo parece —dijo Angela—. Edades diferentes, sexos diferentes y diagnósticos diferentes. Una cadera rota, neumonía, sinusitis, dolor torácico, dolor en el cuadrante abdominal inferior derecho, flebitis, apoplejías y piedras en el riñón. No sé qué esperaba encontrar, pero esto parece bastante normal.

Calhoun encendió la camioneta y se adentró en el tráfico.

—No saque conclusiones precipitadas —dijo.

Angela guardó los papeles en el sobre y miró por la ventanilla. Reconoció la calle por la que circulaban.

—Un momento —dijo—. Pare un momento.

Calhoun aparcó junto al bordillo.

—Estamos muy cerca de la oficina del forense en jefe —dijo Angela—. ¿Podríamos pasar a verle un momento? Él se interesó por la autopsia de Hodges y una visita nuestra podría acrecentar su interés.

—De acuerdo —dijo Calhoun—. Me gustaría conocerle.

Hicieron un giro de ciento ochenta grados en medio del tráfico. Angela cerró los ojos ante los coches que se les venían encima. Calhoun le dijo que se tranquilizara.

Unos minutos más tarde estaban en el edificio del forense. Walter Dunsmore estaba en el bar del edificio. Angela le presentó a Calhoun.

—¿Os apetece comer algo? —preguntó Walter.

Angela y Calhoun pidieron sándwiches.

—El señor Calhoun nos ayuda en la investigación del caso Hodges —explicó Angela—. Hemos venido a Burlington a recoger las copias de unas pruebas. Pensé que tal vez usted había averiguado más cosas.

—No, nada nuevo —dijo Walter—. Los resultados de toxicología son negativos, salvo lo del nivel de alcohol que ya le expliqué. Eso es todo. Como le dije el otro día, parece que nadie está interesado en que este caso se resuelva.

—Ya —dijo Angela—. ¿Algo nuevo sobre el carbón encontrado bajo la piel?

—No he tenido ocasión de seguir con ello —contestó Walter.

Poco después, Angela dijo que tenían que volver a Bartlet, pues había aprovechado la hora de la comida para desplazarse a Burlington. Walter le dijo que volviera a visitarle siempre que quisiera.

El camino de vuelta a Bartlet le pareció más rápido que el de ida a Burlington. Calhoun dejó a Angela junto a la biblioteca para que cogiera su coche.

—La mantendré informada. Y acuérdese de mantenerse completamente al margen de todo esto.

—No se preocupe —dijo Angela. Le dijo adiós con la mano mientras se sentaba al volante. Eran casi la una y media.

Una vez en su despacho, Angela guardó los papeles de Hodges en el cajón superior de su mesa. Tenía que acordarse de llevárselos a casa por la noche. Mientras se estaba poniendo la bata, Wadley abrió la puerta que conectaba los dos despachos sin molestarse en llamar.

—Llevo buscándola más de veinte minutos —dijo enfadado.

—No estaba en el hospital.

—Eso ya lo imaginaba —exclamó Wadley—. Se lo he advertido otras veces.

—Lo siento. He salido a dar un paseo durante la hora de la comida.

—Pero ha tardado más de una hora —observó Wadley.

—Es posible —repuso ella—, pero hoy pensaba quedarme hasta más tarde, cosa que por cierto hago casi todos los días. Además, pedí al doctor Cornell que me sustituyera si había alguna urgencia.

—No me gusta que mis colaboradores se esfumen en medio de su jornada laboral.

—No estaba muy lejos. Soy plenamente consciente de mis responsabilidades y las cumplo al pie de la letra. No soy la responsable de los análisis quirúrgicos, que es lo único urgente de esta sección. Además, mi paseo incluyó una visita al forense en jefe.

—¿Has estado con Walt Dunsmore? —preguntó Wadley.

—Puede llamarle si no me cree —replicó Angela. A Wadley se le bajaron los humos.

—Estoy demasiado ocupado como para andar comprobando el paradero de mis subalternos —dijo Wadley—. El caso es que últimamente estoy disgustado con tu comportamiento. Te recuerdo que todavía estás en período de prueba. Y te aseguro que si no demuestras más profesionalidad, no serás contratada.

A continuación, Wadley entró en su despacho y cerró de un portazo.

Angela se quedó un momento mirando la puerta. Odiaba la hostilidad de Wadley. Sin embargo, la prefería a los acosos sexuales. Se preguntaba si alguna vez mantendrían una relación profesional normal.

Después de visitar al último paciente de la consulta, David decidió hacer la ronda por el hospital. No le agradaba hacerlo por temor a encontrarse con sorpresas desagradables.

En primer lugar fue a la UCI para interesarse por el estado de Caroline. La niña había empeorado y su estado era crítico. David encontró al doctor Pilsner en desesperada vigilia, sentado en la UCI. Parecía totalmente abatido.

Luego se dirigió a visitar a sus propios pacientes. Cada vez que abría la puerta de una habitación, sentía una ansiedad que sólo se le pasaba al comprobar que el enfermo estaba bien. Pero cuando entró en la habitación de Sandra la ansiedad permaneció. El estado psicológico de Sandra se había deteriorado bastante.

David se sintió abrumado. Las enfermeras no estaban muy impresionadas, pero el cambio había sido terrible. En pocas horas, había caído en una apatía total y además babeaba. Sus ojos habían perdido el brillo. Antes no tenía fiebre y ahora estaba a más de treinta y ocho.

David intentó hablar con Sandra pero ella se mostró muy

imprecisa. El único síntoma que fue capaz de explicar fue que sentía retortijones abdominales. Eso le recordó a aquellos pacientes de los que intentaba olvidarse todo el rato. A David se le aceleró el pulso. Pensaba que no soportaría que se le muriera otro paciente.

Fue a la sala de enfermeras y hojeó el historial de Sandra. La única referencia destacable era una nota que mencionaba que la paciente había perdido el apetito y no había tomado el almuerzo. David comprobó el gota a gota: correcto. Revisó los análisis del laboratorio: normales. Buscaba una pista en el historial que pudiera justificar el cambio de estado psicológico, pero no encontró nada. Lo único que se le ocurrió fue que estuviera incubando una meningitis, es decir, una inflamación de la corteza cerebral. Si la había hospitalizado había sido precisamente por eso, por temor a que cogiera una meningitis.

David volvió a examinarla, y aunque no encontró ningún síntoma de meningitis, le practicó la prueba definitiva: una punción lumbar de la que obtuvo una muestra de líquido cefalorraquídeo. El líquido parecía normal, pero para asegurarse lo envió al laboratorio. El resultado fue completamente normal. A continuación ordenó un contaje del azúcar en la sangre.

A lo único que Sandra no se mostraba insensible era al dolor cuando David le palpaba el absceso. Por tanto, éste añadió un nuevo antibiótico a la medicación. Pero no podía hacer nada más. Se sentía perdido, había perdido toda esperanza.

Deprimido, David montó en la bicicleta y regresó a casa. No disfrutó del paseo. Se sentía abatido por lo de Caroline y preocupado por Sandra. Pero nada más llegar a casa comprendió que no podía caer en la autocompasión. Nikki estaba un poco peor que al mediodía, cuando le había llevado los antibióticos. La congestión había aumentado y la temperatura ya casi llegaba a treinta y ocho.

David telefoneó a la UCI y comunicó al doctor Pilsner que el tratamiento con antibióticos no estaba surtiendo efecto.

—Suspéndalo —dijo el doctor Pilsner con voz cansada—. Creo que será mejor que le administre un mucolítico y un broncodilatador, además de la terapia respiratoria.

—¿Algún cambio en el estado de Caroline? —preguntó David.

—Ningún cambio —dijo Pilsner sombríamente.

Angela llegó a casa a las siete. Después de ver a Nikki, que estaba mejor tras la terapia respiratoria, fue a tomar una ducha. David le acompañó al cuarto de baño.

—Caroline está peor —dijo mientras Angela entraba en la ducha.

—Me dan pena los Helmsford —dijo ella—. Deben de estar destrozados. Pido a Dios que Nikki no se haya contagiado.

—Otra de mis pacientes, Sandra Hascher, está igual que los anteriores —dijo David.

—¿Por qué la habían ingresado? —preguntó Angela asomando la cabeza.

—Por un flemón. Estaba respondiendo muy bien a los antibióticos. Pero de repente, esta tarde ha experimentado un cambio radical en su estado psicológico.

—¿Está desorientada?

—Principalmente apática y dispersa —dijo David—. Ya sé que no parece grave, pero para mí es dramático.

—¿Meningitis? —preguntó Angela.

—Es lo único que se me ha ocurrido. No tenía dolor de cabeza, ni experimentaba cambios bruscos de temperatura. Le practiqué una incisión lumbar y no encontré nada.

—¿Un tumor cerebral? —preguntó Angela.

—Tenía muy poca fiebre —dijo David—. Quizá le haga una resonancia magnética. Lo peor es que su estado me recuerda al de los pacientes fallecidos.

—Supongo que no llamarás a nadie a consulta.

—No; si lo hago me quitarán a la paciente. Tal vez me recriminen si le hago la resonancia magnética.

—Desde luego, tienen una visión despreciable de la medicina —dijo Angela.

David guardó silencio.

—El viaje a Burlington ha ido muy bien —dijo Angela.

—Me alegro —replicó por mera cortesía.

—El único problema ha sido Wadley. Se comporta de una forma irracional. Me ha amenazado con despedirme.

—¡Vaya! —exclamó David. Estaba estupefacto—. ¡Eso sería un desastre para nosotros!

—No te preocupes. Estaba fanfarroneando. No se atrevería a despedirme después del acoso sexual a que me ha sometido. Es la única razón por la que me alegro de haber hablado con Cantor: así ha quedado constancia oficial de mi denuncia.

—Eso no me sirve de consuelo —dijo David—. Nunca había pensado que pudieran despedirte.

A la hora de la cena, Nikki no tenía ganas de comer. Angela la obligó a sentarse a la mesa y le dijo que por lo menos comiera un poco. David le dijo que dejara a la niña en paz y ambos se enzarzaron en una discusión. Nikki se marchó de la mesa llorando.

David y Angela estaban enfadados y se culpaban mutuamente por lo de Nikki. Permanecieron un rato callados, viendo la televisión. Cuando llegó la hora de que ésta se fuera a la cama, Angela le dijo a David que ella ayudaría a Nikki con la terapia respiratoria y que él recogiese la mesa.

Mientras David llevaba los platos del comedor a la cocina, Angela volvió presurosa.

—Nikki me ha hecho una pregunta embarazosa. Quiere saber si Caroline va a salir pronto del hospital.

—¿Y qué le has dicho? —preguntó David.

—Le he dicho que no lo sabía. He preferido no contarle la verdad.

—Bien —dijo David—. Yo tampoco pienso contarle nada hasta que no se le pase la congestión.

—De acuerdo —dijo Angela, y se dirigió al piso de arriba.

A eso de las nueve, David llamó al hospital. Habló un buen rato con la enfermera jefe, que insistió en que el estado de Sandra no había empeorado demasiado. Reconoció, sin embargo, que no había cenado.

Cuando David colgó, Angela salió de la cocina.

—¿Te gustaría echar un vistazo a los papeles que he traído de Burlington?

—No tengo el más mínimo interés.

—Gracias —ironizó Angela—. Sabes que para mí es importante.

—Estoy demasiado preocupado como para pensar en esas cosas —replicó David.

—Yo siempre tengo tiempo y ánimos para escuchar tus problemas —dijo Angela—. Por lo menos podrías corresponderme.

—No creo que la comparación sea válida —dijo David.

—¿Cómo te atreves a decir eso? Sabes muy bien cómo me afecta el caso Hodges.

—Yo no quiero apoyarte en esto. Creo que lo he dejado muy claro.

—Oh, sí. Lo tuyo siempre está muy claro: lo tuyo es importante y lo mío no.

—Me parece bastante curioso que con todo lo que nos ocurre, tú sigas obsesionada con Hodges. Creo que estás hecha un lío con tus prioridades. Mientras tú ibas a Burlington a buscar pistas, yo estaba aquí ocupándome del antibiótico de nuestra hija. Y su mejor amiga está en el hospital agonizando.

—Parece mentira que me digas estas cosas —farfulló Angela.

—Y además te tomas a broma las amenazas de despido de Wadley. Y todo porque lo más importante era ir a Burlington. Pues te diré algo: si te despiden será un desastre de consecuencias irreparables. Y eso sin contar que tus investigaciones ponen en peligro a toda la familia.

—¡Te crees un hombre muy equilibrado! —gritó Angela—. ¡Pues te engañas! Crees que los problemas se solucionan negándolos. Pues bien, eres tú el que confunde sus prioridades no ayudándome cuando más lo necesito. Y por lo que respecta a Nikki, tal vez no estaría así si hubieras impedido que visitara a su amiga hasta enterarte bien de lo que tenía.

—Eso es jugar sucio —exclamó David, pero se contuvo. Él se consideraba una persona equilibrada y no pensaba perder los nervios.

El problema era que cuanto más autodominio ejercía David, más irracional se volvía Angela, y viceversa. A las once de la noche estaban agotados y excitados. De mutuo acuerdo decidieron que David dormiría en la habitación de invitados.

CAPÍTULO 21

JUEVES 28 DE OCTUBRE

Cuando David abrió los ojos en la oscuridad no supo muy bien dónde estaba. Manipuló torpemente una lámpara de noche que le era desconocida y al final consiguió encenderla. Miró alrededor, aturdido por un mobiliario que le resultaba extraño. Tardó casi un minuto en comprender que estaba en la habitación de invitados. Y a continuación, le vino a la memoria la desagradable discusión de la noche.

David miró la hora en su reloj de pulsera. Eran las cinco menos cuarto de la madrugada. Se apoyó en la almohada y experimentó un escalofrío seguido de una arcada. A ello siguieron retortijones en el estómago.

Sintiéndose fatal, pasó del baño de invitados al baño principal en busca de una medicina para atajar la diarrea. Al final encontró un bote e ingirió una dosis. Luego cogió un termómetro y se lo puso en la boca. Mientras esperaba buscó una aspirina. Notó una salivación excesiva, tal como había pasado a algunos de sus pacientes fallecidos.

Se miró al espejo mientras un nuevo temor se apoderaba de él. ¿Y si había pillado la misteriosa enfermedad que estaba matando a sus pacientes? «Dios mío —pensó—, tengo los mismos síntomas que mis pacientes.» Con mano trémula cogió el termómetro: casi treinta y ocho. Sacó la lengua y se la miró en el espejo. Estaba tan blanca como su cara. «Cálmate», se dijo. Cogió dos aspirinas y las tragó con un sorbo de agua. Casi de inmediato notó un retortijón y tuvo que apoyarse en el lavabo. Intentando tranquilizarse, evaluó sus síntomas. Parecían de gripe, los mismos de las cinco enfermeras a las que había visitado días anteriores. No había motivos para dramatizar.

Finalmente decidió aplicarse la misma medicina que había prescrito a sus enfermeras: se metió en la cama.

Cuando sonó el despertador de la habitación principal, se sentía un poco mejor.

Angela y David se miraron el uno al otro con cierta prevención y luego se abrazaron durante más de un minuto.

—¿Hacemos las paces? —susurró él.

—Los dos estamos muy nerviosos —convino Angela.

—Me parece que he pillado alguna cosa —dijo David, y le contó que había despertado con síntomas de gripe—. Lo único que me preocupa es el exceso de salivación.

—¿A qué te refieres? —preguntó Angela.

—Pues que paso todo el rato tragando saliva. Es como cuando tienes ganas de vomitar, pero no tan intenso. No es tan molesto.

—¿Has visto a Nikki?

—Todavía no —dijo él.

Después de ducharse bajaron a la habitación de Nikki. *Rusty* les saludó efusivamente pero Nikki no se mostró tan entusiasta. Pese a los antibióticos orales y el refuerzo de la terapia respiratoria, estaba más congestionada.

Mientras Angela preparaba el desayuno, David llamó al doctor Pilsner y le detalló el estado de Nikki.

—Creo que debería verla cuanto antes —dijo Pilsner—. ¿Quedamos en urgencias dentro de media hora?

—De acuerdo. Agradezco su interés. ¿Cómo está Caroline?

—Ha muerto —dijo Pilsner—. A las tres de la madrugada. No pudimos mantenerle la presión sanguínea. Aunque no sirva de consuelo, al menos no sufrió mucho.

Aunque en cierta medida se lo esperaba, la noticia afectó profundamente a David. Con el corazón destrozado, fue a la cocina a contárselo a su mujer.

Angela pareció a punto de echarse a llorar, pero de pronto le espetó con dureza.

—Todavía no me explico por qué llevaste a Nikki a verla.

Sorprendido, David contraatacó.

—Por lo menos yo ayer vine a casa para que Nikki pudiera

tomar el antibiótico. —Pero enseguida se sintió culpable de haber dejado que Nikki visitase a Caroline.

Se miraron el uno al otro, irritados y temerosos.

—Lo siento —dijo Angela—, pero estoy muy nerviosa.

—Pilsner quiere que lleve a Nikki a urgencias ahora mismo —dijo David—. Será mejor que vayamos.

Envolvieron a Nikki en una manta y partieron en el coche. David y Angela tuvieron cuidado de no provocarse. Conocían muy bien sus debilidades y sus aspectos más vulnerables. Nikki no habló en todo el trayecto y pasó la mayor parte del tiempo tosiendo.

Pilsner les estaba esperando y llevó a Nikki a un consultorio. Angela y David le acompañaron. Al acabar de examinar a Nikki, Pilsner los llevó a un aparte.

—Hay que ingresarla inmediatamente —dijo Pilsner.

—¿Crees que tiene neumonía? —preguntó Angela.

—No lo sé —respondió Pilsner—, pero es posible. No quiero correr riesgos después de lo ocurrido con ... —No acabó la frase.

—Me quedaré con Nikki —dijo Angela a David—. Tú ve a ver a tus enfermos.

—De acuerdo. Llámame si surgen complicaciones.

David se sentía fatal, y el problema de Nikki no hacía sino empeorar las cosas. Le dio un beso a su hija y le prometió que todo iría bien. Nikki asintió; ella ya había pasado por esa rutina otras veces. David pidió unas aspirinas a una enfermera y se fue escaleras arriba.

—¿Cómo se encuentra la señora Hascher? —preguntó David a Janet Colburn tras sentarse y coger los historiales de sus pacientes.

—El informe no aclara mucho —dijo Janet—. Todavía no ha ido a verla ninguna enfermera. Hemos estado ocupadas bajando a los pacientes de cirugía a los quirófanos.

David abrió el historial de Sandra. Lo primero que miró fue la tabla de temperaturas. No había muchas oscilaciones. La última temperatura era de treinta y ocho grados. Observó que todas las ocasiones en que las enfermeras habían ido a visitarla, estaba dormida. Suspiró aliviado, de momento todo iba bien.

Cuando acabó con los historiales empezó con las visitas. Todos estaban bastante bien, excepto Sandra.

Cuando entró en su habitación se sorprendió de encontrarla dormida. Se acercó a la cama y examinó la inflamación en la mandíbula. Seguía igual. La sacudió por el hombro y pronunció su nombre con suavidad. Cómo no respondía, insistió más enérgicamente. Sandra se movió y se llevó una mano temblorosa a la cara; apenas podía abrir los ojos. David insistió. Sus ojos se abrieron un poco más e intentó hablar, pero lo único que emitió fue un balbuceo inconexo. Estaba absolutamente desorientada. David intentó conservar la calma. Le extrajo un poco de sangre y la mandó al laboratorio. Luego se aplicó en un examen minucioso de la paciente, en particular de los pulmones y el sistema nervioso.

Cuando David regresó a la sala de enfermeras, le entregaron los resultados del laboratorio. Eran normales, incluido el contaje de sangre. Los leucocitos —disparados a causa del absceso— habían bajado con los antibióticos y proseguían su marcha descendente, lo que excluía la infección como agente causante de su estado clínico. El sonido de sus pulmones sugería una incipiente neumonía. David reconsideró la posibilidad de un fallo en el sistema inmunológico. Una vez más, David se encontraba con el mismo trío de síntomas que afectaban el sistema nervioso central, el aparato gastrointestinal y el sistema inmunológico. Los síntomas estaban claros pero no sabía qué los provocaba.

David se sintió nuevamente confundido. La vida de una paciente de treinta y cuatro años estaba en juego. No quería llamar médicos a consulta, en parte debido a la actitud de Kelley, y en parte porque en los tres casos anteriores no le habían sido de ninguna utilidad. Tampoco quería encargar más pruebas porque en los otros casos tampoco habían servido de mucho. Se encontraba en un callejón sin salida.

—¡Tenemos una urgencia en la 216! —gritó una de las enfermeras.

David salió corriendo; la habitación 216 era la de Sandra.

Sandra estaba en los prolegómenos de una crisis de epilepsia. Tenía el cuerpo arqueado hacia atrás mientras sus extremidades se convulsionaban tan enérgicamente que la cama se movía grotescamente. David pidió a voces un calmante. En un instante lo tuvo en su mano y lo inyectó en el gota a gota. Al cabo de unos minutos se interrumpieron las convulsiones, dejando el cuerpo de Sandra exhausto y comatoso.

David contempló el sereno semblante de Sandra. Se sentía burlado por su impotencia profesional. Mientras él vacilaba en la sala de enfermeras, se había producido la crisis de epilepsia. Ciertamente un colofón dramático a todo el asunto.

David se sumió en un torbellino de actividad; la rabia se trocó en desesperación. Desconectó todos los aparatos de control y volvió a pedir toda clase de pruebas: consulta médica, análisis de laboratorio, rayos X y una resonancia magnética del cráneo. Estaba dispuesto a descubrir lo que le pasaba a Sandra Hascher. Temiendo un rápido desenlace, ordenó que la trasladaran a la UCI. Quería tener bajo control sus constantes vitales. No quería más sorpresas.

El traslado se hizo en menos de media hora. Una vez en la cama de la UCI, David se dirigió a la consola central y escribió una serie de prescripciones. De pronto, vio a Nikki en la cama situada frente a la consola central. Se quedó paralizado. Nunca se hubiera imaginado tener que ver a su hija en la UCI. Su presencia allí le aterrorizaba. ¿Qué significaba? Notó una mano en el hombro. Se dio la vuelta y vio al doctor Pilsner.

—Imagino que es muy duro ver a su hija aquí —dijo—. Pero tranquilícese, lo he hecho para evitar cualquier posible contratiempo. Tenemos enfermeras muy bien preparadas para atender pacientes con problemas respiratorios.

—¿Le parece necesario todo esto? —preguntó David.

Él sabía lo duro que resultaba para el paciente todo el entorno de la UCI.

—Es lo mejor para ella —dijo Pilsner—. Es pura precaución. La sacaré de aquí en cuanto pueda.

—De acuerdo —dijo David, nervioso.

Antes de acabar con las prescripciones para Sandra, David fue a hablar con Nikki. Estaba menos preocupada de estar en la UCI de lo que lo estaba David. A él le alivió ver que se lo tomaba tan bien.

Volvió su atención a Sandra Hascher y regresó a terminar de anotar las prescripciones, pero entonces le interrumpió el administrativo de la unidad.

—El señor Kelley está en la sala de espera y quiere verle —dijo.

David sintió un nudo en el estómago. Sabía lo que quería Kelley, pero decidió tomárselo con calma. Acabó de escribir las prescripciones y las entregó a la supervisora. Sólo entonces salió al encuentro de Kelley.

—Estoy muy disgustado —dijo Kelley—. Acaba de llamarme el coordinador de utilización hace unos minutos y...

—¡Un momento! —le interrumpió David—. Tengo un paciente en la UCI y no puedo perder el tiempo hablando con usted. Apártese de mi vista, ya hablaremos más tarde. ¿Lo ha entendido? —David le miró un momento y luego se dispuso a regresar a la UCI.

—Un momento, doctor Wilson. No tenga tanta prisa.

David se dio la vuelta y se abalanzó sobre Kelley. Le cogió de la camisa, le empujó con violencia y exhibió un puño amenazador ante la cara de Kelley.

—¡Lárguese donde no pueda verle! —gritó David—. Si no lo hace, aténgase a las consecuencias.

Kelley tragó saliva pero no se movió.

David se dio la vuelta y abandonó la sala de espera.

—¡Hablaré de esto con mis superiores! —exclamó Kelley.

David se dio la vuelta y gritó:

—¡Haga lo que le dé la gana!

Mientras iba hacia la consola central, se detuvo un momento. El corazón le latía con fuerza. Se preguntaba qué habría ocurrido si Kelley le hubiera hecho frente.

—Doctor Wilson —dijo el auxiliar—. El doctor Mieslich está al teléfono.

—Mi marido da clases en el colegio —explicaba Madeline Gannon—. Es profesor de literatura y arte dramático.

Calhoun estaba hojeando los libros de la biblioteca de los Gannon.

—Me gustaría conocerle —dijo Calhoun—. Me gusta mucho leer teatro. Es mi hobby desde que me retiré. Me agrada mucho Shakespeare.

—¿De qué quería hablarme? —preguntó Madeline, cambiando diplomáticamente de tema. Por el aspecto de Calhoun, dudaba de que Bernard estuviera interesado en verle.

—Estoy investigando el asesinato de Dennis Hodges. Como sabrá, acaban de encontrar su cadáver.

—Fue terrible —dijo Madeline.

—Tengo entendido que usted trabajó para él durante cierto tiempo —dijo Calhoun.

—Unos treinta años.

—¿Era un trabajo interesante?

—Tenía sus pros y sus contras —admitió Madeline—. Hodges era muy terco. Pasaba fácilmente de la cabezonería y la excentricidad a la generosidad y la comprensión. Yo le quería y le odiaba al mismo tiempo. Pero me sentí destrozada cuando supe que habían encontrado el cadáver. Esperaba que se hubiera hartado de todo y se hubiera marchado a Florida. Cada invierno comentaba la posibilidad de irse a Florida, sobre todo en la última época.

—¿Tiene idea de quién pudo matarle? —preguntó Calhoun. Miró a su alrededor buscando un cenicero, pero no vio ninguno.

—No —dijo Madeline—. Pero tratándose del doctor Hodges, seguro que hay un montón de candidatos.

—¿Por ejemplo?

—Deje que haga memoria... —dijo Madeline—. La verdad, no creo que ninguna de las personas con que Hodges se metía casi a diario le hubiera hecho daño. También estoy segura de que el doctor Hodges hubiera sido incapaz de llevar a cabo ninguna de sus amenazas.

—¿A quién amenazaba Hodges? —preguntó Calhoun.

Madeline rió.

—A todo el mundo que tenía que ver con la nueva administración del hospital. Y también al jefe de la policía local, al director del banco, al dueño de la estación de servicio... La lista sería interminable.

—¿Por qué estaba Hodges tan irritado con los nuevos administradores del hospital?

—Casi todas sus quejas eran debidas a sus pacientes —dijo Madeline—. Mejor dicho, a sus antiguos pacientes. El doctor Hodges abandonó la práctica de la medicina cuando se hizo cargo de la dirección del hospital y la AMG entró en escena. La verdad es que no le importó mucho. Sabía que necesitaban a las nuevas sociedades médicas y él estaba dispuesto a retrasar su vuelta al trabajo. Pero entonces empezó a recibir quejas de sus antiguos pacientes, querían que Hodges volviera a ser su médico. Pero no era posible porque estaban ligados a la AMG.

—Parece como si Hodges se hubiera enfadado con la AMG —dijo Calhoun.

Antes de que Madeline contestara, Calhoun le preguntó si podía fumar. Ella dijo que no, pero le ofreció un café. Calhoun y los dos se encaminaron a la cocina.

—¿Por dónde iba? —dijo Madeline mientras ponía el agua a hervir.

—Yo sugerí que quizá Hodges estaba molesto con la AMG —dijo Calhoun.

—Ya me acuerdo. Bien. Estaba muy molesto con la AMG, pero también lo estaba con los del hospital porque accedían a todas las peticiones de la AMG. El doctor Hodges consideraba que él seguía teniendo cierto peso en el hospital.

—¿Estaba enfadado por algo en concreto?

—Eran muchas cosas. Estaba enfadado por el tratamiento o, mejor dicho, por la falta de asistencia en las urgencias. La gente que utilizaba el servicio de urgencias tenía que pagar en metálico y por adelantado. A otros no se les permitía ingresar en el hospital cuando lo necesitaban. El día de su desaparición estaba especialmente molesto por la muerte de un antiguo paciente. Lo recuerdo porque él solía comentar que los de la AMG eran incapaces de curar a sus pacientes. Creía que los de la AMG eran unos incompetentes y que los del hospital alentaban esa incompetencia.

—¿Recuerda el nombre del paciente?

—Eso es pedir un milagro —dijo Madeline mientras servía el café.

Le pasó una taza a Calhoun, que se echó tres cucharadas de azúcar y un poco de crema de leche.

—¡Un momento, ya me acuerdo! —exclamó Madeline súbitamente—. Se llamaba Clark Davenport. Estoy segura.

Calhoun sacó las copias obtenidas en Burlington.

—Aquí está —dijo después de pasar varias hojas—. Clark Davenport: fractura de cadera.

—Sí, es él —dijo Madeline—. El pobre se cayó de una escalera al intentar rescatar un gato de un árbol.

—Mire estos otros nombres —dijo Calhoun. Le pasó los papeles—. ¿Le suenan?

Madeline hojeó los papeles.

—Me acuerdo de todos y cada uno de ellos —dijo—. De hecho, éstos eran los pacientes que le he comentado antes. Todos habían muerto y Hodges estaba muy irritado por ello.

—Hmm —dijo Calhoun volviendo a coger los papeles—. Sabía que estaban relacionados de alguna forma.

—El doctor Hodges también estaba muy enfadado con el hospital por los asaltos que se producían en el aparcamiento —añadió Madeline.

—¿Por qué?

—Hodges pensaba que los del hospital podían haber hecho algo más para evitarlos. Les preocupaba más ocultar los hechos que atrapar al agresor. Estaba convencido de que el violador pertenecía a la plantilla del hospital.

—¿Tenía algún sospechoso? —preguntó Calhoun.

—Decía que sí. Pero no mencionó su nombre.

—¿Cree que pudo habérselo contado a su mujer? —preguntó Calhoun.

—Es posible.

—¿Cree que pudo habérselo dicho al propio sospechoso?

—No lo sé —dijo Madeline—. Pero pensaba hablar de ello con Wayne Robertson, y eso que no se llevaban muy bien. De hecho, pensaba hablar con Wayne el día de su desaparición.

—¿Sabe si fue a verle?

—No. Ese día el doctor Hodges se enteró de la muerte de Clark Davenport. En vez de ir a ver a Robertson, me pidió que le organizara una comida con el doctor Barry Holster, el radiólogo. He recordado lo de Clark Davenport porque recuerdo haber organizado esa comida.
—¿Por qué quería ver al doctor Holster? —preguntó Calhoun.
—Holster había tratado a Clark Davenport.
Calhoun dejó la taza y se levantó.
—Ha sido usted muy amable —dijo—. Le estoy muy agradecido por el café y por su excelente memoria.
Madeline Gannon se ruborizó.

Angela había acabado la jornada de la mañana y estaba hojeando una revista antes de ir a comer, cuando recibió una llamada del forense en jefe.
—Me alegro de encontrarla —dijo Walt.
—¿Por qué?
—Ha pasado una cosa extraordinaria. Y usted es la responsable.
—Cuénteme.
—Todo fue a raíz de su inesperada visita de ayer. ¿Podría coger el coche y venir aquí?
—¿Cuándo?
—Ahora mismo.
—¿Puede darme una pista de lo que me está hablando?
—Preferiría enseñárselo personalmente. Es algo realmente único. Tengo que publicar esto, o al menos darlo a conocer en la reunión anual de forenses. Quiero que venga ahora mismo. Considérelo como parte de su información.
—Me encantaría ir. Pero estoy preocupada por culpa del doctor Wadley. No estamos en muy buenas relaciones.
—Olvídese de Wadley. Ya le llamaré, esto es muy importante.
—Me lo pone muy difícil —dijo Angela.
—De eso se trata —repuso Walt.
Angela cogió el abrigo y, al salir, echó un vistazo a la ofi-

cina de Wadley. No estaba. Preguntó a las secretarias por él. Le dijeron que había ido a comer al Iron Horse y que no volvería hasta las dos.

Luego pidió a Paul Darnell que la sustituyera si había alguna urgencia y le contó la llamada del forense en jefe.

Antes de marcharse, Angela pasó por la UCI para ver a Nikki. Se alegró mucho al comprobar que estaba mejor y de muy buen ánimo.

Angela llegó a la oficina del forense en jefe, en Burlington, en un tiempo récord.

—¡Guau! —dijo Walt cuando Angela apareció en la puerta de su oficina. Miró el reloj al tiempo que se levantaba para saludarla—. Sí que ha venido deprisa. ¿Tiene un deportivo?

—Su llamada ha espoleado mi curiosidad. Y la verdad es que no tengo mucho tiempo.

—No llevará mucho tiempo —dijo Walt. La acompañó hasta una mesa de trabajo en la que había un microscopio—. En primer lugar quiero que eche un vistazo a esto —dijo.

Angela ajustó el visor y miró. Vio una muestra de piel y los puntos negros en la dermis.

—¿Sabe qué es? —preguntó Walt.

—Creo que sí. Ha de ser la piel que había bajo las uñas de Hodges.

—Exactamente. ¿Ve el carbón?

—Sí.

Angela apartó los ojos del microscopio y cogió la fotografía que le pasaba Walt.

—Esto es una microfotografía que he realizado con un microscopio electrónico de exploración. Fíjese en que los puntos no parecen carbón.

Angela estudió la foto; lo que decía Walt era verdad.

—Y ahora mire esto —dijo él pasándole una prueba positivada—. Es la información facilitada por un espectrofotómetro nuclear. Lavé los gránulos con un ácido soluble y luego los analicé. No son carbón.

—¿Y qué son?

—Una mezcla de cromo, cobalto, cadmio y mercurio —dijo Walt exultante.

—Es fantástico —exclamó Angela. Estaba completamente deslumbrada—. ¿Y cuál es su significado?

—Yo estaba tan perplejo como usted. No tenía ni idea. Incluso empecé a plantearme que el espectrofotómetro nuclear se había vuelto majara, hasta que de repente tuve una iluminación. ¡Es de un tatuaje!

—¿Está seguro?

—Absolutamente. Son los pigmentos que se utilizan en los tatuajes.

Angela se contagió inmediatamente de la excitación de Walt. Con las armas de un forense habían encontrado una pista sobre el asesino. El asesino llevaba un tatuaje. Angela estaba deseando contárselo a David y a Calhoun.

Al volver se encontró con Paul Darnell, que la estaba esperando.

—Tengo malas noticias. Wadley se ha enterado de que has salido de la ciudad y no está precisamente contento.

—¿Cómo ha podido enterarse? —preguntó Angela.

Darnell era la única persona a la que se lo había contado.

—Creo que te espía. Es la única explicación posible. Vino a verme quince minutos después de que marcharas.

—Yo creía que él había salido a comer —dijo Angela.

—Eso es lo que dijo —repuso Darnell—. Pero obviamente no era verdad. Me preguntó si habías salido de Bartlet; no pude mentir y tuve que admitirlo.

—¿Le dijiste que había ido a ver al forense en jefe? —preguntó Angela.

—Sí. Lo siento.

—Tranquilo —dijo Angela—. Gracias por contármelo.

En cuanto entró en su despacho, acudió una secretaria que le dijo que Wadley quería verla en su despacho. Ése era un cambio brusco en los acontecimientos. Wadley nunca había utilizado intermediarios para hablar con ella.

Wadley estaba sentado a la mesa de su despacho. La miró con frialdad.

—Me han dicho que quería verme —dijo Angela.

—Así es. Quería comunicarle que está despedida —le espetó, dispensándole un tratamiento formal—. Le agradecería que recogiera sus cosas y se marchara. Su presencia aquí es un mal ejemplo.

—No puedo creérmelo...

—Pues créaselo —dijo Wadley fríamente.

—Si está usted molesto porque he salido a la hora de comer, debe saber que he ido a Burlington a ver al forense en jefe. Me pidió que fuera allí enseguida.

—El doctor Walter Dunsmore no es el director de este departamento.

—¿No le ha llamado? —preguntó Angela, desesperada—. Me dijo que le llamaría. Está muy emocionado porque ha descubierto algo relacionado con el cadáver de Hodges. —Le contó brevemente los detalles, pero Wadley se mostró inflexible—. Sólo he estado fuera una hora.

—No me interesan sus excusas. Ayer mismo le advertí lo que podía pasar. Usted ha preferido hacer caso omiso de mis advertencias y ha demostrado ser una persona necia y desagradecida.

—¡Desagradecida! —estalló Angela—. ¿Por hacer caso omiso de sus babosas insinuaciones? ¿Por no aceptar ir con usted a Miami? Puede usted despedirme, doctor Wadley. Pero le diré algo: pienso demandarles a usted y al hospital por acoso sexual.

—Inténtelo —espetó Wadley—, y será usted el hazmerreír de los tribunales.

Angela abandonó intempestivamente el despacho de Wadley, desquiciada de rabia. Las secretarias se apartaron de la puerta desde la que estaban espiando.

Angela regresó a su despacho y recogió sus escasas pertenencias. Casi todo el material era del hospital. Metió sus cosas en una bolsa de lona y salió del despacho. Prefirió no hablar con nadie por temor a perder la compostura. No quería darle a Wadley la satisfacción de verla llorar.

Pensó en acudir directamente al despacho de David, pero cambió de idea. Después de la reciente pelea con su marido, temía su reacción cuando se enterase de que la habían despedido. De todas formas, no creía que David fuera capaz de organizar un escándalo en el hospital. Finalmente, cogió el coche, desanimada, y se dirigió a la ciudad.

Justo cuando pasaba junto a la biblioteca, se detuvo y dio marcha atrás. Había visto la inconfundible camioneta de Calhoun en el aparcamiento. Angela aparcó su coche. Se preguntó dónde estaría Calhoun. Se decidió por la biblioteca, pues él le había comentado que conocía a la bibliotecaria.

Encontró a Calhoun leyendo tranquilamente en un gabinete que daba al parque.

—¿Señor Calhoun?

Calhoun alzó la vista.

—¡Vaya! —dijo con una sonrisa—. Es usted muy oportuna. Tengo algunas noticias.

—Me temo que yo también tengo algunas —repuso Angela—. ¿Qué le parece si quedamos en mi casa?

—Magnífico.

En cuanto Angela llegó a su casa puso agua a hervir. Mientras sacaba tazas y platos, la camioneta de Calhoun enfiló el camino de entrada. Cuando él llamó a la puerta, Angela le dijo que pasara.

—¿Té o café? —preguntó cuando Calhoun entró en la cocina.

—Lo que tome usted —dijo Calhoun.

Angela cogió la tetera y sirvió dos tazas.

—Hoy ha salido un poco pronto, ¿no? —observó Calhoun.

Como había contenido sus emociones desde que había salido del despacho de Wadley, la respuesta de Angela al comentario inocente de Calhoun fue abrumadora. Se cubrió la cara con las manos y se echó a sollozar. Desconcertado, Calhoun se quedó inmóvil sin saber qué hacer.

Cuando el llanto de Angela remitió a unos sollozos intermitentes, Calhoun intentó disculparse.

—Lo siento. No sé lo que he dicho, pero lo siento.

Angela le abrazó y apoyó la cabeza en su mullido hombro. Él también la abrazó. Cuando Angela dejó de llorar, Calhoun le pidió que se lo contase.

—Creo que beberé una copa de vino en lugar de té —dijo Angela.

—Yo tomaré una cerveza.

Sentados a la mesa de la cocina, Angela le contó que la habían despedido y las terribles consecuencias que ello podría tener para la economía familiar.

Calhoun resultó un buen confidente, pues siempre decía lo apropiado. Consiguió que Angela se sintiera mucho mejor. También hablaron de sus preocupaciones por Nikki.

Cuando Angela se desahogó, Calhoun se dispuso a contarle los progresos hechos en la investigación.

—Quizá ya no le interesan —dijo Calhoun.

—Todavía estoy interesada. —Se enjugó los ojos con una servilleta de papel—. Cuénteme.

—Bien. He descubierto la relación que hay entre los ocho pacientes que aparecen en los historiales que tenía Hodges. Los ocho eran pacientes suyos, los ocho habían sido derivados a la AMG y los ocho habían muerto en los meses anteriores al asesinato de Hodges. Aparentemente todas las muertes pillaron desprevenido a Hodges, y por eso estaba tan furioso.

—¿Culpaba de las muertes al hospital o a la AMG?

—Buena pregunta —dijo Calhoun—. Por lo que deduzco de las palabras de su secretaria, culpaba a ambos, pero sobre todo al hospital. Tiene sentido. Hodges consideraba al hospital como un hijo suyo. Por eso se disgustaba más con los errores del hospital.

—¿Cree que esto arroja alguna luz sobre el asesinato?

—Seguramente no —admitió Calhoun—. Pero es una pieza más del rompecabezas. También he descubierto otra cosa: Hodges creía conocer la identidad del violador. Y aún más, creía que el violador estaba relacionado con el hospital.

—Ya veo a dónde quiere llegar —exclamó Angela—. Si el violador sabía que Hodges sospechaba de él, pudo matarlo. En otras palabras, el violador y el asesino de Hodges podrían ser la misma persona.

—Exactamente. La misma persona que intentó asesinarla a usted la otra noche.

Angela se estremeció.

—No me lo recuerde. Hoy he descubierto algo más, algo que podría facilitar su identificación: tiene un tatuaje.

—¿Cómo lo sabe?

Angela le contó su visita a Burlington, y que Walter Dunsmore estaba convencido de que Hodges le había arrancado parte del tatuaje al asesino.

—¡Caramba! —dijo Calhoun—. Me encanta.

Una enfermera de la segunda planta le pidió que la visitase porque tenía gripe. David estaba impaciente por recibirla. Cuando llegó, la enfermera se sorprendió de no tener que describir sus síntomas: David lo hizo por ella. Eran los mismos que había sufrido él, aunque más pronunciados. Sus problemas gastrointestinales no habían respondido bien a la medicación habitual para esos casos. Tenía poco más de treinta y ocho de fiebre.

—¿Ha notado un incremento de la salivación?

—Sí —respondió ella—. Nunca me había pasado algo así.

Al comprobar el estado de la enfermera, David dio gracias de que sus síntomas hubieran remitido durante el día. Envió a la enfermera a casa y le aconsejó que bebiera mucho líquido y que tomara algún antipirético.

Después de visitar al último paciente, David se dirigió al hospital a hacer la ronda habitual. Había pasado el día yendo y viniendo para comprobar el estado de Nikki y de Sandra, así que ahora esperaba no encontrarse con ninguna sorpresa.

Nikki le vio entrar en la UCI y sonrió. Estaba bastante mejor, había respondido a los antibióticos intravenosos y a la terapia respiratoria. Además, no parecía enterarse del guirigay que había en la UCI. David se alegró de saber que su hija abandonaría la UCI al día siguiente.

El estado de Sandra era opuesto al de Nikki, y seguía una imparable carrera hacia el abismo: ya no volvería a despertar del coma. La consulta médica tampoco sirvió de mucho. Hasselbaum afirmó que Sandra no tenía ninguna enfermedad infecciosa. El oncólogo se encogió de hombros y dijo que no podía hacer nada. Insistió en que el tratamiento contra el melanoma había dado buenos resultados. Seis años atrás le habían diagnosticado la lesión en el muslo y le extirparon algunos nódulos linfáticos.

David cogió el historial de Sandra y lo hojeó. La resonancia magnética de la cabeza era totalmente normal: no había tumor ni absceso cerebral. Luego estudió los resultados de los análisis; algunos no habían llegado todavía y tardarían aún varios días. A pesar del diagnóstico del especialista en enfermedades infecciosas, había pedido cultivos de todos los fluidos corporales. También había ordenado unos sofisticados análisis de esos mismos fluidos, con las más modernas técnicas de la biotecnología, en busca de restos víricos. Pero la única alternativa segura parecía ser el traslado de Sandra a uno de los principales hospitales de Boston. Sin embargo, la AMG no vería con buenos ojos la propuesta debido a los enormes costes que ello implicaba. Y David no podía sufragarlos de su bolsillo.

En ese momento, Charles Kelley entró en la UCI. La visita cogió a David por sorpresa. Los burócratas no solían acudir a lugares como la UCI. Preferían no verse frente a frente con las dolencias más graves. Casi todos preferían quedarse en sus pulcras oficinas y pensar en los pacientes como entes abstractos.

—Espero no molestarle —dijo Kelley. Había recuperado su sonrisa habitual.

—Últimamente no ha hecho más que molestarme —repuso David.

—Lo siento —dijo Kelley—. Pero tengo unas cuantas noticias para usted. La primera es que sus servicios ya no son necesarios.

—¿Cree que puede apartarme del caso de Sandra Hascher?

—Claro que sí —replicó Kelley con satisfacción. Su sonrisa se hizo aún más amplia—. Y también de los demás pacientes. Está usted despedido. Ya no trabaja para la AMG.

David se quedó boquiabierto y estupefacto. Vio cómo Kelley agitaba la mano para despedirse de él, el mismo gesto con que se hubiera despedido de un niño. Luego se dio la vuelta y salió de la unidad. David se levantó de la silla y corrió tras Kelley.

—¿Qué pasa con las visitas previstas?

Kelley iba camino de la entrada.

—Eso es problema de la AMG y no suyo —repuso Kelley sin darse la vuelta.

—¿Es una decisión firme? ¿O habrá un tribunal?

—Es una decisión firme, amigo mío —confirmó Kelley.

David estaba aturdido. No se podía creer que le hubieran despedido. Entró en la sala de espera y se derrumbó en la misma silla en la que por la mañana había sentado a Kelley de un empujón. Movió la cabeza, incrédulo. Su primer trabajo real sólo había durado cuatro meses. Consideró las horrorosas consecuencias que su despido tendría en su familia y se echó a temblar. Se preguntó cómo se lo diría a Angela. Era terriblemente irónico que la noche anterior hubiera advertido a su mujer de que estaba poniendo en peligro su trabajo, y ahora el despedido era él.

De pronto vio a Angela entrar en la UCI. Durante un momento no se movió. Le asustaba enfrentarse a ella, aunque sabía que tenía que hacerlo. Se levantó de la silla y se dirigió a la unidad. Angela estaba sentada al lado de la cama de Nikki. David se colocó en el otro lado.

Angela saludó a su esposo con un gesto y siguió hablando con Nikki. Ambos cónyuges evitaron mirarse a los ojos.

—¿Podré visitar a Caroline cuando salga de la UCI? —preguntó Nikki.

David y Angela se miraron brevemente. Estaba claro que ninguno de los dos sabía qué decir.

—¿Ya se ha ido? —preguntó Nikki.

—Sí, se ha ido —dijo Angela.

—¿Le han dado el alta? —quiso saber Nikki. Los ojos se le llenaron de lágrimas. Anhelaba que la llevaran a una habitación normal para poder ver a su amiga.

—A lo mejor Arni quiere visitarte —sugirió David.

Nikki se puso de malhumor. Sus padres comprendieron que la estancia en la UCI empezaba a pasar factura, y les agobiaba tener que contarle lo de Caroline. Después de hacer todo lo posible para animar a Nikki, ambos salieron de la UCI.

Al dejar el hospital los dos se mostraban recelosos. La conversación se centró en Nikki y en su positiva evolución clínica. Los dos estaban de acuerdo en que su ánimo mejoraría cuando la sacaran de la UCI. Angela condujo despacio para que David la siguiese con la bicicleta. Llegaron a casa a la vez.

Cuando más tarde se sentaron en la sala de estar para ver las noticias, David carraspeó nervioso.

—Lo siento, pero tengo malas noticias. Me avergüenza decírtelo, pero esta tarde me han despedido. —Notó el choque emocional en los ojos de Angela. Apartó la mirada—. Lo siento. Sé que esto complicará las cosas... Quizá no tengo madera de médico.

—Cariño —dijo Angela cogiéndole el brazo—, a mí también me han despedido.

David la miró.

—¿A ti también?

Ella asintió.

David la abrazó con fuerza. Cuando se separaron, no sabían si reír o llorar.

—Menudo desastre —dijo David.

—Menuda coincidencia —dijo Angela.

Compartieron los desgraciados detalles de los últimos acontecimientos en el hospital. Angela también le contó el último hallazgo de Walt y el inesperado encuentro con Calhoun.

—Cree que el tatuaje ayudará a encontrar al asesino —dijo Angela.

—Eso está muy bien —dijo David.

Seguía sin compartir el entusiasmo de Angela por el caso Hodges, y menos en su situación actual.

—Calhoun tenía también noticias muy curiosas —dijo Angela, y le contó la teoría de Calhoun de que el violador del hospital y el asesino de Hodges podían ser la misma persona.

—Una idea muy interesante —dijo David, aunque sus pensamientos estaban en otra parte. Se preguntaba qué podrían hacer para salir adelante en el futuro inmediato.

—¿Te acuerdas de aquellas hojas de ingreso que Hodges

iba enseñando por todas partes? Todas eran de pacientes que habían muerto, y cuya muerte había sido una sorpresa para Hodges.

—¿Qué quieres decir? —preguntó David, repentinamente interesado.

—Supongo que Hodges no esperaba que murieran. Él había sido su médico hasta que fueron transferidos a la AMG. A Calhoun le han contado que Hodges culpaba al hospital y a la AGM de esas muertas.

—¿Tienes algún historial de esos pacientes?

—Sólo los diagnósticos con los que se les ingresaron —respondió Angela—. ¿Por qué?

—Porque eso de pacientes que mueren inesperadamente también me afecta a mí.

Hubo una pausa.

—¿Qué vamos a hacer? —preguntó Angela por fin.

—No lo sé. Supongo que tendremos que marcharnos. Lo que no sé es qué haremos con las hipotecas. Me pregunto si tendremos que declararnos insolventes. Habrá que hablar con un abogado. También habrá que decidir si demandamos a nuestras respectivas empresas.

—Desde luego que les demandaremos —dijo Angela—. Por acoso sexual y por despido improcedente. No pienso dejar que ese baboso de Wadley se salga con la suya.

—No sé si eso de denunciar va con nuestro estilo —dijo David—. Quizá tendríamos que hacer borrón y cuenta nueva. Yo no quiero quedarme atrapado en una ciénaga de instancias legales.

—Aplacemos de momento nuestra decisión —propuso Angela.

Después llamaron a la UCI. Nikki estaba muy bien y seguía sin fiebre.

—Nos han despedido —dijo David—, pero con Nikki bien, ya nos arreglaremos.

CAPÍTULO 22

VIERNES 29 DE OCTUBRE

Ni Angela ni David consiguieron dormir bien. Como ya era habitual, David despertó antes del amanecer. Aunque estaba agotado, por lo menos no se sentía enfermo como el día anterior.

Bajó al salón, y se dedicó a avaluar su situación financiera. Hizo una lista de cosas pendientes y gente a la que llamar. Pensaba que su situación actual requería una respuesta racional y sosegada.

Angela apareció en bata en el umbral de la puerta; había estado llorando. Le preguntó a su marido qué hacía. Él se lo dijo, pero a ella no pareció importarle.

—¿Qué vamos a hacer? —exclamó, y nuevas lágrimas poblaron sus ojos—. Lo hemos estropeado todo.

David intentó consolarla, pero ella le acusó de vivir al margen de la realidad.

—Esa estúpida lista no ayudará a mejorar las cosas —dijo Angela.

—Pero en cambio tus estúpidas lágrimas sí ayudarán, ¿eh?

Sin embargo, no dejaron que la discusión fuera más lejos. Los dos sabían que estaban muy soliviantados, y también sabían que tenían distintas formas de afrontar las crisis.

—¿Qué vamos a hacer? —insistió Angela.

—Lo primero que haremos será ir al hospital y ver cómo está Nikki.

—Muy bien. Así aprovecharé para hablar con Helen Beaton.

—Será inútil —le advirtió David—. ¿Estás segura de que quieres afrontar ese esfuerzo emocional?

—Quiero asegurarme de que sabe lo del acoso sexual —repuso ella.

Desayunaron rápidamente antes de acudir al hospital. Les resultaba extraño ir al hospital en esas condiciones. Aparcaron el coche y fueron directamente a la UCI.

Nikki se encontraba muy bien y estaba deseando abandonar la unidad. Aunque de día el bullicio de la unidad le había divertido, al llegar la noche había sido otra cosa. Había dormido muy poco. Pilsner les confirmó que la niña iba a ser trasladada a una habitación normal. Estaban esperando que enviaran a alguien a recogerla.

—¿Cuándo podrá volver a casa? —preguntó Angela.

—Tal como evoluciona, dentro de muy poco —dijo Pilsner—. Pero quiero asegurarme de que no sufra ninguna recaída.

David se quedó con Nikki y Angela se encaminó al despacho de Helen Beaton.

—¿Puedes llamar a Caroline para que me traiga mis libros? —preguntó Nikki.

—Yo me ocuparé de eso —le prometió David, evasivo. No le quería contar a su hija lo de la muerte de Caroline.

David reparó en que la cama de Sandra en la UCI estaba ocupada por un hombre mayor. Pasó media hora antes de que David reuniese el valor para acercarse al administrativo de la unidad para preguntar por Sandra.

—Sandra Hascher ha muerto hoy a las tres de la madrugada —dijo el hombre con tono de estar leyendo un parte meteorológico. Estaba acostumbrado a la muerte y era totalmente insensible a ella.

David no era así de frío. Le tenía cariño a Sandra y lo sentía por su familia, sobre todo por los niños que dejaba huérfanos. Había perdido seis pacientes en dos semanas. Se preguntó si eso sería una especie de macabro récord dentro del Bartlet Community Hospital. Quizá los de la AMG habían hecho bien en despedirle.

Prometió a Nikki que su madre y él volverían a verla cuando la hubieran trasladado a una habitación, y se dirigió a administración a esperar a su mujer.

Poco después, Angela salió precipitadamente del despacho de la directora del hospital. Estaba lívida. Sus ojos oscuros despedían un fulgor y tenía los labios apretados. Pasó junto a su esposo sin detenerse, y David tuvo que correr para alcanzarla.

—Ha sido horroroso —dijo Angela—. Beaton está totalmente de acuerdo con la decisión de Wadley. Cuando le dije que la causa de todo era el acoso sexual, ella ha negado la existencia de tal acoso.

—¿Cómo puede negarlo si tú lo habías denunciado ante el doctor Cantor?

—Me ha dicho que había hablado con Wadley. Y que éste dice que el acoso sexual me lo he inventado. De hecho, lo ha descrito de una forma bien distinta. ¡Wadley dice que he sido yo la que ha intentado seducirle a él!

—Es la típica maniobra de los acosadores. ¡Culpar a la víctima, qué ruin! —exclamó meneando la cabeza.

—Beaton me dijo que lo cree a él. Y que Wadley es una persona muy íntegra. Me ha acusado de inventar la historia para vengarme de Wadley.

Al llegar a casa se dejaron caer en los sillones de la sala. No sabían qué hacer. Estaban demasiado confundidos y deprimidos para intentar algo.

El sonido de unos neumáticos en la grava del camino rompió el silencio. Era la camioneta de Calhoun. Éste llamó a la puerta de atrás. Angela abrió.

—Le he traído unos donuts para celebrar su primer día de vacaciones —dijo Calhoun. Pasó delante de ella y dejó el paquete en la mesa de la cocina—. Ahora un poco de café y entraremos en materia.

David se asomó al umbral de la puerta.

—Uh, uh —dijo Calhoun.

Miró a David y luego a Angela.

—No se preocupe. Yo también estoy de vacaciones.

—¡Bromea! —dijo Calhoun—. Menos mal que he traído una docena de donuts.

La presencia de Calhoun fue una especie de elixir. Angela y David se divirtieron con las anécdotas de Calhoun de su época de policía estatal. Estuvieron muy animados hasta que éste sugirió que tenían que trabajar.

—Bien —dijo Calhoun frotándose las manos anticipadamente—, el problema ha quedado reducido a encontrar a alguien con un tatuaje medio borrado. No creo que sea difícil de averiguar en una ciudad tan pequeña como ésta.

—Hay un pequeño problema —dijo David—. En nuestra situación actual, no creo que podamos pagarle.

—No diga eso —dijo Calhoun guiñando un ojo—, ahora que las cosas empiezan a ponerse interesantes.

—Lo sentimos mucho —dijo David—. Dentro de poco estaremos arruinados y nos iremos de Bartlet. Tendremos que olvidarnos de muchas cosas, entre ellas de Hodges.

—Un momento —repuso Calhoun—. No nos precipitemos. Tengo una idea: trabajaré gratis. ¿El motivo? Una cuestión de honor y reputación. Además, quizá consigamos atrapar a un violador en la misma jugada.

—Es muy generoso de su parte... —dijo David, pero Calhoun le interrumpió.

—Ya he empezado con la segunda fase de la investigación. Me he enterado por Carleton, el camarero, de que varios policías de la ciudad (Robertson incluido) llevan tatuajes. Así que fui a ver a Robertson como quien no quiere la cosa. Le hizo mucha gracia enseñarme su tatuaje. Está muy orgulloso de él: es el águila del escudo de América con la leyenda «Creemos en Dios». La lleva tatuada en el pecho. Por desgracia (o por suerte, según se mire), el tatuaje estaba completo. Aproveché la ocasión para preguntarle qué había pasado el último día de vida de Hodges. Robertson confirmó lo dicho por Madeline Gannon: Hodges había quedado con él y luego había anulado la cita. Creo que estamos a punto de encontrar algo, y la clave puede ser Clara Hodges. En la época en que murió Hodges ya estaban separados, aunque hablaban con cierta asiduidad. Tengo la sensación de que el vivir separados hizo que su relación mejorase en algo. Bueno, el caso es que he llamado a Clara esta mañana. Nos está esperando. —Miró a Angela.

—Creía que vivía en Boston —dijo David.

—Y así es —dijo Calhoun—. Había pensado que podíamos ir hasta allí... los tres.

—Sigo pensando que, dadas las circunstancias, deberíamos olvidarnos de este asunto. Si usted quiere seguir, es cosa suya.

—Quizá no deberíamos precipitarnos —replicó Angela—. ¿Y si Clara Hodges puede aportar algún dato sobre la muerte de esos pacientes? Ayer por la noche parecías interesado en ello.

—Es verdad —reconoció David. Tenía curiosidad por saber las similitudes que había entre la muerte de sus pacientes y las de los de Hodges. Pero su curiosidad no llegaba a tanto como para ir a ver a Clara Hodges. Y mucho menos después de haber sido despedido.

—Venga, David —le animó Angela—. Vamos, tengo la sensación de que en esta ciudad hay un complot contra nosotros, y no me gusta. Tenemos que defendernos.

—Me temo, Angela, que estás empezando a perder el control —dijo David.

Ella dejó su taza de café en la mesa y cogió a su esposo por el brazo.

—¿Nos excusa? —dijo Angela.

Una vez en la sala, miró a David y le dijo:

—No estoy perdiendo el control. Pero me gusta la idea de hacer algo positivo y luchar por una causa justa. Esta ciudad quiere deshacerse de nosotros, de la misma forma que se ha desentendido de la muerte de Hodges. Quiero saber qué hay detrás de todo esto. Luego podremos marcharnos con la cabeza en alto.

—Ya está hablando tu lado histérico —repuso David.

—Me da igual cómo lo llames. Démosle un último impulso. Calhoun cree que Clara Hodges puede darnos la clave; por probarlo no pasa nada.

David vaciló. Su lado racional decía que no, pero le era difícil resistirse a las súplicas de Angela. Debajo de esa capa de racionalidad y calma, él también estaba muy enfadado.

—De acuerdo —concedió—. Vámonos. Pero antes pasaremos a ver a Nikki.

—Muy bien —dijo Angela, y le soltó un suave directo en la mandíbula—. Esto por cabezota.

Fueron al hospital en la camioneta de Calhoun para que éste pudiera fumar. Bajaron justo en la puerta principal. El investigador se quedó fuera mientras Angela y David entraban a ver a Nikki.

Ahora que ya no estaba en la UCI, la niña estaba más animada. Su única queja era que le había tocado una de las viejas camas del hospital, y no funcionaba muy bien. Podía levantarse por los pies, pero no el cabezal.

—¿Se lo has dicho a las enfermeras? —preguntó David.

—Claro —dijo Nikki—. Pero no saben cuándo podrán arreglarla. No puedo ver la televisión con la cabeza baja.

—¿Suele pasar a menudo? —preguntó Angela.

—En efecto —dijo David, y le contó que Van Slyke le había dicho que el hospital no había acertado en la compra de las camas—. Seguramente se ahorraron unos cuantos dólares comprando las camas más baratas. Pero el dinero ahorrado se lo gastan en mantenimiento. Ya sabes el dicho: «Tacaño en lo pequeño, derrochador en lo grande».

David dejó a Angela con Nikki y fue en busca de Janet Colburn. Le preguntó si habían avisado a Van Slyke por lo de la cama de Nikki.

—Sí, lo hemos hecho. Pero usted ya conoce a Van Slyke.

De regreso a la habitación de Nikki, le aseguró que si por la tarde no estaba solucionado el problema, él se ocuparía personalmente. Angela le había dicho que iban a Boston pero que volverían por la tarde.

Abandonaron el hospital y subieron a la camioneta de Calhoun. Enseguida llegaron a la interestatal y se dirigieron al sur. A David el viaje le resultó muy incómodo, y no precisamente por la mala suspensión de la camioneta. Aunque Calhoun llevaba su ventanilla bajada, la cabina apestaba a puro. Cuando llegaron a la casa de Clara Hodges en Boston, David tenía los ojos enrojecidos por el humo.

Clara tenía aspecto de ser la pareja de Dennis Hodges. Era una mujer huesuda y contundente, de ojos hundidos y penetrantes, y un aspecto intimidador. Les invitó a entrar en una sala decorada con grandes muebles victorianos. A través de las gruesas cortinas de terciopelo entraba la débil luz del día. A pesar de ser mediodía las lámparas de mesa y la araña de cristal estaban encendidas.

Angela le dijo que ella y su marido habían comprado su antigua casa de Bartlet.

—Espero que puedan disfrutarla más que yo —dijo Clara—. Para sólo dos personas era demasiado grande y tenía muchas corrientes.

Les ofreció un té, lo que para David fue un verdadero elixir (los puros de Calhoun le habían dejado la garganta como una lija).

—Siento no poder decirles que estoy contenta por su visita —dijo Clara Hodges después de servir el té—. No me agrada que este feo asunto haya salido a la luz. Ya me había habituado a que Dennis estuviera desaparecido, pero ahora tengo que asumir que lo asesinaron.

—Estoy seguro de que usted comparte nuestro interés en llevar al asesino ante los tribunales —dijo Calhoun.

—Ahora casi me da igual —dijo Clara—. Además, tendríamos que pasar por un horroroso proceso. Preferiría no haberme enterado de nada.

—¿Tiene alguna sospecha de quién pudo matar a su marido? —preguntó Calhoun.

—Me temo que hay muchos candidatos. Quiero dejar en claro dos cosas de Hodges. Primero, Dennis era un cabezota y muy difícil de aguantar, y eso no quiere decir que no tuviera también una parte buena. Segundo, estaba obsesionado con el hospital. Siempre se estaba peleando con los del consejo y con la mujer que habían llevado de Boston. Supongo que por lo menos hay una docena de personas que podrían haberle matado. Sin embargo, no puedo imaginarme a ninguno de ellos golpeándole hasta la muerte. ¿No les parece demasiado chapucero para esos médicos y burócratas?

—Tengo entendido que el doctor Hodges creía conocer la identidad del violador —dijo Calhoun—. ¿Es eso verdad?

—Eso es lo que él decía —contestó Clara.

—¿Mencionó alguna vez algún nombre? —preguntó Calhoun.

—Nunca llegó a precisarlo. Se mostraba muy impreciso a propósito. A Dennis le encantaba pasarle el muerto a los demás. También me dijo que pensaba hablar personalmente con el sospechoso, creía que podría hacerle desistir de sus actos.

—¡Dios mío! —dijo Calhoun—. Eso sí hubiese sido peligroso. ¿Cree que lo hizo?

—No lo sé. Quizá lo hizo. Más tarde decidió que le explicaría al abominable Robertson todas sus sospechas. Tuvimos una buena pelea por culpa de eso. Yo no quería que fuera a verle porque sabía que acabarían enfadados. Robertson siempre se la había jurado. Le dije que le telefonease o le escribiera una carta, pero Dennis no me hizo caso: era un cabezota.

—¿Fue el día de su desaparición? —preguntó Calhoun.

—Sí. Pero Dennis no fue a ver a Robertson. No crean que lo hizo por mí. Estaba fuera de sí por la muerte de uno de sus antiguos pacientes. Me dijo que en lugar de ver a Robertson pensaba comer con el doctor Holster.

—¿El paciente era Clark Davenport? —preguntó Calhoun.

—Pues sí. ¿Cómo lo sabe?

—¿Por qué estaba tan enfadado con lo de Clark Davenport? —continuó Calhoun haciendo caso omiso de la pregunta de Clara—. ¿Eran amigos?

—Eran conocidos. Clark era un paciente más. Dennis le había diagnosticado cáncer y Holster le había tratado con éxito. Después del tratamiento, Dennis pensó que habían cogido la enfermedad a tiempo. Pero la empresa de Clark contrató los servicios de la AMG, y lo siguiente que supo de Clark fue que había muerto.

—¿De qué murió Clark? —terció David repentinamente. Su tono revelaba una ansiedad que Angela captó.

—Ahí me ha pillado —dijo Clara—. No me acuerdo, no sé si alguna vez lo supe. Pero desde luego no fue a causa del cáncer, eso sí lo recuerdo.

—¿Tuvo su marido más pacientes que murieran inesperadamente y en casos médicamente similares? —preguntó David.

—¿A qué se refiere con lo de médicamente similares? —preguntó Clara.

—Personas con cáncer u otras enfermedades graves.

—Ah, sí —dijo Clara—. Tuvo algunos, y por eso estaba tan enfadado. Creía que los médicos de la AGM eran unos incompetentes.

David pidió a Angela los documentos que había conseguido en Burlington. Mientras Angela los buscaba, Calhoun sacó su juego de uno de sus voluminosos bolsillos.

David los extrajo del sobre con cierta dificultad y se los entregó a Clara.

—Mire estos nombres —dijo David—. ¿Le suena alguno?

—Tendré que ponerme las gafas de leer —dijo Clara, y fue a buscarlas a otra habitación.

—¿Por qué estás tan nervioso? —le susurró Angela a David.

—Tranquilo, muchacho —dijo Calhoun—. Conseguirá poner nerviosa a nuestra testigo y hará que se le olviden las cosas.

—Estoy empezando a comprender ciertas cosas —dijo David—, y no me gustan un ápice.

Clara volvió con las gafas de leer. Cogió los papeles y les echó un rápido vistazo.

—Todos estos nombres me suenan. Los he oído cientos de veces y los conozco a todos personalmente.

—Tengo entendido que todos han muerto —dijo Calhoun—. ¿Es cierto?

—Es cierto —confirmó Clara—. Igual que Clark Davenport. Éstos son los pacientes cuyas muertes amargaban a Dennis. Durante una época estuve oyendo hablar de ellos casi a diario.

—¿Y todas las muertes eran inesperadas? —preguntó Calhoun.

—Sí y no. Quiero decir que nadie esperaba que muriesen en el momento en que lo hicieron. Como puede ver en estos papeles, la mayoría fueron hospitalizados por enfermedades que no suelen ser mortales. Pero todos tenían cáncer, o sea que en cierto sentido sus muertes tampoco eran totalmente inesperadas.

David volvió a coger los papeles. Los hojeó rápidamente y luego miró a Clara.

—A ver si lo entiendo. ¿Estas hojas de admisión corresponden al período en que murieron estos pacientes?

—Creo que sí —dijo Clara—. Ocurrió hace bastante tiempo, pero Dennis montó tanto escándalo que resulta difícil olvidarse.

—¿Todos estos pacientes tenían además alguna enfermedad grave? —preguntó David—. ¿Como por ejemplo esta mujer que fue ingresada con sinusitis?

Clara cogió las hojas y leyó el nombre.

—Tenía cáncer de mama. Iba conmigo a la iglesia.

David se levantó y se acercó a la ventana. Abrió las cortinas y contempló el río Charles con aire ausente. Angela se sentía avergonzada por la conducta de su marido, pero a Clara parecía no importarle. Se limitó a servir un poco más de té.

—Quiero hacerle unas preguntas más sobre el violador —dijo Calhoun—. ¿Aludió el doctor Hodges a algún rasgo físico, como edad o estatura? ¿Comentó si tenía tatuajes?

Con una rapidez sorprendente, David volvió de la ventana:

—Tenemos que irnos —dijo—. Tenemos que irnos inmediatamente.

Corrió hasta la puerta y la abrió con presteza.

—¿David? —Angela estaba desconcertada—. ¿Qué ocurre?

—Tenemos que volver inmediatamente a Bartlet —exclamó. Su urgencia se había transformado en pánico—. ¡Vámonos!

Angela y Calhoun se despidieron apresuradamente de Clara y salieron detrás de David. Cuando llegaron a la camioneta, David ya estaba sentado al volante. Subieron.

—¡Déme las llaves! —ordenó David.

Calhoun se encogió de hombros y obedeció. David puso en marcha el motor y pisó el acelerador.

Durante la primera parte del viaje nadie habló. David iba concentrado en la conducción, y Angela y Calhoun estaban todavía sorprendidos por la repentina partida, y asustados por la velocidad con que adelantaban a los otros vehículos.

—Creo que sería mejor que aminoraras la marcha —sugirió Angela cuando David adelantó una larga fila de coches.

—Esta camioneta nunca había corrido tanto —dijo Calhoun.

—¿Qué has descubierto, David? —preguntó Angela—. Te comportas de una manera...

—Mientras hablábamos con Clara Hodges he tenido una revelación —dijo—. Se trata de los pacientes de Hodges con enfermedades potencialmente mortales.

—¿Y bien? ¿Qué pasa con ellos?

—Me parece que un perturbado del Bartlet Community Hospital se ha erigido en defensor y practicante de la eutanasia.

—¿Qué es la eutanasia? —preguntó Calhoun.

—Es la traducción literal de muerte dulce —explicó Angela—. Consiste en ayudar a morir a pacientes con enfermedades terminales. La idea es evitarles el sufrimiento.

—Mientras oía hablar de los pacientes de Hodges, he reparado en que mis seis pacientes también tenían enfermedades terminales —dijo David—. Igual que los suyos. No sé por qué no lo descubrí antes. ¿Cómo puedo haber estado tan ciego? Y lo mismo se puede aplicar a Caroline.

—¿Quién es Caroline? —preguntó Calhoun.

—Era una amiga de nuestra hija —explicó Angela—. Tenía fibrosis quística, que potencialmente es una enfermedad mortal. Murió ayer... —Angela abrió repentinamente los ojos—. ¡Oh, no, Dios mío! ¡Nikki! —exclamó.

—Ahora comprendes por qué he sentido pánico —dijo David—. Tenemos que llegar lo antes posible.

—¿Qué pasa? —preguntó Calhoun—. Me parece que hay algo que no entiendo. ¿Por qué están tan nerviosos?

—Nikki está en el hospital —dijo Angela.

—Lo sé. Antes de salir para Boston les acompañé a visitarla.

—Ella también tiene fibrosis quística, como Caroline —dijo Angela.

—Oh, oh —musitó Calhoun—. Voy comprendiendo. Les preocupa que su hija sea el próximo objetivo del maníaco de la eutanasia.

—Exactamente —confirmó David.

—Es algo parecido a lo del ángel exterminador de Long Island —dijo Calhoun—. Ocurrió hace años. Una enfermera que liquidaba a los pacientes con no sé qué droga.

—Algo así —dijo David—. Pero en ese caso se trataba de un inhibidor muscular, la gente dejaba de respirar. Era bastante rápido. No tengo idea de cómo han matado a mis pacientes. No puedo imaginarme qué tipo de droga, veneno o agente infeccioso puede causar esa sintomatología.

—Entiendo que estén preocupados por su hija. ¿Pero no creen que se están precipitando en sus conclusiones?

—Con esto quedan contestadas un montón de preguntas —dijo David—. Y también me recuerda al doctor Portland.

—¿Por qué? —preguntó Angela. Cada vez que oía ese nombre se sentía muy incómoda.

—Kevin nos contó que Portland había dicho que no pensaba cargar con las muertes de sus pacientes. También había dicho que en el hospital pasaban cosas raras.

Angela asintió.

—Debía de sospechar algo —dijo David—. Por desgracia no pudo superar la depresión.

—Se suicidó —le explicó Angela a Calhoun.

—Vaya desperdicio —dijo Calhoun—. Todos esos años de estudios.

—Tenemos que averiguar quién se está dedicando a practicar la eutanasia en el hospital. Tiene que ser alguien con acceso a los pacientes y con sofisticados conocimientos de medicina.

—Eso lo circunscribe todo a un médico o a una enfermera —dijo Angela.

—O a un técnico de laboratorio —sugirió David.

—Creo que se están precipitando —dijo Calhoun—. Así no se hacen las investigaciones. A uno no se le ocurre una hipótesis y se lanza a doscientos por la autopista. Muchas hipótesis fracasan cuando se enfrentan a los hechos. Creo que deberíamos aminorar la marcha.

—No pienso hacerlo mientras la vida de mi hija esté en juego —dijo David y aceleró aún más.

—¿Crees que Hodges llegó a la misma conclusión? —preguntó Angela.

—Creo que sí. Y creo que ésa fue la razón de que le mataran.

—Yo sigo creyendo que le mató el violador —dijo Calhoun—. Pero en todo caso esta investigación me parece fascinante. Si su hija está bien, no he disfrutado tanto desde hace muchos años.

Cuando por fin llegaron al hospital, David saltó del coche con Angela pisándole los talones. Juntos subieron las escaleras principales y corrieron por el pasillo.

Para su alivio, comprobaron que Nikki estaba viendo la televisión tranquilamente. David la cogió, la abrazó con tanta fuerza que Nikki se quejó.

—Nos vamos a casa —dijo David. La apartó un poco para examinar su rostro, y en especial los ojos.

—¿Cuándo? —preguntó Nikki.

—Ahora mismo —dijo su madre mientras le quitaba el gota a gota.

En ese momento pasaba una enfermera por el pasillo. El jaleo llamó su atención.

—¿Qué pasa aquí? —preguntó.

—Mi hija se marcha a casa —dijo David.

—Nadie lo ha autorizado —dijo la enfermera.

—Yo doy la orden en este preciso instante —respondió David.

La enfermera abandonó la habitación y al poco regresó acompañada de Janet Colburn y otras enfermeras.

—¿Qué está haciendo, doctor Wilson? —preguntó Janet.

—Creo que salta a la vista —repuso David mientras guardaba los juguetes y los libros de Nikki en una bolsa.

Alertado por las enfermeras, apareció el doctor Pilsner. Angela y David casi habían conseguido vestir a Nikki. Pilsner les advirtió que no debían retirar el tratamiento antibiótico intravenoso, ni tampoco abandonar la terapia respiratoria del hospital.

—Lo siento, Pilsner, ya se lo explicaré más tarde. Ahora resultaría demasiado largo.

Poco después se presentó Helen Beaton. A ella también le habían avisado las enfermeras, estaba sulfuradísima.

—Si se llevan a la niña sin nuestra autorización, conseguiré una orden judicial para traerla aquí —farfulló.

—Inténtelo —replicó Angela.

Cuando por fin acabaron de vestir a Nikki, se la llevaron de allí. El escándalo había congregado una multitud de pacientes que contemplaban la escena boquiabiertos. Subieron a la camioneta, Angela y Nikki delante con Calhoun, y David en la parte trasera.

De camino a casa, Nikki preguntó qué diablos ocurría. Estaba contenta de haber salido del hospital, pero le extrañaba el comportamiento de sus padres. Sin embargo, al llegar a casa se emocionó tanto de reunirse con *Rusty* que ya no hizo más preguntas. Después de dejar que jugara un rato con el perro, Angela la instaló en la sala de estar y le volvieron a colocar el gota a gota con el antibiótico.

Calhoun ayudó en todo lo que pudo, incluso bajó al sótano por leña e hizo un fuego. Pero por su carácter era incapaz de estarse mucho rato callado. Al cabo de un rato discutió con David a propósito del asesino de Hodges. Calhoun defendía la posibilidad de que fuera el violador, y David la del «ángel exterminador».

—¡Coño! —exclamó Calhoun—. Toda su hipótesis se basa en suposiciones. Afortunadamente su hija está bien, lo que demuestra que su hipótesis no es muy válida. La mía se basa por lo menos en el hecho de que Hodges, la misma noche de su muerte, se jactó delante de un montón de personas de conocer la identidad del violador. ¿No es esa una razón de causa-efecto? Además, Clara cree que quizá habló con el violador. Estoy seguro de que el violador y el asesino son la misma persona, apuesto lo que quiera. ¿Qué probabilidades me concede?

—No me gustan las apuestas —dijo David—. Pero creo que soy yo el que tiene razón. A Hodges le golpearon hasta matarle mientras sostenía la lista de sus pacientes muertos. Seguro que no fue por casualidad.

—¿Y qué pasaría si es la misma persona? —terció Angela—.

¿Qué pasaría si el violador, el asesino de Hodges y el verdugo de los pacientes fueran la misma persona?

La idea dejó mudos a David y a Calhoun.

—Es posible —dijo por fin David—. Suena un poco disparatado pero a estas alturas soy capaz de creerme cualquier cosa.

—Yo igual —añadió Calhoun—. De todas formas, a mí me interesa la pista del tatuaje. Ahí está la clave.

—Voy a investigar en los archivos médicos —dijo David—. Quizá visite al doctor Holster. Hodges tal vez le contó algo sobre sus sospechas.

—De acuerdo —dijo Calhoun, conciliador—. Me ocuparé de mis cosas y usted de las suyas. ¿Qué le parece si nos reunimos luego e intercambiamos informaciones?

—De acuerdo —dijo David mirando a Angela.

—Muy bien —dijo Angela—. ¿Y si cenamos todos juntos?

—Yo nunca digo que no a una invitación —repuso Calhoun.

—Nos reuniremos aquí a las siete —dijo Angela.

Cuando se marchó Calhoun, David cogió la escopeta y la cargó. La dejó apoyada contra la barandilla de la escalera.

—¿Ya no te parece tan mal la escopeta? —preguntó Angela.

—Digamos que me parece bien que esté aquí. ¿Se lo has explicado a Nikki?

—Claro que sí. Incluso ha disparado una vez. Me dijo que se había hecho daño en el hombro.

—Bien. No dejes entrar a nadie mientras yo esté fuera. Y cierra bien todas las puertas.

—Eh, recuerda que era yo la que quería cerrar las puertas —replicó Angela—. ¿Es que ya no te acuerdas?

David cogió la bicicleta; no quería dejar a Angela sin el coche. Iba muy deprisa, totalmente ajeno al paisaje que le rodeaba. Seguía pensando en que alguien había matado a sus pacientes. Le horrorizaba y le enfurecía al mismo tiempo. Pero no tenía ninguna prueba, como decía Calhoun.

Cuando llegó al hospital estaban cambiando el turno de noche por el de día. Había bastante movimiento y nadie le prestó atención cuando se dirigió a los archivos médicos.

David se sentó ante una terminal de ordenador y sacó las

copias de los documentos que habían aparecido en el cadáver de Hodges. David los había estudiado desde su visita a Clara Hodges. Entró en el ordenador el listado de pacientes y fue leyendo los historiales. Como había dicho Clara Hodges, todos eran enfermos terminales. Después leyó las anotaciones hechas durante la estancia hospitalaria de cada uno de ellos. En todos los casos, los síntomas eran idénticos a los de los pacientes de David: problemas neurológicos, gastrointestinales, del sistema inmunológico y de presión sanguínea. A continuación, buscó las causas finales de los decesos. Todas las muertes, excepto una, se habían producido por una combinación de neumonía, sepsis y *shock*. La única excepción era un fallecimiento producido tras una serie de crisis epilépticas.

David apartó los papeles de Hodges y calculó con el ordenador el porcentaje anual de defunciones con respecto al número de ingresos. Los resultados aparecieron instantáneamente en la pantalla. Enseguida observó que las cifras cambiaban desde hacía dos años, pasando de un 2,8% a un 6,7%. Durante el último año el porcentaje había sido del 8,1%. Luego David restringió la tasa de mortandad a aquellos pacientes a los que se había diagnosticado cáncer, aunque éste no hubiera sido la causa aparente de la muerte. Como era lógico, los porcentajes estaban por encima de la media y también habían experimentado un incremento considerable. A continuación, calculó el número de diagnósticos de cáncer respecto al número de ingresos. Esas estadísticas no habían experimentado grandes cambios y se habían mantenido estables durante los últimos diez años. El incremento en el porcentaje de defunciones parecía respaldar la hipótesis de un ángel exterminador. La eutanasia explicaría el motivo de que, aunque el porcentaje de ingresos por cáncer no había aumentado, sí lo hubiera hecho el número de muertos en pacientes con cáncer. Y aunque estaban relacionados indirectamente, saltaba bastante a la vista.

Estaba a punto de marcharse, cuando se le ocurrió que el ordenador podría facilitarle información adicional. Le pidió que buscarse en todos los historiales de los ingresos las entradas «tatuaje» o «dicromía», como se denominaba en medicina una pigmentación anormal. Esperó a que el ordenador acabara de buscar y observó la pantalla. Tardó casi un minuto, pero al final apareció una lista de unas veinte personas que habían sido tratadas en el hospital y en cuyo historial aparecía la palabra tatuaje. David volvió a utilizar el ordenador para emparejar nombres y profesiones. Cinco personas de la lista trabajaban en el hospital. En orden alfabético aparecían: Clyde Devonshire, un enfermero diplomado que trabajaba en urgencias; Joe Forbs, de seguridad; Claudette Maurice, de alimentación; Werner van Slyke, de mantenimiento; Peter Ulhof, técnico de laboratorio. También había un par de nombres que llamaron la atención de David: Carl Hobson, oficial de policía, y Steve Shegwic, del servicio de seguridad de la Universidad de Bartlet. El resto de la gente trabajaba en tiendas o en la construcción.

David imprimió una copia de toda la información y salió de allí.

David pensaba que su visita a los archivos médicos había pasado desapercibida, pero no era así. Hortense Marshall, del equipo informático del hospital, había sido avisada de las actividades de David por un programa de seguridad que había colocado en el ordenador central. Desde ese preciso instante había vigilado a David hasta su marcha. A continuación, llamó a Helen Beaton.

—El doctor David Wilson ha estado revisando los archivos médicos. Acaba de irse. Ha pedido porcentajes de defunciones.

—¿Ha hablado usted con él? —preguntó Helen Beaton.

—No —dijo Hortense—, no ha hablado con nadie. Ha utilizado una de nuestras terminales.

—¿Cómo sabe usted que estaba buscando información sobre porcentajes de defunciones? —preguntó Beaton.

—El ordenador me ha avisado. Como usted me pidió que le informase si alguien solicitaba ese tipo de información, introduje una señal en el ordenador para que me avisase si alguien trataba de acceder a esa información.

—Buen trabajo —dijo Beaton—. Una iniciativa muy brillante. Haré que se le recompense. Ese tipo de información no es de uso público. Ya sabemos que nuestras cifras se han incrementado desde que trabajamos con la AMG: nos mandan muchos pacientes con enfermedades terminales.

—Estoy segura de que ese tipo de estadísticas no ayudaría mucho a nuestra imagen pública —dijo Hortense.

—Eso es lo que nos preocupa.

—¿Tendría que haberle dicho algo al doctor Wilson? —preguntó Hortense.

—No, lo ha hecho bien. ¿Ha pedido alguna información más?

—Estuvo aquí bastante rato —dijo Hortense—. Pero no tengo idea de qué más ha buscado.

—Se lo pregunto —dijo Beaton—, porque al doctor Wilson le han despedido de la AMG.

—No lo sabía —dijo Hortense.

—Ocurrió ayer. ¿Le importaría avisarme si vuelve a aparecer por aquí?

—Puede estar segura de que lo haré —dijo Hortense.

—Perdona —dijo Calhoun—. ¿Eres Carl Hobson? —Se acercó a un policía de uniforme que salía del puesto de hamburguesas de Main Street.

—Pues sí —dijo el policía.

—Yo me llamo Phil Calhoun.

—Le he visto por comisaría —dijo Carl—. Es amigo del jefe.

—Sí. Wayne y yo nos conocemos desde hace tiempo. He sido policía estatal, pero estoy retirado.

—Mejor para usted. Ahora sólo piense en cazar o en pescar.

—Es posible —dijo Calhoun—. ¿Te importa que te haga una pregunta personal?

—Claro que no.

—Carleton, el del Iron Horse, me ha contado que llevas un tatuaje. Me gustaría hacerme uno y he estado preguntando por ahí. ¿Hay mucha gente en la ciudad con tatuajes?

—Unos cuantos —dijo Carl.

—¿Cuándo te hiciste el tuyo?

—Cuando iba a la universidad —dijo Carl sonriendo con cierto apuro—. Un viernes, cinco amigos del último curso fuimos en coche hasta Porsmouth, New Hampshire. Había montones de salones de tatuaje. Nos cosieron a pinchazos.

—¿Duele mucho? —preguntó Calhoun.

—No me acuerdo, joder. Estábamos todos borrachos.

—¿Los cinco seguís viviendo en la ciudad?

—Sólo cuatro. Steve Shewick, Clyde Devonshire, Mort Abrams y yo.

—¿Todos os hicisteis el tatuaje en el mismo sitio?

—No. Dos nos lo hicimos en el bíceps, y los otros en los antebrazos. Clyde Devonshire fue la excepción, se lo tatuó en el pecho, encima de las tetillas.

—¿Hubo alguno que se lo hizo en el antebrazo?

—No lo recuerdo. Fue hace mucho tiempo. Creo que Shegwick y Jay Kaufman. Kaufman es el que vive en otra ciudad. Se marchó a alguna universidad de Nueva Jersey.

—¿Donde llevas el tuyo?

—Espere que se lo enseño —dijo Carl.

Se desabotonó la camisa y se recogió la manga. En la parte externa del brazo llevaba tatuado un lobo aullante con la leyenda «lobo» debajo.

Cuando David llegó a casa después de su visita a los archivos, comprobó que el estado de Nikki había empeorado. Al principio sólo se quejaba de retortijones en el estómago, pero a primeras horas de la tarde sufría náuseas y exceso de salivación: los mismos síntomas que él había tenido. Eran también los mismos síntomas de las seis enfermeras del turno de noche y, lo que era peor, de los seis pacientes fallecidos.

A las seis y media, después de una diarrea aguda, Nikki se encontraba bastante apática. David estaba preocupadísimo. Le aterrorizaba la idea de no haberla sacado del hospital a tiempo y que le hubieran administrado lo que había matado a sus pacientes...

David no le contó sus temores a Angela. Ya era bastante que estuviera preocupada por los síntomas de Nikki, como para añadir nuevas preocupaciones. David se guardó para sí sus preocupaciones, aterrorizado ante la posibilidad de una enfermedad infecciosa. Se tranquilizó diciéndose que las enfermeras y él sólo lo habían sufrido parcialmente, lo que sugería una baja exposición a un agente externo. David confiaba en que Nikki hubiera estado expuesta levemente al agente patógeno.

Calhoun llegó a las siete en punto. En una mano llevaba un montón de hojas y en la otra una bolsa de papel.

—Tengo nueve personas con tatuajes —dijo.

—Y yo tengo veinte —bromeó David, pero sin poderse quitar la preocupación por Nikki.

—Comparémoslas —dijo Calhoun.

Después de comparar las listas y de eliminar los repetidos, se quedaron con una única lista de veinticinco.

—La cena está preparada —dijo Angela. Había preparado un verdadero festín, en parte para mantenerse ocupada y en parte para elevar el ánimo de todos. Le pidió a David que pusiera la mesa en el comedor.

—He comprado vino —dijo Calhoun y sacó de la bolsa dos botellas de chianti.

Pocos minutos después estaban sentados frente a unos deliciosos platos de pollo con queso de cabra, uno de los menús favoritos de Angela.

—¿Dónde está Nikki? —preguntó Calhoun.

—No tiene hambre —dijo Angela.

—¿Está bien?

—Tiene un poco de diarrea. Nada preocupante. Lo importante es que no tiene fiebre y que los pulmones están limpios.

David pegó un respingo, pero no dijo nada.

—¿Qué vamos a hacer ahora que tenemos la lista de tatuados? —preguntó Angela.

—Haremos dos cosas —dijo Calhoun—. Primero investigaremos en el ordenador a cada uno de ellos, y luego los entrevistaré personalmente. Necesitamos saber dónde tiene cada uno de ellos su tatuaje o si les importa enseñarlo. El tatuaje que arañó Hodges debe estar maltrecho y, además, colocado en un sitio susceptible de ser alcanzable en una pelea. Si alguno tiene un corazoncito tatuado en el trasero, nos olvidaremos de él.

—¿Qué zona le parece la más indicada? —preguntó Angela—. ¿El antebrazo?

—Creo que sí —dijo Calhoun—. En el antebrazo y también en la muñeca. Creo que tampoco deberíamos descartar el dorso de la mano, aunque no sea el lugar típico para un tatuaje profesional. El tatuaje que buscamos tiene que haberlo hecho un profesional. Los profesionales son los únicos que utilizan los pigmentos metálicos fuertes.

—¿Y cómo vamos a investigar sus antecedentes por ordenador? —preguntó Angela.

—Lo único que necesitamos es el número de la seguridad social y la fecha de nacimiento —dijo Calhoun—. Podríamos conseguirlos a través del hospital. —Miró a David, que asintió—. Una vez tengamos esa información, el resto será fácil. Es asombrosa la cantidad de información que puede extraerse de los centenares de bancos de datos que existen. Hay miles de empresas dedicadas al negocio de la información. Les sorprendería ver los resultados que se obtienen con un buen soborno.

—¿Quiere usted decir que esas empresas tienen acceso a bancos de datos privados? —preguntó Angela.

—Por supuesto —dijo Calhoun—. Mucha gente no lo sabe, pero con un ordenador y un módem puedes recoger una sorprendente cantidad de información sobre cualquiera.

—¿Qué tipo de información busca la gente? —preguntó Angela.

—Pues todo y nada. Datos financieros, antecedentes policiales, historiales profesionales, historiales de hábitos de consumo, utilización del teléfono, ventas por catálogo, anuncios personales. Es como salir a pescar: se descubren cosas muy interesantes. Siempre sale algo aunque se trate de las personas más normales de una comunidad. Le sorprenderá. Y con un grupo de veinticinco tatuados, el experimento será mucho más interesante. No saldrán muy «normales», ya lo verá.

—¿Hacía esto cuando era policía estatal? —preguntó Angela.

—Muchas veces. Cada vez que teníamos una pandilla de sospechosos, hacíamos un barrido de ordenador y siempre encontrábamos algo sucio. Y si David tiene razón, el asesino se dedica también a la eutanasia. No quiero imaginar lo que podemos encontrar. Se encuentran cosas tan disparatadas como gente que se dedica al tráfico de animales o que tiene novecientos perros en casa. Les aseguro que encontraremos muchas cosas disparatadas y absurdas. Lo único que necesitamos es un experto informático que nos ayude a entrar en los bancos de datos.

—Un ex novio mío trabaja en la IBM —dijo Angela—. Lleva toda la vida en la escuela de graduados, pero es un genio de los ordenadores.

—¿Quién es ese tío? —preguntó David, que nunca había oído hablar de ese ex novio de Angela.

—Se llama Robert Scali —dijo Angela—. ¿Cree que podría servirnos de alguna ayuda? —preguntó a Calhoun.

—¿Por qué no has mencionado nunca a ese tío? —dijo David.

—No te he contado todos los detalles de mi vida —repuso Angela—. Salí con él durante mi primer año en Brown.

—¿Pero os habéis vuelto a ver?

—En los últimos años nos hemos visto un par de veces.

—Vaya, no me lo puedo creer —dijo David.

—Por favor, David. No seas ridículo.

—Creo que el señor Scali nos serviría —dijo Calhoun—. En todo caso, conozco empresas que nos lo harían a precio asequible.

—En estos momentos lo mejor que podemos hacer es evitar gastos —dijo Angela, empezando a recoger la mesa.

—¿Es posible que en los archivos médicos encontremos alguna descripción de los tatuajes? —preguntó Calhoun.

—Creo que sí —dijo David—. La mayoría de los médicos tendrían que recogerlo al hacer una revisión. Yo lo haría, desde luego.

—Eso nos ayudará a colocar una serie de prioridades en la lista —dijo Calhoun—. Me gustaría entrevistar primero a los del tatuaje en el antebrazo o en la muñeca.

—¿Y qué hacemos con los que trabajan en el hospital? —dijo David.

—Empezaremos con ellos, por supuesto —dijo Calhoun—. Me he enterado de que Steve Shegwick tiene un tatuaje en el antebrazo. Tengo ganas de hablar con él.

Angela preguntó si querían helado o café. David dijo que no y subió a ver a Nikki. Calhoun pidió las dos cosas.

Poco más tarde, sentados alrededor de la mesa y después de haber cenado, Angela sugirió que hicieran la planificación para el día siguiente.

—Yo entrevistaré a los tatuados que trabajan en el hospital —dijo Calhoun—. Es mejor que yo dé la cara. No queremos más ladrillos entrando por la ventana.

—Yo volveré a los archivos médicos —dijo David—. Conseguiré los números de la seguridad social y las fechas de nacimiento. También intentaré conseguir una descripción de los tatuajes.

—Yo me quedaré con Nikki —dijo Angela—. Y cuando David tenga esos datos me pasaré por Cambridge para ver a Robert.

—¿Y por qué no lo mandamos por fax? —preguntó David.

—Se trata de pedir un favor —repuso Angela—. No puedo hacerlo por fax como si nada.

David se encogió de hombros.

—¿Qué haremos con Holster, el radiólogo? —preguntó Calhoun—. Alguien tendría que hablar con él y creo que lo harían mejor ustedes que son médicos.

—Claro —dijo David—. Se me había olvidado. Puedo ir a verle mañana después de repasar los archivos.

Calhoun se levantó y se dio unas palmaditas en su protuberante estómago.

—Gracias por haberme invitado a una de las mejores cenas que he tenido últimamente. Creo que es el momento de que mi estómago y yo regresemos a casa.

—¿Cuándo volveremos a hablar? —preguntó Angela.

—En cuanto tengamos algo que decirnos —dijo Calhoun—. Y ustedes deberían irse a dormir. Les aseguro que lo necesitarán.

CAPÍTULO 23

SÁBADO 30 DE OCTUBRE

Aunque durante la noche Nikki tuvo retortijones y diarrea, por la mañana ya se encontraba mejor. Todavía no se había recuperado al ciento por ciento, pero estaba en franca mejoría y todavía seguía sin fiebre. David se sintió aliviado. Ninguno de sus pacientes había experimentado mejoría alguna cuando empezaron los síntomas. Esperaba que Nikki siguiera la misma evolución que las enfermeras y él mismo.

Angela despertó deprimida por su situación laboral y se sorprendió de ver a David tan animado. Él le confesó los oscuros temores que había albergado sobre Nikki.

—Tendrías que habérmelo contado —dijo Angela.

—No habría servido de nada.

—A veces consigues sacarme de quicio —replicó ella, pero le abrazó y le dijo que lo amaba.

El teléfono sonó en ese momento. Era el doctor Pilsner. Preguntó por Nikki y sugirió que siguieran con los antibióticos y la terapia respiratoria.

—Así lo haremos —dijo Angela, hablando por el teléfono de la habitación, mientras David escuchaba por el supletorio del cuarto de baño.

—Algún día te explicaremos por qué huimos del hospital con Nikki —dijo David—. Pero de momento te ruego aceptes nuestras disculpas. Lo de Nikki no tiene nada que ver con tu profesionalidad.

—Lo único que me preocupa es Nikki —dijo Pilsner.

—Si quiere pasarse por aquí, será bienvenido —ofreció Angela—. Y si cree que debemos hospitalizarla la llevaremos a Boston.

—De momento, tenedme informado —dijo Pilsner lacónico.

—Está muy enfadado —observó David tras colgar.

—No le culpo. La gente debe de pensar que estamos chiflados.

Ambos ayudaron a Nikki con la terapia respiratoria, turnándose con los golpecitos en la espalda en las distintas posturas.

—¿Puedo ir el lunes al colegio? —preguntó Nikki cuando acabaron los ejercicios.

—Tal vez sí —dijo Angela—. Pero no te hagas falsas ilusiones.

—No quiero retrasarme. ¿Caroline puede traerme mis libros?

Angela miró a David, que estaba acariciando a *Rusty* junto a la cama de Nikki. Él le devolvió la mirada y se produjo un entendimiento mudo entre los dos. Por mucho que les doliera tener que contarle la verdad, no podían seguir engañando a su hija.

—Oye, cariño, escucha con atención. Tenemos algo que contarte —dijo Angela—. Mira, lo sentimos muchísimo, pero Caroline... ya no está con nosotros.

—¿Quieres decir que ha muerto?

Angela vaciló un momento y dijo:

—Me temo que sí.

—Ah —dijo Nikki.

Angela miró a su marido, que se encogió de hombros. No se le ocurría nada más que decir. Sabía que la indiferencia de Nikki era una especie de defensa, algo similar a su actitud ante la muerte de Marjorie. A David se le hizo un nudo en el estómago al pensar que las dos muertes podrían haber sido provocadas por el mismo chalado.

La aparente fachada de indiferencia de Nikki se derrumbó muy pronto. David y Angela intentaron consolarla, pues la angustia de la niña los atormentaba. Los dos sabían que era un golpe terrible. Caroline no solamente era su amiga, sino que además las dos se enfrentaban a la misma enfermedad.

—¿Yo también voy a morir? —sollozó la niña.

—No —dijo Angela—. Te estás recuperando muy bien. Caroline tenía fiebre muy alta y tú ni siquiera has tenido fiebre.

Luego, una vez consiguieron calmar a Nikki, David cogió la bicicleta y se dirigió al hospital. Nada más llegar, fue directamente a los archivos médicos. En primer lugar buscó los números de la seguridad social y las fechas de nacimiento de las personas que tenía en la lista de Calhoun.

Luego, empezó a buscar en todos los archivos alguna posible descripción de los tatuajes. Casi no había empezado cuando notó que alguien le tocaba el hombro. Se dio la vuelta y vio a Helen Beaton. Detrás de ella estaba Joe Forbs, de seguridad.

—¿Le importaría decirme qué está haciendo? —preguntó Beaton.

—Estoy utilizando el ordenador —balbuceó David. No pensaba que se encontraría con alguien de administración, y menos un sábado por la mañana.

—Tengo entendido que usted ya no trabaja para la AMG —dijo Beaton.

—Es verdad. Pero...

—Sus privilegios en el hospital derivaban de su trabajo para la AMG. En sus actuales circunstancias, sus privilegios tendrán que ser confirmados por el comité de acreditaciones. En tanto eso no suceda, usted no podrá utilizar este ordenador —dijo Helen y volviéndose hacia Joe Forbs, agregó—: ¿Le importaría acompañar al doctor Wilson a la salida?

Joe Forbs le hizo un gesto de que se levantase. David sabía que era inútil protestar. Recogió sus papeles tranquilamente con la esperanza de que no se los quitasen. Por suerte, Forbs se limitó a acompañarle hasta la puerta.

A su deshonroso currículum, David podía añadir ahora el haber sido «expulsado físicamente del hospital». Aun así, y con gran osadía, se dirigió a la unidad de radioterapia. La unidad estaba instalada en un edificio ultramoderno, diseñado por el mismo arquitecto que había hecho el Centro de Diagnóstico por la Imagen.

El sábado era el día de la semana dedicado a tratar a los pacientes que requerían un largo tratamiento complementario. David tuvo que esperar media hora hasta que el doctor Holster pudo recibirle.

Holster tenía diez años más que David, y aun así parecía mucho mayor. Tenía el cabello completamente gris, casi blanco. Aunque estaba muy ocupado, se mostró muy amable y le ofreció un café a David.

—¿En qué puedo ayudarle, doctor Wilson?

—Llámeme David —dijo—. Quería hacerle unas preguntas sobre el doctor Hodges.

—Es una petición extraña —repuso Holster encogiéndose de hombros—. Pero no me importa. ¿Qué quiere saber?

—Es una larga historia —reconoció David—. Para ser breve le diré que he tenido varios pacientes con historiales similares a los de Hodges. Algunos habían sido incluso pacientes suyos.

—Adelante —dijo Holster.

—Antes de empezar, le pediré que esta conversación sea confidencial —dijo David.

—Ahora sí siento curiosidad —dijo Holster, asintiendo—. Será confidencial.

—Tengo entendido que el doctor Hodges vino a verle el día de su desaparición.

—Comimos juntos, para ser exactos —dijo Holster.

—Sé que el doctor Hodges quería hablarle de un paciente llamado Clark Davenport.

—Así es. Tuvimos una extensa discusión sobre su caso. El señor Davenport, desgraciadamente, acababa de morir. Yo le traté (con éxito aparente) cuatro o cinco meses antes de que falleciese de un cáncer de próstata. Tanto el doctor Hodges como yo nos quedamos sorprendidos y apenados por su repentina muerte.

—¿Le comentó el doctor Hodges de qué había muerto exactamente Davenport?

—No que yo recuerde. Pensé que había sido debido a una recaída del cáncer de próstata. ¿Por qué lo pregunta?

—El señor Davenport murió de un *shock* séptico que le sobrevino tras varias crisis epilépticas —dijo David—. No creo que tuviera relación con el cáncer.

—No sé si es correcta su afirmación —dijo Holster—. Por lo que cuenta parece una metástasis cerebral.

—La resonancia magnética era completamente normal. Pero como no se practicó la autopsia, no podemos estar seguros.

—Podrían ser una serie de tumores múltiples, pero tan pequeños que fueran imposibles de captar con una resonancia —dijo Holster.

—¿En alguna ocasión le comentó Hodges que hubiera algo en la evolución hospitalaria de Davenport que le sorprendiera por inesperado?

—Sólo su muerte —dijo Holster.

—¿Comentó alguna cosa más durante la comida?

—Que yo recuerde, no. Cuando terminamos de comer le pregunté a Dennis si quería ir al Centro a ver el nuevo aparato, de cuya compra él era el responsable.

—¿De qué aparato se trataba?

—Nuestro acelerador lineal —dijo Holster. Parecía un padre orgulloso que hablase de su hijo—. Es uno de los mejores que existen. Dennis no había podido verlo pese a que lo intentó en varias ocasiones. Así que vinimos aquí y se lo enseñé. Se quedó muy impresionado. Venga, se lo mostraré.

Por cortesía, David le siguió por el pasillo sin ventanas; no estaba de humor para ver una máquina de radioterapia. Llegaron a la sala de tratamientos y se acercaron a un aparato de tecnología punta.

—Aquí está —dijo con orgullo Holster mientras le daba una palmadita al ingenio de acero inoxidable. El acelerador parecía un aparato de rayos X al que se le hubiera añadido una mesa—. De no ser por el doctor Hodges, nunca hubiéramos conseguido esta belleza. Seguiríamos todavía con la anterior.

David contempló el impresionante artilugio.

—¿Qué le pasaba a la anterior? —preguntó David.

—No le pasaba nada —respondió Holster—. Era de una tecnología anticuada: cobalto-60. Son máquinas bastante menos precisas que el acelerador lineal. Trabajar con ese tipo de máquinas es un problema de física, la fuente de cobalto tiene una anchura de unos doce centímetros. En consecuencia, los rayos gamma se disparan en todas direcciones y son muy difíciles de ajustar.

—Entiendo —mintió David. La física nunca había sido su fuerte.

—Este acelerador lineal es muy superior —dijo Holster—. La apertura de origen de los rayos es muy pequeña. Y puede ser programado a una energía muy elevada. Sin embargo, las máquinas de cobalto necesitan que les repongan la carga cada cinco años, ya que la vida media del cobalto-60 es de seis años.

David contuvo un bostezo. Ese encuentro con el doctor Holster empezaba a recordarle la facultad de medicina.

—Todavía tenemos la máquina de cobalto —prosiguió Holster—. Está en los sótanos. El hospital está a punto de vendérsela a una institución de Uruguay o Paraguay, no lo recuerdo muy bien. Es lo que hacen la mayoría de los hospitales cuando acceden a un acelerador lineal, venden la máquina antigua a un país en vías de desarrollo. Los aparatos viejos siguen en buen estado y tienen la ventaja de que raramente se estropean, ya que la máquina produce rayos gamma las veinticuatro horas del día.

—Creo que ya le he robado demasiado tiempo —dijo David. Quería librarse de Holster antes de que volviera a soltarle otra perorata.

—Al doctor Hodges le interesó muchísimo esta visita —dijo Holster—. Y cuando le expliqué que la única ventaja de las máquinas antiguas frente a las nuevas, era que funcionaban ininterrumpidamente, se le iluminó la cara. Me pidió que le enseñara el aparato de cobalto-60. ¿Y usted? ¿Le gustaría verlo?

—Preferiría que no —dijo David. Se preguntaba cómo reaccionarían Helen Beaton y Joe Forbs si volvía al hospital casi inmediatamente después de que le hubieran puesto de patitas en la calle.

Pocos minutos después David cruzaba en bicicleta el río Roaring camino de casa. La mañana no había sido tan productiva como esperaba, pero al menos había conseguido los números de la seguridad social y las fechas de nacimiento.

Mientras pedaleaba meditó acerca de lo que había averiguado de la comida de Holster y Hodges. Lamentablemente, Hodges no había compartido abiertamente sus sospechas con el radiólogo. Recordó a Holster explicándole cómo se había iluminado el rostro de Hodges al saber que las máquinas de cobalto apenas se estropeaban. Se preguntó si a Hodges le había interesado realmente ese dato o si había sido una proyección del entusiasmo de Holster sobre su fascinada audiencia. David pensó que lo más seguro es que fuera lo último. Seguro que Holster había llegado a la misma conclusión con él.

Como se había acostado muy tarde, Calhoun no volvió a Bartlet hasta el mediodía. Al llegar decidió empezar por orden alfabético las entrevistas a los empleados del hospital que llevaban tatuaje. Eso situaba a Clyde Devonshire en primer lugar.

Calhoun se detuvo en el chiringuito de Main Street a tomar un café y consultar el listín de teléfonos. Una vez conseguidas las cinco direcciones, fue en busca de Clyde.

Éste vivía encima de una tienda de comida preparada. Calhoun subió por las escaleras y llamó a la puerta. Tras un tercer intento en vano, Calhoun bajó las escaleras y entró en la tienda a comprar un paquete de puros Antonio y Cleopatra.

—Estoy buscando a Clyde Devonshire —le dijo al dependiente.

—Ha salido muy temprano. Seguramente se ha ido a trabajar, trabaja muchos fines de semana. Es enfermero del hospital.

—¿A qué hora suele volver?

—A eso de las tres y media o las cuatro, a menos que tenga turno de noche.

Antes de irse, Calhoun volvió a subir las escaleras y llamó otra vez en casa de Devonshire. Como no hubo respuesta, probó con el pomo: la puerta estaba abierta.

—¿Hay alguien? —gritó Calhoun.

Una de las ventajas de no pertenecer a la policía era que uno ya no tenía que preocuparse con nimiedades como órdenes judiciales o indicios de sospecha. Sin vacilar, Calhoun entró en el apartamento y cerró tras de sí.

La sala de estar estaba modestamente amueblada aunque bastante pulcra. En una mesita encontró un montón de recortes de periódico sobre Jack Kevorkian, el famoso doctor «suicidios» de Michigan. Había muchos artículos sobre suicidios inducidos.

Calhoun sonrió pensando en contarles a David y Angela todas las cosas extrañas que salían a relucir en el grupo de tatuados. Dedujo que el suicidio asistido y la eutanasia tenían bastantes cosas en común, y que quizá a David le gustaría mantener una conversación con Clyde Devonshire.

Calhoun abrió la puerta del dormitorio que también estaba pulcro y ordenado. Se acercó al escritorio y lo revolvió en busca de fotos. No encontró ninguna. Abrió el armario y encontró un montón de artilugios de sadomasoquista: objetos de piel negra con ribetes metálicos y cadenas. En una estantería había un montón de revistas y vídeos sobre el tema.

Cuando Calhoun cerró la puerta del armario, se preguntó qué secretos guardaría el ordenador de un tío tan raro.

Calhoun siguió buscando fotos por el resto del apartamento. Quería encontrar una en la que Clyde mostrase sus tatuajes. Había un montón de fotos pegadas a la nevera con pequeños imanes, pero no se veía ningún tatuaje. Como era normal, Calhoun no reconoció a Clyde en las fotos.

Calhoun estaba a punto de volver a la sala para seguir buscando en el escritorio, cuando abajo oyó una puerta que se cerraba seguida de ruido de pasos en la escalera. En un primer momento le asustó la idea de que le pescaran allanando un domicilio y consideró la posibilidad de salir por piernas. Pero finalmente, se acercó a la puerta principal y la abrió de golpe, sorprendiendo así a la persona que estaba a punto de abrirla desde el otro lado.

—¿Clyde Devonshire? —preguntó muy serio.

—Sí —dijo Clyde—. ¿Qué coño pasa?

—Me llamo Phil Calhoun —dijo entregándole su tarjeta—. Le estaba esperando, pase.

Clyde sostuvo con una mano la bolsa marrón que llevaba y con la otra cogió la tarjeta.

—¿Es usted investigador privado?

—Sí. Trabajé de policía estatal hasta que el gobernador

consideró que era demasiado viejo, por eso ahora me dedico a la investigación. Le estaba esperando para hacerle unas preguntas.

—Me ha dado un susto de muerte —admitió Clyde. Se llevó una mano al pecho y suspiró aliviado—. No estoy acostumbrado a encontrar desconocidos en casa cuando vuelvo.

—Lo siento. Supongo que tendría que haberle esperado en las escaleras.

—Sí, pero habría estado muy incómodo. Siéntese. ¿Quiere beber algo?

Clyde dejó la bolsa en el sofá y se dirigió a la cocina.

—Tengo café, soda o...

—¿Tiene cerveza? —preguntó Calhoun.

—Sí, desde luego.

Mientras Clyde cogía la cerveza de la nevera, Calhoun husmeó en la bolsa marrón. Dentro había unos vídeos de la misma clase que los del armario.

—Es para entretenerme —explicó Clyde.

—Entiendo.

—¿Es usted hetero? —preguntó Clyde.

—Ya no sé ni lo que soy —repuso Calhoun.

Miró a Clyde. Debía de tener unos treinta años y era de estatura mediana y pelo castaño. Tenía todo el aspecto de haber sido un buen medio ofensivo en el equipo de rugby de la universidad.

—¿Qué quería preguntarme? —dijo Clyde entregándole una cerveza.

—¿Conocía usted al doctor Hodges?

Clyde sonrió sarcásticamente.

—¿Por qué demonios está usted interesado en investigar a un carcamal tan detestable?

—Veo que no le tenía usted mucha simpatía.

—Era un bastardo —dijo Clyde—. Tenía un concepto del trabajo de enfermería totalmente chapado a la antigua. Pensaba que éramos criaturas inferiores, que teníamos que hacer todo el trabajo sucio sin cuestionar jamás las órdenes de los médicos. Ya sabe: oír, ver y callar. Hodges parecía anclado en la época de Clara Barton.

—¿Clara Barton?
—Una enfermera de la guerra de secesión —explicó Clyde—. Fue la fundadora de la Cruz Roja.
—¿Sabe usted quién mató a Hodges?
—No fui yo, si a eso vamos —replicó Clyde—. Pero si lo encuentra, dígamelo. Me encantaría pagarle una cerveza.
—¿Lleva usted un tatuaje?
—Claro que sí. Llevo un montón.
—¿Dónde? —preguntó Calhoun.
—¿Quiere verlos?
—Sí, quiero verlos.

Con una sonrisa de oreja a oreja, Clyde se desabrochó la camisa y se la quitó. Se levantó y adoptó posturas como si fuera un culturista. Luego se echó a reír. Alrededor de cada muñeca llevaba tatuada una cadena, un dragón en el brazo derecho, y un par de espadas cruzadas en los pectorales, por encima de los pezones.

—Me hice estas espadas en New Hampshire, cuando estaba en la universidad. Los otros me los hice en San Diego.
—Déjeme ver los tatuajes de las muñecas —pidió Calhoun.
—Ah, no —repuso Clyde volviendo a ponerse la camisa—. No pienso enseñarle todo la primera vez.
—¿Le gusta esquiar?
—A veces —dijo Clyde. Y añadió—: Usted cambia de tema como si nada.
—¿Tiene un pasamontañas?
—Todo el mundo que esquía en Nueva Inglaterra tiene un pasamontañas. A menos de que sea masoquista.

Calhoun se puso de pie.

—Gracias por la cerveza —dijo—. Tengo que irme.
—Vaya —dijo Clyde—. Ahora que empezaba a pasármelo bien.

Calhoun bajó las escaleras, salió fuera y subió a la camioneta. Se alegraba de haber abandonado el apartamento de Clyde Devonshire. Ese hombre era bastante estrafalario. Pero ¿era el asesino? Calhoun creía que no. Clyde tenía costumbres raras pero parecía sincero. Sin embargo, a Calhoun le preocupaba lo de las cadenas tatuadas, sobre todo porque se había negado a enseñárselas de cerca.

Y también se preguntaba qué significaría su interés en Kevorkian. ¿Era pura casualidad o era algún tipo de afinidad espiritual? De momento, Clyde quedaría como sospechoso. Calhoun comprobaría qué decía de él el ordenador.

El siguiente de la lista era Joe Forbs. Su casa quedaba en los alrededores de la universidad, muy cerca de la de los Gannon.

En casa de los Forbs le atendió una mujer delgada y nerviosa, con el pelo a mechas grises. Calhoun se presentó y le entregó su tarjeta. La mujer no pareció muy impresionada. Era mucho más de Nueva Inglaterra que Clyde Devonshire: taciturna y un poco antipática.

—¿La señora Forbs? —preguntó Calhoun.

La mujer asintió.

—¿Está Joe en casa?

—No —dijo ella—. Tendrá que volver más tarde.

—¿A qué hora?

—No lo sé. Cada día viene a una hora diferente.

—¿Conocía usted al doctor Dennis Hodges?

—No —dijo la señora Forbs.

—¿Puede decirme dónde lleva un tatuaje su marido?

—Tendrá que volver más tarde —insistió ella.

—¿Su marido esquía?

—Lo siento —dijo la señora Forbs y cerró la puerta.

Calhoun oyó cómo echaba varios pestillos de seguridad. Seguramente la señora Forbs lo había tomado por un cobrador.

Al subir a su camioneta, Calhoun lanzó un suspiro. Llevaba uno de dos. Pero no estaba desanimado. El siguiente de la lista era Claudette Maurice.

—Ah, ah —dijo Calhoun cuando llegó a casa de Claudette. Era una muy pequeña, parecía casi una casita de muñecas. Las contraventanas estaban cerradas.

Calhoun se acercó a la puerta principal y llamó con los nudillos, porque no había timbre. No hubo respuesta. Se acercó al buzón y observó que estaba casi lleno. Se dirigió a la casa de un vecino. Recibió respuesta rápidamente: Claudette Maurice estaba de vacaciones en Hawai.

Calhoun volvió al camión, ahora ya estaba en uno de tres. Comprobó el siguiente: Werner van Slyke.

Como había hablado con él hacía poco tiempo, Calhoun pensó si saltarse a Van Slyke, pero al final decidió ir a verle. Durante la primera visita no le había visto el tatuaje.

Van Slyke vivía al suroeste de la ciudad, en un barrio apacible en el que las casas estaban alejadas de la calle. David dejó el coche detrás de una hilera de coches aparcados frente a la casa de Van Slyke.

La casa presentaba un estado sorprendentemente ruinoso. No parecía la casa adecuada para el jefe de mantenimiento de un hospital. Contraventanas en pésimo estado colgaban irregularmente de los marcos de las ventanas. El edificio le produjo escalofríos.

Calhoun encendió un puro y echó un vistazo al edificio. Bebió unos sorbos de café, que ya estaba frío. No había signos de vida ni en el interior ni el exterior del edificio, y tampoco había ningún coche aparcado en la entrada. Calhoun dudó que hubiera alguien en la casa. Se dispuso a echar un vistazo como había hecho en casa de Clyde Devonshire. Bajó de la camioneta y cruzó la calle. Cuanto más se acercaba al edificio, más ruinoso le parecía. La madera se veía podrida en algunos puntos. El timbre no funcionaba. Calhoun lo presionó varias veces en vano. Golpeó un par de veces con los nudillos, pero tampoco hubo respuesta. A continuación rodeó la casa. En la parte trasera se levantaba un granero reconvertido en garaje. Calhoun se olvidó del granero e intentó atisbar por alguna de las ventanas, pero no fue fácil porque estaban muy sucias. Vio un par de trampillas aseguradas con dos candados oxidados. Calhoun estaba seguro que daban a las escaleras que llevaban al sótano.

Volvió a la parte delantera y entró en el porche. Se acercó a la puerta y miró alrededor para comprobar que nadie le veía. Probó la puerta, que no estaba cerrada. Llamó vigorosamente con los nudillos. Satisfecho, se dispuso a coger el picaporte, pero en ese momento la puerta se abrió. Calhoun alzó la vista: Van Slyke le observaba con recelo.

—¿Qué coño quiere?

Calhoun tuvo que quitarse el puro que apretaba entre los dientes.

—Siento molestarle —dijo—. Pasaba por aquí y me he detenido un momento. ¿Recuerda que le dije que volvería? Tengo algunas preguntas que hacerle. ¿Le parece bien o prefiere que vuelva en otro momento?

—No, supongo que ahora está bien —dijo Van Slyke al cabo de un momento—. Aunque no tengo mucho tiempo.

—No me gusta abusar de la hospitalidad de los demás —dijo Calhoun.

Helen Beaton tuvo que llamar varias veces a la puerta exterior de la oficina de Traynor antes de oír sus pasos.

—Me sorprende que sigas aquí —dijo Helen.

Traynor la invitó a pasar y cerró la puerta.

—Tengo mucho trabajo atrasado. He venido muchas noches y algunos fines de semana para ponerme al día.

—Me ha sido muy difícil encontrarte —dijo Helen mientras le seguía a su despacho privado.

—¿Y cómo sabías dónde estaba? —preguntó Traynor.

—Llamé a tu casa. Me lo dijo tu mujer, Jacqueline.

—¿Ha estado cortés? —preguntó Traynor sentándose en su sillón. La mesa estaba llena de escrituras y contratos.

—No demasiado —admitió ella.

—Comprendo.

—He venido a hablarte de esa pareja de médicos jóvenes que contratamos en primavera —dijo Helen—. Eran un par de ineptos, a los dos los han despedido ayer. Él trabajaba en la AMG y ella en el departamento de patología.

—A ella la recuerdo —dijo Traynor—. Wadley dedicó toda la fiesta del día del Trabajo a ir tras ella como un perro en celo.

—Eso forma parte del problema —explicó Helen—. Wadley la ha despedido y ella le ha acusado de acoso sexual. Me amenazó con llevarnos a los tribunales. Antes de que la despidieran fue a presentar una queja formal ante Cantor.

—¿Tenía Wadley algún motivo para despedirla? —preguntó Traynor.

—Según él, sí. Ella abandonó la ciudad en repetidas ocasiones durante sus horas de trabajo. Wadley le advirtió varias veces que no lo hiciese.

—Entonces no tenemos de qué preocuparnos —dijo Traynor—. Conozco a esos viejos jueces que presidirán el caso. Acabarán soltándole un sermón.

—A mí me pone nerviosa —dijo Helen—. Su marido está buscando algo. Esta mañana he tenido que expulsarle de los archivos. Ayer por la tarde sacó del ordenador central unas cuantas estadísticas sobre porcentajes de fallecimientos.

—¿Y para qué quería esos datos? —preguntó Traynor.

—No lo sé.

—Tú me dijiste que nuestro porcentaje de muertes era normal —dijo Traynor—. Así pues, ¿cuál es el problema?

—Pues que son datos confidenciales. La gente no entiende su significado. Si estas cifras salen a la luz podrían constituir un auténtico desastre para nuestra imagen, es lo único que le faltaba al Bartlet Community Hospital.

—Tienes razón. Mantengámosle alejado de los archivos. No será muy difícil si le han despedido de la AMG. ¿Por qué le han despedido?

—Estaba en unos niveles muy bajos de productividad —dijo Beaton—. Y en unos niveles muy altos de utilización, sobre todo hospitalaria.

—No le echaremos de menos. Tendríamos que mandarle una botella de whisky a Kelley por el favor.

—Los Wilson me preocupan —dijo Beaton—. Ayer se presentaron en el hospital y se llevaron a su hija, la de la fibrosis quística, desoyendo los consejos de su pediatra.

—Todo esto me resulta absurdo —dijo Traynor—. ¿Cómo está la niña? Supongo que es importante saberlo.

—Está bien —explicó Beaton—. He hablado con su pediatra. Se recupera perfectamente bien.

—¿Qué te preocupa, entonces?

Angela se marchó a Boston con los números de la seguridad-social y las fechas de nacimiento. Por la mañana llamó a Robert Scali para que la esperara. No le explicó el motivo de su visita. Por teléfono hubiese resultado muy largo y complicado.

Quedó con Robert en uno de los muchos restaurantes indios de Central Square, en Cambridge. Cuando entró Angela en el restaurante, él se levantó de una mesa. Ella le besó en la mejilla y fue directa al grano.

—¿Quieres que investigue el pasado de toda esta gente? —dijo sin dejar de mirar la lista que le entregó Angela—. Creí que me llamabas por algo más personal, pensaba que tenías ganas de verme.

Angela empezó a sentirse incómoda. En las ocasiones en que se habían visto Robert no había mencionado su antigua relación. Supuso que lo mejor sería ser franca. Le explicó que era muy feliz en su matrimonio y que le había llamado porque necesitaba su ayuda.

Si Robert se sintió decepcionado, desde luego no lo demostró. Alargó el brazo por encima de la mesa y estrechó la mano de Angela.

—De todas formas me alegro de verte —dijo—. Estaré encantado de ayudarte. ¿Qué necesitas exactamente?

Angela le explicó lo que le habían contado: que con el número de la seguridad social y con una fecha de nacimiento era muy fácil obtener información sobre cualquier persona.

Robert soltó una risotada que a Angela le recordó al Robert de su juventud.

—No puedes imaginarte la cantidad de información de que puedes llegar a disponer —dijo—. Si estuviera motivado sería capaz de conseguir las últimas transacciones que Bill Clinton ha hecho con su tarjeta Visa.

—Quiero saberlo todo sobre estas personas —dijo Angela golpeando la lista.

—¿Puedes ser un poco más concreta?

—La verdad es que no. Quiero todo lo que puedas conseguir. Un amigo mío lo califica de jornada de pesca.

—¿Qué amigo?

—Bueno, en realidad no es un amigo —repuso Angela—. Aunque empiezo a considerarlo como tal. Se llama Phil Calhoun y es un policía retirado. Ahora trabaja como detective privado. David y yo le hemos contratado.

A continuación Angela le ofreció un resumen de los recientes acontecimientos en Bartlet. Empezó por el cadáver de Hodges en el sótano de su casa, siguió por la fascinante pista del tatuaje, y acabó con la hipótesis de que alguien estaba practicando la eutanasia a los pacientes terminales.

—¡Por Dios! —exclamó Robert—. Desde luego has acabado con mi bucólica imagen de la vida en el campo.

—Es una pesadilla —musitó Angela.

Robert cogió la lista.

—Veinticinco nombres arrojarán bastante información. ¿Has venido preparada? ¿Traes una camioneta?

—En particular nos interesan estos cinco. Trabajan en el hospital.

—Parece de chiste —comentó Robert—. La información que obtendremos con mayor rapidez será la financiera, hay muchas bases de datos sobre la materia. Sacaremos información sobre tarjetas de crédito, cuentas corrientes, transferencias y deudas. A partir de ahí, todo será más difícil.

—¿Cuál será el paso siguiente?

—Supongo que lo más fácil será la seguridad social —dijo Robert—. No obstante, entrar en esos bancos de datos es más complicado, aunque no imposible. Un amigo mío trabaja en programas de seguridad para bases de datos de organismos gubernamentales.

—¿Crees que querría ayudarnos?

—¿Peter Fong? Claro que sí. ¿Para cuándo necesitas todo esto?

—Para ayer —dijo Angela con una sonrisa.

—Ésta es una de las razones por las que siempre me has gustado —dijo Robert—. Siempre tan impaciente. Vámonos a ver a Peter Fong.

La oficina de Peter estaba en la parte trasera de la cuarta planta de un edificio estucado de color crema, en medio del campus del Instituto Tecnológico de Massachussets.

Parecía más un laboratorio electrónico que una oficina. Estaba atestada de ordenadores, tubos de rayos catódicos, pantallas de cristal líquido, cables, magnetófonos y otra parafernalia electrónica que Angela no pudo identificar.

Peter Fong era un asiático-americano muy enérgico y con unos ojos aún más oscuros que los de Robert. Angela comprendió enseguida que eran íntimos.

Robert le entregó la lista a Peter y le explicó lo que querían. Peter se rascó la cabeza y ponderó el pedido.

—Estoy de acuerdo en que la seguridad social sería un buen comienzo —dijo Peter—. Pero tampoco estaría mal empezar por una base de datos del FBI.

—¿Se puede conseguir? —preguntó Angela. Para ella el mundo de la informática era totalmente desconocido.

—No hay problema —dijo Peter—. Tengo una colega en Washington, se llama Gloria Ramírez. Trabajo con ella en un programa de seguridad para bases de datos. Ella está conectada con las dos organizaciones.

Peter utilizó un procesador de textos para escribir la información que quería y luego la pasó por fax.

—Normalmente nos comunicamos por fax, pero esta vez me contestará por ordenador. Con tanta información será más rápido el ordenador.

Al cabo de unos minutos empezó a llegar información al drive del disco duro del ordenador de Robert. Peter pasó parte del material a la pantalla.

Angela miró por encima del hombro de Peter y escudriñó la pantalla. Era una parte del historial de la seguridad social de Joe Forbs, especificaba los últimos trabajos que había tenido y las correspondientes cotizaciones. Angela estaba impresionada, y casi decepcionada de lo fácil que había resultado obtener la información.

Peter puso en marcha la impresora láser, que empezó a vomitar hojas rellenas de datos. David se acercó y cogió una cuartilla. Angela se acercó. Era la información de la seguridad social de Werner van Slyke.

—Muy interesante —dijo Angela—. Estuvo en la Marina. Seguramente se hizo allí el tatuaje.

—La mayor parte de los marinos lo consideran una especie de ritual de iniciación —explicó Robert.

Angela se sorprendió aún más cuando apareció una nueva lista, esta vez de antecedentes penales. Peter tuvo que poner en funcionamiento una segunda impresora, ya que la primera estaba aún ocupada con los datos de la seguridad social.

Angela no esperaba encontrarse con muchos antecedentes penales dado que Bartlett era una ciudad pequeña y tranquila. Clyde Devonshire había sido acusado y condenado por violación seis años atrás. El delito había tenido lugar en Norfolk, Virginia, y Clyde había cumplido una condena de dos años de cárcel.

—El tipo ideal para una pequeña ciudad —dijo Robert sarcásticamente.

—Trabaja en urgencias del hospital —dijo Angela—. Me preguntó si alguien conocerá sus antecedentes.

David fue a la otra impresora y escudriñó la información para encontrar la referente a Clyde Devonshire.

—Él también ha estado en la Marina —dijo Robert. Angela estaba atónita de la cuantiosa información que seguía saliendo de los archivos criminales—. De hecho, todo parece indicar que aún estaba en la Marina cuando le detuvieron por violación.

Angela se acercó para echar un vistazo.

—Mira esto —dijo Robert señalando una serie de fechas—. Hay algunas lagunas en la seguridad social después de que Devonshire salió de la cárcel. Ya he visto algunos expedientes así otras veces. Esto quiere decir que o bien cumplió nuevas condenas o bien utilizó un nombre falso.

—¡Dios mío! —dijo Angela—. Phil Calhoun dijo que nos sorprenderían las cosas que íbamos a encontrar, y desde luego así ha sido.

Una hora y media después, Angela y Robert salían del despacho de Peter con varias cajas repletas de papel de impresora. Se dirigieron a la oficina de Robert.

Por lo que respectaba a equipos informáticos, el despacho de Robert se parecía bastante al de Peter. La única diferencia considerable era que Peter tenía una ventana con vistas al río Charles.

—Vamos a conseguirte algo de información financiera —dijo Robert sentándose ante una terminal.

Al cabo de unos momentos empezó a aparecer información en la pantalla.

Mientras las impresoras de Robert cumplían su tarea, las hojas empezaron a caer en las bandejas de recogida con pasmosa rapidez.

—Estoy impresionada. Nunca hubiera pensado que pudiera obtenerse tanta información tan fácilmente.

—Para divertirnos probemos a averiguar sobre ti —dijo Robert—. Dame tu número de la seguridad social.

—No, gracias —dijo Angela—. Me deprimiría enterarme de la suma de dinero que debo.

—Intentaré conseguir más datos esta noche —dijo Robert—. Por las noches es más fácil porque hay menos actividad informática.

—Muchas gracias —dijo Angela intentando coger las dos cajas de material.

—Creo que será mejor que te ayude —dijo Robert.

Cuando todo el material estuvo en el coche, Angela abrazó a Robert.

—Te lo agradezco mucho —dijo—. Me alegro de haberte visto.

Robert se despidió con la mano. Angela vio cómo la figura de Robert se empequeñecía en el espejo retrovisor del coche. La verdad es que, a excepción del primer momento, el encuentro había sido bastante agradable. Ahora estaba deseando que David y Calhoun vieran todo el material que llevaba.

—¡Ya estoy aquí! —gritó Angela al tiempo que entraba por la puerta de atrás.

Al no oír respuesta, regresó al coche a recoger la segunda caja de material. Cuando volvió, la casa seguía en silencio. Con una creciente ansiedad, Angela cruzó la cocina y el comedor y se dirigió a las escaleras. David estaba leyendo tranquilamente en la sala de estar.

—¿Por qué no contestabas?

—Has dicho que ya estabas en casa —dijo David—. No creo que eso necesitase una respuesta.

—¿Qué ocurre?

—Nada —contestó David—. ¿Cómo te lo has pasado con tu ex novio?

—Ah, es por eso.

David se encogió de hombros.

—Me parece bastante extraño que me hayas ocultado lo de ese fulano durante los cuatro años que hemos vivido en Boston —dijo.

—¡David! —exclamó Angela, desesperada. Se sentó en el regazo de David, rodeándole el cuello con los brazos—. Yo nunca he intentado mantener en secreto lo de Robert. Si hubiera sido así, ¿crees que lo hubiera sacado a relucir ahora? ¿No sabes que eres a quien más quiero en el mundo? —Le besó en la nariz.

—¿De verdad? —preguntó David.

—De verdad —dijo Angela—. ¿Cómo está Nikki?

—Muy bien. Está durmiendo la siesta. Pero está muy afectada por Caroline. Físicamente está muy bien. Y a ti, ¿cómo te ha ido?

—No te lo vas a creer. ¡Ven!

Angela arrastró a David a la cocina y le enseñó las cajas. Él cogió unas cuantas hojas y les echó un vistazo.

—Tienes razón. No me lo puedo creer. Tardaremos siglos en leer todo esto.

—Es una suerte estar sin trabajo —señaló Angela—. Por lo menos disponemos de todo el tiempo del mundo.

Prepararon juntos la comida. Cuando Nikki despertó, se unió a ellos. A la niña no le resultaba fácil desplazarse por la casa porque aún llevaba el gota a gota. Antes de sentarse a comer, David llamó al doctor Pilsner, y ambos decidieron abandonar el gota a gota y administrarle los antibióticos por vía oral.

Durante la comida discutieron sobre si explicarles o no su nueva situación laboral a sus padres.

—No te preocupes —dijo David—. Tus padres se alegrarán, no les hace mucha ilusión que vivamos aquí.

—Ése es el problema. No quiero que me calienten la cabeza con el «ya te lo habíamos dicho» de siempre.

Después de comer y mientras Nikki veía la televisión, Angela y David revisaron la información. Él estaba sorprendido y abrumado por la cantidad de material a la que tenían acceso los piratas informáticos.

—Tardaremos varios días.

—Quizá deberíamos centrarnos en los que están relacionados con el hospital —propuso Angela—. Son sólo cinco.

—Buena idea.

La información más interesante procedía de los antecedentes policiales. Clyde Devonshire había cumplido condena por violación, y también había sido detenido en Michigan por merodear ante la casa de Jack Kevorkian. El suicidio asistido y la eutanasia compartían el mismo tipo de justificaciones filosóficas. David se preguntó si Devonshire podría ser su «ángel exterminador».

Peter Ulholf había sido detenido seis veces frente a centros de planificación familiar, y tres veces frente a una clínica de abortos. Una de ellas por agredir a un médico.

—Esto es muy interesante —dijo Angela, examinando el material de la seguridad social—. Los cinco sirvieron en la Marina, incluso Claudette Maurice. Sí que es casualidad.

—Quizá por eso todos llevan tatuaje.

Angela asintió. Recordó el comentario de Robert sobre el rito iniciático.

Después de la terapia respiratoria, llevaron a Nikki a la cama. Una vez en el piso de abajo, llevaron todo el material a la sala de estar y lo seleccionaron.

—Esperaba noticias de Calhoun —dijo Angela—. Me gustaría conocer su opinión de esta información, en particular la referente a Clyde Devonshire.

—Calhoun es un tipo bastante independiente —señaló David—. Dijo que nos llamaría cuando tuviera algo.

—Pues le llamaré yo —dijo Angela—. Nosotros sí tenemos cosas que contarle.

Atendió el contestador y Angela no dejó mensaje.

—Me sorprende —dijo David cuando Angela colgó— cuántas veces han cambiado de trabajo. —Estaba comprobando la información de la seguridad social.

Angela se acercó y miró los papeles por encima de su hombro. De repente cogió una hoja que David estaba a punto de colocar en el montón de Van Slyke.

—Fíjate en esto. —Señaló una entrada—. Van Slyke estuvo en la Marina veintiún meses.

—¿Y?

—¿No es un poco raro? Creí que el tiempo mínimo de alistamiento era de tres años.

—No lo sé —dijo David.

—Veamos la hoja de servicios de Devonshire. —Hojeó el montón de Clyde hasta encontrar lo que quería—. Estuvo cuatro años y medio.

—¡Vaya! —exclamó David—. ¡Escucha esto! Joe Forbs se ha declarado en quiebra en tres ocasiones. ¿Cómo le pueden dar una tarjeta de crédito con ese historial? Sin embargo se la dan. Todas las veces ha conseguido que una nueva entidad le proporcione una tarjeta de crédito. Es curioso.

Continuaron trabajando. Pasadas las once, a David se le cerraban los ojos.

—Creo que me iré a dormir —dijo David. Dejó los papeles encima de la mesa.

—Magnífica idea —dijo Angela—. Yo también estoy muerta de sueño.

Subieron las escaleras cogidos del brazo, satisfechos de todo lo que habían conseguido. Desde luego, no hubieran dormido muy tranquilos de haber sabido la tormenta que sus investigaciones estaba levantando.

CAPÍTULO 24

DOMINGO 31 DE OCTUBRE

El día de Halloween amaneció límpido y frío, con escarcha en las sonrientes calabazas colocadas en porches y antepechos de ventanas. Nikki despertó en perfecto estado físico y con el alegre espíritu de las vacaciones. A principios de semana su madre había hecho acopio de dulces y frutas para los niños que pudieran presentarse con la calabaza.

Angela no tenía ningún interés en ir a la iglesia. La idea de integrarse en la comunidad de Bartlet había perdido su encanto. David propuso desayunar en el Iron Horse, pero ella prefirió quedarse en casa.

Después del desayuno, Nikki pidió para salir con su calabaza y cumplir el festivo ritual de Halloween. Pero a Angela le preocupaba que la niña saliese, pues hacía bastante frío y acababa de tener una congestión. A cambio, propuso que David fuera a la ciudad a comprarle una calabaza mientras ellas dos preparaban la casa para cuando fuesen llegando niños.

Nikki llenó un gran bol de cristal con barritas de chocolate y lo dejó en la mesilla del recibidor.

A continuación, Angela le pidió que recortara guirnaldas de colores. Y luego telefoneó a Robert Scali a Cambridge.

—Me alegro de que me llames —dijo Robert—. Tal como te prometí, he conseguido más información financiera.

—Te lo agradezco —dijo Angela—. Dime, ¿podrías conseguirme información de los archivos del ejército?

—Pides demasiado. Como imaginarás, no es fácil acceder a la información militar. Supongo que podría conseguir información general, pero no creo que consiga informaciones reservadas a menos que Peter tenga un colega en el Pentágono, cosa que dudo.

—Comprendo.

—Pero lo intentaré de todos modos —dijo Robert—. Se lo preguntaré a Peter y luego te llamo.

Angela colgó y fue a ver qué hacía Nikki. Había recortado una luna naranja y ahora estaba recortando la silueta de una bruja montada en una escoba. Angela sonrió; ni David ni ella poseían ningún tipo de talento artístico.

David volvió con una calabaza enorme. Nikki estaba encantada. Angela cubrió la mesa de la cocina con periódicos y padre e hija se dedicaron a darle forma de calavera para luego meterle una vela dentro. Angela les ayudó hasta que sonó el teléfono: era Robert.

—Malas noticias —dijo—. Peter no puede ayudarnos con lo del Pentágono. Sin embargo, he recogido alguna que otra información. Te la enviaré ahora mismo. Dame tu número de fax.

—No tenemos fax —dijo Angela y se sintió como una palurda que viviese anclada en el pasado.

—Pero tendrás módem para el ordenador, ¿no?

—No tenemos ni ordenador; sólo uno para los videojuegos de Nikki —admitió Angela—. Pero ya se me ocurrirá algo para recoger ese material. Mientras tanto, ¿has sabido por qué Van Slyke estuvo sólo en la Marina veintiún meses?

Hubo una pausa y Angela oyó a Robert revolver papeles.

—Ya lo tengo. A Van Slyke lo licenciaron por problemas de salud.

—¿Se menciona el problema en concreto?

—Me temo que no... —dijo Robert—. Pero aquí hay algo interesante. Van Slyke estudió en la academia de submarinos de London, Connecticut. De ahí pasó a la academia de energía nuclear. Trabajaba en un submarino.

—¿Y qué es lo que te parece interesante?

—Pues que no todo el mundo es destinado a submarinos. Aquí dice que fue asignado al submarino Kamehameha, en la base de Guam.

—¿Qué trabajo hacía Clyde Devonshire en la Marina? —preguntó Angela.

Otra vez más ruido de papeles.

—Era sanitario —dijo Robert. Y luego añadió—: ¡Vaya, menuda casualidad!

—¿Qué has descubierto? —preguntó Angela.

—Devonshire también se licenció por baja médica. Estando acusado de violación, yo habría apostado por otra cosa.

—Eso me parece más interesante que lo de Van Slyke y su submarino —dijo Angela.

A continuación agradeció a Robert todos sus esfuerzos y colgó. Nikki y David daban los últimos retoques a la grotesca calavera. Angela mencionó lo de Devonshire y Van Slyke.

—Así que a los dos le dieron la baja los médicos —dijo David, sin prestar demasiada atención—. ¿Qué te parece? —preguntó a su hija mientras se alejaban un poco para contemplar su obra.

—Fantástica —dijo Nikki—. ¿Puedo ponerle ya la vela?

—Pue claro.

—¿Me has oído, David? —preguntó Angela.

—Claro que sí. —Le pasó una vela a Nikki.

—Me gustaría saber por qué les dieron de baja —dijo Angela.

—Creo que sé cómo averiguarlo —dijo David—. Hay que introducirse en el sistema de la Administración de Veteranos. Seguro que lo tienen archivado.

—Buena idea —dijo Angela—. ¿Se te ocurre alguien?

—Tengo un médico amigo en la Asociación de Veteranos de Boston.

—¿Crees que él querría hacernos ese favor?

—¿Quieres decir *ella*? —aclaró David.

Le dijo a Nikki que para conseguir que la vela se sujetara hiciera una hendidura dentro de la calabaza. Nikki no conseguía que la vela se mantuviera recta.

—¿Y quién es esa amiga? —preguntó Angela.

—Es oftalmóloga —dijo David, supervisando los esfuerzos de Nikki con la vela.

—No me refería a su especialidad. ¿De qué la conoces?

—Estudiamos juntos. Salimos durante el último curso.

—¿Y desde cuándo vive en Boston? ¿Y cómo se llama?

Angela también sabía jugar a ser celosa.

—Se llama Nicole Lungstrom —dijo David—. Vino a Boston a finales del año pasado.
—Nunca te he oído hablar de ella. ¿Cómo te enteraste de su presencia en Boston?
—Me llamó al hospital. —Le dio una palmadita de aprobación a Nikki cuando la vela por fin quedó fija. La niña fue en busca de cerillas. David volvió su atención a Angela.
—¿Y la has visto? —preguntó Angela.
—Comimos una vez juntos. Nada más. Le dije que era mejor que no volviéramos a vernos, ella todavía albergaba ciertas esperanzas. Quedamos sólo como amigos.
—¿De verdad?
—De verdad —confirmó David.
—¿Crees que nos ayudará?
—La verdad, lo dudo —dijo David—. Si queremos utilizar sus influencias en la Asociación de Veteranos, tendré que ir a su oficina. No puedo pedirle por teléfono un favor así. Y además, prefiero explicarle personalmente toda esta historia tan sórdida.
—¿Cuándo piensas ir?
—Hoy. Llamaré primero para ver si puede. Pero primero pasaré por la IBM para que Robert me dé el material que ha recogido. ¿De acuerdo?
Angela se mordió el labio mientras sopesaba su respuesta. Estaba sorprendida de experimentar celos. Ahora comprendía cómo se había sentido David. Movió la cabeza y suspiró:
—Está bien, llámala.
Mientras Angela limpiaba los restos de la calabaza, David telefoneó a Nicole Lungstrom. Angela no pudo evitar escuchar algunos fragmentos de su conversación, y le molestó que David pareciera tan alegre. Cuando David volvió a la cocina, exclamó:
—Todo arreglado. Hemos quedado en un par de horas. Estará localizable en el hospital.
—¿Es rubia? —preguntó Angela.
—Sí, es rubia.
—Me lo temía.

Nikki encendió la vela dentro de la calabaza y David la llevó al porche.

—Queda guay —dijo Nikki cuando colocaron definitivamente la calabaza.

David pidió a Angela que avisase a Robert Scali que él pasaría a recoger el material. Luego subió arriba para arreglarse. Angela llamó a Robert.

—Será muy interesante —dijo Robert cuando ella le explicó el motivo de su llamada.

Angela no supo contestar. Se limitó a darle las gracias y colgó. Marcó el número de Calhoun, pero seguía con el contestador puesto.

David bajó vestido con pantalones de franela gris y una chaqueta azul marino. Estaba muy elegante.

—¿Tienes que emperifollarte tanto? —preguntó Angela.

—Voy al hospital de la Asociación de Veteranos, no a una taberna de camioneros.

—He llamado a Calhoun, pero no contesta. Ayer debió de llegar tarde, y hoy ha debido marchar pronto. Está muy metido en la investigación.

—¿Le has dejado mensaje?

—No.

—¿Por qué no? —preguntó David.

—Odio los contestadores automáticos. Además, ya debe de saber que esperamos noticias suyas.

—Creo que deberías dejarle un mensaje —dijo David.

—¿Qué hacemos si esta noche no tenemos noticias suyas? ¿Llamar a la policía?

—No lo sé. La idea de ir a ver a Robertson no es algo que me entusiasme. Hasta luego.

Cuando Angela vio que David se perdía por el camino, centró su atención en Nikki. Quería que la niña disfrutase de ese día tan especial.

Motivado por la curiosidad, lo primero que hizo David fue acudir a la cita con Robert Scali. David esperaba encontrar al típico profesor gris y anodino, y se sorprendió al encontrarse con un hombre elegante, bronceado y de porte atlético. Y para empeorar las cosas, era absolutamente encantador.

Se estrecharon la mano. David observó que Robert también le estaba estudiando.

—Quiero agradecerte lo que has hecho por nosotros —dijo David.

—Para eso están los amigos. —Le entregó otra caja con información—. He encontrado un aspecto financiero que me gustaría comentarte. Werner van Slyke ha abierto varias cuentas este año, en Albany y en Boston.

—Suena raro —dijo David—. ¿Es mucho dinero?

—En ninguna cuenta hay más de diez mil dólares, probablemente para evitar que los bancos lo comuniquen a hacienda.

—De todas formas sigue siendo mucho dinero para el encargado de mantenimiento de un hospital comarcal —observó David.

—Con los tiempos que corren, este tipo debe de vender droga —repuso Robert—. Pero si lo hace, no debería tener el dinero en un banco. Debería enterrarlo en un agujero.

—Un par de pacientes adolescentes me han contado que es muy fácil comprar marihuana en la universidad —dijo David.

—Ya. A lo mejor, aparte de resolver el caso, podréis ayudar en la cruzada contra la droga.

David sonrió y agradeció a Robert la ayuda prestada.

—Llamadme la próxima vez que vengáis a Boston —dijo Robert—. Os invitaré a comer en un restaurante magnífico, el Anago Bistro.

—Te llamaremos —dijo David, despidiéndose.

Mientras se dirigía al coche, se preguntó si se sentiría cómodo comiendo con Angela y Robert. Guardó la caja con el material en el maletero, subió y arrancó. Dejó atrás el Charles River y enfiló Fenway. Como era domingo al mediodía, había poco tráfico y sólo tardó veinte minutos en llegar al Hospital de Veteranos.

David pensó en las vueltas del destino. Había salido con Nicole Lungstrom durante casi un año. Todo había empezado en junio, antes de empezar el último curso de bachillerato. Luego Nicole se había ido a la Costa Oeste, a estudiar en la universidad; después tocó la escuela de Medicina y las prácticas como residente. En cierta ocasión supo por amigos comunes que se había casado. Cuando ella le llamó el año anterior, le contó que se había divorciado.

David preguntó por Nicole y la esperó en la entrada. Al saludarse, se sintieron un poco incómodos. David supo enseguida que había un nuevo hombre en la vida de Nicole y se sintió más relajado. Nicole le acompañó a la sala de médicos. Una vez allí, David le contó su desastrosa experiencia en Bartlet. Luego le dijo lo que quería.

—¿Te importaría averiguar si hay alguna información disponible? —preguntó David.

—Supongo que esto quedará ente tú y yo —repuso Nicole.

—Tienes mi palabra. Bueno, Angela también lo sabrá.

—Lo supongo —dijo Nicole. Calibró la situación unos momentos y luego asintió—. De acuerdo. Si alguien está matando pacientes, el fin justifica los medios, al menos en este caso.

David le entregó a Nicole la breve lista: Devonshire, Van Slyke, Forbs, Ullhof y Maurice.

—Creí que sólo te interesaban dos —dijo Nicole.

—Sabemos que los cinco estuvieron en el ejército —dijo David—, y los cinco tienen tatuajes.

Con los números de la seguridad social y sus fechas de nacimiento, Nicole consiguió los números de identificación militar de los cinco. Luego buscó sus expedientes. Enseguida se encontraron con una sorpresa: Forbs y Ulhof también habían sido dados de baja por razones médicas. Sólo Maurice se había licenciado normalmente. Las razones de la baja de Forbs y Ulhof eran bastante corrientes: el primero, por problemas cervicales crónicos; el segundo, por una prostatitis crónica. En cambio, el caso de Devonshire y Van Slyke no era tan normal. Nicole tuvo que examinar varias páginas de datos. A Van Slyke le habían licenciado por un diagnóstico psiquiátrico de «desorden afectivo esquizofrénico con comportamientos maníaco paranoides bajo estados de presión».

—¡Vaya por Dios! —dijo David—. No sé si entenderé toda esa jerga. ¿Y tú?

—Yo soy oftalmóloga. Pero deduzco que este chico es un esquizofrénico con comportamientos paranoides.

David la miró y enarcó las cejas.

—Me parece que de este tema sabes bastante más que yo. Estoy impresionado.

—Me interesan ciertos aspectos de la psiquiatría. Yo me mantendría apartada de ese tipo. Sin embargo, fíjate en su paso por la academia de energía nuclear. Creo que allí son bastante rigurosos.

Nicole siguió seleccionando información.

—Espera —dijo David inclinándose por encima del hombro de Nicole. Señaló un pasaje que describía un incidente de Van Slyke a bordo de un submarino nuclear. En esa época era ayudante de maquinista nuclear en el departamento de mantenimiento. David leyó en voz alta—: «Durante la primera parte de la misión la manía del paciente fue manifestándose de forma progresiva. Exhibió un mal humor creciente, lo que le condujo a desarrollar hostilidad y juicios precipitados, que desembocaron en sensaciones paranoicas tales como ser ridiculizado por el resto de la tripulación y verse afectado por los ordenadores y las radiaciones. Su paranoia alcanzó el punto culminante cuando atacó al capitán y hubo de ser confinado».

—Dios mío. Espero que no acuda a mi clínica.

—No es tan excéntrico como dan a entender estos informes. He hablado con él en varias ocasiones. No es muy sociable, ni muy simpático, pero desempeña bastante bien su trabajo.

—Yo diría que es una bomba de relojería —observó Nicole.

—Tener paranoias de estar sometido a radiaciones cuando se trabaja en un submarino nuclear no es ningún disparate. Si yo viajara en un submarino nuclear, me subiría por las paredes ante la idea de estar tan cerca de un reactor nuclear.

—Aquí hay más —dijo Nicole. Leyó en voz alta—: «Van Slyke tiene antecedentes de persona huraña y solitaria. Creció entre un padre agresivo y alcohólico, y una madre quejumbrosa y asustadiza. El nombre de soltera de la madre era Traynor».

—Sabía esta parte de la historia —dijo David—. Harold Traynor, su tío, es el presidente del consejo del hospital.

—Aquí también hay otra cosa interesante —dijo Nicole—. «El paciente ha mostrado tendencia a idealizar ciertas figuras de autoridad, pero se vuelve contra ellas a la menor provocación, ya sea real o imaginaria. Este tipo de conducta era anterior a su ingreso en la Marina, y ha continuado durante su servicio.» —Miró a David—. Desde luego no me gustaría ser su jefe.

Devonshire deparó menos información, pero tan interesante como la de Van Slyke y mucho más significativa. Clyde Devonshire había sido tratado en San Diego de enfermedades de trasmisión sexual. También había tenido hepatitis B y era seropositivo.

—Esto podría ser muy importante —dijo David señalando la pantalla del ordenador y haciendo una referencia al sida—. La clave puede estar en que el propio Devonshire tenga una enfermedad terminal.

—Espero haberte servido de ayuda.

—¿Podrías hacer una copia impresa de estos datos?

—Tardaremos un poco —dijo Nicole—. Los archivos médicos están cerrados el domingo. Tendré que conseguir una llave para tener acceso a una impresora.

—Esperaré —dijo David—. ¿Puedo telefonear?

Después de refunfuñar y sollozar, Nikki accedió por fin a quedarse en casa y no andar por la calle asustando a los vecinos. El día había empezado muy despejado para después tornarse gris. Amenazaba lluvia. Nikki llevaba el disfraz de muerto viviente y lo pasó muy bien quedándose en la puerta y asustando a los niños que se acercaban.

Angela volvió a llamar a Calhoun, pero el contestador automático seguía encendido. A primera hora de la tarde, Angela le había dejado un mensaje, pero Calhoun no daba señales de vida. Mirando por la ventana a la sombría tarde, empezó a preocuparse también por David, aunque unas horas antes había telefoneado para decir que llegaría tarde, ella creía que ya tenía que estar en casa.

Media hora más tarde, Nikki entró en la casa y se quitó el disfraz. Anochecía y hacía un rato que nadie se acercaba a la casa. Angela estaba a punto de preparar la cena, cuando sonó el timbre. Nikki se disponía a tomar un baño, y Angela se dirigió a la puerta y cogió el bol con las chocolatinas. Por una ventana lateral vio fugazmente a un hombre disfrazado de reptil.

Angela abrió la puerta y empezó a decir algo sobre que el disfraz era muy bonito, cuando reparó en que el hombre no iba acompañado de ningún niño. Antes de que pudiera reaccionar, el hombre la empujó hacia dentro y la cogió por el cuello. Una mano enguantada le tapó la boca, impidiéndole gritar. El bol se hizo añicos contra el suelo de mármol.

Angela se resistió en vano, intentando liberarse, pero el hombre era bastante fuerte y la tenía sujeta firmemente. Los únicos sonidos que podía emitir Angela eran unos apagados gruñidos.

—¡Cállate o te mato! —dijo el hombre con un murmullo sibilante. Torció bruscamente la cabeza de Angela, que sintió un agudo dolor en la espalda y dejó de resistirse.

El hombre echó un vistazo a la habitación. Se estiró para mirar a la cocina.

—¿Dónde está tu marido?

Angela no pudo contestar. Estaba mareada y pensaba que se iba a desmayar de un momento a otro.

—Te voy a soltar —gruñó el hombre—, pero si gritas te pego un tiro. ¿Entendido?

Le torció la cabeza con más fuerza y ella sollozó. Finalmente liberó su presa y Angela se tambaleó hacia atrás. Su corazón latía desbocadamente. Sabía que Nikki estaba arriba, en la bañera. Por desgracia, *Rusty* estaba en el cobertizo; le habían encerrado para que no molestara a los niños que se acercaban a pedir.

Angela miró a su atacante. La máscara de reptil era bastante grotesca. Las escamas parecían reales y una lengua bífida roja colgaba entre dos hileras de dientes mellados. El hombre esgrimía una pistola.

—Mi marido no está en casa —consiguió decir por fin con voz ronca. El hombre casi la había estrangulado.

—¿Y tu hija enferma?

—Está fuera... con unos amigos.

—¿Cuándo vuelve tu marido?

Angela vaciló. El hombre la cogió del brazo y se lo retorció.

—Te he hecho una pregunta —gruñó.

—Mi marido llegará muy pronto.

—Muy bien. Le esperaremos. Mientras tanto echaremos un vistazo a la casa para comprobar que no me has mentido.

—Yo no miento —dijo Angela mientras entraba en la sala de estar.

Nikki había salido de la bañera cuando sonó el timbre. Se vistió a toda prisa con la esperanza de llegar abajo antes de que se fueran los niños. Quería ver cómo iban disfrazados y sorprenderles con su propio disfraz. Había llegado a las escaleras cuando el ruido del bol contra el suelo la hizo detenerse. Impotente, vio cómo su madre se debatía contra un hombre disfrazado de reptil. Después del susto inicial, Nikki se dirigió al dormitorio de sus padres y cogió el teléfono. Pero la línea estaba muerta. Volvió al pasillo y escudriñó por encima de la barandilla. Vio a su madre y el hombre entrar en la sala de estar. Avanzó hasta el borde de la escalera y miró abajo: la escopeta estaba apoyada contra la barandilla. Se echó bruscamente hacia atrás cuando vio a su madre y al hombre salir de la sala de estar.

Nikki se obligó espiar desde la barandilla y los vio encaminarse por el pasillo hacia la cocina. Se asomó y vio otra vez la escopeta. Todavía seguía allí.

Empezó a bajar sigilosamente. Sólo había recorrido la mitad de la escalera, cuando oyó a su madre y el hombre acercarse por el pasillo. Aterrorizada, volvió a subir y echó a correr por el pasillo. Se detuvo con intención de volver a las escaleras y bajar a la entrada cuando pasara el peligro. Pero, para su horror, su madre y el hombre empezaron a subir las escaleras.

Nikki atravesó el pasillo y se deslizó en el dormitorio principal. Se escondió en uno de los armarios vestidores. Al fondo de este vestidor había una segunda puerta que daba a un estrecho pasillo al final del cual había una escalera de caracol que conducía a la habitación de suelo de tierra y, más allá, a la cocina. Nikki bajó corriendo, atravesó la cocina y el pasillo de la planta principal, y llegó por fin al vestíbulo. Cogió la escopeta. Comprobó si había un cartucho en la recámara tal como su madre le había enseñado. Lo había. Quitó el seguro.

La claridad inicial de Nikki se tornó en confusión. Ahora que tenía la escopeta en las manos, no sabía qué hacer. Su madre le había dicho que la escopeta disparaba perdigones en un amplio arco. No había que afinar la puntería, acertaba a bulto. Pero Nikki no quería herir a su madre.

La niña tuvo poco tiempo para meditar el problema: oyó al intruso atravesar el pasillo de arriba y bajar por la escalera principal. Nikki retrocedió hacia la cocina, indecisa entre esconderse o escapar por piernas. En ese momento su madre apareció en el vestíbulo, tropezando en los últimos escalones tras recibir un violento empujón. A continuación apareció el hombre disfrazado de reptil. Y le propinó otro brusco empujón que la hizo tambalear hasta el salón. El hombre llevaba una pistola.

Y echó a andar detrás de Angela. Estaba a unos cuatro metros de Nikki, que sostenía la escopeta a la altura de la cintura. Y tenía el dedo puesto en el gatillo.

El intruso se volvió ligeramente y vio a Nikki, pero reaccionó tarde: cuando intentó encañonar a Nikki, ésta cerró los ojos y apretó el gatillo. El sonido de la descarga fue horroroso. El retroceso impulsó a Nikki, que sin embargo siguió sosteniendo obstinadamente la escopeta. Consiguió incorporarse y reunió todas sus fuerzas para recargar el arma. Los oídos le pitaban tanto que no oyó el ruido que hizo la escopeta al soltar el cartucho usado y coger el nuevo.

Angela surgió en medio de la confusión y el humo y cogió

la escopeta. El asaltante aprovechó para huir precipitadamente por la puerta.

—¿Estás bien? —preguntó Angela.

—Creo que sí, mamá.

Angela la ayudó a ponerse en pie, y luego avanzaron lentamente hasta el vestíbulo. Comprobaron los destrozos causados por el disparo de Nikki. Una parte de los perdigones se habían incrustado en el lateral de la arcada; el resto había destrozado cuatro paneles de la ventana de la sala de estar, la misma del ladrillazo. A continuación rodearon la base de la escalera, evitando los cristales rotos. Mientras se acercaban a la sala de estar, notaron una corriente de aire frío. Angela llevaba la escopeta preparada. Avanzando de lado, madre e hija vieron por dónde se colaba la corriente: una de las puertaventanas que daban a la terraza estaba abierta y se balanceaba con la brisa de la noche.

Nikki iba cogida al cinturón de Angela. Avanzaron juntas hasta la puertaventana y miraron la hilera de árboles que bordeaba su propiedad. Por unos instantes permanecieron en silencio absoluto. Lo único que oyeron fue el ladrido de un perro, y la respuesta de *Rusty* desde el cobertizo. No se veía a nadie en las cercanías. Angela cerró la puerta y echó el pestillo. Sin dejar la escopeta, se agachó y abrazó a Nikki con todas sus fuerzas.

—Eres una heroína —dijo—. Tu padre se sentirá orgulloso de ti.

—No sé disparar —dijo Nikki—. No quería destrozar la ventana.

—No te preocupes, cariño —dijo Angela—. Lo has hecho muy bien. —Cogió el teléfono, pero no había línea.

—El de tu habitación tampoco funciona —dijo Nikki.

Angela sintió un escalofrío: el asaltante había cortado el teléfono. Pensó que seguía con vida sólo gracias a Nikki.

—Tenemos que asegurarnos de que ese hombre no sigue aquí —dijo—. Vamos a registrar la casa.

Cruzaron el comedor en dirección a la cocina. Registraron la habitación del suelo de tierra y las dos pequeñas despensas. Volvieron a la cocina y cruzaron el pasillo central hasta el vestíbulo. En ese momento sonó el timbre de la puerta. Nikki y Angela pegaron un respingo. Aterrorizadas, miraron por los cristales laterales: era un grupo de niños vestidos de brujas y fantasmas.

David enfiló el sendero de la casa. Le sorprendió ver encendidas todas las luces. Luego vio a un grupo de niños que abandonaban el porche, corrían por el jardín y desaparecían tras la hilera de árboles que limitaba la propiedad.

David detuvo el coche. La puerta principal estaba cubierta de huevos reventados y las ventanas llenas de jabón. David pensó en perseguirles, aunque decidió que las posibilidades de cogerles eran mínimas.

—¡Menudos gamberros! —exclamó. Reparó en que una buena parte de la ventana del salón estaba rota—. ¡Vaya por Dios! Esto ha ido demasiado lejos.

Salió del coche y se dirigió a la puerta principal. Todo estaba hecho un asco. Habían arrojado huevos y tomates contra la puerta. De pronto vio los cristales rotos y las chocolatinas, y sintió un repentino temor por la suerte de su familia. Entró y llamó a Angela y a Nikki.

Ambas aparecieron en lo alto de la escalera. Angela empuñaba la escopeta. Nikki se echó a sollozar y se precipitó en brazos de su padre.

—Tenía... una pistola —balbuceó Nikki entre sollozos.

—¿Quién tenía una pistola? —preguntó David, alarmado—. ¿Qué ha pasado?

Angela bajó las escaleras y se sentó en el último escalón.

—Hemos tenido visita —dijo.

-¿Quién? —graznó David.

—No lo sé. Llevaba una máscara de Halloween, y una pistola.

—¡Dios mío! Ha sido por mi culpa, no tendría que haberos dejado solas.

—No tienes la culpa —dijo Angela—. Pero has llegado más tarde de lo previsto.

—Las copias impresas llevaron mucho tiempo. De camino

intenté llamarte varias veces, pero comunicaba todo el rato. Llamé a averías y me dijeron que el teléfono estaba estropeado.

—Creo que lo han cortado —dijo Angela—. Seguro que ha sido nuestro visitante.

—¿Has llamado a la policía? —preguntó David.

—¿Cómo voy a hacerlo si no tenemos teléfono? —le espetó Angela.

—Perdona. He dicho una tontería.

—Cuando se fue, subimos a refugiarnos arriba —dijo Angela—. Estábamos aterrorizadas.

—¿Dónde está *Rusty*? —preguntó David.

—Esta mañana le encerré en el cobertizo, se ponía muy pesado con los niños.

—Llamaré por el teléfono del coche y de paso traeré a *Rusty* —dijo David, y abrazó a Nikki.

Una vez fuera, atisbó al mismo grupo de niños de antes.

—¡Será mejor que no os acerquéis! —les gritó.

Cuando volvió con *Rusty* y el teléfono, Angela y Nikki estaban en la cocina.

—Hay una pandilla de niños ahí fuera —dijo David—. Han arruinado el porche.

—Se han enfadado porque no abrimos la puerta —dijo Angela—. Se han ido con las manos vacías y nos han dejado su regalo. Pero no importa; comparado con lo que hemos pasado, esto no es nada.

—¿Que no es nada? —dijo David—. Han roto varios cristales de la ventana.

—Ha sido Nikki —repuso ella, y abrazó a su hija—. Nikki es nuestra heroína. —Angela le contó lo que había pasado.

David casi no podía creerse que su familia hubiera superado ese trance. Cada vez que pensaba en lo que podía haber pasado... Se oyó otra andanada de huevos contra la puerta principal. David estalló. Abrió la puerta e intentó coger a algún niño, pero Angela le sujetó mientras Nikki hacía lo propio con *Rusty*.

—No tiene importancia —dijo Angela, con lágrimas en los ojos.

David vio que su mujer se estaba derrumbando y acudió a consolarla. Sabía que su cólera contra los niños no era más que un intento de paliar su sentimiento de culpabilidad.

Cogió a Nikki y se sentó con las dos en el sofá de la sala. Una vez sosegados, David agarró el teléfono inalámbrico y llamó a la policía. Luego, mientras esperaban a que llegaran, se maldijo por haberlas dejado solas.

—Ha sido por mi culpa —dijo Angela—. Tendría que haberme dado cuenta de que estábamos en peligro. —Estaba segura de que el intento de violación había sido en realidad un intento de asesinato. Le dijo a David que lo había comentado con Calhoun, y que el detective estaba de acuerdo.

—¿Y por qué no me lo habías contado?

—Tendría que haberlo hecho —reconoció Angela—. Lo siento.

—Espero que todo esto nos enseñe que no puede haber secretos entre nosotros —dijo David—. ¿Qué ocurre con Calhoun? ¿Has sabido algo de él?

—No. Le he dejado un mensaje. ¿Qué podemos hacer?

—No lo sé —dijo David y se puso de pie—. Voy a echar un vistazo a la ventana.

La policía tardó tres cuartos de hora en presentarse en la casa. Para disgusto de Angela y David, acudió Robertson vestido de uniforme. Angela sintió ganas de preguntarle si era su disfraz de Halloween. Iba acompañado de un ayudante Carl Hobson.

Mientras entraba por la puerta, Robertson echó un vistazo a toda la porquería que había en el porche y a la ventana rota. Llevaba un bloc de notas.

—¿Problemas? —preguntó Robertson, con cierta sorna.

—En efecto —dijo Angela, y le describió todo lo sucedido.

Robertson parecía impacientarse con la historia de Angela. Se movía inquieto y movía todo el rato los ojos, para regocijo de su ayudante.

—¿Está segura de que era una pistola de verdad? —preguntó Robertson.

—Claro que era una pistola de verdad —repuso Angela.

—A lo mejor era una pistola de juguete y formaba parte del

disfraz. ¿Está segura de que las supuestas amenazas no eran una broma? —le guiñó un ojo a Hobson.

—Un momento —terció David—. No me gusta su tono sarcástico. Creo que no se está tomando el asunto en serio. Ese hombre tenía una pistola. Aquí hay señales de violencia. Una parte de la ventana del balcón está hecha añicos. ¿No le basta con eso?

—Tranquilícese —le dijo Robertson—. Su encantadora esposa ha dicho que la niña disparó contra la ventana, no el intruso. Bien, ha de saber que en esta ciudad hay una ordenanza que prohíbe disparar armas dentro de sus límites.

—¡Lárguese de mi casa! —exclamó David perdiendo la compostura.

—Lo haré encantado —dijo Robertson, pero al llegar a la puerta se detuvo—: Permítame que les dé un consejo. Ustedes no son precisamente populares en esta ciudad y las cosas podrían empeorar si disparan contra algún niño que venga a pedir caramelos. Que Dios se apiade de ustedes si hacen daño a un niño.

David cerró de un portazo en cuanto el patán de Robertson traspuso la puerta.

—¡Maldito cabrón! —exclamó—. La policía local está formada por una pandilla de cretinos.

Angela se abrazó el cuerpo y rompió a llorar.

—Es terrible —balbuceó sacudiendo la cabeza.

David la consoló. También intentó calmar a Nikki, que estaba muy impresionada por el duro intercambio de palabras entre el policía y su padre.

—¿Crees que es conveniente pasar la noche aquí? —preguntó Angela.

—¿Adónde podríamos ir a estas horas? Quedémonos aquí. Estoy seguro de que no tendremos más visitas.

—Sí, tienes razón —dijo Angela y suspiró—. Me parece que nunca me había sentido tan desconcertada.

—¿Tienes hambre? —preguntó David.

—No creo que vuelva a tener hambre nunca más —dijo encogiéndose de hombros—. Estaba a punto de preparar la cena cuando empezó la pesadilla.

—Pues yo estoy hambriento —dijo David—. No he comido nada en todo el día.

—De acuerdo. Nikki y yo prepararemos algo.

David llamó a la compañía de teléfonos y cuando mencionó que era médico, le dijeron que mandarían a alguien lo más rápidamente posible. Luego fue al cobertizo y recogió unas cuantas lámparas exteriores. Cuando acabó, la casa estaba perfectamente iluminada.

El técnico del teléfono llegó mientras estaban cenando. Enseguida comprobó que la línea había sido cortada en el punto en que entraba en la casa. Mientras el técnico trabajaba, los Wilson prosiguieron con la cena.

—Odio Halloween —dijo el técnico cuando la línea estuvo reparada. David le agradeció por haber acudido tan prestamente un domingo por la noche.

Después de la cena, David se ocupó de la seguridad. En primer lugar clavó unas cuantas tablas en la ventana rota. Luego dio una vuelta por la casa y comprobó que puertas y ventanas estaban bien cerradas.

Aunque la presencia de la policía había sido decepcionante al menos había servido para hacer desaparecer la pandilla de niños que se dedicaba a molestarles. La irrupción del coche de policía había sido suficiente para que pusieran pies en polvorosa. A las nueve, los Wilson estaban reunidos en la habitación de Nikki para ocuparse de sus ejercicios respiratorios. Después de que Nikki se durmió, Angela y David bajaron a la sala para revisar el material que David había traído de Boston. Como medidas adicionales de seguridad, hicieron salir a *Rusty* de la habitación de Nikki, que era donde solía dormir, para que vigilara la casa (el perro tenía un oído muy fino), y dejaron la escopeta al alcance de la mano.

—¿Sabes lo que pienso? —dijo Angela mientras David abría el sobre que contenía los informes médicos—. Creo que nuestro visitante es el mismo hombre que está detrás de la eutanasia y del asesinato de Hodges.

—Estoy de acuerdo. Y creo que se trata de Clyde Devonshire. Lee esto.

David le entregó el historial médico de Devonshire.

—¡Dios mío! —dijo Angela mientras terminaba de leer—. ¡Es seropositivo!

David asintió y dijo:

—Eso le convierte en un potencial enfermo de sida. Creo que es él. Además ha sido detenido varias veces frente a la casa de Jack Kevorkian. Resulta evidente que está interesado en los suicidios asistidos. Y ese interés podría incluir la eutanasia. Es enfermero diplomado y tiene conocimientos médicos, trabaja en el hospital y por tanto tiene el acceso a los enfermos. Y tiene antecedentes por violación.

Angela asintió, no muy segura.

—El único problema es que todas estas cosas son circunstanciales —dijo—. ¿Conoces a Clyde Devonshire?

—No.

—Me pregunto si podría identificarle por la estatura o la voz —dijo Angela—. Lo dudo.

—Venga, pongámonos en marcha. Nuestro próximo candidato es Werner van Slyke. Echa un vistazo a este historial.

—Era bastante más extenso que el de Devonshire.

—¡Caramba! —dijo Angela—. Es asombroso.

—¿Te parece un posible sospechoso?

—Su historial psiquiátrico es muy interesante. Pero no creo que haya sido él. Los desórdenes esquizoparanoides no significan que sea un psicópata asocial.

—No es necesario ser un psicópata asocial para tener una idea errónea sobre la eutanasia —dijo David.

—Tienes razón —dijo Angela—. Un enfermo mental no es necesariamente un asesino. Si Van Slyke tuviera antecedentes de conducta violenta o criminal, la cosa sería diferente. Pero como no es así, no me parece el principal sospechoso. Además, aunque sepa mucho de submarinos nucleares, no creo que tenga conocimientos de medicina muy sofisticados. ¿Cómo podría matar a tanta gente sin saber de medicina? ¿Cómo podría engañar a tantos médicos sin poseer amplios conocimientos?

—Estoy de acuerdo —dijo David—. Pero mira el material que me ha dado hoy Robert.

David le entregó el listado con las cuentas bancarias de Van Slyke en Albany y Boston.

—¿De dónde saca tanto dinero? ¿Crees que tiene algo que ver con lo que estamos buscando?

—Ésa es una buena pregunta —dijo David encogiéndose de hombros—. Robert cree que no. Dice que probablemente Van Slyke trafica con droga.

Angela asintió.

—Si no son drogas, entonces sería siniestro —agregó David.

—¿Por qué?

—Supongamos que es Van Slyke quien está matando a todas esa personas —dijo David—. Si no trafica con droga, podría estar recibiendo dinero por cada muerte.

—Suena morboso. Pero si fuera así, todavía no sabríamos quién está detrás y por qué.

—Probablemente se trata de un homicida compasivo —dijo David—. Todos los pacientes tenían enfermedades potencialmente terminales.

—Estamos especulando demasiado —dijo Angela—. Tenemos mucha información pero la estamos metiendo dentro del mismo saco. Seguramente una gran cantidad de esta información no está relacionada con nuestro caso.

—Tienes razón. Pero es sólo una idea. Si demostramos que Van Slyke es el culpable, sus problemas psiquiátricos podrían jugar a nuestro favor.

—¿Qué quieres decir?

—Van Slyke se comportó como un psicópata durante una misión en un submarino nuclear. La verdad, a mí me hubiera sucedido otro tanto. Bueno, el caso es que cuando padece estas crisis psicóticas tiene síntomas paranoides y se rebela contra las figuras de autoridad. Su historial revela que lo ha hecho en varias ocasiones. Estoy seguro de que si hablamos con él, lograríamos ponerle nervioso. Entonces podría revelar quién le está pagando. Lo único que tendríamos que contarle es que esa «figura de autoridad» piensa acusarle si las cosas van mal. Nuestra presencia será la confirmación de que alguien se ha ido de la lengua.

Angela le miró con expresión incrédula.

—A veces me sorprendes. Sobre todo porque te consideras a ti mismo como una persona muy racional. Ésta es la idea más arriesgada que he oído en toda mi vida. El historial de Van Slyke advierte de su agresividad. ¿Crees que podrías provocar esta esquizofrenia paranoide sin correr peligro? Es absurdo. Se volvería muy violento y atacaría a todo el que se le pusiera delante, y especialmente a ti.

—Era sólo una idea —dijo David.

—No pienso darle muchas vueltas. Todo esto es demasiado especulativo y teórico.

—De acuerdo —dijo, conciliador—. El siguiente candidato es Peter Ullhof. Evidentemente posee ciertos conocimientos médicos. El hecho de que le hayan detenido por manifestarse contra el aborto revela unas sólidas convicciones morales respecto a determinados temas médicos.

—¿Y Joe Forbs?

—Lo único que le hace sospechoso es su incapacidad de manejar su situación financiera —dijo David.

—¿Y la última, Claudette Maurice?

—No hay nada sobre ella —dijo David—. Lo curioso es por qué tiene un tatuaje.

—Estoy agotada. —Dejó los papeles encima de la mesita de café—. Tal vez se nos ocurra algo si dormimos bien.

CAPÍTULO 25

LUNES 1 DE NOVIEMBRE

Nikki despertó en medio de la noche con una pesadilla y acabó durmiendo en la habitación de sus padres. David y Angela durmieron bastante mal. *Rusty* pasó la noche gruñendo y con un ojo abierto. Cada vez que ladraba, David se incorporaba y cogía la escopeta. Pero no eran más que falsas alarmas.

Lo único bueno que trajo la mañana fue el estado de Nikki. Tenía los pulmones totalmente limpios. Sin embargo, los Wilson se obstinaron en que no fuera al colegio.

Intentaron hablar con Calhoun pero sin éxito; seguía estando conectado el contestador. Dudaron si llamar a la policía estatal para denunciar la desaparición de Calhoun, pero no acabaron de decidirse ya que no conocían mucho a Calhoun, cuya conducta era un tanto excéntrica. Quizá estaban sacando conclusiones precipitadas.

—Lo único que sé —dijo Angela— es que no pienso pasar otra noche en esta casa. Quizá deberíamos recoger nuestras cosas y abandonar esta ciudad llena de secretos y de cosas oscuras.

—Si hacemos eso, será mejor que llamemos a Sherwood —dijo David.

—Hazlo. De verdad que no pienso pasar otra noche aquí.

David llamó al banco y pidió una entrevista con el presidente. Se fijó para esa misma tarde a las tres. David hubiera preferido un poco antes, pero aceptó de buen grado.

—Deberíamos hablar con un abogado —dijo Angela.

—Tienes razón. Llamemos a Joe Cox.

Joe era un buen amigo de los Wilson, y uno de los abogados más brillantes de Boston. Cuando Angela llamó a su despacho le dijeron que no estaba y que pasaría el día en los juzgados.

—¿Dónde dormiremos esta noche? —preguntó Angela tras colgar el auricular.

—Los únicos amigos que tenemos en la ciudad son los Yansen. Y tampoco es que sean muy amigos nuestros. No he vuelto a tratar a Kevin desde aquel estúpido partido de tenis, y tampoco tengo ganas de hablar con él. —David suspiró—. Supongo que podría llamar a mis padres.

—No me atrevía a pedírtelo.

David llamó a Amhest, Nueva Jersey, y preguntó a su madre si podían ir a pasar unos días. Le dijo que tenían algunos problemas con la casa. Su madre se alegró y dijo que no había ningún problema y que estaba deseando que llegaran.

Angela intentó hablar con Calhoun pero una vez más fracasó. Sugirió ir hasta la casa de Calhoun en Rutland; no quedaba muy lejos. A David le pareció bien y así lo hicieron.

—Es ahí —dijo Angela cuando llegaron a casa de Calhoun.

David aparcó el coche y bajaron. Pero resultó evidente que Calhoun no estaba en casa. En el porche descansaban los periódicos de los últimos dos días.

De regreso a Bartlet discutieron sobre qué podría haberle ocurrido al investigador, y eso les hizo sentirse cada vez más indecisos. Angela comentó que cuando contrató a Calhoun, éste estuvo varios días sin llamarla. Finalmente decidieron esperar un día más. Si no daba señales de vida en las próximas veinticuatro horas, acudirían a la policía.

Cuando llegaron a casa, Angela empezó a hacer las maletas para marchar a casa de los padres de David. Nikki la ayudó. Mientras, David cogió la guía de teléfonos y buscó las direcciones de los cinco tatuados que trabajaban en el hospital. Después le dijo a Angela que se daría una vuelta por sus domicilios para comprobar cómo vivían.

—No quiero que vayas a ningún sitio —replicó Angela.

—¿Por qué no? —Estaba sorprendido por la reacción de su mujer.

—Pues porque no quiero quedarme sola aquí. Y además, porque ya hemos comprobado que este asunto es muy peligroso. No me hace ninguna gracia que husmees en la casa de ningún supuesto criminal.

—De acuerdo —dijo David—. Me basta con la primera razón, no necesito más. No pensé que temieses quedarte sola a estas horas de la mañana. A estas horas todos están trabajando.

—No me parece una razón suficiente. Ayúdame con las maletas.

A mediodía ya lo tenían todo preparado. Después de comprobar que todas la puertas estaban cerradas, se instalaron en el Volvo. *Rusty* se situó al lado de Nikki.

La madre de David, Jeannie Wilson, les recibió cariñosamente y los hizo sentir como en su casa. El padre de David, Albert, había ido a pescar y no volvería hasta la noche.

Después de bajar el equipaje, Angela se dejó caer en la cama de la habitación de invitados.

—Estoy agotada. Me quedaría dormida ahora mismo.

—¿Y por qué no lo haces? —dijo David—. No hace falta que vayamos los dos a ver a Sherwood.

—¿No te importa?

—En absoluto —dijo él. Retiró la colcha y le dijo que se metiera en la cama.

Al cerrar la puerta, oyó que su mujer musitaba con voz somnolienta que condujera con cuidado. David sonrió y fue al encuentro de su madre. Le dijo que Angela se había echado a dormir y sugirió que Nikki hiciera lo mismo, pero su hija se había puesto a hacer galletas con su abuela.

David llegó a Bartlet una hora antes de la cita con Sherwood. Detuvo el coche y sacó la lista con las direcciones de los tatuados que trabajaban en el hospital. El que vivía más cerca era Clyde Devonshire. Así pues, David se dirigió a casa de Clyde. Intentó tranquilizarse pensando que los temores de Angela eran infundados. Además, sólo quería echar un vistazo.

Para sorpresa de David en la dirección de Devonshire había una tienda de comida. Aparcó frente al edificio, bajó del coche y entró en la tienda. Pidió un zumo de naranja y preguntó a un dependiente si conocía a Clyde Devonshire.

—Claro. Vive en el piso de arriba.

—¿Le conoce bien?

—Más o menos —dijo el dependiente—. Suele pasar por la tienda.

—Me han dicho que tiene un tatuaje.

—Clyde tiene un montón de tatuajes —dijo el hombre, sonriendo.

—¿Y dónde los tiene? —preguntó David con cierto apuro.

—Tiene tatuadas unas cuerdas en las muñecas —dijo otro dependiente—. Es como si estuviera atado.

El primer dependiente rió con ganas.

David sonrió. No estaba de muy buen humor, pero no quería parecer descortés. Por lo menos se había enterado de que Calhoun tenía unos tatuajes susceptibles de sufrir deterioros tras una pelea.

—También lleva un tatuaje en el brazo —dijo el primer dependiente—. Y otro en el pecho.

David dio las gracias a los dependientes y abandonó la tienda. Se acercó a la puerta que daba a las escaleras y durante unos instantes vaciló, pero al final decidió no subir. Se lo había prometido a Angela.

Volvió al coche y consultó la hora. Todavía faltaban veinte minutos para la reunión con Sherwood; podía comprobar una segunda dirección. La casa más próxima era la de Van Slyke.

Al cabo de unos minutos llegó al barrio de Van Slyke. Condujo despacio para ver los números en los buzones. De repente pisó el freno. Acababa de dejar atrás una camioneta verde parecida a la de Calhoun.

Dio marcha atrás y aparcó junto a ella. En la parte trasera llevaba una pegatina que decía: «He subido al monte Washington».

David bajó del coche y echó un vistazo a la cabina de la camioneta. Había una taza de café en el salpicadero. El cenicero estaba lleno de colillas de puros. Reconoció el tapizado del coche y el ambientador que colgaba del retrovisor. Definitivamente, era la camioneta de Calhoun.

Miró al otro lado de la calle. No había buzón frente a la

casa, pero desde donde estaba distinguió el número de la casa: el 66 de Apple Tree Lane, la dirección de Van Slyke.

David cruzó la calle. La casa necesitaba una reparación urgente y una buena mano de pintura. Era difícil adivinar el color original; parecía gris, aunque tenía unos matices que sugerían un color verde oliva pálido. No había señales de vida. No parecía que allí viviera nadie, si se exceptuaba la marca de neumáticos en el camino de entrada. David se acercó al garaje y echó un vistazo. Vacío. Luego volvió a la parte delantera y, después de comprobar que nadie le miraba, intentó abrir la puerta. No estaba cerrada con llave y cedió nada más girar el pomo. La abrió lentamente y sus goznes oxidados chirriaron.

Dispuesto a huir de allí a la mínima señal, David echó un vistazo al interior de la casa. Todos los muebles estaban cubiertos de polvo y telarañas. Respiró hondo y preguntó si había alguien.

Luchando contra el deseo de largarse por piernas, David se obligó a atravesar el umbral. El silencio de la casa le envolvía como un manto. El corazón le latía aceleradamente. No quería estar allí, pero tenía que averiguar qué había pasado con Calhoun.

David volvió a dar voces, pero nadie contestó. Se disponía a insistir, cuando la puerta se cerró de golpe a sus espaldas. Le dio un vuelco el corazón y experimentó un miedo irracional. Abrió la puerta con frenesí y la trabó con un paraguas polvoriento a modo de palanca. No quería sentirse encerrado en aquella casa.

Después de serenarse, David hizo un recorrido por la primera planta. Inspeccionó varias habitaciones polvorientas hasta que llegó a la cocina. Se detuvo. En la mesa había un cenicero con un colilla de un puro Antonio y Cleopatra. Al otro lado de la mesa había una puerta que daba al sótano. David se acercó y miró dentro, pero estaba muy oscuro. Junto a la puerta había un interruptor. Lo accionó y una débil bombilla iluminó las escaleras.

David respiró hondo y empezó a bajar. Se detuvo a mitad de camino y echó un vistazo al sótano. Estaba lleno de muebles viejos, cajas, un baúl y una maraña de herramientas y chatarra. Se fijó en que el suelo era de tierra, como el de su casa, aunque junto a la caldera era de cemento.

David siguió bajando y se acercó al suelo de cemento. Se inclinó y lo examinó de cerca. El cemento parecía húmedo. Lo tocó para asegurarse. David sintió un escalofrío. Se enderezó y subió las escaleras a toda prisa. Ya había visto todo lo que necesitaba para acudir corriendo a la policía, desde luego no a la policía local, sino a la estatal. En lo alto de la escalera se detuvo. Había oído ruido de neumáticos en la gravilla del sendero de entrada. Un coche acababa de aparcar junto a la casa.

David se quedó paralizado y sin saber qué hacer. Tenía muy poco tiempo para decidirse. Lo siguiente que oyó fue la puerta del coche y luego ruido de pasos en la grava. Se sintió aterrorizado. Cerró la puerta del sótano y bajó las escaleras. Confiaba en encontrar alguna salida a la calle. En la parte posterior del sótano había varias puertas. David fue directamente hacia ellas. La primera tenía un candado sin cerrar. La abrió tan silenciosamente como pudo. Era una especie de almacén iluminado por una tenue bombilla desnuda.

David oyó unos pasos por encima de su cabeza y se dirigió rápidamente a la segunda puerta. Giró el pomo, pero la puerta no cedió. Probó con más fuerza y al final consiguió abrirla trabajosamente, poco a poco, como si hubiese permanecido cerrada durante años.

Al otro lado de la puerta David encontró lo que buscaba: unas escaleras de cemento que conducían a dos trampillas. Cerró la puerta detrás de él y quedó a oscuras excepto por una rendija de luz que se colaba entre las dos trampillas encima de su cabeza. Subió por las escaleras de cemento y se acuclilló junto a las trampillas. Aguzó el oído, pero no oyó nada. Apoyó las manos y empujó: las trampillas apenas si se movieron; estaban aseguradas con tablas por fuera. Intentó conservar la calma, sintiendo el pulso en las sienes. Sabía que estaba atrapado. Su única esperanza era que no le encontraran. Pero a continuación oyó abrirse la puerta del sótano, y unos pasos pesados en las escaleras.

David se encogió en la oscuridad y contuvo la respiración.

Los pasos se acercaban. De pronto se abrió la puerta que daba a su escondite. David se encontró cara a cara con la expresión enloquecida de Werner van Slyke, que parecía más aterrorizado que él. Actuaba como bajo los efectos de una sobredosis de anfetaminas. Tenía los ojos muy abiertos y desorbitados, las pupilas tan dilatadas que parecían carecer de iris, y la frente sudorosa. Le temblaba todo el cuerpo, especialmente los brazos. En la mano derecha llevaba una pistola con la que encañonó la cara de David.

Por unos instantes ninguno de los dos se movió. David buscó frenéticamente una excusa que justificara su presencia ahí, pero no encontró ninguna. En lo único que podía pensar era en el cañón de la pistola que le estaba apuntando. Como Van Slyke temblaba cada vez más, David temió que la pistola se disparase por error. Van Slyke estaba en medio de una aguda crisis de ansiedad, provocada probablemente por el hecho de que David estaba en su casa. Recordando su historial psiquiátrico, pensó que había muchas posibilidades de que Van Slyke estuviera totalmente paranoico en aquellos momentos.

Pensó en poner como excusa la camioneta de Calhoun, pero enseguida cambió de idea. ¿Quién sabía lo que podía haber sucedido entre el detective y Van Slyke? El nombrar a Calhoun le podría exacerbar la paranoia. Decidió que lo mejor era intentar hacerse el simpático y admitir que sabía que Van Slyke tenía problemas y que se hacía cargo de sus sufrimientos, ya que él era médico y quería ayudarle.

Pero Van Slyke no le dio oportunidad de ponerlo en práctica. Sin pronunciar palabra, alargó el brazo, cogió a David de la chaqueta y tiró de él hasta el suelo.

Impresionado por la fuerza de Van Slyke, David cayó de cabeza al suelo, sobre una pila de cajas de cartón vacías.

—¡Levántate! —ordenó Van Slyke. Su voz reverberó por todo el sótano.

David se puso de pie cautelosamente.

Van Slyke temblaba violentamente, casi presa de convulsiones.

—¡Métete en el almacén! —gritó.

—Tranquilo —balbuceó David, y agregó que entendía las razones de su enfado.

Van Slyke respondió disparando indiscriminadamente la pistola. Las balas silbaron junto a la cabeza de David y rebotaron por el sótano hasta incrustarse en las vigas del techo, la escalera y las puertas. En medio de la confusión, David se escurrió en la despensa y se agazapó contra la pared posterior, aterrorizado. Van Slyke estaba totalmente paranoico.

Van Slyke golpeó violentamente la puerta de la despensa. David no se movió. Van Slyke, fuera de sí, iba y venía por el sótano, hasta que finalmente colocó un candado en la puerta de la despensa. David oyó el clic del candado al cerrarse.

Tras unos minutos de silencio, David se puso de pie y contempló su celda. La única fuente de luz era una tenue bombilla que colgaba del techo. La despensa estaba limitada por gruesos cimientos de granito. En una pared había unos arcones con fruta y verdura. En otra, unas estanterías atestadas de botes de conservas. David se acercó a la puerta y pegó el oído. No oyó nada. Examinó la puerta más de cerca y vio unos arañazos bastante recientes. Era como si alguien hubiera intentado salir de ahí desesperadamente.

David sabía que era inútil, pero tenía que intentarlo. Arremetió contra la puerta y la golpeó con el hombro. La puerta no cedió. De pronto se fue la luz y David quedó absolutamente a oscuras.

Sherwood llamó por el interfono a su secretaria y preguntó a qué hora era la cita con David Wilson.

—A las tres en punto —dijo Sharon.

—¿Y qué hora es? —preguntó consultando el reloj que llevaba en el bolsillo del chaleco.

—Las tres y cuarto.

—Bien. ¿No ha telefoneado?

—No, señor.

—Si viene dígale que tendremos que dejarlo para otra ocasión. Tráigame el orden del día de la reunión del consejo del hospital de esta noche.

Sherwood retiró el dedo del intercomunicador. Le irritaba que David Wilson llegara tarde a una reunión que él mismo había fijado. Para Sherwood representaba un gran desaire, ya que consideraba la puntualidad como una virtud primordial.

Sherwood cogió el teléfono y llamó a Harold Traynor. Quería asegurarse de que no había suspendido la reunión. Una vez, en 1981, suspendieron una reunión sin avisarle y Sherwood todavía lo recordaba.

—A las seis —dijo Traynor—. ¿Quieres que vayamos andando juntos? Hace una noche estupenda, no volveremos a tener otra noche así hasta el próximo verano.

—Te recogeré en la entrada del banco —dijo Sherwood—. Pareces de muy buen humor.

—Ha sido un día muy bueno —repuso Traynor—, gracias a mi enemigo Jeb Wiggens. Al fin ha cedido y volverá a presentar lo del aparcamiento. El concejo municipal tiene que aprobarlo a final de mes.

Sherwood sonrió, realmente eran buenas noticias.

—¿Preparo la emisión de bonos? —preguntó.

—Por supuesto —dijo Traynor—. Hay que poner en marcha todo esto. Hablaré con el contratista para ver si podemos poner los cimientos antes del invierno.

Sharon entró en el despacho de Sherwood y le entregó el orden del día de la reunión del consejo.

—Tengo más noticias —dijo Traynor—. Beaton ha llamado esta mañana y ha dicho que la cuenta de resultados es mucho mejor de lo que nos esperábamos. Octubre no será tan malo como temíamos.

—Vaya, sí que estamos en buena racha.

—Bueno, yo no diría tanto. Beaton me ha dicho que Van Slyke lleva bastante tiempo sin aparecer por el hospital.

—¿Sabes qué le pasa? —preguntó Sherwood.

—No. No tiene teléfono. Supongo que tendremos que pasarnos por su casa después del consejo. El único problema es que no soporto ir a esa casa, me deprime.

La bombilla se encendió repentinamente. A lo lejos, David oyó a Van Slyke bajar las escaleras del sótano acompañado por el sonido de un metal golpeando contra otro metal. Luego oyó el ruido de unos objetos al chocar contra el suelo del sótano.

Después de otro viaje arriba y abajo, Van Slyke dejó caer en el suelo algo especialmente pesado. Tras un tercer viaje volvió a oír el mismo ruido sordo y pesado de antes; parecía un cuerpo que golpeaba contra el suelo. David sintió un escalofrío. De repente, David oyó abrirse el candado. Intentó conservar la calma mientras se abría la puerta.

David tragó saliva. Van Slyke parecía mucho más desquiciado que antes. Su pelo era castaño y más bien crespo, y lo tenía prácticamente de punta, como si hubiera recibido una descarga eléctrica. Sus pupilas estaban dilatadas al máximo y tenía el rostro empapado de sudor. Se había quitado la camisa verde de trabajo y vestía una sucia camiseta. David sabía que Van Slyke era muy fuerte, y abandonó la idea de arremeter contra él. En el antebrazo derecho llevaba tatuada un águila con la bandera americana. Una pequeña cicatriz de unos diez centímetros desfiguraba el dibujo. David pensó que seguramente Van Slyke era el asesino de Hodges.

—¡Sal! —gritó Van Slyke y soltó una retahíla de improperios. Movió la pistola amenazadoramente, haciendo que un escalofrío recorriera la espina dorsal de David. Estaba aterrorizado de que Van Slyke disparara otra vez indiscriminadamente.

David obedeció y salió rápidamente de la despensa. Miró a ambos lados pero sin perder de vista a Van Slyke, que le indicó enfadado que siguiera andando hacia la caldera.

—¡Deténte! —exclamó después de que David avanzase unos seis metros. Señaló al suelo.

David bajó la vista. Junto a sus pies había un pico y una pala. A su lado había una nueva losa de hormigón.

—¡Cava! —ordenó Van Slyke—. ¡Ahí, donde estás!

David obedeció y se agachó para recoger el pico. Pensó en utilizarlo a modo de arma, pero Van Slyke se apartó como si le hubiera leído el pensamiento. Aunque la mano le temblaba, seguía encañonando a David.

En el suelo había sacos de cemento y de tierra. David supuso que de ahí procedía el ruido sordo que había oído mientras estaba encerrado en la despensa.

David descargó el pico, que apenas se hundió en el compacto suelo de tierra. David lo intentó unas cuantas veces más, pero apenas si consiguió levantar un poco de tierra. Dejó el pico y cogió la pala. Tenía muy claro lo que Van Slyke estaba haciendo: lo obligaba a cavar su propia tumba. Se preguntó si Calhoun había pasado por el mismo trance.

David sabía que su única esperanza era conseguir que Van Slyke hablara.

—¿Tengo que cavar mucho? —preguntó sin interrumpir su faena.

—Quiero un agujero grande —dijo Van Slyke—. Como el agujero de un donuts. Lo quiero todo. Quiero que mi madre me dé todo el donuts.

David tragó saliva. La psiquiatría no había sido una de sus asignaturas favoritas, pero recordó que un estado así se conocía como «pérdida de la capacidad asociativa», uno de los síntomas de la esquizofrenia aguda.

—¿Te compraba muchos donuts tu madre? —improvisó para hacerle hablar.

Van Slyke le miró como si le sorprendiera que estuviese allí.

—Mi madre se suicidó... Se mató —Se echó a reír, lo que sorprendió a David.

David anotó mentalmente otro síntoma esquizofrénico: se denominaba eufemísticamente «reacciones afectivas incoherentes». Recordó también otro componente de la enfermedad de Werner: la paranoia.

—¡Cava más deprisa! —exclamó Van Slyke como si acabara de despertar de un breve sopor.

David cavó con más rapidez, pero sin abandonar la idea de hacer hablar a Van Slyke. Le preguntó cómo se encontraba y qué sentía, pero no obtuvo respuesta. Van Slyke parecía muy preocupado. Su rostro había adquirido una expresión ausente.

—¿Oyes voces? —probó David. Descargó el pico varias veces más. Como Van Slyke no contestaba, David se volvió y le miró. Su expresión era de sorpresa. Tenía el ceño fruncido y temblaba violentamente.

David dejó de cavar y estudió a Van Slyke. Eran sorprendentes los cambios de expresión que se producían en su rostro.

—¿Qué dicen las voces? —preguntó David.

—¡Nada! —gritó Van Slyke.

—¿Son las mismas voces que oías cuando estabas en la marina?

Los hombros de Van Slyke se aflojaron. Miró a David con expresión de desconcierto. Sin duda padecía alucinaciones.

—¿Cómo sabes lo de la marina? ¿Y cómo sabes lo de las voces?

David detectó la paranoia en el tono de Van Slyke, y se sintió estimulado. Estaba logrando resquebrajar la coraza de aquel hombre.

—Yo sé muchas cosas sobre ti. Sé todo lo que has hecho, pero quiero ayudarte. No soy como los demás. Por eso estoy aquí: soy médico. Me preocupa tu estado.

Van Slyke se limitó a mirar a David, que prosiguió:

—Pareces muy enfadado. ¿Estás enfadado con los pacientes?

Van Slyke se quedó sin aire, como si hubiese recibido un puñetazo en el estómago.

—¿Qué pacientes? —exigió.

David volvió a tragar saliva. Sabía que se estaba arriesgando. En el fondo de su mente oía las advertencias de Angela, pero no tenía otra opción, tenía que jugar fuerte.

—Me refiero a los pacientes a los que has ayudado a morir —dijo David.

—Iban a morir de todas formas —exclamó Van Slyke.

David sintió un escalofrío.

—Yo no los maté —soltó abruptamente Van Slyke—. Los mataron ellos. Ellos apretaron el botón, no yo.

—¿A qué te refieres?

—A las malditas radiaciones.

David asintió e intentó sonreír compasivamente a pesar de su nerviosismo. Estaba claro que se enfrentaba a las alucinaciones de un esquizofrénico paranoide.

—¿Las ondas de radio te dicen lo que tienes que hacer?

La expresión de Van Slyke se demudó y miró a David como si no lo reconociese.

—Claro que no —dijo con sarcasmo. Y volvió a enfadarse—: ¿Cómo sabes lo de la marina?

—Ya te lo he dicho, sé muchas cosas sobre ti. Y quiero ayudarte, por eso estoy aquí. Pero no lo conseguiré si no me lo cuentas todo. Quiero saber quiénes son ellos. ¿Son las voces que te hablan?

—Has dicho que sabes muchas cosas de mí —replicó Van Slyke.

—Y es verdad. Pero no sé quién te pide que mates a esa gente, ni tampoco cómo los matas. Creo que son las voces las que te lo piden. ¿Es verdad?

—¡Calla y cava! —exclamó Van Slyke.

Apuntó el arma a la izquierda de David y disparó. El proyectil se incrustó en la puerta de la despensa y los goznes crujieron.

David se puso a cavar rápidamente. La locura de Van Slyke le aterrorizaba. Tras unos cuantos golpes de pico, volvió a intentarlo. Quería llamar la atención de Van Slyke con toda la información que tenía sobre él.

—Sé que te pagan por lo que haces. También sé que ingresas el dinero en unos bancos de Albany y Boston. Lo único que no sé es quién te paga. ¿Quién te paga, Werner?

Van Slyke emitió un gemido. David levantó la vista y vio que estaba haciendo muecas y se cogía la cabeza con las manos. Se tapaba los oídos, como para protegerse de unos sonidos dolorosos.

—¿Son más fuertes las voces? —preguntó David.

Van Slyke asintió. Sus ojos empezaron a mirar con ansiedad, como si buscase una salida por donde escapar de allí. David cogió la pala y calculó mentalmente la distancia entre él y Van Slyke, preguntándose si lograría golpearle. ¿Bastaría para arrebatarle el arma? De pronto, el pánico de Van Slyke pareció decrecer y los ojos errantes de éste se centraron en David.

—¿Qué es, quién te habla? —presionó David.

—¡Los ordenadores y la radiación, como en la marina! —gritó Van Slyke.

—Pero ya no estás en la marina. Ya no estás en un submarino en el Pacífico. Estás en Bartlet, en el sótano de tu casa. Aquí no hay ordenadores ni radiaciones.

—¿Cómo lo sabes? —El miedo se estaba trocando en cólera.

—Quiero ayudarte. Sé que estás enfadado y que sufres. Te sientes culpable. Sé que has matado al doctor Hodges.

Van Slyke se quedó boquiabierto. David temió haber ido demasiado lejos y haberle provocado una paranoia intolerable. Sólo esperaba que la cólera de Werner no se dirigiera contra él, tal como había vaticinado Angela. David tenía que conseguir que la conversación volviese al tema del dinero.

—¿Te han pagado por matar al doctor Hodges?

Van Slyke rió sarcásticamente.

—¿Y tú eres el que dice saberlo todo? Ellos no tuvieron nada que ver con Hodges. Lo hice porque Hodges se había puesto en mi contra. Decía que era yo el que atacaba a las mujeres en el aparcamiento. Pero no era yo. Me dijo que si no me iba del hospital me denunciaría. Pero le di su merecido.

El rostro de Van Slyke adquirió una expresión ausente y sacudió la cabeza. Luego se comportó como si estuviera despertando de un sueño muy profundo. Se frotó los ojos y miró a David como sorprendido de encontrárselo a su lado con una pala. Pero su confusión se trocó en cólera. Van Slyke apuntó directamente a los ojos de David.

—¡Te he dicho que caves! —gruñó.

David se afanó en su tarea, seguro de que en cualquier momento recibiría un disparo. Pensó que su táctica inicial de aproximación ya no funcionaba. Estaba poniendo nervioso a Van Slyke.

—He hablado con la persona que te paga —dijo David tras cavar frenéticamente—. Ésa es una de las razones por la que sé tantas cosas. Él me lo ha contado todo, por eso me da igual si tú me lo cuentas o no.

—¡No! —gritó Van Slyke.

—Sí —dijo David—. También me dijo algo que debes saber: si Phil Calhoun empieza a sospechar, tú cargarás con todas las culpas.

—¿Cómo sabes lo de Phil Calhoun? —Se echó a temblar otra vez.

—Ya te he dicho que lo sé todo. Todo esto está a punto de destruirte. Cuando tu protector se entere de lo de Phil Calhoun, todo acabará. Y has de saber que le importas un pimiento. No te considera lo más mínimo. Pero yo sí me preocupo por ti. Sé todo lo que sufres. Déjame que te ayude, no dejes que te utilice como a un tonto. Quieren hacerte daño, quieren que sufras.

—¡Cállate!

—La persona que te está utilizando le ha contado lo tuyo a mucha gente, Van Slyke. No soy el único que lo sabe todo. Y ellos se regocijan cuando piensan que tú cargarás con todas las culpas.

—¡Cállate! —Se acercó a David y apoyó el cañón de la pistola contra su frente.

David se quedó paralizado y dejó caer la pala.

—¡Vuelve a la despensa! —exclamó Van Slyke. Mantuvo la pistola apoyada contra la frente de David.

David sintió pánico. Van Slyke estaba en un estado de agitación frenética, en los límites del paroxismo.

Van Slyke lo obligó a entrar en la despensa. Sólo entonces apartó la pistola y, a continuación, la pesada puerta se cerró de un portazo. Werner echó el candado.

David lo oía moverse por el sótano, entrechocándose con las cosas. Oyó sus pesados pasos en las escaleras y cómo se cerraba la puerta del sótano. Las luces se apagaron.

David se quedó totalmente inmóvil y aguzó el oído. Muy a lo lejos oyó encenderse el motor de un coche que arrancó. Luego, el silencio y el latir de su corazón. Continuó inmóvil en la oscuridad, pensando en cómo salir de allí. Van Slyke se había largado en un estado de psicosis maníaca profunda. David no sabía a dónde se dirigía o qué pensaba hacer. Pero fuera lo que fuese, no podía ser nada bueno. Los ojos se le llenaron de lágrimas. Desde luego había sido capaz de provocar la paranoia de aquel hombre, pero sin los resultados esperados. Había intentado ganarse la confianza de Werner, pero no lo había conseguido. En lugar de eso, estaba encerrado y había mandado un loco a la ciudad. Afortunadamente, Angela y Nikki estaba a salvo en Amherst. Luchando por dominar sus emociones, intentó sopesar racionalmente su situación, preguntándose si tenía alguna posibilidad de escapar. Pero las sólidas paredes que le rodeaban le hicieron sentir claustrofobia.

David se echó a sollozar y empezó a golpear la sólida puerta de la despensa. Arremetió varias veces con el hombro y pidió socorro a gritos.

Luego, poco a poco, consiguió dominarse y dejó de llorar. Pensó en el Volvo azul y en la camioneta de Calhoun aparcados frente a la casa. Eran su única esperanza.

Finalmente, con temor y resignación, se sentó en el suelo a esperar el regreso de Van Slyke.

CAPÍTULO 26

LUNES 1 DE NOVIEMBRE
Por la tarde

Angela durmió más tiempo de lo habitual. Cuando se levantó, a las cuatro y media de la tarde, se sorprendió de que David no hubiera vuelto ni telefoneado. Sintió un aguijonazo de angustia y su preocupación fue creciendo a cada minuto que pasaba.

Cogió el teléfono y llamó al Green Mountain National Bank. Un mensaje grabado decía que el horario del banco era de nueve de la mañana a cuatro y media de la tarde. Angela colgó. Se preguntaba por qué David no habría llamado por el teléfono portátil. Su marido no era así. Seguro que sabía que ella estaba preocupada. Telefoneó al Bartlet Community Hospital y preguntó por David. Le dijeron que el doctor Wilson no había estado allí en todo el día. Por último, llamó a su casa de Bartlet. No se le ocurría ningún otro sitio. Dejó que el teléfono sonara diez veces y luego colgó. Se preguntó si David estaría jugando a detectives. La mera posibilidad de que fuera así la inquietó aún más.

Angela fue a la cocina y le preguntó a su suegra si le importaba prestarle el coche.

—Claro que no —dijo Jeannie—. ¿Adónde vas?

—A Bartlet. Tengo que recoger algunas cosas de casa.

—Yo también quiero ir —dijo Nikki.

—Será mejor que te quedes aquí —repuso Angela.

—No —insistió Nikki—. Pienso ir.

Angela sonrió a Jeannie antes de ocuparse de Nikki. Cogió a su hija del brazo y se la llevó a la habitación de al lado.

—Te quedarás aquí, Nikki.

—No quiero quedarme sola, me da miedo —dijo Nikki echándose a llorar.

Angela prefería que Nikki se quedara con su abuela, pero no tenía tiempo de convencerla. Tampoco quería explicarle a su suegra las razones por las que Nikki tenía que quedarse con ella. Al final cedió Angela.

Eran casi las seis cuando Angela y Nikki llegaron a Bartlet. Todavía había algo de luz, pero anochecería muy pronto. Algunos coches llevaban ya las luces encendidas.

Angela sólo tenía un objetivo: buscar el Volvo. El primer sitio al que se dirigió fue el banco, y mientras se acercaba vio que Barton Sherwood y Harold Traynor iban andando hacia el parque. Angela aparcó junto al bordillo y bajó del coche. Le dijo a Nikki que la esperase.

—Perdonen —dijo Angela acercándose a los hombres.

Sherwood y Traynor se dieron la vuelta.

—Siento molestarles. Estoy buscando a mi marido.

—No sé dónde está su marido —dijo irritado Sherwood—. No se ha presentado a la cita de esta tarde. Y tampoco me ha telefoneado.

—Lo siento —dijo Angela.

Sherwood se tocó el ala del sombrero y él y Traynor reanudaron su camino.

Angela volvió corriendo al coche. Ahora estaba segura de que había ocurrido algo.

—¿Dónde está papá?

—No lo sé —dijo Angela. Dio un giro de ciento ochenta grados y los neumáticos chirriaron.

Nikki se apoyó contra el salpicadero. Todo el rato había tenido la sensación de que su madre estaba muy preocupada, y ahora estaba segura.

—Ya verás como todo sale bien —le dijo Angela.

Se dirigieron a su casa a toda velocidad, esperando encontrar el Volvo aparcado junto a la puerta trasera. Pero en cuanto enfiló el sendero comprobaron que el Volvo no estaba allí.

Angela se detuvo junto a la casa. Un rápido vistazo le confirmó que todo seguía como lo habían dejado, pero prefirió asegurarse.

—Quédate en el coche —dijo—. Tardaré apenas un minuto.

Angela entró en la casa y llamó a David. No hubo respuesta. Hizo un rápido recorrido por toda la casa. No había nadie. Cuando bajaba por las escaleras, Angela vio la escopeta. Comprobó el cargador: quedaban cuatro cartuchos. Cogió la escopeta y entró en la sala. Buscó las direcciones de Devonshire, Forbs, Maurice, Van Slyke y Ullhoff en la guía de teléfonos y las apuntó. Volvió al coche con la lista y la escopeta.

—¿Te has vuelto loca, mamá? —dijo Nikki cuando su madre hizo derrapar los neumáticos.

Angela disminuyó la velocidad y le dijo que se relajara, pero estaba mucho más nerviosa de lo que Nikki pensaba.

La primera dirección resultó una tienda de comidas preparadas. Angela viró el coche en redondo y aparcó. Nikki miró a la tienda y luego a su madre.

—¿Qué hacemos aquí? —preguntó Nikki.

—No estoy muy segura. A ver si vemos el Volvo.

—No está aquí —dijo la niña.

—Ya me he dado cuenta, cariño.

Arrancó y se marcharon a la dirección siguiente. Era la casa de Forbs. Angela redujo la velocidad conforme se acercaban a la casa. Había luz en el interior, pero ni rastro del coche de David. Se alejaron a toda velocidad.

—Lo siento —dijo Angela aminorando la marcha y notando que sujetaba el volante con tanta fuerza que tenía los dedos entumecidos.

La siguiente era la casa de Maurice. Angela enseguida se dio cuenta de que estaba cerrada a cal y canto, y se marcharon de ahí.

Pocos minutos después, y nada más entrar en la calle de Van Slyke, vieron el Volvo. Fue como un rayo de esperanza. Angela aparcó detrás del Volvo, quitó el contacto y bajó del coche.

Al acercarse al Volvo, vio la camioneta de Calhoun, que estaba aparcada enfrente. Miró dentro de los dos vehículos. El de Calhoun daba la sensación de estar ahí desde hacía días. Miró al otro lado de la calle, hacia casa de Van Slyke. No había luces, lo que le provocó una sensación de alarma.

Volvió al coche y cogió la escopeta. Nikki hizo ademán de

salir del coche, pero Angela le ordenó que no se moviera de allí.

Cruzó la calle escopeta en mano. Mientras subía los escalones del porche se preguntó si no tendría que acudir directamente a la policía. Desde luego, algo grave estaba sucediendo. Pero ¿qué podía esperar de la policía? Además, no disponía de mucho tiempo.

Pulsó el timbre, pero estaba claro que no funcionaba. Golpeó la puerta. Como no hubo respuesta probó de abrirla. No estaba cerrada con llave. Entró con mucha cautela.

Pronunció el nombre de David con todas sus fuerzas.

David oyó la voz de Angela. Se incorporó apoyándose contra un arcón lleno de manzanas resecas. El sonido parecía venir de muy lejos, y al principio le había parecido irreal. Pensó que se trataba de una alucinación, pero de pronto volvió a oírlo otra vez.

Entonces David supo que era real y que Angela estaba allí. Se puso de pie en la oscuridad y llamó a Angela, pero su voz moría en aquel espacio aislado. Se movió a ciegas hasta que chocó con la puerta. Luego gritó otra vez, aunque estaba seguro de que no serviría de nada a menos que Angela bajara al sótano. Tanteando en las estanterías, cogió un bote de conservas. Se acercó a la puerta y golpeó la superficie de madera. Luego lanzó el bote contra el techo. Se cubrió la cabeza con las manos y cerró los ojos mientras el bote se estrellaba contra las tablas del suelo.

Se subió a la estantería para intentar golpear el techo directamente con el puño. Pero sólo había conseguido dar un puñetazo, cuando la estantería y él fueron a parar al suelo con gran estrépito.

Angela estaba desanimada y desesperada. Hizo un rápido recorrido de la primera planta de aquel inmundo lugar, encendiendo todas las luces a su paso. No encontró ni rastro de David o Calhoun, salvo una colilla de puro en la cocina. Estaba a punto de subir al segundo piso, cuando se acordó de Nikki. Angela regresó corriendo al coche. La niña estaba bien aunque bastante nerviosa. Angela le dijo que sólo tardaría un poco. Nikki repuso que se diera prisa porque tenía miedo de estar sola.

Angela corrió a la casa y subió al segundo piso. Llevaba la escopeta sujeta con ambas manos. Una vez arriba, se quedó quieta y escuchó atentamente. Le pareció oír algo, pero el sonido no se repitió.

El primer piso estaba aún más cochambroso que la planta principal. Había un intenso olor a moho, como si nadie hubiera subido ahí durante años. Del techo colgaban unas telarañas gigantescas. En el pasillo, Angela exclamó varias veces el nombre de David, pero sólo le respondió el silencio. Estaba a punto de bajar, cuando se fijó en algo que había junto a las escaleras. Era una máscara de Halloween, una máscara de reptil. ¡La misma que llevaba el atacante de la noche anterior!

Angela bajó las escaleras temblando. A mitad de camino se detuvo a escuchar. Le pareció oír algo, unos golpes pesados y distantes. Decidida a encontrar el origen de los ruidos, se detuvo otra vez en la base de la escalera. Le pareció que procedían de la cocina y corrió hacia allí. Los golpes eran cada vez más fuertes. Pegó el oído al suelo y los oyó con nitidez.

Gritó «¡David!». Y a continuación oyó débilmente cómo David pronunciaba su nombre. Angela se acercó gateando a la escalera que llevaba al sótano.

Encontró la luz y bajó, todavía con la escopeta en la mano. Ahora oía la voz de David con mayor claridad. Cuando llegó abajo volvió a gritar «¡David!». Las lágrimas afloraron a sus ojos cuando escuchó su respuesta. Abriéndose paso entre aquel desorden, Angela siguió el sonido de la voz. Había dos puertas, pero David golpeaba la suya con tanta fuerza, que ella supo de inmediato cuál era, la que estaba cerrada con un candado.

Angela le dijo que iba a sacarlo de allí. Apoyó la escopeta contra la pared y buscó por el sótano una herramienta apropiada. Encontró un pico. Regresó junto a la puerta y golpéo el candado varias veces. Luego ensartó la punta del pico en una de las abrazaderas e hizo palanca, hasta que logró arrancar las abrazaderas de la madera. Por fin, la puerta se abrió.

David corrió a abrazarla.

—¡Oh, Angela, me has salvado! Cariño... —suspiró y recobró la compostura—. Van Slyke es nuestro hombre. Él asesinó a los pacientes y también a Hodges. Ahora está desquiciado y va armado. Tenemos que salir de aquí.

—Vámonos —dijo Angela cogiendo la escopeta. Corrieron hacia la escalera. Antes de empezar a subir, David señaló una placa de hormigón junto al sitio donde él había cavado.

—Me temo que Calhoun está ahí debajo.

Angela se quedó boquiabierta.

—¡Vámonos! —la urgió David—. Todavía no he averiguado quién le paga a Van Slyke —dijo David mientras subían—. Pero es seguro que alguien le paga. Y aún no he descubierto cómo mata a los pacientes.

—He encontrado la máscara de reptil en el piso de arriba, lo que confirma mis sospechas.

Cuando llegaron a la cocina, unos faros de coche iluminaron sus aterrorizados rostros. Van Slyke había regresado.

—¡Dios mío, no! —susurró David.

—He dejado las luces encendidas —dijo Angela—. Se dará cuenta de que pasa algo.

Angela le pasó la escopeta a David, que la cogió con manos sudorosas. Oyeron cerrarse la puerta del coche y luego unos pesados pasos en la gravilla del sendero.

Decidieron esconderse en el sótano, pero David cerró la puerta parcialmente para ver lo que pasaba en la cocina.

Los pasos se acercaron a la puerta trasera y se detuvieron bruscamente. Por unos momentos se produjo un silencio aterrador. David y Angela contenían la respiración. Supusieron que Van Slyke se estaría preguntando qué ocurría con las luces. Después, y para su sorpresa, oyeron cómo los pasos retrocedían. Siguieron escuchando hasta que ya no oyeron nada.

—¿Adónde va? —susurró Angela.

—No lo sé, pero no me gusta nada no tenerle localizado. Él conoce muy bien esta casa. Podría atacarnos por sorpresa.

Angela se dio la vuelta y miró la escalera del sótano. La sola idea de que Van Slyke pudiera surgir repentinamente le puso la carne de gallina.

Estuvieron quietos durante unos minutos, aguzando el oído. La casa estaba tan silenciosa que daba miedo. Finalmente, David se asomó a la cocina cautelosamente e hizo una seña a Angela de que le siguiera.

—A lo mejor no era Van Slyke —susurró Angela.

—Tenía que ser él.

—Larguémonos de aquí. Me temo que si tardamos demasiado, Nikki bajará del coche.

—¡Qué! —susurró David—. ¿Nikki está aquí?

—No quiso quedarse en casa de tu madre —susurró Angela—. Insistió en acompañarme. No podía perder tiempo discutiendo con ella. Y tampoco podía explicarle la situación a tu madre.

—¡Dios mío! —susurró David—. ¿Qué ocurre si la ha visto Van Slyke?

—¿Crees que la ha visto?

David le hizo una seña de que le siguiera. Se acercaron a la puerta que daba al jardín y abrieron con cautela. Fuera era noche cerrada. El coche de Van Slyke estaba aparcado a unos cinco metros, pero no se veía ni rastro de él.

David le indicó a Angela que se quedara donde estaba. Corrió hacia el coche de Van Slyke, con la escopeta preparada. Miró por la ventanilla del conductor por si Van Slyke estaba escondido. No lo estaba. David le hizo un gesto a Angela de que se le uniera.

—Vamos por el borde del sendero para evitar el ruido de la gravilla —dijo David—. ¿Dónde has dejado el coche?

—Justo detrás de ti.

David abrió camino con Angela pegada a sus talones. Cuando llegaron a la calle confirmaron sus peores temores: a la luz de una farola, la silueta de Van Slyke se recortaba en el asiento del conductor del coche de la madre de David. Nikki estaba a su lado.

—¡Oh, no! —dijo Angela disponiéndose a correr impulsivamente hacia allí.

David tuvo que sujetarla. Se miraron horrorizados.

—Tenemos que hacer algo —dijo Angela.

—Tiene que ocurrírsenos algo. —Estaba tan tenso que temía desmayarse.

—¿Crees que va armado?

—Sé que va armado.

—Quizá deberíamos pedir ayuda —sugirió Angela.

—Tardaríamos mucho tiempo —dijo David—. Además, Robertson y su equipo no sabrían qué hacer en una situación como ésta ni aunque se lo tomasen en serio. No podemos utilizar la escopeta hasta sacar a Nikki de ahí.

Durante unos inquietantes momentos, miraron el coche en silencio.

—Dame las llaves —dijo David—. Quizá haya echado los seguros.

—Las he dejado en el coche.

—¡Oh, no! Podría largarse con Nikki...

—Dios mío —susurró Angela.

—Esto es muy grave. ¿Te has fijado en una cosa? Van Slyke no se ha movido. La última vez que le vi se movía todo el rato como un maníaco. No podía estarse quieto.

—Ya te entiendo —dijo Angela—. Quizá está hablando con Nikki.

—Si Van Slyke no nos ha visto, podríamos deslizarnos detrás del coche. Luego iríamos por cada lado y abriríamos las dos puertas a la vez. Tu sacarías a Nikki del coche y yo mantendría a raya a Van Slyke con la escopeta.

—¡Por Dios! ¿No es demasiado arriesgado?

—Si se te ocurre algo mejor, dímelo. Tenemos que sacar del coche a Nikki antes de que se la lleve.

—De acuerdo —cedió Angela—. Intentémoslo.

Cruzaron la calle a bastante distancia del coche, y se acercaron por detrás. Avanzaban acuclillados para evitar que Van Slyke les viese. Por fin llegaron a la parte trasera del coche y se quedaron acurrucados en las sombras.

—Primero comprobaré si están echados los seguros —susurró David.

Angela asintió y cogió la escopeta.

David se arrastró por el lado del conductor hasta que estuvo a la altura de la puerta trasera. Se levantó lentamente y comprobó que los seguros no estaban puestos.

—Por lo menos tenemos una cosa a nuestro favor —dijo Angela cuando David regresó reculando.

—Bien. ¿Preparada?

Angela cogió a David del brazo.

—Espera. No me gusta. No creo que debamos ir por lados separados. Creo que deberíamos ir por la puerta de Nikki. Tú abres la puerta y yo la saco.

David asintió. Lo principal era apartar a Nikki de Van Slyke. El problema era qué hacer con Van Slyke cuando Nikki estuviera a salvo.

—De acuerdo —susurró David—. Vamos allá.

David cogió la escopeta. Se deslizó y rodeó el coche, arrastrándose lentamente con la escopeta pegada al pecho. Cuando llegó a la altura de la puerta trasera, se volvió para asegurarse de que Angela le seguía.

David se preparó, dispuesto a saltar hacia delante. Pero antes de que pudiera hacerlo la puerta se abrió y la niña miró hacia atrás. Pegó un respingo al ver la cara de su padre tan cerca de la suya.

—¿Pero qué estáis haciendo? —preguntó.

David se abalanzó y abrió la puerta completamente. Nikki perdió el equilibrio y se cayó del coche. Angela saltó y la cogió. Nikki se echó a llorar.

David apuntó a Van Slyke, dispuesto a apretar el gatillo si era necesario. Pero Van Slyke no iba armado. Ni intentó huir. Ni siquiera se movió. Se limitó a mirar a David con expresión ausente.

David se acercó poco a poco. Van Slyke seguía inmóvil con las manos en el regazo. Ya no parecía el psicópata histérico de hacía una hora.

—Pero ¿qué pasa? —gimoteó Nikki—. ¿Por qué has tirado de mí con tanta fuerza? Me has hecho daño en la pierna.

—Lo siento —dijo Angela—. Estaba asustada. El hombre que estaba en el coche es el mismo que nos atacó en casa con la máscara de reptil.

—Es imposible —dijo la niña secándose las lágrimas—. El señor Van Slyke me dijo que se quedaría conmigo hasta que llegaseis vosotros.

—¿De qué habéis hablado?

—Él me contó cosas de cuando era un niño de mi edad —dijo Nikki—. Y de lo bonito que era todo.

—El señor Van Slyke no tuvo una infancia muy feliz —dijo David, sin dejar de vigilar atentamente a Van Slyke, que aún no se había movido. Con la escopeta apuntándole al pecho, David se inclinó para observarle más de cerca. Werner seguía mirándole con expresión ausente.

—¿Te encuentras bien? —le preguntó David. No sabía qué hacer.

—Estoy bien —dijo Werner con tono monocorde—. Mi padre me llevaba muchas veces al cine, siempre que yo quería.

—No te muevas —le ordenó David apuntándole con la escopeta.

Luego rodeó el coche por delante y abrió la puerta del conductor. Van Slyke no se movió, pero siguió mirándole a los ojos.

—¿Dónde está la pistola? —preguntó David.

—La pistola se ha marchado.

David cogió a Van Slyke por el brazo y lo sacó del coche. Angela le advirtió que tuviera cuidado. Había oído las palabras de Van Slyke y sabía que estaba en plena crisis de paranoia.

David hizo apoyar a Van Slyke contra el coche y le cacheó. No llevaba la pistola.

—¿Qué has hecho con la pistola? —insistió David.

—Ya no la necesito.

David escudriñó aquel rostro relajado. Ya no tenía las pupilas dilatadas y se había producido un cambio bastante notable.

—¿Qué pasa, Van Slyke? —preguntó David.

—¿Qué pasa? Encima, ponlo encima.

—¡Van Slyke! ¿Qué te ocurre? ¿Adónde has ido? ¿Qué pasa con las voces? ¿Sigues oyéndolas?

—Pierdes el tiempo —dijo Angela. Ella y Nikki se habían acercado a la parte delantera—. Está paranoico.

—Ya no hay más voces —dijo Van Slyke—. Las he parado.

—Creo que deberíamos llamar a la policía estatal —dijo Angela—. ¿Tienes el teléfono del coche?

—¿Cómo has logrado parar las voces? —le preguntó David.

—Me he ocupado de ellos —respondió Van Slyke.

—¿Qué quieres decir?

—Ellos ya no volverán a burlarse de mí —dijo Van Slyke.

—¿Quiénes son ellos? —preguntó David.

—El consejo. Todos los del consejo.

—¡David! —dijo Angela—. ¿Llamamos a la policía o no? Quiero llevarme a Nikki de aquí. Está diciendo cosas sin sentido.

—Yo no estaría tan seguro —dijo David.

—¿A qué se refiere con lo del consejo? —preguntó Angela.

—Me temo que se refiere al consejo del hospital.

—Consejo, conejo, vencejo, cornejo —dijo Van Slyke y sonrió. Era la primera vez que mudaba de expresión.

—David, está totalmente desconectado de la realidad. ¿Por qué te empeñas en hablar con él?

—¿Te refieres al consejo del hospital? —preguntó David.

—Sí —asintió Van Slyke.

—¿Le has disparado a alguien?

—No he disparado a nadie —sonrió Van Slyke—. Lo único que he hecho es colocar la fuerza en la mesa de reuniones.

—¿Qué significa eso? —preguntó Angela.

—No tengo ni idea —dijo David.

—Fuerza, berza, pereza, cereza —dijo Van Slyke riéndose.

David se sentía confundido. Cogió a Van Slyke de la camisa y lo sacudió preguntándole qué había hecho.

—He puesto la fuente y la fuerza en la mesa de reuniones, junto a la maqueta del aparcamiento. Me alegro de haberlo hecho. Ya no volverán a burlarse de mí. El único problema es que me he quemado.

—¿Dónde te has quemado? —preguntó David.

—En las manos —dijo, enseñándoselas a David.

—¿Las tiene quemadas? —preguntó Angela.

—No lo parece —dijo David—. Aparte de un poco enrojecidas, parecen bastante normales.

—No dice más que tonterías —dijo Angela—. A lo mejor tiene alucinaciones.

David asintió con aire ausente. Sus pensamientos estaban en otra parte.

—Estoy cansado —dijo Van Slyke—. Quiero irme a casa y ver a mis padres. —Se encaminó lentamente hacia su casa.

David no intentó detenerle. Van Slyke cruzó la calle y entró en su jardín. Angela no esperaba que su marido le dejara marchar.

—Pero ¿qué haces? ¿No crees que deberíamos llamar a la policía?

David volvió a asentir. Contempló a Van Slyke mientas su mente empezaba a atar cabos: sus pacientes, los síntomas y las muertes.

—Van Slyke está loco de atar —dijo Angela—. Se comporta como si hubiera recibido una serie de electroshocks.

—¡Sube al coche! —ordenó David.

—¿Qué ocurre? —preguntó Angela, desconcertada—. ¿Y qué pasa con Van Slyke?

—No tenemos tiempo de pensar en Van Slyke —dijo David—. Además, no va a ir a ninguna parte. ¡Date prisa!

Angela sentó a Nikki en el asiento de atrás y ella subió delante. David ya había encendido el coche y, antes de que Angela cerrase la puerta, dio marcha atrás. Hizo un giro de ciento ochenta grados y pisó el acelerador.

—¿Y ahora qué pasa? —preguntó Nikki.

—¿Adónde vamos? —preguntó Angela.

—Al hospital.

—Conduces tan deprisa como mamá —dijo la niña.

—¿Por qué al hospital? —dijo Angela, al tiempo que se volvía y le daba unas palmaditas en la rodilla a Nikki para tranquilizarla.

—De repente empiezo a comprenderlo todo —dijo David—. Y ahora mismo tengo una terrible premonición.

—¿De qué estás hablando?

—Creo que sé de qué habla Van Slyke cuando se refiere a «la fuerza».

—A mí sólo me parecieron divagaciones de esquizofrénico.

Estaba en plena crisis. Dijo fuerza, berza, pereza y cereza. Sólo era un galimatías.

—Quizá estaba en plena crisis. Pero creo que no decía ninguna tontería cuando hablaba de fuerza. Mencionó la mesa de reuniones y la maqueta, son cosas muy concretas.

—¿A qué crees que se refería?

—Creo que es algo relacionado con la radiactividad —dijo David—. Creo que a eso se refería cuando dijo que se había quemado las manos.

—Venga, pareces tan desquiciado como él. Recuerda que una de las paranoias de Van Slyke en el submarino tenía que ver con la radiactividad. Seguro que todo obedece a su nuevo brote de esquizofrenia.

—Espero que tengas razón —dijo David—. Pero estoy preocupado. David recibió enseñanzas en la marina sobre temas relacionados con la propulsión nuclear. Un reactor nuclear implica radiactividad. Recibió entrenamiento especial, o sea que sabe algo de materiales radiactivos y de sus efectos.

—Bueno, eso tiene más sentido —dijo Angela—. Pero de hablar de fuerza a disponer de ella hay un gran trecho. La gente no puede ir comprando por ahí material radiactivo. Está muy controlado por la Comisión Reguladora de la Energía Nuclear.

—En los sótanos del hospital hay una vieja unidad de radioterapia. Es una máquina de cobalto-60. Traynor quería venderla en Sudamérica. Tenía una fuerza.

—No me gusta nada —admitió Angela.

—A mí tampoco. Piensa en los síntomas de mis pacientes. Todos podían tener relación con la radiactividad, en particular si habían estado sometidos a exposiciones prolongadas. Es una posibilidad horrible, pero todo encaja. Nunca se me hubiera ocurrido lo de la radiactividad.

—Yo tampoco pensé en la radiactividad cuando hice la autopsia de Mary Ann Schiller —admitió Angela—. En el fondo, tiene lógica. No se piensa en la radiactividad a menos que sepas que alguien ha estado expuesto a las radiaciones. Los cambios patológicos que se producen no son nada concretos.

—Ya —dijo David—. Las enfermeras con síntomas de gripe pueden haber estado sometidas a bajas exposiciones de radiación, y también...

—¡Oh, no! —exclamó Angela, que adivinó las palabras de su marido.

David asintió.

—Exacto —dijo—. Y también Nikki.

—¿Qué ocurre conmigo? —preguntó Nikki desde el asiento trasero. No había prestado atención a la conversación hasta que oyó su nombre.

Angela se volvió.

—Decíamos que tú habías tenido unos síntomas de gripe muy parecidos a los de las enfermeras.

—Papá también.

—Yo también —confirmó David.

Llegaron al hospital y aparcaron el coche.

—¿Qué hacemos? —preguntó Angela.

—Necesitamos un contador Geiger —dijo David—. Tiene que haber uno en el Centro de Radioterapia. Veré si algún conserje nos deja entrar. Tú y Nikki dirigíos al vestíbulo.

David encontró a Ronnie, uno de los conserjes a los que conocía. Ronnie se mostró muy dispuesto a ayudar a un médico, sobre todo porque así se libraba de limpiar el sótano. David no mencionó que ya no trabajaba en la AMG y que le habían retirado sus privilegios.

Ambos se dirigieron al vestíbulo. Nikki había encontrado una televisión y estaba muy a gusto. David le dijo que no se moviese del vestíbulo.

Angela y David fueron al Centro de Radioterapia. Sólo tardaron un cuarto de hora en encontrar un contador Geiger.

De regreso al edificio principal, se encontraron con Ronnie en el sótano. Había tardado un buen rato en encontrar la llave de la vieja unidad de radioterapia.

—No suele venir nadie —explicó dejando pasar a los Wilson—. Éste es un lugar abandonado.

La unidad constaba de tres habitaciones: una que servía de zona de recepción, una oficina y la sala de tratamiento. David se dirigió directamente a esta última. La habitación estaba vacía, a excepción de la vieja unidad de radioterapia. La máquina parecía una unidad de rayos X, pero con una mesa para colocar al paciente.

David dejó el contador en la mesa y lo encendió. La aguja apenas se movió. No había señal de radiaciones, ni siquiera en la escala más sensible.

—¿Dónde se almacena la fuerza? —preguntó Angela.

—Supongo que en el punto de intersección del brazo de tratamiento y esta columna —dijo David.

Levantó el contador y lo llevó donde suponía que debía estar la fuerza. La aguja no se movió.

—Que no haya señal no quiere decir nada —dijo Angela—. Estoy segura de que esta máquina tiene un buen aislamiento.

David asintió. Rodeó la máquina y volvió a probar el contador. Nada.

—Oh, oh —dijo Angela—. Ven aquí y echa un vistazo a esto.

David se acercó al brazo de tratamiento. Ella señaló un panel de acceso fijado con cuatro tornillos. Estaban sueltos.

David cogió una silla de recepción. La colocó debajo del brazo, se subió y quitó los tornillos. Retiró la tapa y se la pasó a Ronnie.

Detrás del panel encontró una placa circular asegurada con ocho pasadores. Angela le pasó el contador Geiger. David lo colocó dentro y probó. Nada. Apartó el contador y cogió uno de los pasadores. Para su consternación, estaba suelto. Comprobó los ocho, y los ocho estaban sueltos. Los quitó y se los entregó a Angela de uno en uno.

—¿Crees que no hay peligro? —preguntó Angela. A pesar de lo que decía el contador, las radiaciones le preocupaban tanto como las escasas habilidades manuales de David.

—Tenemos que asegurarnos —dijo David quitando el último pasador. Levantó la pesada tapa de metal y se la entregó a Ronnie. David estudió la cavidad cilíndrica, que tenía unos diez centímetros de diámetro. Parecía el cañón de una pistola gigante. Como no disponía de una linterna, no pudo ver mucho.

—Estoy convencido que no era así —dijo David—. Había

una especie de interruptor que frenaba la fuerza cuando el aparato se colocaba en la posición de tratamiento.

Para asegurarse, encajó el contador Geiger en el brazo de tratamiento. Nada. David bajó de la silla.

—La fuerza no está ahí —dijo—. Ha desaparecido.

—¿Qué vamos a hacer? —preguntó Angela.

—¿Qué hora es?

—Las siete y cuarto —dijo Ronnie.

—Cojamos unas batas antirradiación —dijo David—. Luego haremos lo que podamos.

Abandonaron la vieja unidad de radioterapia y se dirigieron al Centro de Diagnóstico por la Imagen. Una unidad de urgencia de rayos X estaba abierta. Ronnie les ayudó a buscar las batas antirradiación. Ronnie no sabía qué pasaba, pero imaginaba que era algo gordo. Estaba deseando colaborar en todo.

Al técnico de rayos X le pareció sospechoso que David necesitase aquellas batas, pero, como no iba a sacarlas del hospital, hizo la vista gorda. Les entregó a Angela, Ronnie y David nueve batas y unos guantes de los utilizados en las fluoroscopias. David también llevaba el contador Geiger.

Abrumados por el peso de los delantales, los tres volvieron al hospital. El personal y los visitantes los miraban con extrañeza mientras se dirigían a la segunda planta.

—Listo —dijo David cuando llegaron a la puerta de la sala de reuniones. Estaba prácticamente sin aliento—. Dejadlo todo aquí. —Depositó las batas en el suelo, junto a la puerta. Angela y Ronnie le imitaron.

David conectó el contador y la aguja se inclinó instantáneamente a la derecha.

—¡Mira! —exclamó David—. No hacen falta más pruebas. —Dio las gracias a Ronnie y le dijo que podía marcharse. Luego le explicó a Angela los pasos a seguir. Se puso los guantes y cogió tres batas. Se puso dos sobre los hombros y la otra la llevaba en las manos. Angela cogió cuatro más.

David abrió la puerta y entró en la sala de reuniones; Angela le siguió. Traynor, que se había visto interrumpido a media frase, miró con odio a David. Los asistentes a la reunión —Sherwood, Beaton, Cantor, Caldwell, Arnswoth y Robeson– se volvieron para ver la causa de tan brusca interrupción. En cuanto empezaron los comentarios de los asistentes, Traynor utilizó su maza para imponer silencio.

David miró la atestada mesa de reuniones y vio la fuerza enseguida. Era un cilindro de unos treinta centímetros de longitud y de una anchura semejante al diámetro del brazo de tratamiento que David había examinado unos momentos antes. Estaba rodeado de cinta aislante. En la punta tenía un pasador de cierre. El cilindro estaba colocado de pie junto a la maqueta del aparcamiento, tal como había dicho Van Slyke.

David se acercó al cilindro con una bata en cada mano.

–¡Deténgase! –gritó Traynor.

Antes de que David cogiese el cilindro, Caldwell se puso de pie y sujetó a David por el pecho.

–¿Qué coño hace? –exclamó Caldwell.

–Estoy intentando salvarles la vida, si es que no es demasiado tarde –repuso David.

–¡Suéltele! –ordenó Angela.

–Pero ¿de qué está hablando? –dijo Traynor.

David señaló el cilindro.

–Me temo que han celebrado la reunión con una carga de cobalto-60 debajo de la mesa.

Cantor se puso de pie y retiró la silla.

–¡Sabía que había algo extraño en esa cosa! –gritó–. Todo el rato me he estado preguntando qué demonios era –agregó, y abandonó la sala presurosamente.

Un atónito Caldwell soltó a David, que corrió a coger el cilindro de cobre con los guantes de plomo. Lo envolvió en las batas de plomo. Quería cubrir el cilindro con todas las batas.

Mientras David manipulaba el voluminoso envoltorio Angela cogió el contador Geiger.

–No lo creo –dijo Traynor repentinamente, pero su tono carecía de convicción. La rápida salida de Cantor le había desconcertado.

–No hay tiempo de discusiones –dijo David–. Deben salir de aquí inmediatamente. Todos ustedes han estado sometidos a radiaciones muy altas. Será mejor que les vea un médico.

Traynor y los otros intercambiaron nerviosas miradas. El

pánico se apoderó de todos y empezaron a abandonar la sala atropelladamente.

David envolvió el cilindro con la última bata y cogió el contador Geiger: la radiación era todavía muy alta.

—Vámonos de aquí —dijo—. Ya no podemos hacer nada más.

Dejaron el cilindro envuelto en las batas de plomo sobre la mesa y al salir cerraron las puertas. David volvió a mirar el contador. Tal como esperaba, el nivel de radiación había caído en picado.

—Si nadie entra en la sala de conferencias, no habrá ningún peligro —dijo.

Se dirigieron al vestíbulo a recoger a Nikki. Antes de llegar, David se detuvo en seco.

—¿Crees que a Nikki le importará quedarse sola un rato más?

—Sería capaz de pasar una semana entera delante de un televisor —dijo Angela—. ¿Por qué?

—Creo que sé cómo radiaba a los pacientes —dijo David y la condujo a las habitaciones de los pacientes.

Media hora después, recogían a Nikki y se dirigían al aparcamiento. Fueron a casa de Van Slyke para recoger el Volvo.

—¿Crees que Van Slyke podría matar a alguien esta noche? —preguntó David.

—No lo creo.

—Tienes razón —dijo David—. Y desde luego lo último que yo haría sería entrar en esa casa. Vámonos a casa de mis padres, estoy agotado.

David bajó del coche de su madre.

—Llama a tu madre —dijo Angela—. Seguro que está muy preocupada.

David subió al Volvo y lo puso en marcha. Miró la camioneta de Calhoun y meneó tristemente la cabeza.

En cuanto enfilaron Main Street, David cogió el teléfono portátil. Marcó el número de la policía estatal y dijo que quería denunciar un complot muy grave que incluía un asesinato y varias muertes por radiación en el Bartlet Community Hospital. Luego llamó a su madre.

EPÍLOGO

CUATRO MESES MÁS TARDE

David sabía que llegaba tarde. Aparcó el coche junto a una casa muy sencilla, situada en Glenwood Street, Leonia, una pequeña ciudad de Nueva Jersey. Bajó del coche y subió los escalones del porche a toda prisa.

—¿Sabes qué hora es? —preguntó Angela, siguiendo a David hasta su habitación—. Tenías que estar en casa a la una y son las dos. Si yo he llegado a tiempo no sé por qué tú no puedes hacerlo.

—Lo siento —se excusó David mientras se cambiaba de ropa—. He tenido que ver a un paciente. Pero por lo menos ahora puedo dedicar a mis pacientes todo el tiempo que estimo necesario.

—Eso está muy bien. Pero tenemos una cita. Has sido tú el que has fijado la hora.

—¿Dónde está Nikki?

—Está tomando el sol en el porche. Lleva ahí una hora viendo cómo hacen los preparativos los de *Sesenta minutos.*

David se puso una camisa recién planchada y se abrochó.

—Lo siento —dijo Angela—. Creo que estoy nerviosa por la entrevista. ¿Crees que debemos seguir adelante?

—Yo también estoy nervioso —dijo David mientras elegía una corbata—. Si quieres que lo dejemos, adelante.

—En realidad ya lo hemos hablado con nuestros jefes.

—Todos nos han asegurado que esto no nos perjudicará —dijo—. Y los dos creemos que la gente tiene derecho a enterarse.

—De acuerdo. Haremos la entrevista —meditó Angela.

David se anudó la corbata, se peinó y se puso la chaqueta. Angela se miró en el espejo. Cuando consideraron que estaban preparados, bajaron y salieron al soleado porche.

Aunque Angela y David estaban nerviosos, Ed Bradley consiguió tranquilizarlos enseguida. Empezó la entrevista de un modo informal, para que se relajaran. Les pidió que describieran sus ocupaciones habituales.

—Tengo una beca para un curso de patología forense —dijo Angela.

—Y yo trabajo en el Columbia Presbyterian Medical Center —dijo David—. Varias sociedades médicas han contratado nuestros servicios.

—¿Les gusta su trabajo? —preguntó Bradley.

—Sí —dijo David.

—Estamos muy satisfechos de haber conseguido ordenar nuestras vidas —dijo Angela—. Durante una temporada nuestra vida ha sido una auténtica locura.

—Tengo entendido que han vivido una experiencia muy dura en Bartlet. —Angela y David sonrieron nerviosamente.

—Ha sido una pesadilla —dijo Angela.

—¿Cómo empezó todo?

David y Angela se miraron, no sabían quién debía empezar.

—Adelante, David —propuso Bradley.

—Para mí todo empezó cuando algunos de mis pacientes empezaron a fallecer sin causa aparente. Todos tenían antecedentes graves, por ejemplo, cáncer. —David miró a Angela.

—Para mí todo empezó cuando mi jefe me sometió a acoso sexual. Luego, en nuestro sótano descubrimos el cadáver de Dennis Hodges, que había sido administrador del hospital durante muchos años.

Con su habitual habilidad, Ed Bradley sacó a colación el resto de la historia.

—¿Se pueden considerar las muertes de esos pacientes como un ejemplo de eutanasia? —preguntó a David.

—En principio fue lo que pensamos. Pero en realidad les mataron para mejorar la cuenta de resultados del hospital, y no por una pretendida actitud piadosa. Los pacientes con enfermedades terminales suelen utilizar con frecuencia los servicios del hospital, lo cual se traduce en costes muy elevados. Para paliar esos costes, se eliminaba a los pacientes.

—En otras palabras, las motivaciones eran simplemente económicas —dijo Bradley.

—Así es —confirmó David—. El hospital tenía pérdidas y había que hacer algo para detener los números rojos. Y la solución que adoptaron fue acabar con la vida de los pacientes más costosos.

—¿Por qué perdía dinero el hospital?

—El hospital se había visto obligado a aceptar una capitación —explicó David—. Es decir, ofrecer servicios a las principales sociedades médicas de la zona por una cantidad fija por paciente y mes. Por desgracia, el hospital estimó los niveles de utilización a partir de cifras muy bajas. Entraba menos dinero del que salía.

—¿Por qué aceptó el hospital la capitación?

—Porque, como ya he dicho, no les quedaba otro remedio —dijo David—. Esto guarda relación con la nueva manera de entender una medicina más competitiva. Pero no es una competitividad que se ajuste a la realidad. Las organizaciones médicas son las que fijan los precios. El hospital tenía que aceptar la capitación si quería entrar en el negocio de las sociedades médicas. No les quedaba otra elección.

Bradley asintió y consultó sus notas. Luego los miró.

—El nuevo administrador del Bartlet Community Hospital ha dicho que sus acusaciones son, literalmente, «pura basura».

—Lo sabemos —dijo David.

—El administrador ha dicho también que si es verdad que algún paciente fue asesinado, seguramente se debió a la acción concreta de un perturbado.

—Ya —dijo David.

—¿Está de acuerdo? —dijo Bradley.

—No, en absoluto.

—¿De qué murieron sus pacientes? —preguntó Bradley.

—A causa de exposición masiva a la radiación —dijo Angela—. Los pacientes recibieron exposiciones elevadísimas de rayos gamma procedentes de una máquina de cobalto-60.

—¿Es el mismo método que se usa con éxito para el tratamiento de ciertos tumores? —preguntó Bradley.

—Sí, pero en zonas muy concretas y en exposiciones muy

controladas. Los pacientes de David recibieron exposiciones sin ningún control y en todo el cuerpo.

—¿Y cómo lo hacían? —preguntó Bradley.

—Había una cama debajo de la cual habían montado una caja forrada de plomo —explicó Angela—, y en ella colocaban la fuente. La caja tenía una lente que se abría por control remoto. Cuando se abría la ventana, el paciente recibía las radiaciones a través del colchón. Y también las recibieron algunas enfermeras que asistían a los pacientes.

—¿Vieron ustedes la cama?

—La descubrimos después de encontrar la fuente e intentar neutralizarla —dijo David—. Cavilé cómo habían radiado a mis pacientes. Y recordé que muchos de ellos habían sido instalados en camas estropeadas. Y también recordé que en todas las ocasiones les habían trasladado a una misma cama ortopédica. Tras abandonar la sala de reuniones, buscamos esa cama ortopédica. La encontramos en mantenimiento.

—¿Creen que esa cama fue destruida? —preguntó Bradley.

—La cama desapareció esa misma noche —dijo David.

—Pero ¿cómo es posible? —preguntó Bradley.

—Pues muy sencillo. Los responsables de su utilización se deshicieron de ella —dijo David.

—¿Suponen que estaban implicados todos los miembros del consejo del hospital?

—Si no todos, al menos una buena parte —dijo David—. Desde luego el presidente y el jefe del personal médico estaban al corriente. Pensamos que el diseño de la operación correspondió al jefe de la plantilla. Él era el único con conocimientos suficientes como para trazar un plan tan diabólico. Si no lo hubieran utilizado tan descaradamente, nunca les hubieran descubierto.

—Lamentablemente, ninguna de estas personas puede ofrecer su versión —dijo Bradley—. Tengo entendido que, a pesar de su heroica intervención, todos murieron a causa de las radiaciones.

—Por desgracia es así —corroboró David.

—¿Cómo consiguieron destruir la cama si estaban tan enfermos? —preguntó Bradley.

—A menos que la dosis sea muy elevada, hay un período variable hasta que se presentan los distintos síntomas. Tuvieron bastante tiempo para destruir la cama.

—¿Tiene alguna prueba de todo esto?

—Los dos vimos la cama —dijo David.

—¿Alguna otra prueba? —insistió Bradley.

—Encontramos la fuente —dijo Angela.

—Encontraron la fuente —repitió Bradley—. Es verdad. Pero estaba en la sala de reuniones y no junto a ningún paciente.

—Werner van Slyke nos lo contó todo —dijo David.

—Werner van Slyke es la persona que, según ustedes, se convirtió en ejecutor del plan —dijo Bradley.

—Exacto —dijo David—. Recibió adiestramiento sobre energía nuclear en la marina, y sabía bastantes cosas sobre radiactividad.

—Van Slyke es esquizofrénico y está hospitalizado por haber estado expuesto a radiaciones muy elevadas —dijo Bradley—. Ha caído en una profunda demencia desde la misma noche en que el consejo del hospital recibió las letales radiaciones. Se niega a hablar y se cree que morirá pronto. ¿Correcto?

—Correcto —dijo David.

—No hace falta mencionar que no parece un testigo muy fiable —dijo Bradley—. ¿No disponen de otras pruebas?

—Yo atendí a muchas enfermeras con síntomas de exposición a las radiaciones —dijo David—. Y todas estaban cerca de mis pacientes.

—Pero usted pensó que era gripe —repuso Bradley—. Y no hay manera de demostrar que fuera otra cosa.

—Es verdad —admitió David.

Bradley se dirigió a Angela.

—Tengo entendido que usted hizo la autopsia a uno de los pacientes de su marido. —Ella asintió.

—¿Sospechó usted que el paciente había estado sometido a altas dosis de radiación? —preguntó Bradley.

—No, porque murió tan rápidamente que no dio tiempo a que se presentaran los síntomas de esa enfermedad. Había recibido tanta radiactividad que afectó su sistema nervioso central a nivel molecular. De recibir menos habría vivido lo bastante como para que surgieran úlceras en su tracto digestivo. En ese caso sí habría considerado una probable exposición a radiaciones.

—Nada de esto parece prueba concluyente —dijo Bradley.

—Supongo que es así —admitió David.

—¿Por qué no han sido llamados a declarar? —preguntó Bradley.

—Sabemos que ha habido demandas civiles —dijo Angela—. Pero en todos los casos se llegó a un acuerdo entre los litigantes. No ha habido acusaciones penales.

—Según vuestras revelaciones, es increíble que no se hayan exigido responsabilidades penales —dijo Ed Bradley—. ¿A qué se debe?

Angela y David se miraron. Finalmente habló David:

—Creemos que se debe a dos razones fundamentales. En primer lugar, la gente tiene miedo de este asunto. Si todo esto saliera a la luz, tendrían que cerrar el hospital y eso sería un desastre para la comunidad. El hospital es una fuente de ingresos importante para la ciudad, da empleo a muchas personas y proporciona amplia asistencia sanitaria. Y, en segundo lugar, los culpables recibieron, en cierta medida, su castigo. Van Slyke se ocupó de eso cuando colocó el cilindro de cobalto-60 en la sala de reuniones.

—Eso explicaría por qué no se ha producido ninguna reacción en la comunidad —dijo Bradley—. ¿Pero qué ha sucedido a nivel oficial? ¿Qué ha hecho el fiscal?

—A nivel nacional, este episodio afecta plenamente al plan de la reforma sanitaria —dijo Angela—. Si esta historia sale a la luz, mucha gente tendría que replantearse el curso de las cosas. Las decisiones económicas apropiadas no siempre coinciden con las decisiones sanitarias apropiadas. La atención al paciente peligra cuando los poderes se ocupan demasiado de las decisiones económicas. Nuestra experiencia en el Bartlet Community Hospital es un ejemplo extremo del poder de destrucción de los burócratas. Y es algo real y que puede volver a suceder.

—Corren rumores de que ustedes podrían obtener un beneficio de todo este asunto —dijo Bradley.

David y Angela intercambiaron nerviosas miradas.

—Nos han ofrecido mucho dinero por una película para televisión —admitió David.

—¿Piensan aceptar la oferta?

—Todavía no lo hemos decidido —dijo David.

—Pero ¿han sentido la tentación de aceptarla?

—Claro que sí —dijo Angela—. Debemos todavía mucho dinero de nuestros estudios, y en Bartlet tenemos una casa que no podemos vender. Además, nuestra hija tiene una enfermedad congénita que en cualquier momento puede requerir cuidados especiales.

Ed Bradley sonrió a Nikki, que le devolvió la sonrisa.

—Creo que te has portado como una heroína —dijo Bradley.

—Disparé contra un hombre que estaba pegando a mamá —dijo Nikki—. Pero le di a la ventana.

Bradley sonrió y dijo:

—Procuraré mantenerme apartado de tu madre.

Todos se echaron a reír.

—Supongo que son conscientes —dijo Bradley ya serio— de que la gente piense que se han inventado esto para obtener dinero de la televisión y para vengarse de quienes les despidieron.

—Estoy seguro de que quienes no quieren que esta historia salga a la luz, intentarán cualquier cosa para desprestigiarnos. Pero sólo conseguirán matar al mensajero portador de malas noticias —dijo Angela.

—¿Y las violaciones del aparcamiento? —preguntó Bradley—. ¿También forman parte del complot?

—No, no —dijo Angela—. En un momento determinado llegamos a pensar que era así. Y también lo creía el investigador privado que perdió la vida mientras trabajaba para nosotros. Pero estábamos equivocados. De todo este incidente la única persona procesada es Clyde Devonshire, un enfermero que trabajaba en urgencias. La prueba del ADN le incriminaba en dos violaciones.

—¿Han aprendido algo de esta experiencia?

Angela y David contestaron que sí al unísono.

—He aprendido —dijo Angela— que, ya que la asistencia sanitaria está cambiando, sería mejor que médicos y pacientes estuvieran enterados de cualquier tipo de recorte presupuestario, para que puedan tomar las decisiones adecuadas. Los pacientes son demasiado vulnerables.

—Yo he aprendido —dijo David— que es muy peligroso dejar que los financieros y los burócratas se entrometan en la relación médico-paciente.

—Me da la sensación de que son contrarios a la reforma sanitaria —dijo Bradley.

—Todo lo contrario —dijo Angela—. Creemos que la reforma sanitaria es indispensable.

—Sí, indispensable —observó David—. Pero estamos preocupados. Nosotros no queremos que pase lo del chiste: un médico le pregunta o otro qué tal ha ido una operación, y éste le contesta que ha sido un éxito pero que el paciente ha muerto. El viejo sistema favorecía la utilización excesiva a través de incentivos económicos. Los cirujanos, por ejemplo, recibían un plus cuanto mayor era el número de intervenciones. Cuantos más apéndices o amígdalas extirpaban, más dinero ganaban. Pero no sería razonable que el péndulo fuese al extremo opuesto y se premiase la infrautilización. En muchas sociedades médicas se premia a los doctores por no hospitalizar a los pacientes o por no prescribirles ciertos tratamientos de coste elevado.

—Tendrían que ser las necesidades de los pacientes las que determinaran el tipo de tratamiento —señaló Angela.

—Exacto —corroboró David.

—Corten —dijo Bradley.

El cámara se incorporó y se movió para desentumecerse.

—Fantástico —dijo Bradley—. Tenemos bastante material y un final perfecto. Ha sido una toma muy buena. Mi trabajo sería más fácil si todo el mundo tuviera las cosas tan claras como ustedes.

—Es muy amable —dijo Angela.

—¿Creen que todo el comité ejecutivo estaba en el ajo?

—Seguramente la gran mayoría —dijo David—. Todos tenían mucho que ganar si el hospital prosperaba, y mucho que perder si cerraba. Los miembros del consejo no eran nada altruistas, al contrario de lo que quizá se piensa, particularmente el doctor Cantor, el director de la plantilla profesional. Si el hospital se hundía, su Centro de Diagnóstico por la Imagen correría la misma suerte.

—¡Mierda! —dijo Bradley mientras repasaba sus notas—. Se me ha olvidado preguntar por Sam Flemming y Tom Baringer. —Llamó al cámara y le dijo que había que rodar un trozo más.

David y Angela se sintieron desconcertados. Los nombres no les resultaban familiares.

En cuanto el cámara les hizo la señal de que la cinta estaba grabando, Ed Bradley se volvió hacia Angela y David y preguntó por los dos hombres. Ambos dijeron que no conocían esos nombres.

—Eran dos pacientes del Bartlet Community Hospital que murieron con los mismos síntomas que los pacientes de David —explicó Bradley—. Eran pacientes del doctor Portland.

—En aquel entonces nosotros no sabíamos nada de todo esto —dijo David—. Debieron de morir antes de nuestro ingreso en el hospital. El doctor Portland se suicidó poco antes de que nos instaláramos en Bartlet.

—A lo que me refiero es a si ustedes piensan que esos pacientes pudieron morir por culpa de las radiaciones que, al parecer, afectaron a otros pacientes.

—Si los síntomas eran los mismos, tanto en intensidad como en evolución, pues es posible que sí —respondió David.

—Es muy interesante —dijo Bradley—. Ninguno de ellos padecía una enfermedad terminal, a excepción del problema por el que fueron ingresados. Pero los dos habían suscrito pólizas millonarias en las que el hospital era el único beneficiario.

—No hace falta preguntar por las causas de la depresión del doctor Portland —dijo Angela.

—¿Quieren hacer algún comentario? —dijo Ed Bradley.

—Si recibieron radiaciones, las motivaciones en este caso

eran descaradamente económicas —dijo David—. Y ello confirmaría que nuestras acusaciones tienen fundamento.

—Si se exhumaran los cadáveres, ¿podría averiguarse sin temor a error si fueron radiados? —preguntó Bradley.

—Creo que no —dijo Angela—. Lo único que podría confirmarse es que probablemente habían estado expuestos a radiaciones.

—Una última pregunta. ¿Son ustedes felices?

—Todavía no nos atrevemos a enfrentarnos a esa pregunta —dijo David—. Desde luego somos mucho más felices que hace unos meses, y estamos muy contentos con nuestros nuevos trabajos. También lo estamos de que la enfermedad de Nikki vaya evolucionando bien.

—Después de todo lo que hemos pasado, nos llevará un tiempo superarlo —dijo Angela.

—Yo creo que somos felices —terció Nikki—. Voy a tener un hermanito.

—¿De verdad? —preguntó Bradley enarcando las cejas.

—Sí, de verdad —dijo David.

Angela sonrió.

Título de la edición original: *Fatal Cure*
Traducción del inglés: Jesús Aguirre,
cedida por Plaza & Janés Editores, S.A.
Diseño: Emil Tröger
Ilustración: © 1994 by Don Brautigam
Foto de solapa: Barbara Ellen Cook

Círculo de Lectores, S.A.
Valencia, 344, 08009 Barcelona
3 5 7 9 5 9 0 2 8 6 4

Licencia editorial para Círculo de Lectores
por cortesía de Plaza & Janés Editores, S.A.

Depósito legal: B. 791-1995
Fotocomposición: gama, s.l., Barcelona
Impresión y encuadernación: Printer industria gráfica, s.a.
N. II, Cuatro caminos s/n, 08620 Sant Vicenç dels Horts
Barcelona, 1995. Printed in Spain
ISBN 84-226-5313-3
N.º 28704